ROBERT SEDLACK

AFRIKASAFARI

ROMAN

Aus dem Englischen
von Ulrich Blumenbach

HOFFMANN UND CAMPE

Die Originalausgabe erschien 2001 unter dem Titel
»The African Safari Papers« bei Doubleday, Kanada

1. Auflage 2003

www.hoffmann-und-campe.de
Schutzumschlaggestaltung: sander kohn wehrmann
Foto: Getty Images/Davies & Star
Satz: Dörlemann Satz, Lemförde
Druck und Bindung: Clausen & Bosse, Leck
Printed in Germany
ISBN 3-455-06810-3

HOFFMANN
UND CAMPE

Ein Unternehmen der
GANSKE VERLAGSGRUPPE

Dieses Buch ist allen gewidmet,
denen je kaltblütige, ausdauernde Grizzlys
auf den Fersen waren.

Anmerkung für den Leser

Im Sommer 1983 ging ich mit meinen Eltern in Kenia auf Safari. Das vorliegende Buch ist ein fiktionales Werk. Es ist nicht mit der damaligen Safari zu verwechseln, die vergleichsweise ereignislos verlief. Auch die hier auftauchenden Figuren sind nicht mit lebenden oder verstorbenen Personen des wirklichen Lebens zu verwechseln.

Donnerstag, 11. August
19:23 Uhr
Im Flugzeug – Paris–Nairobi

Dad hat uns auf verschiedene Flugzeugbereiche verteilt. Für den Fall eines Absturzes. Er hat für alles einen Plan. Auf die Weise wird vermutlich einer von uns überleben, die gefallene Fackel aufheben und voller Stolz weitertragen.
Hoffentlich bin ich das.
Ging zu Mom rüber. Hat geweint. Meine Güte. Warum, wollte sie nicht sagen. Hat bloß aus dem Fenster gestarrt. Dad saß hinten und trank Scotch. Er war nicht gerade glücklich, als ich ihm Bescheid sagte. Er stand sofort auf, um nach ihr zu schauen.
Ich ging auf die Toilette und rauchte ein Kawumm. *Was ist mit den Rauchmeldern, Richard?* Null Problemo. Die sind was für Einfallslose … nicht für Verzweifelte. *Wie hast du es angestellt?* Ich rauche mit einer kleinen Pfeife und inhaliere tief jedes verbrannte Blättchen und jeden Krümel. Dann blase ich den Rauch durch einen Strohhalm in ein Waschbecken voll Wasser. Ein paar Wölkchen steigen trotzdem auf, aber nicht genug, um diese bescheuerten Alarmanlagen auszulösen. Wenn man trotzdem noch was riecht, mach ich das mit einem kleinen Raumbedufter weg, den ich immer dabeihab. Duftnote frische Orange … aus echten Orangen. Mom schwört auf das Zeug. Spritz, spritz. Ich auch.
Beim Verlassen der Toilette summte ich vor mich hin. Wie Omas großer Ofen im Keller von ihrem alten Haus. Warm

und brummend. Mir doch egal, dass das Flugzeug Hüpfer machte wie eine Coladose, die aus einem fahrenden Auto fliegt. Ich kam bei Mom und Dad vorbei. Er wirkte beunruhigt. Sie starrte immer noch aus dem Fenster und beobachtete die auf- und abwippenden Tragflächen.

»Es gibt keinen Grund, Angst zu haben«, sagte Dad und gab sich große Mühe, Mitgefühl zu zeigen, dabei hätte er sie am liebsten in den Schwitzkasten genommen und ihren Schädel an die nächste Wand gerammt.

»Warum sitzen wir dann nicht zusammen?«

»Sicher ist sicher. Das ist nur eine Vorsichtsmaßnahme.«

»Eine Vorsichtsmaßnahme wofür, Ted? Einen Absturz. Wenn der wirklich ausgeschlossen wäre, würden wir zusammensitzen. Ich hasse es, wenn du mich auf solche Gedanken bringst.«

»Janet, die Chancen, bei einem Flugzeugabsturz umzukommen, stehen eins zu vier Millionen. Da hast du bessere Chancen, im Lotto zehn Millionen Dollar zu gewinnen.«

»Und wie stehen die Chancen, dass uns eine Laune der Natur erwischt, eine plötzliche Windscherung mit katastrophalen Folgen?«

Genau, Dad, was ist damit?

»Windscherungen lassen keine Flugzeuge aus 11 000 Meter Höhe abstürzen.«

»Ach nein? Und was ist mit rollendem Donner?«

»Rollendem was?«

Sie hatte mir das schon erklärt. Ich muss zugeben, dass ich davon ein flaues Gefühl im Magen bekam, das ich erst auf dem Klo loswurde.

Mom begann ihren Bericht wie die düstere Erzählerin einer Katastrophendokumentation. »Fudschijama. British Airways. 5. März 1966. Boeing 707. Wolkenloser Himmel. Plötzlich, wumm! Das Flugzeug zerbricht. 124 Tote. Dem Untersuchungsteam zufolge soll die Absturzursache extrem starker Seitenwind gewesen sein, eine Art horizontale Windscherung, die das Flugzeug getroffen und zerfetzt hat.« Mom holte tief Luft und fuhr im Flüsterton fort: »Weißt du, was passiert, wenn ein Flugzeug in 11 000 Meter Höhe zerbricht? Sämtliche Kleidungsstücke werden einem vom Leib gerissen. Schuhe, Socken, Unterwäsche. Alles. Splitternackt stürzt man auf die Erde.«

Dad verschlug es die Sprache. Man will nicht, dass gewisse Bilder das dumpfe und beruhigende Brummen der großen Triebwerke stören. Die Vorstellung, in den Tod zu stürzen, störte ihn dabei weniger, glaube ich. Er dachte wohl eher daran, wie peinlich es wäre, von einer sudanesischen Rettungsmannschaft gefunden zu werden, auf einem Feld, alle viere von sich gestreckt, ohne einen Fetzen am Leib.

Mom riss die Augen von der wippenden Tragfläche los und griff in ihre Handtasche. »Ich brauche eine Zigarette.«

Dad hielt ihr Handgelenk fest. »Du kannst hier nicht rauchen«, knurrte er.

Uns drei über die ganze Passagierkabine zu verteilen war vielleicht eine gute Idee für einen Unfall beim Start gewesen, hatte Mom aber einen Nichtraucherplatz beschert. Sie war schon ein paar Mal zum Rauchen zu mir rübergekommen. Dads Überlebensplan gefiel ihr nicht, und nach ihrer Miene zu urteilen, gefiel ihr die Umklammerung ihres Handgelenks noch weniger.

Sie riss sich los, schnappte sich eine Zigarette, zündete sie an und blies ein angsterfülltes Rauchwölkchen in die Kabine. Dads kurzer Flirt mit dem Mitgefühl hatte sich verflüchtigt. Er brachte ein fast unhörbares »verfluchte Scheiße« hervor, stand zu schnell auf, stieß sich den Kopf am Handgepäckfach und schwankte zu seinem Platz zurück.

Der Protest ließ nicht lange auf sich warten.

Eine laute Amerikanerin hinter uns machte den idiotischen Versuch, Moms Aufmerksamkeit mit einem Husten auf sich zu ziehen. Ich möchte nur ein Mal im Ausland einen leisen Amerikaner sehen. Ich weiß, die Chance, einen behaarten Frosch zu sehen, ist größer, aber ich gebe die Hoffnung nicht auf.

Nach Vereitelung ihrer Bemühungen, die Rauchwolken per Husten zu vertreiben, und alles andere als abgeschreckt von Moms Kommentar, sie habe ja einen schlimmen Husten und da sei es ein Glück, dass sie nicht rauche, beugte sich die laute Amerikanerin vor. »Hier ist Rauchen verboten.«

Mom genoss hingebungsvoll ihre Zigarette. Sie besah ihre Fingernägel, was sie bei uns zu Hause im Wohnzimmer auch oft macht. »Wer sagt das?«

»Das ist Vorschrift.«

»Scheiß auf die Vorschrift.«

Da bin ich gegangen. Eins zu null für Mom. Klar ist das ein Nichtraucherplatz, aber es geht nicht um die Beschwerde, sondern um die Haltung, die damit verbunden ist, als hätte einem eine Elster auf den Kopf geschissen. Verpiss dich. Reg dich wegen was Anständigem auf. Abtreibungsgegner sind mir lieber als Antiraucher. Fanatische Lebensschützer regen sich wenigstens wegen was Lohnendem auf.

Na klar, ich kenn die ganzen Tests, die uns vor den Risiken des Passivrauchens warnen. Aber wer glaubt, er kriegt gleich Krebs, bloß weil er mal dem Rauch einer Zigarette ausgesetzt ist, der sollte lieber sparen und sich eine von den Plastikblasen zulegen, in denen John Travolta in diesem Fernsehfilm aus den Siebzigern wohnte. Das ist nämlich der einzige Ort, wo man sicher ist. Wer glaubt, man kriegt so leicht Krebs, spinnt. Der gehört weggesperrt.

Es gibt allerdings eine pessimistische Prognose, der ich zustimme. Wenn man mit einem Menschen, der täglich zwei

Päckchen raucht, in einen kleinen Keller ohne Lüftungsmöglichkeit gesperrt wird und diesen Keller vierzig Jahre lang nicht verlässt, dann *könnte* man – nicht mit Sicherheit, nicht unter Garantie –, aber dann könnte man Gefahr laufen, Krebs zu kriegen.
Mal angenommen, die ganzen staatlich subventionierten Wissenschaftler haben Recht. Wenn jemand dermaßen kränkelt, wenn er eine so schwache Konstitution und ein so labiles Ego hat, dass er sich schon Krebs holt, bloß weil er mal kurz einer brennenden Zigarette ausgesetzt ist, dann soll's wohl so sein. Der soll ruhig sterben. Am Ende ist die Herde stärker. Jäten wir die Schwachen aus. Die Verrückten. Die ewigen Jammerlappen. Das nennt man Survival of the Fittest. Genau wie hier in Scheißafrika. Will irgendein fanatischer Antiraucher in mein Tagebuch spi-cken? Hände weg! Das ist nichts für Schnüffler mit schmutzigen Pfoten. Echt jetzt. Sofort weglegen.
Die Leute sind doch nur gegen das Rauchen, weil es sie an ihre Sterblichkeit erinnert. Ich steh hier jetzt quasi in der schwarzen Robe mit der großen Kapuze, hab ne Zigarette in der einen Hand und die Sense in der anderen … und sie schrecken zurück … und sie denken … was meint der damit, dass es nicht ewig dauert? Was meint der damit, dass ich eines Tages sterben muss? Und unter der Kapuze dringt mein sonores Lachen hervor.
Darauf läuft dieser Kreuzzug gegen das Rauchen in Wahrheit doch hinaus. Die Angst vor dem Tod. Das heißt, darauf laufen alle Kreuzzüge hinaus.

23:17 Uhr Hab's geschafft, ein bisschen zu dösen. Das ganze Flugzeug schläft. Alles ist ruhig. In solchen Augenblicken geht die Bombe hoch. So grausam ist das Leben nun mal. Ich würde dasselbe denken wie die Studenten an Bord von Pan Am 103: »Hey, find ich prima, dass ich

Weihnachten nach Hause kann. Ob mich Melanie vom Flughafen abholt?« Man malt sich Schlittenfahrten aus und Sternsinger und wie herrlich sich Melanies Möse anfühlen wird, wenn sie sich unter dem großen Deckbett krümmt und windet. Aus dem Lautsprecher käme die Vertrauen erweckende Stimme des Piloten, der die verbleibende Flugzeit nach New York durchgäbe und vielleicht noch etwas über die Sternbilder sagen würde, die man in dieser sternklaren Nacht von den Fensterplätzen aus sehen könnte. Ich würde langsam mein Tischchen runterklappen, weil ich Lust hätte, einen Schluck Cognac zu trinken. Würde mich heiter an die Flugbegleiterin wenden und zum Sprechen ansetzen, und dann ... BUMMMMM! Flugzeug zerbrochen. Kleidung weggerissen. Noch im Sitz festgeschnallt. Noch bei Bewusstsein. Im Fallen. Sternklare Nacht. Heilige Nacht. Kopfüber. Frostluft quetscht mir die Eier. Meine Ohren bluten.
Mein Gott. Warum schreib ich denn so einen Scheiß, wenn ich im Flugzeug sitze?
Nach Mom gesehen. Sie hat die Zigarette ausgedrückt, als die Flugbegleiterin sie höflich darum gebeten hat. Air France gleicht aus zum eins zu eins. Verbindlich und zivilisiert.
Schon bevor ich wegen der Safari nach Paris kam, hatte Dad erwähnt, Mom hätte Probleme. Was für Probleme? Das ließ er offen. Was mich überraschte, denn sonst ist er immer so präzise. Und ich hab aus Egoismus nicht nachgefragt. Ich wollte ihm Geld aus dem Kreuz leiern, und da kümmerten mich ihre Probleme nicht weiter.
Kaum zu glauben, dass sie jetzt schon ein Jahr in Paris leben. Mom wollte eigentlich nie nach Frankreich ziehen. Sie mochte unser zweistöckiges Haus mit dem kleinen Garten und dem Vogelbad für die Rotkehlchen. Ihre Blumen. Ihre Sträucher. Ihr Badminton.

Mom sagt, Dad wollte in Paris leben, seit er an der Uni Hemingway gelesen hat. Angeblich hat er schon vor sieben Jahren die Versetzung beantragt. Ich hab ihn noch nie so glücklich gesehen wie an dem Tag, an dem er nach Hause kam und sagte, Mom und er würden hinziehen. Ich habe noch nie gesehen, dass sich Mom so große Mühe gab, glücklich zu wirken.

Das Timing war perfekt. Maggie war an der Universität. Ich war fast fertig mit der High School. Dad wollte früher rübergehen, und Mom sollte nach meinem Abschluss nachkommen. Das Haus wollten sie vermieten und für Maggie und mich eine Eigentumswohnung kaufen.

Ich erinnere mich an unseren letzten gemeinsamen Vormittag im Haus. Das war eine Woche nach meinem letzten Schultag. Mom war in mein Zimmer hochgekommen, weil sie vor ihrem Abflug noch mal waschen wollte. Ihre letzte Haushaltspflicht als Mutter. Sie fragte, ob ich Schmutzwäsche hätte. Ich hörte nichts, so einen Kater hatte ich. Träge blieb ich liegen, bis ich merkte, dass sie meine Jeansjacke mit runtergenommen hatte. Stück für Stück fügte ich das Geschehen in der Waschküche zusammen. Sie durchsuchte die Taschen, um alles herauszunehmen, was nicht mitgewaschen werden durfte. Sachen, die die warme Seifenlauge beschädigt hätte. Schokoriegel. Mein Portemonnaie. Meine Zigaretten ... mein ... ich sprang aus dem Bett und raste nach unten. Aber zu spät.

Mit einem Fläschchen Haschöl in der Hand stand Mom vor dem Trockner. In Tränen aufgelöst. Dass sie enttäuscht sein würde, hatte ich erwartet. Aber sie war mehr als enttäuscht. Sie war am Boden zerstört. Ihr Gesichtsausdruck war so extrem, so lächerlich, dass ich fast gelacht hätte. Sie hielt das Fläschchen wie eine Kugel, die ich ihr ins Herz geschossen und die sie in einer wundersamen, an sich selbst vollzogenen Operation mit den Fingern entfernt

hatte. Sie hielt sie mir hin. Dunkelrotes Blut tropfte auf den Zementboden. Sie sagte, sie hielte mich für drogensüchtig. Sie sagte, sie werde das Fläschchen nach Paris mitnehmen und Dad zeigen. Hat sie aber nicht gemacht. Gute alte Mom. Nimmt ihren Jüngsten in Schutz.
Maggie fuhr sie zum Flughafen. Mir war zu schlecht. Arme Mom. Steht unten an der Treppe und sagt dem Haus Lebewohl, und alles, was sie hört, ist mein Kotzen oben im Badezimmer. Das war das letzte Mal, dass wir zusammen unter einem Dach waren, bis ich dann wegen der Safari nach Paris kam.
Sie darf einfach nicht immer gleich so hysterisch werden. In der Zeitung hat sie mal einen Bericht über eine Frau auf LSD gelesen, die hat ihrem Baby das Herz mit einer Flaschenscherbe rausgeschnitten. Mom dachte, alle Leute auf LSD machen so was. Nein, Mom, nur die, die schon vorher spinnen. Spinner sollten kein LSD nehmen. Mom weiß nicht, dass ich auch schon welches genommen habe. Sie würde sofort tot umfallen, wenn sie wüsste, wie oft. Und ob man's glaubt oder nicht: In meinem Zimmer liegt kein einziges Babyherz auf dem Boden. Jede Menge verlorene Illusionen. Jede Menge Lügen. Jede Menge Ansichten über die Zeit, den Tod und Speed. Aber bisher, toi toi toi, keine Babyherzen.
Ich nehme Drogen nicht als Entfesselungstrick wie ein billiger Zauberkünstler auf einem Kreuzfahrtschiff. Ich nehme Drogen, um Gold zu finden, wie ein habgieriger Goldschürfer in irgendeinem Kuhdorf. Die einen nehmen Drogen, um cool zu sein, die anderen, um zu wachsen. Ich bin kein James Dean. Ich bin ein Luftballon. Und Gott hat mich an die Lippen gesetzt. Und bläst. Und bläst mich auf, bläst mich immer weiter auf. Eines Tages werde ich explodieren. Und dann werde ich frei sein.
Ich bin Mom und Dad wirklich dankbar, dass sie Gott bei

uns zu Hause nie erwähnt haben. Am nächsten bin ich einer Kirche gekommen, als ein Mitschüler es geschafft hat, mich für die Pfadfinder zu begeistern. Ich bin wegen der Abzeichen hin, wegen der Zeltlager und der gerösteten Marshmallows. Mein Kumpel war ein Heiliger der Letzten Tage, ein Mormone, wenn das jemandem mehr sagt. Bei dem zu Hause gab's zum Frühstück Vollkornflocken, und jeden Montagabend war Familienabend. Dann haben die sich unterhalten und gelacht und gesungen – sogar wenn Football im Fernsehen kam. Für mich waren das die reinen Aliens.

Die Pfadfinder trafen sich in einem Raum in deren Kirche. Vom zweiten oder dritten Treffen an kamen mein Mormonenkumpel und sein Dad eine halbe Stunde früher. Also kamen wir auch eine halbe Stunde früher bei der Kirche an. Sein Vater sagte jede Woche dasselbe: »Der Wagen da drüben, der gehört doch Bischof Ballantyne ... was zum Teufel hat der denn an einem Mittwochabend hier zu suchen ... hey, wisst ihr was? In der Kapelle ist gerade Gottesdienst, pssst, dann müssen wir nicht zwanzig Minuten lang hier rumstehen und Däumchen drehen. Setz dich doch einfach hier zu uns auf die Bank, Richard.«

Monatelang ging das so. Ich bekam kein einziges Wort von dem alten Bischof mit. Aber eines Tages ging mir ein Licht auf. Hier ging es nicht ums Zelten. Es ging auch nicht um Marshmallows und das Abfackeln von Fürzen am Lagerfeuer. Hier ging es um die Rettung meiner Seele.

Ich trat auf der Stelle aus. Und seit jenem Tag warte ich in der geduckten Lauerstellung eines Pumas auf anständig frisierte Missionarsbubis, die in frisch gebügelten weißen Hemden mit Krawatten bei mir klingeln, mit überirdischem Lächeln, festem Händedruck und einem Plan.

Ich begrüße sie in der Unterhose. Mit hässlichen Löchern am Hintern. Ich rauche Zigaretten und Haschöl. Ich trinke Bier und Whiskey. Ich blättere im *Hustler* und frage sie, was sie von dieser kleinen Fotografie dieser kleinen leckeren Muschi halten. Ich kratz mir die Eier. Ich rülpse, lass einen fahren, schnüffel dem Furz hinterher und roll mein Ohrenschmalz zu Kügelchen. Trotz alldem schaffen sie es, mich zu fragen, ob ich wüsste, wer der »King« ist. Klar, sag ich, Elvis. Sie sagen mir, meine Seele braucht einen Freund für die Ewigkeit. Ich sage, meine Seele ist leider schon vergeben und ruht am Busen des Fürsten der Finsternis. Danach gehen die meisten. Die Hartnäckigen bleiben. Wahrscheinlich wegen der Nacktfotos auf dem Sofatisch.

Bei uns zu Hause wurde Gott mit keinem Wort erwähnt. Als ich so weit war, mir Fragen zu stellen, da wandte ich mich den Drogen zu. Und bei denen fand ich Farben, die keine Kirche der Welt zu bieten hat. Mom und Dad hatten mir eine leere Leinwand zum Bemalen gegeben. Sie können manchmal echt Terror machen. Aber das werde ich ihnen nie vergessen. Sie haben meine Seele in Ruhe gelassen. Gott segne sie dafür.

Ich schau mir die ganzen anderen Reisenden an, die tief und fest schlafen. Ob sich so wohl die Erleuchtung anfühlt? Wach, aber keiner da, mit dem man reden kann?

Später Der Landeanflug auf Nairobi hat begonnen. Die Sonne ist aufgegangen. Die Luft ist ruhig. Meine Ohren tun weh. Hoffentlich knacken sie bald. Upps, das war aber ein großes Luftloch. Mom umklammert garantiert die Armstützen wie ein armer Irrer, der vor der Zahnoperation zu wenig Betäubungsmittel bekommen hat. Das reicht erst mal. Willkommen in Afrika.

Freitag, 12. August
10:45 Uhr
Norfolk Hotel
Zimmer 26
Nairobi, Kenia

Der Zoll war ein Witz. Musste nicht mal ne Tasche aufmachen. Nicht dass ich mir Sorgen gemacht habe, mein ganzes Naschwerk hab ich nämlich in einer von Moms Reisetaschen versteckt. Klar bin ich ein Arschloch. *Jetzt sagen Sie doch mal, junger Mann, was hätten Sie denn gemacht, wenn man Ihre gute Mutter festgenommen hätte?* Ich hätte alles gestanden. Aber ich bin eben ein gerissener Schisser.

In der sechsten Klasse sind wir in eine Fahrbücherei eingebrochen, die unsere Grundschule besuchte. Die Fahrbücherei war ein normaler Schulbus voller Bücher, der einmal im Jahr vorbeikam. Wahrscheinlich sollte uns allein seine Anwesenheit auf dem Parkplatz zum Lesen bringen.

Kurt Hutchison und ich haben die Tür so weit aufgebogen, dass der kleine Alex Cooper sich durchquetschen konnte. Er sollte gar nichts klauen. Für uns war es schon ein Sieg, dass er es in den Bus reingeschafft hatte. Wir hatten einen Fallschirmspringer hinter den feindlichen Linien abgesetzt. Alex machte seine Sache prima. Er rannte im Bus auf und ab, wedelte mit den Armen und johlte. Das muss er bestimmt vierzig Mal gemacht haben. Wir hätten uns fast bepisst vor Lachen.

Ohne es zu merken, hatten wir die Bustür kaputtgemacht. Wir wurden ins Schulsekretariat gerufen, und Mr. Harris, unser Rektor, zog seinen großen Ledergurt heraus und peitschte damit auf seinen Schreibtisch. Nur ich zuckte zusammen.

»So, Jungs, dann muss ich eben eure Eltern anrufen. Gebt mir mal eure Telefonnummern.«

Alex und Kurt diktierten ihm ihre Nummern, schnell und tapfer, wie ich fand. Und ich? Also, ich hatte ein Problem. Der Einbruch in die Fahrbücherei war an einem Dienstag passiert. Am Wochenende drauf hatte ich Geburtstag, und Kurt und Alex sollten bei mir schlafen. Dass ein Junge bei uns übernachtete, war normal, aber die Erlaubnis, gleich zwei einzuladen? Das war was Besonderes.

Ich stellte mir die ganze Zeit vor, wie Mom den Anruf bekam, Dad davon erzählte und ich Hausarrest bekam. Keine Doppelübernachtung. Kein gar nichts. Ich spielte Theater und fing an zu schluchzen. »Mr. Harris, ich hatte nichts damit zu tun. Ich schwöre es.«

Ich flennte und flennte, bis sich Mr. Harris schließlich an Kurt wandte. »Sagt Richard die Wahrheit?«

Kurt sah mich angewidert an. *Bitte, Kurt. Du weißt genau, dass es deinen Eltern scheißegal ist. Mein Dad rastet aus. Los, Kumpel, gib mir Deckung.* Endlich nickte Kurt. »Er hat nichts damit zu tun.«

»Gut, Richard, du kannst gehen«, sagte Mr. Harris.

Ich verließ das Büro als ein Häufchen Elend. Was für ein Feigling.

Aber das Wochenende war saustark. Kurt und Alex übernachteten bei uns. Wir aßen Pizza, und um Mitternacht sahen wir Fummelfilme. Als die Moralapostel noch nicht an der Macht waren, zeigte *Channel 4* aus irgendwelchen Gründen am Freitag um Mitternacht Pornos. An jenem Abend lief ein Lehrfilm, der zeigte, wie man mit einer Schwangeren schläft. Ich sehe die nackte Frau heute noch vor mir, die mit ihrem riesigen Bauch da auf dem Bett lag und den Hintern ganz an den Bettrand geschoben hatte (das war die Spezialtechnik), sodass ihr Lebensabschnittspartner es ihr besorgen konnte, ohne das Baby zu erdrücken. Und wie er es ihr besorgte. Uns blieb die Spucke weg. Nicht weil da eine Schwangere gevögelt

wurde. Weil da überhaupt eine Frau gevögelt wurde. Wahnsinn.
Angeblich interessiert man sich vor der Pubertät nicht für Sex. Blödsinn. Wir waren da unten kahl wie die Wand und klein wie die Regenwürmer, aber das hielt unsere Pillermänner nicht davon ab, sich zu erheben und dem Mitternachtsfilm zu salutieren. Diese Geburtstagsfeiern waren primitiv. Oder obszön. Wie man will.
Die meiste Zeit rannten wir nackt durch den Keller. Wenn einer furzen musste, rief er: »Stopp, ich hab einen.« Wir bauten uns leise vor ihm auf, als wollte er uns ein Lied vorsingen oder ein Gedicht aufsagen. Er beugte sich vor, spreizte die Pobacken und ließ einen fahren. Wir hielten uns den Bauch vor Lachen, schockiert und andächtig ob der Wunder des menschlichen Körpers.
War mein feiges Leugnen bei Mr. Harris im Büro das wert gewesen? Und wie! Würde ich es wieder tun? Aber sofort!
Am Flughafen nahmen wir ein Taxi. Dad war wie immer etwas abwesend, und ich glaube, Mom wunderte sich über mein Interesse an ihrer Reisetasche und meine Besitzansprüche.
Ich betrachtete die eintönige Landschaft, die draußen vorbeizog. »Ist das alles? Ist das Afrika?«
Dad schüttelte den Kopf. »Wir haben gerade den Flughafen hinter uns, du Knallkopf. Was hast du denn erwartet? Elefanten auf der Autobahn?«
Er streckte eine Hand nach hinten und tätschelte Moms Knie. »Wir sind nicht abgestürzt, Janet.«
Mom starrte stoisch aus dem Fenster. »Den Rückflug haben wir noch vor uns, Ted.«
»Das hat man gern. Drei Wochen Safari mit der Angst vor dem Rückflug ruinieren.« Dad ließ die Fingergelenke knacken. »Diese Reise kostet mich fünftausend Dollar. Ich finde, da könntet ihr beide euch ruhig etwas Mühe geben.«

Dad muss ständig herumposaunen, wie viel etwas kostet. Alles muss einen Wert haben. Zum High-School-Abschluss hat er mir eine Uhr geschenkt. Hat mir eingeschärft, sie nicht zu verlieren, es sei nämlich eine gute Uhr ... eine teure Uhr. Er widerstand der Versuchung, aber nicht lange. Dann platzte er damit heraus, sie hätte dreihundert Dollar gekostet. Jedes verdammte Mal. Ein Wert. Eine Zahl. Herrgott noch mal.

»Wir sind müde, Dad. Wir sind die ganze Nacht geflogen«, sagte ich.

Dad lachte höhnisch. »Mann, seid ihr zwei Weicheier.«

Wir erreichten das Hotel. Ich sprang aus dem Taxi und wäre fast auf einem Bettler gelandet. Der Mann hatte weder Arme noch Beine. Unglaublich. Wie ein Stehaufmännchen. Irgendwie schaffte er es, sich den Gehweg entlangzuwälzen. Mit den Zähnen hielt er einen langen Bindfaden fest und zog ein Pappschild hinter sich her mit der Aufschrift: »Ihr werdet die Wahrheit erkennen, und die Wahrheit wird euch frei machen – Johannes 8.32.«

Dad wuchtete Gepäckstücke aus dem Kofferraum, und ich ging zur Eingangstür, unter dem einen Arm Moms Reisetasche, unter dem anderen eine Tasche von mir, eine kleine. »Wie wär's, wenn du mir beim restlichen Gepäck hilfst?«, fragte Dad.

»Das überlass ich den Profis«, sagte ich. »Hier kommen schließlich die Sklaven her. Die haben damit doch viel mehr Erfahrung als ich.«

Ich hörte ihn verhalten fluchen. Ich kann die Leute fürchterlich in Rage bringen. Ständig geb ich Kommentare ab, die ich mir lieber verkneifen sollte. Eigentlich müsste er mich langsam kennen. Mir fällt zu allem ein dummer Spruch ein. Das ist mein Glück im Unglück. Es hält mich von Übeltaten ab.

Das Hotel ist echt kultig. Ein Fünfsterneluxusteil. Ich bin

angenehm überrascht. Normalerweise sind wir in den Ferien immer durch die Staaten gefahren und haben in einem Motel 6 übernachtet, Dad und ich im einen Bett und Maggie und Mom im anderen. Für diese Reise hat Dad wirklich was springen lassen. Gott segne ihn. Etwas anderes blieb ihm auch gar nicht übrig. In Nairobi gibt es kein Motel 6.

12:15 Uhr In meinem Zimmer hab ich als Erstes mein ganzes Naschwerk aus Moms Tasche in meine umgepackt. Kawumm, Blättchen, zwei Feuerzeuge, zwei Stangen du-Maurier-Zigaretten, eine Sicherheitsnadel, dreißig Gramm feinstes Gras aus Humboldt County, Kalifornien, drei Fläschchen Haschöl, fünfzehn Gramm roten Libanesen, sechs Gramm Blech in einem Plastikbeutel und eine kleine Rolle Alufolie. Arme Mom. Dafür hätte sie lebenslänglich bekommen. Vielleicht hätte man ihr auch den Kopf abgehackt. Wer weiß? Egal, bei der Rückreise stellt sich das Problem nicht mehr. Bis dahin ist alles weggeraucht – das ganze Beweismaterial über den Weiten Kenias in fantastischem Rauch aufgegangen.
Die einzige Konterbande, die ich in meiner eigenen Reisetasche zu transportieren gewagt hatte, war ein *Penthouse*-Heft, das ich mir vor dem Abflug nach Paris besorgt hatte. Ich weiß nicht, was mich am Kauf dieser Hefte so anmacht. Na ja, stimmt eigentlich nicht, ich weiß ganz genau, was mich anmacht. Ich sage mir, was denken wohl die, die sehen, wie ich mir so was kaufe. Die sagen sich bestimmt, der geht mit dem Heft in ein dunkles Zimmer und masturbiert dazu.
Der kleine Indianer bei Mac's lächelte mich an, als ich nach *Penthouse* fragte. Ich fand ihn herablassend. War er gar nicht. Okay, wahrscheinlich nicht. Aber ich wurde sauer. *Nun schau dir das arme Würstchen an, das sich*

Pornos kauft, weil es keine abkriegt. Das kannste knicken, Rothaut.

Penthouse hab ich am liebsten. *Hustler* zeigt zu viel. Wem geht denn bei Bildern von Mädchen einer ab, die aussehen, als würden sie für den Gynäkologen die Beine breit machen? Mir nicht. Und *Playboy?* Zu sauber und erbaulich. Die geben sich zu viel Mühe, ihrem Blatt einen respektablen Anstrich zu geben. Mir doch egal, ob ein nacktes Model für den Weltfrieden ist. Ich steh auf *Penthouse*-Mädchen. Genau die richtige Mischung aus den freizügigen Flittchen im *Hustler* und den Hausfrauenhintern im *Playboy*.

Manche Frauen verstehen angeblich nicht, wie man als Mann zur Fotografie einer nackten Frau masturbieren kann. Dabei ist das ganz einfach. Man blättert das Heft durch, bis man ein Bild findet, an dem das Auge hängen bleibt. Die Pose ist alles. Der Gesichtsausdruck des Models. Beim *Penthouse* kriegen die das sagenhaft gut hin, die Models »am Gipfelpunkt der Leidenschaft« festzuhalten: der halb offene Mund, die Augen. Ich weiß, dass das nicht echt ist, aber wozu hat Gott uns denn die Fantasie gegeben?

Hat man das Bild gefunden, fängt man an, sich die Szene auszumalen. Bei mir ist das Model am Anfang immer angezogen. Meistens hab ich irgendwie beruflich bei ihr im Haus zu tun. Ich bin ein Klempner oder der Zeitungsjunge oder der Gemüselieferant. Grundsätzlich verführt sie mich. Ich verführe sie nie. Ich bin immer eher schüchtern und zurückhaltend. Sie ist in der Regel verheiratet, unglücklich und rattenscharf. Sie neckt mich. Vielleicht muss sie sich umziehen, weil sie ausgehen will. Sie fängt in meiner Gegenwart damit an. Warum nicht? Wir schlafen miteinander. O Mann. Und wenn ich dann komme, ist das der Augenblick, den der Fotograf festgehalten hat. Klick. Und dann hol ich mir etwas Klopapier oder eine Socke.

Ich kann mich noch an meine erste Ejakulation erinnern. Ein zauberhafter Abend. Ich wusste, dass sich irgendwas verändert hatte, weil mein Schwanz plötzlich viel größer war als sonst. Aber so groß auch wieder nicht, jedenfalls passte er noch in eine Shampooflasche. Einmal blieb er stecken, und ich musste zwanzig Minuten warten, bis die Erektion abgeschwollen war. Von da an machte ich es mir lieber von Hand. So manchen Abend verbrachte ich im Badezimmer und streichelte mich stundenlang. Aber noch immer nichts. Mom und Dad wussten verdammt gut, was mit mir los war. So oft badet man schließlich nicht an einem Abend.
Am vierten Abend fieberhaften und ausgedehnten Masturbierens passierte es endlich. Meine Beine fingen an zu zittern. Eine weiche, warme Welle stieg in mir auf, dann spritzte plötzlich ein weißer Wonnekleister heraus und schmadderte mir den Bauch voll. Ich vergesse manchmal, wie überwältigend das war. Viel überwältigender als meine Entjungferung. Das war also eine Ejakulation, dachte ich. Wunderbar. Einfach wunderbar.
Ich hatte nie wieder einen solchen Orgasmus wie beim ersten Mal, was bestimmt nicht am Mangel an Gelegenheit liegt. Ich muss an die sechstausend Mal masturbiert haben. Ohne Scheiß. Ich hätte sechstausend Missgeburten zeugen können (Zwillinge und Drillinge nicht mitgezählt). Eine Stadt gründen. Mich zum Bürgermeister ernennen.
Tatsächlich lag ich gerade auf meinem Hotelbett und war am Rattern. Hatte das Heft offen vor mir. Näherte mich dem dramatischen Höhepunkt der Szene. Das Model beugte sich schon über den Schreibtisch. Genau wie auf dem Foto. Ich machte es ihr, als wüsste ich, was ich machte. Und sie sagte alles, was ich hören wollte. Dass er so groß wäre. Dass ich härter zustoßen sollte. Tiefer. Die warme Welle stieg auf und fing an zu kochen. Ich hörte die Schritte nicht. Sah nicht, wie die Tür aufging.

Nun ist Dad ein ziemlicher Macho. Er ist stolz auf seine Härte. Als Jugendlicher hat er geboxt. Und mich hat er gezwungen, mit Kontaktsportarten wie Eishockey anzufangen, um verletzt zu werden und andere zu verletzen. Im Nachhinein bin ich ihm dankbar. Ich bin dadurch bestimmt stärker geworden.

Das Eishockey ging mir total gegen den Strich, aber Dad hat mich trotzdem an saukalten Abenden zu irgendwelchen Spielen verfrachtet. In den Pausen heulten die anderen Söhne, und ihre Väter mussten ihnen die abgestorbenen Füße kneten. Nicht mit mir. Meine Schlittschuhe blieben angeschnallt, und ich hielt die Tränen zurück. Neben ihm musste man hart bleiben. Beim kleinsten Anzeichen von Schwäche war man geliefert, war man eine Schwuchtel.

Ich muss zugeben, als er mich da mit meinem Pillermann in der Hand auf dem Bett liegen sah, erinnerte ihn das wohl kaum an Bobby Baun, der im sechsten Spiel vom Stanley Cup 1964 mit einem gebrochenen Knöchel in der Verlängerung das letzte Tor schoss.

Dad gab ein unerwartetes Geräusch von sich. Ich hätte ein tiefes Knurren erwartet. Stattdessen kam ein schrilles Jaulen. Das Kläffen eines kleinen Terriers, dem man aus Versehen auf die Pfote getreten hat. Dem Jaulen folgte ein Sprung nach hinten, wie der eines Schulmädchens in einem hübschen Kleid, das beim Himmel-und-Hölle-Spiel unbeholfen ein Feld zurückhüpft.

Dann folgte ein Ausruf, den wir als Duett sangen: »O verdammt!«

Hastig warf ich die Bettdecke über mein verlegen schrumpfendes Glied.

Er drehte mir den Rücken zu und fand seine tiefe, feste Stimme wieder: »Wir haben ein Treffen mit dem Reiseveranstalter.« Er stieß gegen den Türrahmen und verschwand.

Ich war knallrot geworden. Ich war selbst überrascht, als ich die geschlossene Tür anschrie: »Kannst du nächstes Mal vielleicht vorher klopfen, du Arschloch?«
So. Damit hatte ich wenigstens einen Teil meiner Würde zurück. Ich glitt vom Bett, zog die Unterhose hoch und schob das Heft unter die Matratze. An der Tür klopfte es leise.
»Ja?«, fragte ich.
»Hast du die Hose an?«, fragte Dad.
»Ja«, sagte ich.
Die Tür flog auf, und er stürmte ins Zimmer wie der Mangler in der Folge von *Familie Feuerstein,* wo Fred gegen ihn ausgesagt hat und er dann aus dem Gefängnis ausbricht und bei Fred ins Haus stürzt: *Feuerstein! Jetzt geht's dir an den Kragen!* Aber er stolpert über Pebbles' Rollschuhe, knallt hin und verliert das Bewusstsein. Dummerweise konnte Dad über keinen Rollschuh stolpern. Bevor ich wusste, wie mir geschah, knallte er mich gegen die Wand und drückte mir mit dem Unterarm die Gurgel zu.
»Ich hab das Scheißzimmer bezahlt. Ich muss nicht klopfen.«
Er hätte mir glatt die Luftröhre eingedrückt, wenn das Entsetzen in meinen Augen nicht verraten hätte, dass ich nur große Töne gespuckt hatte. Er ließ mich los.
»Deine Sperenzchen lässt du auf dieser Reise, klar?«, sagte er.
Ich wollte ihn fragen, was er damit meinte, aber meine Kehle tat weh, und ich wusste nicht, ob ich sprechen konnte. Er marschierte hinaus und schloss die Tür hinter sich.
Seltsam. Da hält man sich nun für erwachsen und glaubt, man wäre ein Mann. Aber ein schneller Unterarm an der Gurgel erinnert einen daran, dass man nur ein Kind ist, ein schwaches kleines Kind.

20:49 Uhr Pisse, Katzenjammer und die ganze Scheiße. Wir haben uns mit dem Reiseveranstalter von Wimpole Tours getroffen. Sturzlangweilig. Ich war so müde, dass ich kaum die Augen offen halten konnte. Mom war in Gedanken sonst wo. Ich glaube nicht, dass sie auch nur ein Wort vom Reiseveranstalter mitbekommen hat. Dad wurde sauer. Ich weiß, was er gedacht haben muss. Da blecht er nun fünftausend Dollar für die Reise, Mom starrt ins Leere, und meine Augen hängen auf halbmast.

Nach dem Treffen bin ich in mein Zimmer zurück und hab masturbiert. Ich war nicht bei der Sache, aber ohne kann ich nicht einschlafen. Ich hab bis um fünf geschlafen und bin dann zum Abendessen runter.

Dad und ich schaufelten Kartoffeln und Erbsen in den Mund, dazwischen gebratene Giraffe, die wie Hirsch schmeckte, soll heißen, echt scheiße. Später erfuhr ich, dass es auch Hamburger gegeben hätte. Dumm gelaufen.

Mom saß vor ihrem vollen Teller. Ihre Gabel fuhr in den Kartoffelbrei, drehte ein paar Pirouetten und hielt an.

Dad war beim dritten Glas Wein und hatte ebenfalls einen anständigen Durchhänger. »Du kannst doch nicht den Rest deines Lebens auf einem Ölfeld arbeiten«, platzte er heraus. »Du solltest im Herbst an die Uni gehen.«

Das musste ja kommen. *Die Aussprache.* Über meine Zukunft. Ich hatte sie allerdings nicht so früh erwartet und keine Zeit gehabt, mich darauf vorzubereiten.

»Ich weiß nicht, was ich werden will.«

»Das ist egal. Man geht nicht an die Universität, um einen Job zu bekommen, sondern um Bildung zu erwerben.«

»Nächstes Jahr.«

»Vielleicht gilt mein Angebot dann nicht mehr.«

»Warum setzt du mich so unter Druck?«

»Mach ich gar nicht. Ich will nur nicht, dass du dein Leben auf dem Ölfeld vergeudest. Du verlierst kostbare Zeit.«

»Mir gefällt's da. Ich verdiene gutes Geld. Das Essen ist irre. Das Land ist schön. In der einen Woche arbeite ich achtzig Stunden, und die nächste hab ich frei. Find ich gut.«

»Und was machst du in der freien Woche?«

Das wusste er ganz genau. Die Frage hatte ich ihm schon ein paar Mal am Telefon beantwortet.

»Ich lese und hänge rum. So was.«

»Deine Schwester sagt, du bist oft betrunken.«

Danke, Maggie.

»Ich trinke manchmal. Ich arbeite schwer. Da werd ich mich ja wohl eine Woche ausruhen dürfen.«

Er geriet zunehmend in Rage. Jetzt wandte er sich an Mom. »Du hast ja nicht mal probiert.«

»Ich habe keinen Hunger«, antwortete Mom. Sie hatte keine Lust auf ein Verhör und kramte in der Hoffnung, ihn abzulenken, eine Zigarette aus ihrer Handtasche.

»Kann ich auch eine haben?«, fragte ich. Mom gab mir eine Zigarette. Dad lehnte sich verblüfft zurück. »Ich hab dich noch nie rauchen sehen.«

Dann hast du mich heute schon bei zwei neuen Beschäftigungen gesehen.

Dad holte einen Pfefferminzbonbon in Zellophan aus der Hosentasche. Die lutscht er, seit ich mich erinnern kann. Er sah den Bonbon an. Ließ die Schultern hängen. Meine verkrachte Existenz. Mein Rauchen. Moms Appetitlosigkeit. Zu viel. Er schob seinen Stuhl zurück und stand auf. »Der Geländewagen fährt um acht. Um sieben treffen wir uns hier zum Frühstück.« Damit war er verschwunden.

Ich wandte mich an Mom. »Ich hasse ihn.«

»Warum?«

Ich lachte. Mom verzog keine Miene. Das kotzte mich an.

»Bist du taub?«

»Nein.«

»Du hast ihn doch gehört. Er ist ein Drecksack.«

»Erspar mir bitte deine Gossensprache.«
»Ich hab's satt, dass er wegen jeder Kleinigkeit Stress macht. Ich hab einen prima Job, und mir geht's gut.«
»Er macht sich eben Sorgen um dich. Ich mir übrigens auch. Du entfernst dich immer mehr von uns.«
»Ich lebe in Kanada. Ihr lebt in Paris. Dazwischen liegt eine große Wasserfläche. Die nennt sich Atlantischer Ozean. Hast du vielleicht schon von gehört.«
»Das hast du von deinem Vater.«
»Was?«
»Deinen Sarkasmus. Das ist so kindisch.«
Wenn ich was echt nicht abkann, dann den Hinweis, ich hätte etwas mit ihm gemeinsam. Da raste ich voll aus. *Du kannst mich mal, Mom.*
»Was waren das für Drogen in meiner Tasche?«
»In welcher Tasche?«
»Meiner Reisetasche. Die du in dein Zimmer mitgenommen hast.«
»Die hab ich dir doch zurückgebracht.«
»Darum geht's nicht. Was für Drogen waren das?«
»Ich weiß nicht, was du meinst.«
»Das waren ganz schön viele, oder?«
Scheiße, Mann, was sollte ich nur sagen? Ich musste alles leugnen. Warum blieb sie so gelassen? Wann hatte sie sie gefunden? Und warum hatte sie sie nicht weggeworfen?
»Das ist bloß ein bisschen Gras und so«, sagte ich.
»Und Hasch und Haschöl.«
»Du kannst Haschöl doch nicht von Motoröl unterscheiden.«
»Wofür brauchst du die Alufolie?«
Scheiße. Wir rasten eine enge, dunkle Straße entlang, nur sie und ich im Auto, bogen um eine enge Kurve, und es konnte nur noch Sekunden dauern, bis wir frontal mit dem »H«-Wort zusammenstießen.

»Ich wusste gar nicht, dass ich Alufolie eingepackt hab.«
Ich versuchte sie ausdruckslos anzustarren, als ob sie aus einer Mücke einen Elefanten machte. *Du dumme alte Gans. In Alufolie wickelt man Käse ein, wenn man die Plastikverschweißung entfernt hat. Dann bleibt er im Kühlschrank länger frisch. Das hast du mir doch beigebracht.* Ein großer Schweißtropfen fiel mir von der Augenbraue und platschte aufs Handgelenk. Zu Demonstrationszwecken griff sie nach einer Serviette.
»Legt man nicht Heroin auf die Alufolie, hält ein Feuerzeug drunter, bis das Heroin brennt und man den Rauch inhalieren kann?«
»Ich nehm kein Heroin, Mom.«
»Wofür brauchst du dann Alufolie?«
»Wo hast du das alles bloß her? Seit wann bist du eine Drogenexpertin?«
»Keine Angst. Ich sag's Dad nicht weiter.«
»Du kannst ihm sagen, was du willst. Ist mir doch egal.«
»Das stimmt nicht. Er überweist dir immer noch Geld. Und ich weiß, dass du studieren möchtest. Vielleicht nicht dieses Jahr. Aber irgendwann.«
»Ich brauch sein Geld nicht. Ich bin keine Gefangene wie du.« Sie sah mich an, als hätte ich ihr das Schienbein mit einem Viererereisen zerschmettert. Ich wusste nicht, ob sie weinen oder schreien würde.
»Tut mir Leid«, sagte ich. »Warum zum Teufel verlässt du ihn nicht?«
»Weil ich ein Feigling bin. Und eine Niete.«
»Du bist keine Niete.«
»Du hast keine Ahnung, wovon du redest.«
Damit stand sie auf und ging. Ich sah ihr nach, wie sie langsam durchs Restaurant schritt. Es tat mir Leid, dass ich sie als Gefangene bezeichnet hatte. Das war erbärmlich gewesen. Ich bin genauso gefangen wie sie.

Ich bekam einen Moralischen. In meinem Zimmer fing ich an, mein Naschwerk wegzuwerfen. Zwei Fläschchen Haschöl hab ich im Klo runtergespült, bevor ich zur Besinnung kam. Welch eine Verschwendung. Sechzig Schleifen den Bach runter. Die alte Dame wird noch ein richtiger Fuchs. Ich muss besser aufpassen.

23:07 Uhr Ich habe gerade einen halben Joint geraucht und nippe ruhig an einem Glas Cognac. Dad hat vor einigen Augenblicken mein Zimmer verlassen.
Mom muss nach unserem Gespräch beim Essen ziemlich außer sich gewesen sein. Kurz nachdem ich mit dem vorigen Tagebucheintrag fertig war, polterte Dad rein. Er war auf hundertachtzig. Ich hätte schwören können, dass sie ihm von den Drogen erzählt hat.
Ich saß auf einem Stuhl am einen Ende des Zimmers. Er stand am anderen Ende. Wahrscheinlich wagte er nicht, näher zu kommen, weil er sonst zugeschlagen hätte. »Hab ich dir nicht gesagt, du sollst deiner Mutter keinen Kummer machen?«
»Hab ich doch gar nicht«, rief ich.
»Erzähl keinen Scheiß.«
»Die ist doch total aus der Spur, seit wir gelandet sind. Damit hab ich doch nichts zu tun.«
»Ich warne dich«, sagte er, kam auf mich zu und drohte mir mit dem Zeigefinger. »Wenn du sie umbringst, Richard, dann kriegst du's mit mir zu tun.«
Da war ich ja nun platt. Wovon zum Teufel redete der überhaupt? Ich hätte gern cool irgendwas Unheilschwangeres gesagt à la: »Ich lass dir den Vortritt. Aber das sag ich dir, ich mach dich alle.« Na ja, wär vielleicht auch lahm gewesen. Aber allemal besser als das schrille »Was hab ich denn getan?«, das mir entfuhr wie ein piepsiger Furz.
Ich versuchte seinem Blick standzuhalten, ohne mit der

Wimper zu zucken, hoffte aber gleichzeitig, dass er nicht mitbekam, wie sehr ich zitterte. Ich wartete auf seinen Schlag. Ich gierte regelrecht danach. Ich drehte langsam durch. Meinetwegen hätte er mich windelweich prügeln können. Ich glaube, ich hätte ihm zumindest ein bisschen wehgetan, bevor er mir dann sehr doll wehgetan hätte.
Er schien überrascht, dass ich ihm Kontra gab. Soweit das vom Stuhl aus ging. Wenigstens starrte ich ihn an. Er lächelte, aber ein bisschen unsicher. Ich glaube, er wollte mich einschüchtern. Sein Lächeln bedeutete: »Du ahnst ja nicht, wie knapp du gerade einer Tracht Prügel entgehst.« Aber auch er zitterte ein bisschen, als wäre er seiner selbst nicht mehr ganz sicher.
Ich fand, er sollte die Chance haben, sich ohne Gesichtsverlust zurückzuziehen. Ich schlug die Augen nieder. Es klappte. Er drehte sich um und ging. Ich kann's noch immer kaum glauben.
Irgendwo fehlt hier ein großes Puzzlestück. Wie kommen wir von einer schniefenden Mom im Flugzeug zu einer, die ich in den Selbstmord treibe? Ich muss davon ausgehen, dass Dad sich ernsthaft Sorgen macht, denn hysterische Anwandlungen hat er eher weniger. Wenn er nicht so ein Arsch wäre, würd ich ihn ja glatt fragen, was eigentlich los ist.
Ich stell mir vor, wie Mom sich umbringt und er mich wie Dr. Frankenstein über die Eisschollen hinter Tuktoyaktuk jagt.
Ich bin etwas von der Rolle. Ich bin draußen und schaue rein. Ich sehe das letzte Jahr plötzlich in anderem Licht. Sie hatten zwei Gelegenheiten, nach Hause zu kommen, und haben keine von beiden wahrgenommen.
Die eine war Weihnachten. Dad sagte, so kurz nach ihrer Ankunft in Paris hätte es keinen Sinn, schon wieder nach Kanada zu fliegen. Die Entscheidung muss er allein getrof-

fen haben, denn Mom wollte immer, dass wir Weihnachten alle zusammen feiern.
Die zweite war Maggies Hochzeit. Obwohl ich weiß, dass sie enttäuscht waren, weil sie schwanger geworden war, das Studium abbrechen und heiraten wollte, hätten sie doch zurückkommen können. Am Ende habe ich sie zum Altar geführt. Und war dabei betrunken.
Und wo sind die Eltern der Braut?
In Paris.
Ah.
Wie kann man der Hochzeit der einzigen Tochter fernbleiben? Doch nur, wenn mit Mom in Paris irgendwas los war. Irgendwas Großes, Fieses. Und Dad Angst hatte, sie würde in der Kirche oder im Flugzeug eine Szene machen.
Ich bin echt wütend. Diese ganzen Geheimnisse. Was zum Teufel verheimlicht er mir? Und was zum Teufel ist mit ihm los? Wie er da bei mir ins Zimmer platzt. Mir an die Gurgel geht und droht, mich umzubringen. Mann, der ist doch am Durchdrehen.
Ich kann mich nicht erinnern, dass er sich in Maggies und meiner Kindheit und Jugend je so aufgeführt hätte. Da war er berechenbarer. Selbst wenn er mit seinen Launen und Wutausbrüchen das ganze Haus terrorisierte. Aber er hat nie ein Familienmitglied geschlagen oder gedroht, jemanden umzubringen. Das Gleiche bei Mom. Die war doch ganz schön stabil.
Eines der wenigen Male, wo Mom ausgerastet ist, war nach der Sache mit einer von Maggies Freundinnen in der siebten Klasse.
Das war ein großes Jahr für mich, denn ich entdeckte, dass sich die meisten Menschen vor dem Anus ekeln. Er schien der Teil unserer Anatomie zu sein, über den keiner sprechen wollte, also wurde er der Teil, den ich feiern wollte und als meine Mission ansah.

Als Leiter des Kontrollzentrums organisierte ich die Jungen in der Klasse (die Mädchen fanden das Ganze pubertär), und wir stellten einen Analzug zusammen. Unsere arme Klassenlehrerin kam ins Klassenzimmer und sah sich vielleicht fünfzehn Jungen gegenüber, die in einer langen Reihe standen und Analverkehr simulierten, und ich stand natürlich an der Spitze und stieß ins Horn.
Ich habe da eine Theorie. Bevor wir unsere Menschengestalt bekamen, waren wir geistige Wesen. Es gefiel uns, dass wir keine menschlichen Gestalten und Funktionen hatten. Wir waren frei. Es war ein herrliches Leben. Und dann, grunz, grunz, stöhn, press, o mein Gott, fanden wir uns plötzlich in diesen organischen Hüllen wieder. Und um diese Hüllen am Leben zu erhalten, mussten wir verschiedene Substanzen konsumieren. Und das Konsumierte musste natürlich auch wieder ausgeschieden werden.
Wir halten uns für vom Himmel herabgestiegene Engel. Wir halten uns für Sternenstaub. Waren wir auch. Sind wir im Kern vielleicht immer noch. Aber jedes Mal, wenn wir ein Ei legen und uns den Arsch abwischen, werden wir daran erinnert, dass wir uns göttlichen Gedanken hingeben mögen, dass unser Körper sich jedoch in nichts von dem eines Hundes unterscheidet, der sich im Park hinhockt. Irgendwo im Hinterkopf schlummert eine Erinnerung an die Zeiten, als wir noch nicht essen und scheißen mussten. Und wir werden wütend und traurig, wenn man uns daran erinnert, dass wir längst nicht so erhaben und göttlich sind, wie wir immer tun. Meine Mission war es, daran zu erinnern. Auch wenn ich es damals nicht wusste.
Der besagte Zwischenfall ereignete sich in der Mittagspause. Ich wartete mit Maggie und ihrer Freundin auf Mom, die uns in die Schule zurückfahren sollte. Maggies Freundin bückte sich, um ihre Schuhe zuzubinden, und ich bin blitzschnell auf sie los. Hab sie von hinten genommen

und drauflosgepumpt. Maggie ist kreischend nach oben gerannt. Ihre Freundin hat einen Schreck bekommen, war aber nicht gerade traumatisiert. Dann kam Maggie runter und sagte mit ernster Stimme, Mom wolle mich sprechen. Ich ging die Treppe hoch zu Mom. Ich begegnete ihrer zu erwartenden Standpauke mit breitem, übertriebenem Grinsen. Sie sagte kein Wort. Aber sie sah aus wie eine Furie. Sie hob die Hand und gab mir sechs saftige Ohrfeigen. Drei links. Drei rechts. Es stach wie ein ganzer Wespenschwarm. Danach fuhr sie sich mit der Zunge über die Lippen. Und das war's. Ich drehte mich um, ging die Treppe wieder runter und musste meine ganze Willenskraft aufbieten, um nicht loszuheulen.
Das war eines der wenigen Male, wo Mom ausgerastet ist. Aber jetzt ist es anders. Damals ist sie für einen kurzen Augenblick ausgerastet. Und es war nicht mal ein echtes Ausrasten, weil sie nicht gebrüllt hat oder so. Ich hab das Gefühl, diesmal ist das gleich für eine ganze Woche. Vielleicht auch einen Monat. Oder noch länger. Und vielleicht fängt sie irgendwann an zu brüllen.
Morgen geht die Safari los. Ich bin schon ganz aufgeregt.

3:30 Uhr Hatte gerade einen Albtraum. Da kam ein Kaninchen vor, so groß wie ein Bärenjunges, das durch mein Zimmer hoppelte. Es sprang auf mein Bett und legte sich auf meine Brust. Es maunzte wie eine Katze und wollte schmusen. Ich hob die Hand und wollte es streicheln. Plötzlich ging es mir an die Gurgel und riss mir die Haut auf. Ich war hilflos. Das Blut spritzte überallhin. Mir wurde schwindlig. Aber ich war euphorisiert. Ich wusste, dass ich tot war. Und dann bin ich aufgewacht. Ich lag immer noch auf dem Bett. Das Kaninchen war weg, und nirgends war Blut. Aber über meinem Bett schwebte eine Tür in der Luft. Es war eine prachtvolle Tür mit einer glänzenden Klinke und der Verheißung, auf der anderen Seite läge etwas Wunderbares. Ich griff nach der Klinke. Und dann bin ich aufgewacht. Ein Doppeltraum. Hab ich noch nie gehabt. Echt cool.

Samstag, 13. August
6:30 Uhr
Garten vom Norfolk Hotel
Nairobi, Kenia

Hab letzte Nacht die Minibar geplündert. Drei Bier, zwei Cognacs und einen Whiskey. Ob das auf die Hotelrechnung kommt? Dann ist Dad garantiert stinksauer. Aber ich habe gar keinen Kater. Fühl mich sogar klasse. Ich werde auf dieser Reise mal versuchen, keinen Alkohol zu trinken. Oder jedenfalls nicht so viel, dass ich hacke bin. Ich muss auf der Hut sein.
Ich hab mir grad auf dem Zimmer einen Kaffee gemacht und einen großen Garten hinter dem Hotel entdeckt. Bis zum Frühstück hab ich noch eine halbe Stunde. Der Garten ist geil. Breite Rasenpfade, haufenweise Blumen, und das diesige Morgenlicht ist fantastisch. Ich weiß, wenn die Sonne erst am Himmel steht, ist der Effekt hin, weil dann alles zu deutlich zu sehen ist. Ich mag den Dunst. Ich mag Verzerrungen. Das hat so was Weiches und Beruhigendes.
Ich sitze auf einer Bank. Auf den Brettern liegt Tau, aber das stört mich nicht. Ich bin ganz allein, und das gefällt mir. Ich höre Stimmen einen der Wege entlangkommen. Deutsche?
Eben ist ein Paar an mir vorbeigegangen. Beide müssen in den Fünfzigern sein. Er hatte Anzug und Krawatte an und

wirkte sehr distinguiert. Seine Frau sah richtig gut aus. Warum machen mich ältere Frauen bloß so geil? Sie hat mich angestarrt. Und zog da die Spur eines Lächelns über ihr Gesicht? Normalerweise kann ich die Leute unverwandt ansehen, aber diesmal hat sie gewonnen, und ich bin ihrem Blick ausgewichen. Als ich diese Deutsche gesehen hab, sah ich wieder Mrs. Turner vor mir. Mit Mrs. Turner vor Augen muss ich fünf Liter Sperma verspritzt haben.

Der arme Dave Turner. Der hatte keine Ahnung, was er für eine geile Mutter hatte. Ich hab oft gesehen, wie sie mit ihrem Wagen ziellos durch die Gegend fuhr. Was zum Teufel bezweckte die bloß mit diesem Herumfahren? Wahrscheinlich wollte sie zu Mac's und Müllsäcke kaufen, aber ich redete mir ein, sie suchte nach jungen Männern fürs Bett.

Mrs. Turner war anders als die anderen Moms. Das war mir schon mit fünfzehn klar. Sie war direkt. Ihr Blick wanderte unter meine Gürtellinie, wenn ich vorbeikam, um Dave zur Schule abzuholen. Und das war kein flüchtiger Blick. Sie machte Stielaugen. Wir unterhielten uns, und sie ließ meinen Reißverschluss nicht aus den Augen. Mann, was hab ich sie dafür verehrt. Für diese verdammte Direktheit.

In jenem Sommer fuhr Dave einen Monat lang ins Zeltlager. Mrs. Turner hatte sonst niemanden zum Rasenmähen und fragte, ob ich Lust hätte, das zu übernehmen. Als ich zum dritten Mal zu ihr kam, nahm ich mir vor, ihr meinen Freudenspender zu zeigen.

Ich trimmte gerade die Kanten an den Blumenbeeten, als ich die Gartentür aufgehen hörte. Ich kniete auf dem Boden und ließ meinen Schwanz aus den Shorts hängen, sodass er am Schenkel anlag. Ein paar Mal dran gerieben, schon ragte er sichtbar auf und zuckte.

Dann stellten sich Bedenken ein. Was war, wenn sie die Polizei holte? Ich wollte ihn gerade wieder einpacken, als ihr Schatten über mein Knie glitt.
Mrs. Turner stand über mir. Ich konnte sie nicht ansehen. Ich stellte mir vor, wie sie wie die Heldin eines Gruselfilms die Hand vor den Mund schlug. Ich wartete auf den schrillen Entsetzensschrei. Ich wartete darauf, dass sie mich von ihrem Grundstück jagte, nachdem sie mir ausgemalt hatte, was Mr. Turner alles mit mir machen würde, wenn sie ihm davon erzählte. Aber nichts davon geschah. Sie fing an zu reden. Ich bekam kein Wort mit. Es war, als hätte ich Muscheln über den Ohren. *Sie betrachtet meinen Schwanz.* Das Blut rauschte mir in den Adern. Aber bevor ich auch nur mühsam Luft holen konnte, war sie wieder weg. *Hatte sie ihn überhaupt gesehen?* Ich sah hinab, und mein Schwanz schrumpelte schon ein, verwandelte sich wieder in ein Würstchen. Ich fühlte mich dermaßen erbärmlich.
Ich fuhr mit dem Kantentrimmen fort. Als Letztes kam das Stück an der Terrasse vor dem Schlafzimmer der Turners. Plötzlich glitt die Terrassentür auf. Vor mir stand Mrs. Turner mit bis zum Nabel aufgeknöpfter Bluse. Ich konnte die sanften Rundungen ihrer Brüste sehen, die von einem weißen BH hoch- und vorgeschoben wurden.
»Oh, Richard, ich hatte dich gar nicht gesehen. Ich war fast nackt«, sagte sie trocken.
Ich weiß nicht mehr, was ich gesagt habe. Aber es war garantiert dämlich. Ich machte mit dem Trimmen weiter, ungeachtet der Tatsache, dass sie gerade meinen Ständer gesehen hatte, und sie schloss die Tür wieder. Und das war's. Ich hatte es vermasselt. Hätte es eine bessere Möglichkeit der Entjungferung gegeben, als mit Dave Turners Mutter zu vögeln, während er im Zeltlager war? Aber ich war ein Feigling. Nein, das nehme ich zurück. Ich war unvorbereitet. Ich verstehe gar nicht, dass ich nicht durch die Terras-

sentür gelinst habe, bevor sie sie öffnete. Dann hätte ich gesehen, wie sie sich langsam die Bluse aufknöpfte. Und als sie dann herauskam, wäre ich bereit und geil auf sie gewesen. Weil ich gewusst hätte, dass sie bereit und geil auf mich war. Dann hätte ich auch eine Antwort auf ihr »Oh, Richard, ich hatte dich gar nicht gesehen. Ich war fast nackt« gehabt. Zwei meiner Lieblingsentgegnungen:
Tun Sie sich keinen Zwang an, Mrs. Turner.
Kein Problem, Mrs. Turner, ich wollte Sie schon immer mal nackt sehen.
Und dann hätte Mrs. Turner mich an jenem heißen Sommertag in ihr Bett gezogen und vernascht. Wir hätten alles gemacht. Wir hätten angefangen, uns in Hotels zu treffen, und sie hätte mich zu sich nach Hause gerufen, wenn sie allein war. Stattdessen werde ich zeit meines Lebens Höllenqualen leiden, weil ich damals gezögert habe.
Mein Leben wäre anders verlaufen, wenn ich richtig reagiert hätte, als Mrs. Turner im BH die Terrassentür öffnete. Davon bin ich fest überzeugt.

10:26 Uhr
Lake Naivasha Hotel
Zimmer 11
Kenia, Afrika

Wir sind vor einer Stunde angekommen. Die Luft ist schwül und köstlich. Ich versteh das nicht. Ich dachte, Afrika wäre heiß und trocken. Lake Naivasha liegt ungefähr zwei Stunden nordwestlich von Nairobi. Wir wohnen wieder in einem Luxushotel. Nicht dass ich mich beschweren wollte. Ich hab keine Lust auf ein schäbiges

Zelt. Mein Zimmer ist hübsch. Über dem Bett hängt ein Moskitonetz.
Nachdem ich heute Morgen alles aufgeschrieben hatte, hab ich ein Kawumm geraucht und bin durch den Garten vom Norfolk spaziert. Im Sonnenlicht bekam die Landschaft langsam schärfere Konturen. Es wurde Zeit, in mein Zimmer zurückzugehen. Ich näherte mich einer Frau, die vornübergebeugt auf einer Bank saß. Sie hatte mich nicht kommen gehört, und soweit ich sehen konnte, führte sie Selbstgespräche. Ich blieb stehen, als ich merkte, dass es Mom war.
Sie war umgeben von Vögeln. Seltsam, denn sie fütterte sie nicht. Trotzdem waren zwanzig oder dreißig um sie herum. Pickten nicht nach Futter. Nein, sie bewegten sich überhaupt nicht. Es hatte den Anschein, als gäben sie das unfreiwillige Publikum ihres Gebrabbels ab, dessen Wortlaut ich nicht mitbekam. Die Finger hatte sie in grotesken Winkeln verschränkt, als wären sie in einer Art arthritischem Anfall erstarrt. Ihr rechtes Bein zuckte auf und ab, als hätte es die Schlagzeugbegleitung ihrer Worte übernommen. Aber es waren ihre Augen, die mir einen Schauer über den Rücken jagten. In ihnen stand das Verbot, näher zu kommen. Ich wusste, wenn ich dieses Verbot missachtete, würden ihre Augen mich ansehen und nicht erkennen. Also blieb ich stehen und beobachtete nur.
So sieht das also aus, dachte ich. So ist meine Mom, wenn sie allein ist. Ich spürte ein Kribbeln im Nacken. Deshalb hatten sie uns Weihnachten nicht besucht. Deshalb waren sie Maggies Hochzeit ferngeblieben. Sie ist verrückt. Was überhaupt nicht komisch ist. Nein, diese Verrücktheit hat überhaupt nichts Komisches. Sie machte mir Angst.
Um sieben frühstückten wir alle zusammen im Norfolk. Und ob man's glaubt oder nicht: Sie war wieder voll auf dem Posten. Und das illustriert ein Problem, das viele Dro-

genkonsumenten mit der Welt haben. Wie viel von dem, was ich im Garten gesehen hatte, war Mom, und wie viel ging auf das Kawumm zurück, das ich geraucht hatte?
Dad war guter Dinge. Er war schon sechs Kilometer gejoggt. Er erzählt mir immer, wie weit er joggt. In Paris schafft er am Samstagmorgen angeblich sechzehn Kilometer. Den Zoff von gestern Abend hatte er schon vergessen. Das mag ich an Dad. Abends ist er ein absolutes Arschloch, und am nächsten Morgen gießt er einem Orangensaft ein und klopft Sprüche und Eier.
Um acht gingen wir nach draußen und lernten unseren Führer kennen. Er heißt Gabriel und ist Kenianer. Ich schätze ihn auf Mitte dreißig. Die Freundlichkeit in Person. Was auch sonst? Er wird dafür bezahlt, zu Weißen nett zu sein. Er kam direkt auf uns zu und gab Dad die Hand.
»Mr. Clark, ich heiße Gabriel. Ich bin jetzt Ihr Führer.«
Dad wandte sich zu Mom und mir. »Das sind meine Frau Janet und mein Sohn Richard.«
Wir gaben uns alle die Hand. Ich musterte den weißen Geländewagen, in dem wir reisen würden, von allen Seiten und hielt Ausschau nach den anderen Sackgesichtern, die noch zu uns stoßen mussten. »Wo sind denn die anderen?«
»Es gibt keine anderen«, sagte Gabriel.
Endlich mal eine gute Nachricht. Ich hatte gedacht, wir wären Teil einer größeren Safarigruppe. Wow. Das konnte besser werden, als ich gedacht hatte. Eine private Safari. Ich war heilfroh, dass Dad reich war. Na ja, nicht stinkreich. Aber wohlhabend genug, um sich eine private Safari leisten zu können. Hurra.
Wir stiegen in den Geländewagen. Ich war abfahrbereit. Aber es ging nicht los. Gabriel wartete. Dad bemerkte irgendwas draußen vor dem Geländewagen.
»Richard, du hast deine Tasche vergessen«, sagte er.

Ich sah nach draußen, und da stand sie. *Genau. Das ist meine Tasche.* Ich wollte Gabriel nicht brüskieren, warf ihm daher nur einen Blick zu und bedeutete ihm, er solle aussteigen und das Scheißding holen.
Gabriel sah mich an, ein breites Lächeln überzog sein Gesicht und drohte mich zu verschlingen. »Ich werde dafür bezahlt, der beste Safariführer von ganz Kenia zu sein. Ich werde nicht dafür bezahlt, das Gepäck von jungen Männern einzuladen, die stark genug sind, das selbst zu machen.«
Scheiße, Mann, wovon redest du eigentlich, Mister Safariführer? Ich saß einen Augenblick da.
»Richard, Herrgott noch mal«, stieß Dad aus.
Langsam stieg ich aus, packte die Tasche in den Wagen und stieg wieder ein. Ich mochte Gabriel nicht. Er wollte mich im Rückspiegel ansehen, aber ich ließ es nicht zu. Er lächelte. Diesmal galt es Mom.
»Dann mal los mit der Safari«, verkündete er.
Und damit fuhren wir in den dichten Straßenverkehr von Nairobi hinaus. Ich war eingeschnappt. Manchmal führ ich mich echt kindisch auf. Wenn ich erst so richtig eingeschnappt bin, holt mich da so leicht nichts raus. Weder Gabriels breites Lächeln noch die Aufregung, aus Nairobi rauszukommen und in die Wildnis Afrikas einzudringen – das echte Afrika.
Schon bald wich die asphaltierte Fahrbahn einer unbefestigten Straße mit massenhaft Schlaglöchern. Dad holte seine Videokamera heraus. Er weiß, dass ich die Teile nicht abkann, also bittet er mich gar nicht erst zu filmen. Ich habe ihn auch höflich darum gebeten, mich nicht zu filmen. Ich hasse Videokameras. Und Amateurfilme hasse ich erst recht. Normale Fotos sind besser. Solange ich nicht drauf bin.
Wir bekamen unsere ersten eingeborenen Landbewohner

zu Gesicht. Mit großen Säcken auf den Köpfen gingen sie am Straßenrand entlang. Genau wie in den Naturfilmen. Es war eine reine Reflexhandlung. Wir drei winkten wie die Bekloppten. Ich fass es nicht, dass ich mitgemacht habe, aber ich wurde irgendwie überrumpelt. Für die Eingeborenen waren wir Luft. Ihre Gesichter zeigten Bitterkeit. Und Feindseligkeit. Ich ließ die Hand sinken. Warum zum Teufel sollten sie auch zurückwinken? Die sehen das dreißig Mal am Tag. Reiche Weißensippen, die in Safariklamotten an ihnen vorbeibrausen und wie die Blöden winken. Wenn ich an ihrer Stelle wäre, würde ich wahrscheinlich mit Lehmklumpen oder Flaschen schmeißen. Wenigstens hatten wir keine Safariklamotten an.

»Sie hassen uns«, sagte ich.

»Sie hassen uns nicht«, sagte Dad. »Sie …«

»Wollen uns nur umbringen«, bekräftigte Mom.

»Niemand will Sie umbringen, Mrs. Clark«, sagte Gabriel.

Ich sah Mom an. Sie knabberte an den Fingernägeln.

Ich konnte ein paar Zigaretten hinten in den Geländewagen schmuggeln, aber in Dads Gegenwart rauche ich nicht gern. Wenn er so aufgeräumt ist wie im Moment, will ich nicht riskieren, dass seine Stimmung umschlägt. Dad saß vorne neben Gabriel. Mom saß in der mittleren Reihe.

Ich sehe mich als Freigeist, der durchs Leben eiert und »dem Menschen« eine lange Nase dreht, dabei rauche ich noch wie ein Vierzehnjähriger hinter dem Rücken meines Vaters.

Der Geländewagen hat im Dach eine Beobachtungsluke, und ab und zu streckte ich während der Fahrt den Kopf hinaus. Der Fahrtwind war herrlich kühl. Wir fuhren durch Getreidefelder. Ich hatte mir Afrika anders vorgestellt. Hatte Savanne erwartet. Das beweist wieder mal, wie sehr das Fernsehen das Bild der Welt verfälscht.

Dad betrachtete die vorbeiziehenden Hügel mit einem

sanften Lächeln. Er dachte, *ich bin ein guter Mensch. Janet wollte schon immer nach Afrika, und anders als so viele andere Hausfrauen in den Vorstädten hat sie es geschafft. Ich habe schwer gearbeitet. Meine Familie profitiert von meiner schweren Arbeit.*
Mann, bin ich ein verlogener Arsch. Woher will ich denn wissen, was er dachte? Aber er war definitiv zu einem Gespräch aufgelegt. Ich saß ganz hinten, und Mom schwieg sich aus. Also blieb nur Gabriel.
»Wie lange machen Sie das schon?«, fragte er.
»Das ist jetzt meine fünfte Saison«, antwortete Gabriel.
»Sind Sie in Nairobi aufgewachsen?«
»Geboren bin ich an der Küste, in einer Kleinstadt namens Kipini. Zwei Brüder. Zwei Schwestern. Nach Nairobi sind wir gezogen, als ich sieben war.«
»Warum sind sie umgezogen?«, wollte Mom wissen.
Dad drehte sich halb zu ihr um, erfreut, dass sie sich am Gespräch beteiligte. Die Geste war blöd. Trotzdem gefiel sie mir.
»Bestimmt nicht, weil wir wollten. Mein Vater und meine Brüder waren fischen und gerieten in einen fürchterlichen Sturm. Ihr Boot kenterte, und sie ertranken.«
Wir gaben Beileidsbekundungen ab, und der Geländewagen füllte sich mit »Das tut mir aber Leid«, »Das ist ja furchtbar« und all den handelsüblichen Absonderungen, wenn man etwas so Schlimmes hört.
Gabriel war anscheinend nicht ganz wohl in seiner Haut. Dad versuchte abzulenken.
»Dann war Ihr Vater Fischer?«
»Anwalt.«
Dad zog eine Augenbraue hoch. *Anwalt? Ich dachte, Ihr Volk schleudert Speere auf Tiere oder sammelt Beeren und Wurzeln.* Mom neigte sich vor. Sie neigt nun einmal zu Tragödien.

»Meine Mutter hielt es für das Beste, woanders neu anzufangen. Wir zogen nach Nairobi, und da blieb ich, bis ich an die Universität ging.«
»Universität?«, fragte Dad.
Welche Abteilung? Mensa oder Wachdienst?
»In London. Ich habe acht Jahre lang Medizin studiert.«
Keiner von uns wurde daraus schlau. Ich auch nicht. »Und warum zum Teufel kutschieren Sie heute Weißbrote durch die Gegend?«, fragte ich.
»Richard!«, riefen Mom und Dad.
Gabriel musste lachen. »Meine Fahrgäste sind Menschen, die nach Kenia kommen, um das Land ihrer Vorfahren kennen zu lernen. Dass sie meistens weiß sind, spielt für mich keine Rolle. Sie sind neugierig, und meine Funktion ist es, diese Neugier zu stillen.«
Unsere Neugier stillen, am Arsch. Hinter dem breiten Lächeln hasste er das alles. Er hasste uns. Musste er einfach.
»Das ist ja alles gut und schön«, sagte ich. »Aber warum arbeiten Sie denn nicht als Arzt? Helfen Ihrem Volk?«
»Ich habe das Studium nicht abgeschlossen, Richard.«
»Sie sind ausgestiegen? Sie müssen doch kurz vor dem Examen gewesen sein.«
»Zwei Wochen.«
»Nur noch zwei Wochen, und Sie schmeißen alles hin? Wieso?«, fragte ich.
»Das reicht jetzt«, sagte Dad.
»Macht nichts, Mr. Clark. Der Junge ist direkt. Das gefällt mir.«
Dad warf mir einen Blick zu. *Schluss damit.* Mom schüttelte immer noch den Kopf wegen Gabriels Vater und Brüdern. Ich merkte, dass ich Gabriel doch mochte, auch wenn er mich Junge nannte. Wenn jemand acht Jahre lang studierte und vierzehn Tage vor dem Abschluss alles hinwarf, dann war der in Ordnung.

Ich hatte Schwein, dass ich überhaupt die High School geschafft hatte. In der zwölften Klasse hab ich mich nicht mehr groß um den Unterricht gekümmert. Hatte zu viel damit zu tun, auf dem Schulparkplatz Öl zu rauchen. Im Mai wurde mir klar, dass ich keine Chance hatte, die Abschlussprüfung zu schaffen. Das erforderte drastische Maßnahmen. Die Klausurunterlagen lagen im Schultresor, und ich wollte sie mir holen.

Kurt und ich verabredeten, dass er mich morgens um zwei bei uns hinterm Haus abholen sollte. Er fuhr mich zur Schule und setzte mich auf dem Parkplatz ab. Ich war ganz in Schwarz und hatte eine Balaklavamütze von der Navy über den Kopf gezogen. Ich hatte vielleicht keine Erfahrung, aber ich sah wenigstens echt aus. Mit einem fünfzehn Meter langen Seil und einer Tasche voller Einbruchswerkzeug kletterte ich aufs Dach.

Erst wollte ich durch einen Lüftungsschacht einsteigen und schaffte es mit einem Schraubenzieher, eine Schachtabdeckung zu entfernen. Das war nicht ganz einfach, weil ich zwei linke Hände habe.

Daran ist Dad schuld. Er hat mich nie mit Werkzeugen vertraut gemacht, weil er selbst zwei linke Hände hatte. Werkzeuge waren seine Feinde. Die drei Worte, die jedes Weihnachtsfest zu ruinieren drohten, lauteten: »Lieferung ohne Montage.« Meistens blieb Mom dann am Heiligabend auf und baute die Geschenke zusammen, für die man einen Schraubenzieher brauchte. Einmal hat Dad versucht, einen kleinen Billardtisch zu montieren, und es geschafft, in einem Wutanfall den halben Keller zu zerstören. Der Billardtisch entging seinem Schicksal nicht. Ich erinnere mich noch, wie er am zweiten Weihnachtstag draußen im Durchgang neben der Mülltonne lag, ein Häufchen zersplittertes Holz.

Dad verstand sich besser darauf, das Hoffenster zu putzen, was er gewissenhaft jeden Samstag tat. Den ganzen

Tag lang konnte er das Fenster wienern. Wenn man versehentlich den Abdruck eines Fettfingers darauf hinterließ, fluchte er verhalten; wenn er schlechte Laune hatte, bekam man zu hören, man wäre ein Idiot, und in null Komma nichts war er wieder mit Lappen und Glasreiniger am Fenster zugange. Mom erledigte die Reparaturen im Haus. Dad putzte die Fenster.

Mom wäre da oben auf dem Dach eine prima Hilfe gewesen. Ich hab mir bei dem Einbruchsversuch tierisch Mühe gegeben. Ich bin ganz wie ein echter Einbrecher eine Weile hin- und hergegangen und hab die erste Phase meines Einbruchs geplant. Dann kam mir eine Idee. Die Schulbücherei hatte Oberlichter. Und eine Tür, die ins Sekretariat führte. Und im Sekretariat stand der Tresor mit den Klausurunterlagen. Die Entfernung zwischen Oberlichtern und Boden der Bücherei betrug zwar zwei Stockwerke, aber deswegen hatte ich ja das Seil mitgebracht.

Ich holte meinen Glasschneider heraus und machte mich an die Arbeit. Eine Stunde später hatte das Glas nur Ritzer. Es war lächerlich. Mein Glasschneider war für den Alltagseinsatz gedacht, und hier hatte ich es mit zentimeterstarkem Industrieglas zu tun. Da hätte ich auch zehn Stunden lang ritzen können, ohne weiterzukommen. Vielleicht war es auch besser so. Ich hätte am Seil abstürzen und gelähmt auf dem Büchereiboden landen können, wo ich zusammengekrümmt dagelegen hätte, bis mich am Montagmorgen jemand gefunden hätte. Es ist nicht schlimm, bei einem Motorradunfall oder einem Footballspiel eine Querschnittlähmung zu bekommen, aber ich hätte die Schmach nicht ertragen, bei dem Versuch, die Klausurfragen zu stehlen, gelähmt auf dem Fußboden der Schulbücherei zu liegen. Das heißt, es hätte ja gar keine Rolle mehr gespielt. Wenn ich gelähmt wäre, hätte es doch kein Schwein interessiert, wie es dazu gekommen war. Man

hätte mich mit Mitleid und nicht mit Spott überhäuft. Was fast noch grausamer ist.
In den frühen Morgenstunden raste ich durch die Gassen nach Hause. Ich war alles andere als enttäuscht. Es war ein großes Risiko gewesen, auf das Dach zu klettern. Das war doch etwas. Außerdem gab ich nicht so leicht auf.
Plan B war weniger ehrgeizig. Wieder half mir Kurt. Er ging am Kabuff des Hausmeisters vorbei und simulierte einen Anfall. Der Hausmeister kam herausgerannt, um ihm zu helfen. Ich rannte hinein und schnappte mir seine Schlüssel. Das war ein Kinderspiel.
Nachmittags lungerten Kurt und ich vor dem Sekretariat herum, bis es geschlossen wurde. Kurt musste mehrere Schlüssel ausprobieren, bevor er den richtigen fand. Ich sollte im Korridor Schmiere stehen, obwohl wir für den Fall, dass etwas schief ging, weder einen Fluchtplan noch ein Signal ausgemacht hatten. Ich hörte das scheußliche Quietschen des Wägelchens, mit dem der Raumpfleger auf mich zukam. Und ich wusste, wo er hinwollte. Kurt war verratzt. Ich pfiff ein Mal, um überhaupt was zu tun, und wartete hinter einer Ecke darauf, dass Kurt im Schwitzkasten aus dem Sekretariat abgeführt wurde. Nichts passierte. Eine Viertelstunde später tauchte der Raumpfleger wieder auf. Siebzehn Minuten später erschien Kurt mit einem Stapel Papieren unter dem Arm. Sauber!
Mit einer Ausnahme schafften wir jede Abschlussklausur. Ich fiel in Sozialkunde durch, schnitt aber sonst überall glänzend ab und bekam von Dad die schöne Uhr. Hatte ich ein schlechtes Gewissen wegen der Schummelei? Von wegen! Hätte ich während der Klausur abgeschrieben, dann hätte ich mich vielleicht scheiße gefühlt. Das ist Schummeln. Aber wenn man seinen Verstand einsetzt und den Wagemut aufbringt, um die regionale Prüfungskommission auszutricksen? Das ist doch ganz was anderes.

Außerdem trat ich in der zwölften Klasse meine spirituelle Suche an. Ich hatte keine Zeit für einschränkende Relativsätze oder Atomgewichte. Ich stahl die Klausurunterlagen, damit Dad nicht mit dem Stigma eines Sohnes herumlaufen musste, der an der High School versagt hatte. Und damit er die teure Uhr nicht zurückgeben musste. Ob Gabriels Mutter ihn für einen Versager hält, weil er das Medizinstudium geschmissen hat?
Dad ist gerade vorbeigekommen. Wir machen heute Nachmittag einen Bootsausflug. Jippie.

16:12 Uhr Wir sind gerade vom Bootsausflug zurück. Gabriel war nicht mit. Der See war toll. So ein Riesensee hat was, umgeben von üppiger Vegetation, hier in Afrika. Das ist nicht so ein blöder Tümpel wie zu Hause mit den ganzen Wasserskiläufern, Rennbooten und Ghettoblastern, die Supertramp schmettern.
Das Wasser war ein bisschen kabbelig, aber ich bin nicht seekrank geworden. Wir haben geangelt, aber nichts gefangen.
Was Dad und Wasser angeht, habe ich schlechte Erinnerungen. Wegen einer Fähre, mit der wir mal nach Vancouver Island übergesetzt haben, als ich sieben war. Ich stand auf einem Deck, das bestimmt zwanzig Meter über der Wasseroberfläche lag. Plötzlich packte Dad mich unter den Armen und hielt mich über die Reling. Ich war überzeugt, er würde loslassen. Ich hab gebrüllt und geweint. Vor dem Ertrinken hatte ich, glaub ich, gar keine Angst. In Panik versetzte mich bloß die Vorstellung zu fallen. Dad lachte so schallend, dass ich dachte, ihm würde eine Ader platzen.
Ich glaube, den Sadismus hat er von seinem Vater. Mom hat mal erzählt, Opa und Oma hätten vor meiner Geburt eine Katze gehabt. Opa weigerte sich, sie sterilisieren zu

lassen, weil das zu teuer gewesen wäre. Sie wurde heiß, ließ sich bespringen und bekam einen Wurf Junge. Opa schnappte sich die Kätzchen und steckte sie in einen Jutesack, den er am Auspuff seines Wagens festband. Wrumm! Wrumm! Kleine Pfoten stießen und kratzten am Stoff. Aber nicht lange. Dann wurden die Kätzchen in eine Mülltonne neben dem Haus geworfen. Den Sack behielt er.
Die arme Oma drehte fast durch, wenn sie die Katzenmama nach ihren Kätzchen schreien hörte.
Wir sind jeden Sommer nach Vancouver gefahren und haben die beiden besucht. Opa jagte mich manchmal, wenn er sah, dass ich mein Hemd ausgezogen hatte. Ich rannte weg, war aber nie schnell genug. Er schleppte mich wie einen preisgekrönten Thunfisch zur Stechpalme und warf mich in den Busch. Ich wühlte mich raus, und mein nackter Rücken und die bloßen Arme bluteten. Er hatte dieselbe rasselnde Lache. Dasselbe puterrote Gesicht. Dieselbe Ader, die immer fast zu platzen schien. Ich habe das Gen leider geerbt. Die stolze Tradition der Grausamkeit wird vom Vater an den Sohn weitergereicht. Wenn alles gut geht, platzt meinem Jungen also irgendwann dieselbe Ader, nachdem er einem armen, nichts ahnenden Blödmann einen Streich gespielt hat.
Die Nilpferde im See waren beeindruckend. Unsere ersten großen Tiere. Dad hat eine Liste mit allen Tieren, die wir auf der Safari zu sehen bekommen sollen. Die Nilpferde hat er jetzt mit Schmackes abgehakt.
Wir sind bis auf zwanzig Meter an die Nilpferde rangekommen. Der Typ vom Boot meinte, die können aggressiv werden. Die zerbeißen einem glatt das Boot, wenn sie die Gelegenheit bekommen. Bei uns hatten sie ein paar Mal fast die Gelegenheit. Wenn wir ihnen zu nahe kamen, tauchten sie unter. Das war für den Typ vom Boot immer das Signal zum Vollgasgeben. Wir wurden gegen die Leh-

nen gedrückt, wenn das Boot abhob und davondüste. Hinter uns blieb nur schäumendes Kielwasser. Und dann sahen wir zurück. Die verdammten Nilpferde kamen wie Moby Dick an die Wasseroberfläche, an genau der Stelle, die wir eben verlassen hatten. Die Ärsche wollten uns zum Kentern bringen. Das machte mich nervös. Das machte Dad nervös. Mom sagte nur: »Unglaublich.«

Häh?

Und wir haben ein paar Falken und Adler und einen Biber gesehen. *Einen Biber? Na komm.* Doch.

Auf dem Rückweg ragten überall so große dürre Bäume wie Gerippe aus dem Wasser. Das war unheimlich. In den Kronen bauen riesige Vögel ihre Nester. Ich hab auch erfahren, wie die heißen, hab's aber wieder vergessen. Geier? Störche? Die Sonne war am Untergehen, und vor dem dunkel werdenden Himmel hatten die Vogelsilhouetten etwas Furchterregendes. Der Motor tuckerte, und ich warf Mom einen Blick zu. Sie konnte die Augen nicht von den Vögeln lassen. Mann, die sah vielleicht ruhig aus. Zu ruhig, wenn man mich fragt.

Ich lass mir jetzt ein Bad einlaufen.

20:33 Uhr Heute Abend ist es fast kalt. Das Moskitonetz über meinem Bett ist klasse. Ein Kokon. Die Luft ist feucht. Perfekt.

Nach dem Bad hab ich eine Weile gelesen, mich ein bisschen aufs Ohr gelegt und dann mit den Alten gegessen. Dad war richtig gut drauf. Ich hab gemerkt, dass er Mom immerzu abwägende Blicke zugeworfen hat, als wollte er sie prüfen. Sie hat alles aufgegessen, worüber er sich tierisch gefreut hat. Fünf Mal hat er's kommentiert. Schließlich hat Mom gesagt, sie wäre müde, und ist in ihr Zimmer gegangen.

Dad und ich sind in den Salon übergewechselt, wo ein großes Feuer im Kamin brannte. Wir haben uns an einen kleinen Tisch mit drei Stühlen gesetzt. Nach dem dritten Glas Wein fühlte sich Dad so richtig wohl. Ich hatte mein viertes Bier fast alle, als es Stunk gab.

Ein Fettsack, der bestimmt hundertdreißig Kilo wog, kam in den Salon gewalzt. Laut und, klar doch, Amerikaner. Aus San Francisco. Er kam zusammen mit seiner Frau und steuerte auf den Tisch neben Dad und mir zu. Der hatte nur einen Stuhl, also drehte sich der Typ um und nahm sich unseren dritten. Fragte nicht erst. Nahm ihn einfach. Dad, der dem Fettsack den Rücken zukehrte, merkte es anscheinend gar nicht. Es war auch nicht weiter wichtig, aber es war *unser* Stuhl. Woher wollte er wissen, ob wir nicht noch jemand erwarteten? Warum fragte er nicht erst, ob der besetzt wäre? Er sagte kein Wort. Schnappte sich das Teil einfach und pflanzte am Nachbartisch seinen Fettarsch drauf.

Ich versuchte nach Kräften, sein Verhalten zu entschuldigen. Vielleicht hatte er den Kopf voll. Warum sich dann mit Banalitäten wie dummen Fragen abgeben? Der Stuhl war schließlich unbesetzt. Wahrscheinlich war der Mann normalerweise höflich und umgänglich. Aber die Stimme. Diese laute, nölende Stimme. Immerzu erzählte er seiner Frau, was bei ihrer Safari alles schief ging.

Ich sah, wie ein Schweißtropfen von seinem Ohr hinabrann. Fettes Schwein. Das Schwein hat unseren Stuhl genommen. Das Schwein hat nicht gefragt. Das Schwein hat ihn einfach weggenommen.

Ich hätte sofort was sagen sollen. Ich hätte lügen können. *Entschuldigung, wir warten noch auf jemanden.* Ich hätte auch nicht lügen müssen. *Hey! Ein höflicher Mensch fragt, ob ein Stuhl frei ist, bevor er ihn sich schnappt. Wo sind Sie denn groß geworden? Im Arschlochstall?* Ich bekam Herzklopfen von den verbalen Haken, die ich im Kopf austeilte.

Ich brauchte noch ein Bier und eine Schale Cashewkerne,

bevor ich die Gedanken aus dem Kopf und in den Mund bekam.

Der Fettsack hielt ein Schälchen Nüsse hoch und rief einen Hotelangestellten. »Die Cashewkerne sind ranzig«, sagte er. »Ich möchte frische.«

Der Angestellte lächelte, verbeugte sich und nahm das Schälchen mit. Da tippte ich dem Fettsack auf den Arm.

»Sie reisen zehntausend Kilometer in eine entlegene, unberührte Wildnis, um wilde Büffel, Löwen, Elefanten und Warzenschweine in ihrem natürlichen Lebensraum zu sehen. Sie reisen zehntausend Kilometer, um die Vielfalt einer anderen Kultur zu erleben, Stämme zu sehen, Eingeborenenkinder, die teilweise verhungern. Sie reisen in eine andere Welt, die Heimat des Missing Link. Sie reisen um die halbe Welt, um das alles zu sehen … und Sie beschweren sich, weil die Cashewkerne nicht frisch sind?«

Einen Augenblick lang war der Fettsack sprachlos.

»Außerdem haben Sie nicht gefragt, ob Sie unseren Stuhl haben können«, fügte ich hinzu.

Er gewann seine Fassung schnell zurück. Viel schneller, als ich erwartet hatte. »Pass auf, du kleiner Scheißer. Warum kümmerst du dich nicht um deinen eigenen Kram?«, sagte er.

Ich stand auf, obwohl ich weiche Knie hatte. »Warum zwingen Sie mich nicht dazu?«

»Ach rutsch mir doch den Buckel runter, Mopsfresse«, sagte er und wandte sich ab.

»Aber Sie, was?«, war alles, was ich herausbrachte. Alles, was mir einfiel. Scheiße. Das Blut schoss mir erst in den Kopf und überzog dann meinen ganzen Körper mit klebrigem Prickeln. Nichts zu sagen. Nur: »Aber Sie, was?« Arme plötzlich aus Gummi. Müde.

Irgendwie schaffte ich es auf die Toilette. Ich spritzte mir kaltes Wasser ins Gesicht. In mein fast gut aussehendes

Gesicht, in dem mancher kaum eine Regung erkennen konnte. Meistens unrasiert. Sanfte, offene Augen. Seidige schwarze Haare, die in Locken auf den Kragen fielen. Ohren mit normalen Proportionen. Glatter Teint. Nichts sagendes Kinn. Vorstehender Adamsapfel. Sehniger Hals. Geäderte Hände. Zwei gelbe Fingernägel. Dürre Beine. Knochige Füße. Alles normal. Nicht brillant. Aber normal. Nur da. Bingo. Der große Verräter. Die Spuren der gezackten Klamm, die sich zwischen Oberlippe und Nase einschnitt. Der Gletscher. Die Rocky Mountains. Natur. Eiszeit. Meine Gaumenspalte. Meine Hasenscharte. Ha, ha, ha. Alles längst verwachsen. Alles halb so wild. Nicht mehr wie in der Unterstufe. Darüber zerbrich dir mal nicht mehr den Kopf. Verfluchte Scheiße. Sieh dir das Scheißding doch an. Mopsnase. Wulstlippe. Ich sah aus wie ein degenerierter, hinterwäldlerischer, Banjo spielender, Tabak kauender und Schafe fickender Wurzelsepp.
Dabei hätten die Säcke nicht mal gewusst, was eine Hasenscharte ist, wenn dieser Doofbolzen Dean Devlin in der Siebten nicht die Katze aus dem Sack gelassen hätte. Der hatte mich auf dem Kieker. Sein Vater soll Schönheitschirurg gewesen sein. Er muss ihn gefragt haben, was mit dem Gesicht von diesem komischen Richard Clark bloß los ist. Erst hieß es nur »Hasenscharte«, aber im Laufe der Jahre wurden die Landeier immer kreativer, wenn sie mich mit ihren Mistgabeln und Fackeln in die brennende Burg zurücktrieben. Auf den Korridoren: »Hey, Bugs Bunny!« In der Umkleide: »Hattu Möhren?« Von einem vorbeifahrenden Pick up, wenn ich von der Schule nach Hause rannte: »Na, Häthchen, gehtht du thpazieren?«
Meine Peristaltik kam in Gang, und ich setzte mich in eine der Kabinen.
Na schön, was das Hänseln anging, war ich auch kein Waisenknabe. Leslie in der Fünften, die mit dem breiten

Hintern. Die hab ich gepiesackt, bis sie sich umdrehte und mit tränenüberströmtem Gesicht Steine warf. Und Trevor in der Siebten. Der kleine Engländer. Den haben wir nach der Schule mit Schneebällen nach Hause gejagt.
Die Sache ist die, man muss sich immer sagen, dass Jesus Recht hatte. Man erntet, was man gesät hat. Man hänselt und wird gehänselt. Ich habe ausgeteilt und eingesteckt.
Obwohl, bei allem Respekt vor dem großen Rad des Karma, das durchs Weltall rollt und die Leute unterpflügt, ich glaube, ich habe mehr eingesteckt als ausgeteilt.
Ich hörte, wie jemand die Toilette betrat. Mist. Jetzt kann ich erst scheißen, wenn der wieder weg ist. Ich kann's nicht ab, wenn jemand das Platschen hört, mit dem meine Kacke ins Wasser plumpst. Ich hab schon mal zwanzig Minuten gewartet, bloß um eine Toilette für mich zu haben. Ich weiß, dass ich ein Tier bin. Aber ich erinnere mich daran nur ungern in Gegenwart anderer.
Wieder ging die Tür auf. Ich dachte, ich wäre die Sorgen los, aber es war noch jemand hereingekommen.
Die beiden unterhielten sich vor den Pissoirs.
»Wie geht's denn so?«, fragte der eine. Mann. Das war Dad.
»Würde besser gehen, wenn's hier im Hotel nicht so viele Kotzbrocken gäbe«, erwiderte der andere. Mann. Das war der Fettsack.
»Na, Sie haben ihm ja die Meinung gegeigt«, sagte Dad.
Es klang, als plätscherte Wasser auf den Boden, und dann hörte ich Füßestampfen.
»Ach du Schande, was ist mir denn da passiert. Tut mir Leid«, sagte Dad.
»Sie Idiot!«, sagte der Fettsack.
Ich hörte beide Männer die Reißverschlüsse schließen.
»Ach, bevor Sie gehen«, sagte Dad. »Das war mein Sohn, den Sie da runtergeputzt haben.«

»Mir doch egal.«
»Nein, warten Sie einen Augenblick. Eins sollten Sie wissen. Gewisse Mängel reibt man den Menschen nicht unter die Nase. Krüppel in Rollstühlen. Zurückgebliebene Kinder. Typen mit einem Bein. Und dergleichen.«
»Was wollen Sie?«
»Eine Entschuldigung.«
»Hey, Sie haben den Rotzlöffel großgezogen. Das ist doch nicht mein Problem. Bringen Sie ihm eben bei, wann er die Klappe zu halten hat.«
»Nein, nein, nein. Sie machen die Sache unnötig kompliziert. Jetzt haben Sie auch mich beleidigt. Jetzt brauche ich schon zwei Entschuldigungen.«
Ich hörte, wie der Fettsack gehen wollte. Und dann hörte ich Gerangel. Ringen. Darauf einen dumpfen Schlag. Ein Stöhnen. Dad musste ihm ein Knie in die Eier gerammt haben.
»Und jetzt sprechen Sie mir nach. Es tut mir Leid, dass ich Ihren Sohn so genannt habe.«
»Leck mich«, stieß der Fettsack aus.
Ich hörte ein Würgen. Es klang, als drückte Dad dem Typ mit dem Unterarm die Gurgel zu. Mann.
Der Fettsack brachte kaum ein Wort heraus. »Es tut mir Leid, dass ich Ihren Sohn so genannt habe«, krächzte er.
»Und es tut mir Leid, dass ich Ihnen unterstellt habe, ein schlechter Vater zu sein«, sagte Dad geduldig.
»Es tut mir Leid, dass ich Ihnen unterstellt habe, ein schlechter Vater zu sein.«
Ein tiefes Luftholen, als der Fettsack richtig Atem schöpfen konnte. Er wankte hinaus. Dad ging zum Waschbecken, wusch sich die Hände, trocknete sie bedächtig mit einem Papierhandtuch ab und verließ die Toilette.
Ich konnte nicht scheißen. Ich weiß nicht, was ich peinlicher fand, dass mich der Fettsack »Mopsfresse« genannt oder dass mein alter Herr mich so verteidigt hatte.

Endlich verließ ich die Toilette und stieß auf Gabriel. Er war außer sich. Dad war ins Hotelbüro zitiert worden. Der Fettsack musste sich sofort bei der Hoteldirektion beschwert haben.

Gabriel und ich saßen vor dem Büro. Ich fühlte mich wieder wie in der High School.

»Das ist nicht gut«, sagte Gabriel.

Er wirkte sehr nervös und bat um eine Zigarette. Ich gab ihm eine. Ich fand, er sah gar nicht wie ein Raucher aus. Die Zigarette wirkte in seiner Hand deplatziert – wie eine Kombizange in meiner.

»Was haben die Ihnen denn gesagt?«, fragte ich.

»Sie überlegen, ob sie die Polizei rufen sollen.«

»Was?!«

»Der Mann sagt, dein Vater hat ihn angegriffen.«

Endlich ging die Bürotür auf, und Dad tauchte auf. Er sah weder Gabriel noch mich an. Er sagte auch kein Wort. Er ging einfach weg. Kiefer zusammengebissen. Mannomann. Er sah aus, als hätte er gerade gehört, er müsse ins Gefängnis.

Dann kam der Fettsack heraus. Ich konnte mich nicht beherrschen, griff mir zwischen die Beine und fragte: »Na? Alles fit im Schritt?« Er sah mich fuchsteufelswild an. *Mach schon, sag's noch mal, du Fettwanst.* In Gedanken bin ich ein Löwe. Er verschwand ins Hotel.

Gabriel wurde von einem sehr ernsten Hotelmanager ins Büro gebeten. Ich zündete mir eine Zigarette an. Hoffentlich war das nicht das Ende der Safari.

Als Gabriel endlich wieder herauskam, wirkte er erleichtert.

»Alles geregelt«, sagte er. »Sie haben die Sache gütlich beigelegt. Der Amerikaner wollte Anzeige erstatten. Aber sein Wort stand gegen das deines Vaters. Zeugen gab es nicht.«

Na ja, einen schon. Aber der hielt den Mund. Und wie.

»Und ich gehe ins Bett«, sagte Gabriel.
Er drehte dem Hotel den Rücken zu.
»Schlafen Sie denn nicht hier?«, fragte ich.
»Nein, Massa. Wir schlafen in Käfigen, mit Ketten um die Knöchel, bei Hühnern und Ziegen.«
Er lachte und verschwand in der Dunkelheit.
Ein Segen, dass Dad den Fettsack nicht ins Gesicht geschlagen hat. Dann wäre er wahrscheinlich festgenommen worden. Ich glaube, ich mach noch ein paar Sit-ups, bade, hör ein bisschen Musik und geh ins Bett. Ich kann's kaum erwarten, unter dem Moskitonetz zu masturbieren.

2:07 Uhr Bin gerade aufgewacht. Aus dem Nebenzimmer kommen Geräusche. Klingt ganz nach Sex. Es gibt viele schöne Geräusche auf unserem rotierenden grünblauen Juwel. Vögel, Geigen, schnurrende Katzen, Frösche. Aber das Sahnehäubchen sind die lieblichen Laute einer Frau kurz vor dem Orgasmus. Männer sind so beherrscht. Grunz, grunz. Und dann ein widerwilliges Stöhnen beim Erguss. Frauen sind anders. Die zunehmende Verwundbarkeit. Das nahende Loslassen. Der Augenblick der völligen und bedingungslosen Hingabe. Sie schreit fast. Ich muss mal kurz Pause machen.

Später Ich hab genau rechtzeitig angefangen zu masturbieren. Ich bin im selben Moment gekommen wie sie. Ausländische Stimmen. Als sie kam, schrie sie: »Christus, Christus!« Oder so was Ähnliches. Wahrscheinlich ist sie katholisch. Eine ausländische Katholikin, die gevögelt wird und einen Orgasmus hat. Herrgott, Hotelzimmer sind einfach toll. Was würde ich nicht dafür geben, wenn ich ein Hotel hätte, in dem es in jedem Zimmer versteckte Videokameras gäbe. Das ist mein Traum. Früher wollte ich Profi-Footballer werden.

Sonntag, 14. August
12:01 Uhr
Lake Naivasha Hotel
Zimmer 11
Kenia, Afrika

Warte bloß noch auf Dad, der mich zum Mittagessen abholen will. Alle planten, heute wieder auf den See rauszufahren und zu angeln. Am Ende ist Dad bei Mom geblieben. Anscheinend wollte sie das Zimmer nicht verlassen. Er sagte, er würde mir später alles erklären. Nach letzter Nacht hatte ich Lust auf einen Angelausflug von Vater und Sohn. Ich hätte nichts davon gesagt. Aber ich war verdammt stolz. Dass er mich so verteidigt hat. Ich werde ihm nie verraten, dass ich in der Kabine saß. Das wäre ihm sonst peinlich.
Schließlich holte mich Gabriel zum Fischen ab. Ich hatte Dad versichert, dass ich nichts dagegen hätte, den Vormittag im Hotel zu bleiben, aber davon wollte er nichts wissen. Er hat gesagt, er will nicht, dass Mom allen den Tag vermiest.
Gabriel freute sich anscheinend, dass er auf den See mitkonnte, und ließ durchblicken, das sei sehr ungewöhnlich.
»Warum?«, fragte ich.
»Wir sind nur fürs Fahren da«, sagte er. »Eigentlich sollen wir uns den Hotelgästen erst zeigen, wenn alles abfahrbereit ist.«
»Klar, wir wollen uns die Safari ja nicht durch den Anblick unbewachter Fahrer verderben lassen.«
Ich erzählte Gabriel von dem Biber, den ich gestern gesehen hatte. Er sagte, das wäre wohl eher eine Wasserspitzmaus gewesen, ein Igel, ein Mungo oder eine Wasserratte. Biber gäbe es in Afrika nicht. Nichts zu wollen. Es war ein blöder Biber. Der kann mir viel erzählen.

Wir kamen bei einer Gruppe von Fischern vorbei, die bis zu den Hüften im Wasser stand und Netze einholte. Gabriel unterhielt sich mit ihnen in seiner Muttersprache. Ich war beeindruckt. Ich lächelte bloß einfältig und nickte. Gabriel erzählte wahrscheinlich gerade, er hätte wieder mal einem verhätschelten Weißen den See gezeigt. *Er sagt, er hat gestern einen Biber gesehen.* Alle lachten. Nur zu, lacht mich ruhig aus, ihr Fischer. Wahrscheinlich lachten sie überhaupt nicht über mich, aber wozu ist die Welt denn gut, wenn sie sich nicht ausschließlich um mich dreht und über mich spottet?
Gabriel brachte mir das Wort für »hallo« bei. Jambo. Wenn ich jetzt an den Eingeborenen vorbeikomme, kann ich »Jambo, jambo« sagen und das Gefühl haben, dass ich dazugehöre.
Wir suchten uns ein ruhiges Fleckchen am anderen Ende vom See, weil Gabriel gehört hatte, dort könne man gut angeln. Wir beköderten unsere Angelruten und warfen sie aus. Es war kühl. Der Himmel war eine einzige riesengroße graue Wolke.
Ich holte mein Kawumm heraus und krümelte etwas Haschisch hinein. Ich nahm einen großen Zug und hielt es Gabriel hin. Er lächelte und schüttelte den Kopf.
»Ich glaube, mit der Familie Clark steht mir noch ein großes Abenteuer bevor«, sagte er.
Den letzten Rauch musste ich heraushusten. »Das glaub ich auch.«
Er sah sich auf dem See um. Unser Boot schaukelte sanft auf und ab. Ich würde die Bäume, die Pflanzen und die Vögel ja gern beschreiben, aber ich hatte keinen blassen Schimmer, was ich da vor mir sah. Es war echt hübsch, aber Landschaftsschilderungen sind nicht mein Ding. Es war auch nicht die Landschaft, die das Ganze zu etwas Besonderem machte, aber sie gab einen schönen Hintergrund

ab. Nein, es lag einfach an der Stimmung. Ich war gern mit Gabriel zusammen. Ich weiß nicht, ob mir überhaupt bewusst war, welch eine Erleichterung es war, Mom und Dad mal eine Weile los zu sein. Das Wasser leckte am Bootsrand. Gabriel lächelte. Er lächelte viel. Aber das Lächeln wirkte echt. Manche Leute tun nur so, als wäre alles in Ordnung, dabei sind sie innerlich völlig kaputt und ausgepowert. Gabriel war anders. Sein Lächeln war voll der Bringer. Oder wenn nicht, dann hatte er die Kunst anmutigen Lächelns perfektioniert und bewegte sich in schnellem Tiefflug knapp unter meinem Bockmist-Radar.

»Wo sind die Nilpferde?«, fragte ich.

»Gute Frage.«

»Vielleicht ja unterm Boot.«

»So lange können sie nicht die Luft anhalten.«

Gabriel spürte, wie etwas an seiner Leine zerrte, und holte sie ein. Kurz darauf zog er einen Fisch ins Boot, der bestimmt dreißig Zentimeter lang war. Fragen Sie mich nicht, was für einer das war. Einfach so ein blöder Fisch. Er nahm ihn vom Haken und warf ihn ins Boot. Er schnellte herum und kam an mein nacktes Bein. Ich schrie auf.

»Was machen wir jetzt?«, fragte Gabriel ruhig.

»Was?«, sagte ich. »Sie sind der Afrikaner. Bringen Sie das Scheißteil um.«

»Ich habe noch nie einen Fisch erschlagen.«

»Was zum Teufel haben wir dann hier draußen zu suchen?«

Der Fisch streifte wieder mein Bein. Ich schrie auf. »Schmeißen Sie ihn raus.«

Gabriel schob die Hände unter den Fisch und warf ihn in den See zurück. Ich holte meine Angelleine ein.

»Das machen wir nicht noch mal«, sagte ich.

»Nein«, sagte Gabriel.

Er lehnte sich zurück, stützte sich auf die Ellenbogen und lächelte in den Himmel. Zwei Fragen brannten mir auf den Nägeln. Wir saßen in einem Boot, also stellte ich ihm die erste.

»Warum waren Sie nicht dabei?«

Gabriel sah mich an. Das war ein kleiner Test für ihn und für mich. Wenn er wusste, dass ich nach seinem Vater und seinen Brüdern fragte, war das für mich der Beweis, dass wir dieselbe Wellenlänge hatten.

Gabriel verlor die Fassung. Er hatte Tränen in den Augen. Und seine Lippe fing an zu zittern. Gleich würde er losschluchzen. Ich fühlte mich mies. Ich wollte nicht mit ansehen, wie er aus der Fassung geriet. Aber dann war ich verwirrt. Ich wusste nicht mehr, ob er weinte oder lachte. Es war mir unbehaglich, so mit ihm allein in einem Boot zu sitzen. Vielleicht war er verrückt. Noch verrückter als Mom. Schließlich war es unverkennbar. Er lachte.

»Das hab ich mir ausgedacht«, platzte er schließlich heraus. »Es gab keinen Unfall beim Fischen. Ich habe noch zwei Brüder, und ich habe noch meinen Vater.«

Ich musste grinsen. So ein abgedrehter Spinner. Wie konnte man so was bloß erfinden? Etwas so Tragisches. Ich wusste nicht, ob ich ihn umarmen oder ihm eine reinhauen sollte. Einerseits kam ich mir verarscht vor, weil ich ein klein wenig Gefühl in seine Geschichte investiert hatte. Andererseits fand ich ihn ganz schön cool. So zu lügen. Und dass er mir so weit vertraute, mir die Wahrheit zu sagen.

»Ich mache diesen Job seit fünf Jahren. Fahre pro Jahr zweiundzwanzig Familien. Kannst du dir vorstellen, was das für ein Gefühl ist, mit wildfremden Leuten zwei Wochen am Stück in einem Geländewagen zu sitzen? ›Wo kommen Sie eigentlich her, Gabriel? Was hat denn Ihr Vater gemacht?‹ Ich hab mir gesagt, entweder werde ich euch bald alle nicht mehr ausstehen können, oder ich saug mir Sachen aus den Fingern.«

»Und was haben Sie der letzten Familie erzählt?«

»Krokodile. Mutter. Drei Schwestern.«

Er schlug die Hand vor den Mund, um sein Lächeln zu verbergen. Dann wurde er ernst.

»Erzähl das auf keinen Fall deinen Eltern.«

»Keine Angst. Haben Sie uns mit dem Medizinstudium auch einen Bären aufgebunden?«

»Nein, das mit der Universität stimmt. Ich bin wirklich zwei Wochen vor der letzten Prüfung ausgestiegen.«

Das war das Stichwort für meine zweite Frage.

»Warum?«

»Weiß ich nicht.«

»Kommen Sie!«

»Ich weiß es wirklich nicht. Ich weiß noch, ich bin in die Uniklinik gegangen und hab mich hingesetzt, wie ich das jahrelang gemacht hatte. Habe einen Arzt reinkommen sehen. Habe meine Aktentasche aufgemacht. Einen Stift rausgeholt. Hochgesehen. Irgendwas fiel mir ins Auge. Ich sah, wie ein Vogel gegen das Fenster flog. Ich habe die letzten paar Meter vor dem Aufprall mitbekommen. Ein kleiner schwarzer Rabe. Ich war der Einzige, den das Geräusch nicht erschreckte. Er traf das Fenster, die ganze Scheibe bekam Sprünge wie ein Spinnennetz, und er verschwand aus dem Blickfeld. Ich stand auf. Ließ meine Bücher auf dem Tisch liegen und ging hinaus. Ich fand den Raben im Gras unter dem Fenster. Er lebte noch. Ich habe ihn in meine Jacke gewickelt. Im Zoo abgegeben. Ein Taxi nach Heathrow genommen. Den Zoo vom Flughafen aus angerufen. Erfahren, der Rabe würde durchkommen. Bin ins Flugzeug gestiegen. Und nach Nairobi zurückgekommen. Was hatte der Vogel zu bedeuten? Er hat mich nach Hause gebracht. Mehr weiß ich nicht.«

»Ich würde Ihnen gern die Hand drücken.«
Gabriel reichte mir die Hand, und ich schüttelte sie voller Ehrfurcht.
»Dafür braucht man Traute. Nur sitzen Sie jetzt fest und fahren reiche weiße Ignoranten durch die Gegend, die Ihnen langweilige Fragen nach Ihrer Familie stellen.«
»Ein Mittel gegen die langweiligen Fragen hab ich ja gefunden. Und ich mach den Job nicht, weil ich so gern Auto fahr.«
Ein großer Reiher stieß auf die Wasserfläche hinab. In der Nähe vom Boot drehte er ab und stieg wieder in den Himmel auf. Gabriels Seele schien Feuer zu fangen, und seine Augen leuchteten wie die Löcher im Kürbis mit der flackernden Kerze drin. Er holte tief Luft. Er sog nicht nur den Reiher ein. Es war das Einssein des Reihers mit dem Himmel, dem Wasser, den Bäumen, den anderen Tieren, na ja, eigentlich allem, was uns umgab. Er nahm das alles mit einem Atemzug in sich auf.
Ich hätte fast einen dummen Spruch gemacht, der alles kaputtgemacht hätte, aber dann ließ ich Gabriels großen Augenblick in Ruhe. Außerdem schienen seine »Augenblicke« unzerstörbar. Sie wirkten ganz schön solide. Und mit so was kenn ich mich aus. Im Kaputtmachen bin ich Profi. Er wartete, bis der Reiher hinter den Baumkronen verschwunden war, dann ließ er den Motor an.
Auf dem Rückweg zum Hotel kamen wir an einer winzigen Insel vorbei. Unglaublich dunkel und geheimnisvoll. Das Blattwerk war so undurchdringlich, dass man verschwinden würde, wenn man sich zehn Schritt vom Strand entfernte. Ich hätte die Insel zu gern zwei Stunden lang erforscht und fragte Gabriel, ob das ginge, aber er sagte, Mom und Dad würden mich zum Mittagessen erwarten. Wir sausten über den See, und ich sah zurück und verfolgte, wie die Insel immer kleiner wurde.

Als ich ins Hotel kam, war Dad am Postkartenschreiben. Er ist der einzige Mensch, den ich kenne, der Postkarten ins Unreine schreibt. Er sagt, er braucht immer ein paar Entwürfe, bevor er sich darüber im Klaren ist, was er eigentlich sagen will. Wichtiger ist aber, alles draufzukriegen, ohne dass er unten ganz klein kritzeln muss. Wenn er mit dem Entwurf zufrieden ist, schreibt er dieselben Worte auf alle fünf oder sechs Karten, die er verschicken will. Kein Wunder, dass ich da nicht mehr mitkomme.

17:25 Uhr Hab mit Mom und Dad Mittag gegessen. Mom war okay. Halbwegs. Ich glaube, sie hatte ein schlechtes Gewissen, weil sie schuld daran war, dass Dad heute Vormittag hier bleiben musste. Normalerweise hätte er ihr das auch das ganze Mittagessen lang unter die Nase gerieben. Aber er hat es kein einziges Mal erwähnt, was ich ihm hoch anrechne. Mom kam immerzu darauf zurück. Entschuldigte sich, weil sie ihm den Tag versaut hätte. Geduldig setzte Dad ihr auseinander, der Tag wäre nicht versaut. Er wäre doch erst halb vorbei.

Dad stand früh von der Tafel auf, um alles für den Nachmittag vorzubereiten. Das hieß, er musste ein Ei legen.

»Und? War's nett heute Morgen?«, fragte Mom.

»Es war toll. Gabriel ist echt spitze.«

»Ich wusste gar nicht, dass du was fürs Angeln übrig hast.«

»Hab ich auch nicht. Das war nur ein Vorwand, um auf den See rauszukommen.«

»Ich hätte nicht gedacht, dass er sich überhaupt in ein Boot traut nach dem, was seiner Familie zugestoßen ist.«

»Das hat er doch alles bloß erfunden.«

»Niemand erfindet so etwas Schreckliches.«

»Stimmt auch wieder.«

Mom neigte sich vor und wartete, bis auch ich mich vor-

gebeugt hatte. *Sie neigt zu Tragödien.* Sie sah sich um und sagte im Flüsterton: »Dein Vater hält mich für verrückt.«
»Und? Hat er Recht?«
»Nein. Und lass dir von ihm ja nichts anderes einreden.« Unter dem Tisch tippte sie wie verrückt mit dem Fuß auf den Boden. Ich konnte es hören.
»Kennst du das Gefühl, dass alles über dir zusammenbricht? Dass nichts mehr Sinn hat, egal was du machst?«
Ich schwieg.
»Dein Vater wollte heute Morgen, dass ich Tabletten nehme.«
»Was für Tabletten?«
»Ach, weiß ich nicht. Irgendwas, um meine Angst in den Griff zu bekommen.«
»Hast du sie genommen?«
»Ich habe sie mir unter die Zunge gesteckt. Und ausgespuckt, als er aus dem Zimmer war.«
»Warum machst du so was?«
»Mir wird davon schlecht.«
»Sie helfen vielleicht.«
Mom schüttelte den Kopf, dann griff sie nach meiner Hand. Wir sind keine sehr körperbetonte Familie, und ich zuckte instinktiv zurück, als hätte sie mich mit einer Zigarette verbrannt, was ihr ein paar Mal passiert ist, als ich noch ein Kind war.
»Erzähl deinem Vater nichts davon.«
»Wovon?«
»Von den Tabletten.«
»Vielleicht solltest du sie nehmen.«
»Ich nehm die nicht. Und ich sag deinem Vater nichts von deinen Drogen, wenn du ihm nichts von meinen sagst.«
Erst Gabriel. Jetzt Mom. Jeder erzählt mir was und sagt, ich soll's für mich behalten. Wofür halten die mich verdammt noch mal? Für Father Mulcahy?

»Mom, du brauchst mich nicht zu erpressen. Ich halte zu dir.«

»Das weiß ich. Du brauchst dir auch keine Sorgen zu machen. Ich pack das schon. Wirst du ja sehen.«

Mom stand lächelnd auf und ging. Das Lächeln hielt, bis sie sich außer Sicht glaubte, und verschwand dann schneller als eine Taschenratte im Loch.

Ich hatte sie enttäuscht, das stand fest. Sie suchte jemanden, der ihr vermittelte, ihre Gefühle nachempfinden zu können. Sie wollte sich mitteilen. Sie war auf mich zugekommen. *Fühlst du dich auch so? Wird dir auch manchmal alles zu viel? Ist das okay?* Und was hatte ich gemacht? Sie abgeblockt. Gehen wir so mit Verrückten um? Wir machen dicht und lassen sie ihr Anderssein spüren. Wir kappen ihre Verbindung zu dem, was sie mit uns gemeinsam haben. Wir stoßen sie weg. Und sie gehen weg. Und wenn sie erst gegangen sind, wie kriegen wir sie dann zurück?

Einem Verrückten will man nicht sagen, dass es einem genauso geht wie ihm, denn das könnte ja heißen, dass man auch verrückt ist.

Natürlich wird mir auch manchmal alles zu viel. Wenn Mom nur einen Funken Verstand hätte, wüsste sie das. Was glaubt sie denn, wozu meine Drogen da sind? Nicht immer. Aber manchmal. Vielleicht weiß sie es auch. Ich hätte was sagen sollen. Ich hätte ihr sagen sollen, dass ich weiß, wie sie sich fühlt. Aber ich Arschloch hab sie angelogen. Mein Schweigen war eine Lüge.

Ich fass es nicht, was ich da schreibe. Alles geht so schnell. Wo kommen diese Tabletten her? Ist es schon so weit, dass sie Medikamente braucht? Ist sie so verrückt? Ich glaube, ich hab mir den Wahnsinn immer zu romantisch vorgestellt. Er hat absolut nichts Romantisches. Er ist schlimm. Es ist schlimm, mit ansehen zu müssen, wie jemand davongleitet wie ein Boot mit gekapptem Ankertau.

Nach dem Mittagessen sind wir in den Nationalpark Hell's Gate gefahren. Gabriel hat gesagt, da kann man die wilden Tiere gut beobachten. Er hat einen Freund mitgebracht, mit großen Löchern in den Ohrläppchen und einem Gewehr. Später erfuhr ich, dass das ein Park-Ranger war.

Gabriel stürzte sich in die Beschreibung, bevor wir dort ankamen, und klang eher nach Vincent Price als nach einem Reiseleiter. Er sagt, es gibt mehrere Begründungen, warum der Park Hell's Gate genannt wird. Der Typ, dem das Land früher gehörte, brachte jeden um, der sich darauf blicken ließ, außerdem ist die Gegend total trostlos, und wenn Wilderer kamen, verbrannten sie die Tierkadaver immer, nachdem sie sich genommen hatten, was sie haben wollten. Also gab es hier Trostlosigkeit, Tote und Feuer. Also war das hier das Tor zur Hölle.

Dad verzog das Gesicht und beobachtete aus dem Augenwinkel, wie Mom Gabriels Worte aufnahm. Sie sagte nichts, aber ich merkte, dass die Angst in ihr aufstieg. Sie presste die Kiefer aufeinander, und ihre Finger verkrampften sich.

Auf einer unbefestigten Straße drosselten wir das Tempo für zwei Stammesangehörige mit Speeren. Endlich mal echte Afrikaner. Weder Gabriel noch der Park-Ranger legten anscheinend Wert darauf, sich mit ihnen zu unterhalten. Sie blieben vor Dads offenem Fenster stehen und wollten mit ihm ins Gespräch kommen. Dad hatte nicht das Geringste dagegen. Ich sah auf den Boden und entdeckte, dass die beiden Nike-Turnschuhe trugen, was die Begegnung mit den vermeintlich Primitiven zerstörte. Gabriel gab Gas und erklärte, die Nike-Fritzen würden verirrte Kühe schlachten, sodass die Hirten ihre Herden nie unbeaufsichtigt lassen dürften.

Endlich erreichten wir die Savanne. Überall sah man gra-

sende Zebras und Gazellen. Das war das Afrika, wie ich es aus dem Fernsehen kannte. Das fand ich aufregend. Gabriel parkte, und alle stiegen aus. Das heißt alle bis auf Mom.
»Komm doch, Janet«, flehte Dad sie an.
»Ich mach keinen Schritt nach draußen«, sagte sie.
»Es ist absolut sicher, Mrs. Clark«, sagte Gabriel.
»Und die Löwen?«, fragte Mom.
»Löwen jagen und fressen am frühen Morgen«, sagte Gabriel. »Tagsüber ist es zu heiß.«
»Trotzdem«, sagte Mom.
»Außerdem hab ich deshalb ja meinen Freund mit dem Gewehr mitgebracht«, sagte Gabriel. »Vorsichtshalber.«
»Nicht mit mir«, sagte Mom.
»Herrgott, Janet!« Dad schäumte vor Wut. »Deswegen sind wir hergekommen!«
Gabriel, der Park-Ranger und ich entfernten uns vom Geländewagen. Ich fand es aufregend, draußen in der Savanne zu stehen. Selbst mit Gewehr war es noch gruslig. Hier gab es Tiere, die Fleisch fraßen. Jede Sekunde konnten die sich anschleichen und einem das Fleisch von den Knochen fetzen.
Das Gespräch mit Mom nach dem Mittagessen hatte mich richtig deprimiert. Jetzt besserte sich meine Laune.
Ich stand da und sah den Zebras zu, die vielleicht fünfzig Meter weiter Gras mampften und mit ihren Schwänzen die Fliegen von ihren Rücken verscheuchten. Alles war so friedlich. Okay, so friedlich auch wieder nicht. Ich hörte bis hierher, wie Dad Mom ausschimpfte, weil sie sich weigerte, den Geländewagen zu verlassen. Ich blendete das aus und ließ mir den Wind durch die Haare wehen.
Afrika. Das hier war Afrika. Scheiß auf Zoos. Nie wieder geh ich in einen Zoo. Hier gehören die Tiere her. In die freie Wildbahn. Nicht hinter Gitter, damit wir uns amüsie-

ren. Kinder sind das Schlimmste an Zoos. Die machen immer so einen Krach. Schreien die Tiere an. Essen Zuckerwatte. Ist doch ekelhaft. Wenn mal ein Tier verletzt ist und allein nicht in der Natur überleben kann, meinetwegen, aber ansonsten soll man die Viecher doch in Ruhe lassen. Und die Aquarien erst. Ich weiß noch, wie unsere Familie zu dem in San Diego gefahren ist. Riesige Wale in diesen winzigen Becken. Verdammte Arschlöcher.
Wenigstens die hier hatten sie nicht gekriegt. Die hier waren frei. Und wir hatten Geld und konnten sie uns anschauen. Scheiß auf die Armen. Die sollten sich die Tiere doch in Büchern ansehen. Hauptsache, man baut keine Zoos. Oder noch besser, man nimmt einen Bruchteil von all dem Geld, was die Nationen für Waffen ausgeben, und bezahlt davon jedem einzelnen Kind eine Afrikareise, damit es Tiere in freier Natur sehen kann. Einen Monat lang. Zugegeben, es hätte mehr Sinn, von dem Geld hungernde Kinder zu ernähren, aber da sieht man wieder mal, warum ich lieber nicht das Sagen haben sollte.
Ich hab mal ein Mädchen aus England gevögelt. Aus einer stinkreichen Sippschaft. Sie war Mitglied der Konservativen Jugend oder einem ähnlichen Idiotenhaufen. Zusammen mit ihren Freunden aus dem Verein fuhr sie am Wochenende immer in die heruntergekommenen Stadtteile und schmiss mit Steinen nach den Armen. Muss man sich mal vorstellen. Ich hab mir 'nen Ast gelacht, als sie das erzählte. Sie war entsetzt, weil ich das so komisch fand. Sie glaubte, etwas Fürchterliches zu beichten. Ich fand es nicht fürchterlich. Ich fand es ehrlich. Total viele Reiche tun so, als kümmerte sie das Leid der Armen, dabei haben sie nichts als Scheiße im Kopf. Sie veranstalten Spendenaktionen und Wohltätigkeitsbälle, aber sie sind reiche Ärsche und bleiben reiche Ärsche. Sie bemitleiden die Armen, und das hat den Armen gerade noch gefehlt. Lieber

ehrlich sein, als auf die Tränendrüsen drücken. Lieber Steine schmeißen als Bälle. Puh.
Mom stieg schließlich doch noch aus dem Geländewagen. Gut gemacht, Dad. Sie schaffte etwa zwanzig Meter, dann war Sense. Sie ging keinen Schritt weiter. Ich lief hin und sagte: »Ist das nicht toll?«
»Ganz nett«, sagte sie.
Junge, Junge, danach sah ihr Gesicht aber gar nicht aus. Sie hatte Todesangst. Zitterte richtig.
»Mom! Das ist Afrika! Wir sind in Afrika! Stehen in der Savanne mit Zebra und Gazelle!«
Mom nickte geistesabwesend.
»Das reicht«, sagte sie, drehte sich um und ging zum Geländewagen zurück. Meine Begeisterung war plötzlich verflogen. Sie war wie ein Vampir, saugte meinen Geist aus und flatterte davon. Dad kam dazu.
»Wenigstens hast du sie aus dem Wagen rausgekriegt«, sagte ich.
»Wir lassen uns von ihr nicht die Reise verderben, was?«, sagte er.
»Nee, find ich auch«, sagte ich. Wir drehten uns um und sahen uns die Tiere an. Mom saß wieder im Geländewagen.
»Kommt! Wir wollen fahren!«, rief sie.
Dad und ich beachteten sie nicht.
»Das ist nicht mehr komisch! Steigt ein!«
Ich spürte, wie Dad immer angespannter wurde.
»Hört auf damit!«, schrie sie.
Sie schien kurz vor dem Durchdrehen zu sein, aber das war mir egal. Dad seufzte und ging langsam zum Geländewagen zurück. Ich blieb, wo ich war. Mom lehnte sich aus dem Fenster, winkte mich zu sich, flehte mich an zurückzukommen.
»Richard! Du auch! Komm wieder her! Das ist zu gefährlich!«

Ich rührte mich nicht von der Stelle.
»Komm, Richard«, sagte Dad leise.
Endlich drehte ich mich um und ging zum Geländewagen zurück. Ich hätte sie umbringen können.
Auf der Rückfahrt zum Hotel herrschte einige Verwirrung. Der Park-Ranger glaubte, er hätte etwas falsch gemacht und wäre für Moms Szene verantwortlich. Dad versicherte ihm drei Mal, es sei nicht seine Schuld. Ich war die ganze Zeit stocksauer. Mein Mitleid mit ihr war futsch. Sie saß da und starrte aus dem Fenster. Ihr Fuß tanzte. Sie pulte an den Fingernägeln herum. Und mit Angst in den Augen suchte sie das vorbeiziehende Land nach Gefahren ab. Sie widerte mich an. So eine Niete hat man nun als Mutter.
Auf dieser Rückfahrt schämte ich mich meiner Mom. Dabei war ich als Kind immer so stolz auf sie gewesen. Wollte mit ihr angeben. Damals war mir Dad peinlich. Er war der Spinner, der schräge Vogel. Der Typ, der jeden Samstagmorgen die Fenster putzte. Und jeden Freitagabend staubsaugte. Wenn Freunde zu Besuch kamen, wollte ich ihn nie dabeihaben. Ich verbot ihm, zu meinen Footballspielen in der High School zu kommen. Nur einmal hat er sich ins Stadion geschlichen, und das hat er hundert Pro bereut.
Es war ein Endrundenspiel. Unsere High School war zum ersten Mal seit zehn Jahren wieder dabei. Ich war im letzten Schuljahr. Als defensiver Rückraumspieler. Genauer, ich saß auf der Bank und sah den anderen beim Spiel zu. Nur an diesem einen Abend war ich draußen auf dem Spielfeld, weil zwei aus der Anfangsaufstellung verletzt auf der Bank saßen. Ich sah einen von der Anspiellinie nach hinten gespielten Ball. Das war meine Chance, jahrelangen High-School-Horror wieder gutzumachen. Ich fing den Ball. Und rannte.
Achtzig Meter bis zur Endzone. Unsere Mannschaft lag

mit vier Punkten zurück. Keine Minute mehr zu spielen. Siebzig Meter bis zur Endzone. Warum hatten sie den Pass in den Rückraum abgegeben? Warum hatte der Quarterback keinen Laufspielzug angezeigt? Sechzig Meter bis zur Endzone. Meine Mitspieler, mein Trainer, alle schrien und fuchtelten mit den Armen wie Windmühlen. Fünfzig Meter bis zur Endzone. Kriegte Dad das mit? Mann, hoffentlich. Vierzig Meter bis zur Endzone. Die Lunge schmerzte. Beine wurden schwächer. Dreißig Meter bis zur Endzone. Hörte Schritte hinter mir. Machte noch mal Druck. Zwanzig Meter bis zur Endzone. Erinnerte mich an die Statue vor dem Empire Stadium in Vancouver – John Landy sah über die falsche Schulter, und Roger Bannister überholte ihn. Zehn Meter bis zur Endzone. Bin das wirklich ich? Ist das überhaupt möglich? Fünf Meter bis zur Endzone. Das bin ich nicht. Gute Dinge sind nicht so einfach. Die rechte Zehe verfängt sich im Rasen. Die linke Zehe knallt auf den rechten Absatz. Sturz. Ein gegnerischer Spieler tippt mir auf die Schulter. Mehr ist nicht nötig, weil ich schon liege. Zwei Meter bis zur Endzone. Vierzehn Sekunden zu spielen. Zurück auf die Bank. Zwei Spielzüge von unseren Offensebacks. Kein Touchdown. Es war vorbei. Unser letztes Schuljahr. Wir würden nie wieder Football spielen. Niemand hatte ein gutes Wort für mich. Nicht mal der Trainer. Es fing leise an. Ein Chor von Betrunkenen. Erst bekam ich nichts mit. Aber nach und nach wurde er lauter und regnete von der Tribüne herab. Auf der Bank rückte man von mir weg, als hätte ich die Hose voll. Der Alk hatte denen auf der Tribüne die Zungen gelöst. Der morsche Holzzaun, der sie von den billigen Plätzen trennte, wurde niedergetrampelt, und die Grausamkeit preschte darüber hinweg wie hungrige, Fleisch fressende Pferde. Pferde, die Rauch aus den Nüstern spien. Pferde, die rot glühende Kohlen schissen. Ich hatte nicht die geringste Chance.

Ein Hase saß im tiefen Tal
singing holly polly doodle all the day,
übt Segelflug wie Lilienthal,
singing holly polly doodle all the day.
Noch mal
Ein Hase saß im tiefen Tal ...

Ich sah verstohlen zur Tribüne hinüber. Ein kleines, wogendes Gesichtermeer, Gesang, Armgefuchtel. Ich glaubte, Dad durch einen Ausgang huschen zu sehen. Kaum der Augenblick für einen stolzen Vater, mit »Das ist mein Junge« zu prahlen.

Die Katastrophe an der Zweimeterlinie erinnert an die mit Mrs. Turner. Wäre mein Leben anders verlaufen, wenn ich beim Touchdown gepunktet hätte? Wenn meine Mitspieler mich auf den Schultern vom Spielfeld getragen hätten? Vielleicht hätten sie dasselbe Lied gesungen, aber sie hätten es fröhlich und zur Feier des Tages gesungen. Vielleicht wäre ich geheilt worden.

Ich verriet Dad nie, dass ich ihn bei dem Spiel gesehen hatte. Und er erwähnte natürlich nie, dass er da gewesen war. Das war unser kleines Geheimnis. Viel Schmach im Clark-Clan. Und viele kleine Geheimnisse.

Als wir wieder am Hotel waren, stiegen alle leise aus und gingen wortlos in ihre Zimmer. Vor einer Viertelstunde hab ich ein bisschen Blech geraucht, und jetzt fühl ich mich richtig wohl. Und hundemüde. Vielleicht dös ich ein bisschen und vergesse, wer ich bin.

19:43 Uhr Schnell noch ein paar Notizen, bevor ich zu Mom und Dad runtergehe. Zum Sonnenuntergang (19:00) sind Dad und ich zum Seeufer runtergegangen. Alles war still und friedlich. Wir hörten das Summen von einer Million Moskitos. Vielleicht waren es nur fünfzigtausend, aber sie hörten sich an wie eine Million. Es hörte sich an wie Bläser aus grauer Vorzeit, die Dudelsack spielen und immer auf demselben Ton hängen bleiben. Entweder herrlich hypnotisch oder teuflisch nervend, hängt ganz von der Einstellung ab.

Mir war klar, dass Dad am See mit mir reden wollte. Wir ließen ein paar Kieselsteine über die ruhige Wasserfläche hüpfen. Ich sah auf den See hinaus und konnte die Insel erkennen, an der Gabriel und ich vormittags vorbeigefahren waren. Verborgen hinter einem Dunstschleier, erschien sie noch verlockender und geheimnisvoller.

»Wir müssen uns mal über deine Mutter unterhalten«, sagte Dad.

Ich nickte, warf wieder einen Stein in den See und sah zu, wie sich die kleinen Wellenkreise ausbreiteten. So gehörte sich das für Vater und Sohn an Seeufern. Steine werfen. Herumschlurfen. Dinge besprechen.

»Ich hätte es dir und deiner Schwester wahrscheinlich schon längst sagen sollen, aber ich wollte nicht, dass ihr euch Sorgen macht, außerdem dachte ich, eure Mutter würde es irgendwie allein auf die Reihe bekommen. Aber jetzt siehst du ja selbst, wie es um sie steht, also hat's keinen Sinn mehr, dir was vorzumachen.«

Dad holte einen Pfefferminzbonbon aus der Tasche. Starrte ihn an. Wickelte ihn aus. Und steckte ihn in den Mund.

»Kann ich auch einen haben?«, fragte ich.

»War mein letzter«, sagte er.

Er log natürlich. Er hat immer Ersatzbonbons. Er kann's bloß nicht ausstehen, welche abzugeben. Er sagt immer »War mein letzter.« Ich hab ihn das einmal sagen hören, und eine halbe Stunde später hat er den nächsten aus der Tasche geholt.

»Deiner Mutter tut Paris nicht besonders gut«, setzte er an. »Die ersten Monate waren okay. Sie traf sich mit den anderen Frauen zum Essen, belegte einen Töpferkurs und machte Stadtbesichtigungen. Aber dann habe ich ungefähr einen Monat vor Weihnachten eine von den Frauen getroffen, mit denen sie angeblich zum Essen verabredet gewesen war. Die Frau sagte, daraus wäre nichts geworden, Janet hätte abgesagt. Die Sache hatte nur einen Haken: Am Vorabend hatte deine Mutter mir das Treffen mit dieser Frau anschaulich geschildert – wo sie hingegangen waren, worüber sie sich unterhalten hatten und was es zum Nachtisch gegeben hatte. Ich bin dann nach Hause gefahren. Das war am frühen Nachmittag. Deine Mutter hätte eigentlich bei ihrem Töpferkurs sein müssen, lag aber im Bett, als ich kam. Sie sagte, sie fühle sich nicht wohl. Ich fragte sie nach der Verabredung. Es beschäftigte mich, dass sie sich ein so komplexes Lügengespinst ausgedacht hatte. Angeblich hatte sie etwas erfunden, damit ich glücklich war und mir keine Sorgen machte. Sie sagte, das wäre anders als damals.«

Dad stockte. Ich hasse solche Gespräche. *Wenn du mir was zu sagen hast, dann sag es gefälligst! So fühl ich mich ja wie ein Zeitungsreporter, der einem Knüller nachjagt.*

»Sie sagte, das wäre anders als damals.« Lange Pause. Es war eine so durchsichtige Manipulation. Ich sollte jetzt fragen: »Wie meinte sie das?«, aber ich hatte keine Lust. Ich wollte, dass er einfach weiterredete. Aber er wollte gefragt werden. Also biss ich in den sauren Apfel.

»Wie meinte sie das?«

»Nach der Geburt deiner Schwester hat deine Mutter versucht, sich umzubringen.«

Hier wäre eine dramatische Pause angebracht gewesen, und ich hätte »Was?«, »Häh?« oder »Ach du Scheiße!« sagen müssen. Aber hier stockte er nicht die Spur. Er trug seinen kleinen ledernen Pilotenhelm, seinen Schal und seine Schutzbrille. Er klinkte die Bombe aus, drehte ab und beschleunigte. Ich sah ihm an, dass er die Sache hinter sich bringen wollte.

»Ihr Vater starb, während sie mit Maggie schwanger war, und nach Maggies Geburt wurde sie depressiv. Klinisch depressiv.«

»Warum hast du uns das nie gesagt?«

»Es gab keinen Grund. Sie erholte sich wieder, und seitdem ging es ihr gut. Bis Paris.«

Ich stand auf und ging ein Stück weg.

»Du hättest ruhig mal was sagen können.«

Dad folgte mir. Er war zunehmend verärgert.

»Was sollte ich denn machen? Einen unserer samstäglichen Grillabende unterbrechen? Entschuldige bitte, Janet. Kannst du mal fünf Minuten ins Haus gehen? Ich möchte den Kindern von deinem Suizidversuch erzählen. Sie haben das Recht zu erfahren, dass du nicht immer die liebevolle und selbstlose Mutter warst, für die sie dich bisher gehalten haben. Blödsinn. So viel ist mal klar. Oder ist dir in deiner Kindheit jemals was Schlimmes an ihr aufgefallen?«

»Nein.«

Ich würde ja gern schreiben, die Nachricht von ihrem Suizidversuch hätte mich am Boden zerstört. Aber das stimmte nicht. Ich war aufgedreht. Ich war aufgeregt. Etwas Schreckliches war aus der Kloake ans Licht gekommen. Es hätte mir Angst einjagen sollen. Oder mich traurig machen sollen. Aber davon spürte ich nichts. Das war die Leiche im Keller unserer Familie. Freigelegt. Exhumiert. Für Hass war da kein Platz. Das wäre, als hasste man einen räudigen Hund, den keiner haben wollte. Man musste ihn füttern. Ihn lieben. Meine Kritik an seinem jahrelangen Schweigen tat Dad immer noch weh. Dabei hatte ich nur gesagt, er hätte etwas sagen sollen, weil das die richtige Reaktion zu sein schien. Im Grunde war es mir egal, dass er das unter Verschluss gehalten hatte. Es gefiel mir sogar. Es war finster und dramatisch – ich hatte das Gefühl, in einem Film zu sein.

»Also fang gefälligst nicht an, mir deswegen Vorwürfe zu machen. Ich hab's überhaupt nur wegen ihres jetzigen Verhaltens aufs Tapet gebracht.«

Dad wechselte die Richtung. Jetzt musste ich ihm nachgehen, wenn ich mehr erfahren wollte.

»Im April war deine Mutter drei Tage lang verschwunden. Schließlich habe ich sie aufgespürt. Sie war in einem kleinen Hotel an der Rive Gauche. In ihrem Zimmer fand ich einen angefangenen Abschiedsbrief. Ein andermal wurde sie von der Polizei aufgegriffen, weil sie auf den Metrogleisen entlanglief. Sie ist nicht der Typ, der bloß auf sich aufmerksam machen will. Ihr erster Selbstmordversuch war definitiv kein Hilferuf.«

»Wer hat sie gefunden?«

»Ich. Ich kam an dem Tag zufällig mittags von der Arbeit nach Hause.«

»Und wie wollte sie ...?«

»Schlaftabletten, Beruhigungsmittel. Die ganzen Medikamente, die man ihr gegen die Depressionen verschrieben hatte.«

»Warum warst du nach Hause gekommen?«

Dad lachte. Kein fröhliches Lachen. Ein nervöses Lachen. Ein Lachen, wie man es von sich gibt, wenn man gerade bei hundertzehn Sachen nur knapp einem Frontalzusammenstoß entgangen ist. Ich hatte gefragt, weil er in meiner gesamten Kindheit kein einziges Mal zum Mittagessen nach Hause gekommen war. Nur an dem Tag, als sein Vater gestorben war, da kam er nach Hause, um für den Flug zu packen.

»Ich hatte mir Kaffee auf die Hose gekippt und wollte mich umziehen.«

Da hatte ich ja Schwein gehabt. Wie war das mit dem Kaffee wohl passiert, fragte ich mich. Hatte ihn jemand angerempelt? War er gestolpert? Wenn er sich nicht genau in jenem Augenblick den Kaffee auf die Hose gekippt hätte, wäre er nicht nach Hause gefahren, Mom wäre gestorben, und ich wäre nie zur Welt gekommen. Ich habe mein Leben verschüttetem Kaffee zu verdanken. Fast hätte ich Dad nach den Einzelheiten gefragt, aber dann hätte er mich wohl für verrückt erklärt, zumindest aber für sehr egoistisch gehalten. Ich fragte ihn lieber nach Paris. Das war vernünftiger.

»Was habt ihr gemacht, nachdem die Polizei sie aufgegriffen hatte?«

»Wir haben sie in ein Krankenhaus einweisen lassen. Da blieb sie dann vier Wochen lang. Die Ärzte diagnostizierten klimakterische Stoffwechselstörungen und verschrieben ihr Medikamente.«

»Nimmt sie die noch?«

»Bis Juni hat sie sie genommen, dann aber behauptet, ihr würde übel davon. Danach hat sie sich irgendwelche Antidepressiva und Tabletten gegen ihre Angstneurose verschreiben lassen.«

Unter dem ganzen Unrat in der Kloake kroch eine Frage hervor. Sie stank. Aber sie bat. Sie flehte. Sie dauerte mich …

»Kann ich dich mal was fragen?«

»Jederzeit.«

»Was zum Teufel haben wir bloß mitten in Afrika mit ihr zu suchen?«

Ich glaube, mein Fluchen störte ihn mehr als meine Frage. Er holte mit der Hand aus. Ich erschrak. Er riss sich zusammen. Seine Hand sank herab und legte sich an seine Hüfte. Er ließ die Schultern hängen.

»Diese Reise war für sie. Sie hat immer davon geträumt,

Afrika zu sehen. Im Mai ging es ihr besser. Im Juni sogar prima. Im Juli war sie schon ganz aufgeregt. Freute sich wie ein Schneekönig auf das Wiedersehen mit dir. Noch am Abend vor der Abreise war ich darauf gefasst, die Sache vielleicht abblasen zu müssen. Beim leisesten Zeichen, dass es wieder bergab ging, hätte ich alles sofort abgeblasen.«

»Und dann ging es im Flugzeug bergab.«

»Genau. Und vielleicht wird es noch schlimmer. Wenn ja, fahren wir nach Nairobi zurück und nehmen das erste Flugzeug nach Paris. Vorläufig können wir immer nur einen Tag im Voraus planen. Ich habe ihr heute Morgen Tabletten gegen ihre Panikattacken gegeben, und ich glaube, sie helfen.«

Sie helfen nur, wenn man sie schluckt. Ich überlegte kurz, ob ich ihm sagen sollte, dass sie die Tabletten nicht nahm. Aber das kam gar nicht in die Tüte, dass ich sie verpfiff. Andererseits konnte meine Treue sie das … das Leben kosten. Sehr dramatisch. Zu dramatisch. Zwischen ihr und dem Selbstmord steht verdammt viel mehr als bloß ein paar Pillen. Hoffe ich jedenfalls.

»Deshalb möchte ich, dass auch du sie im Auge behältst. Wegen ihrer Angstneurose mach ich mir keine Sorgen. Das erschwert zwar unsere Tagesausflüge etwas, aber zumindest bringt sie sich nicht in Gefahr. Aber wenn du Anzeichen einer Depression an ihr entdeckst, sag mir sofort Bescheid. Dann sind wir hier ruck, zuck verschwunden.«

Ich nickte. Ich fass es nicht. Mom hat einen echten Dachschaden. Das ist ernst. Erst wollte ich fragen, wie die Anzeichen einer Depression aussehen. Aber das war gar nicht nötig. Weil ich sie von mir selbst kannte. Nicht in diesem Ausmaß. Und nicht die ganze Zeit. Aber wenn ich an das dachte, was ich von mir kannte, und es mal drei … nein … zwei … nahm …

»Es ist vielleicht selbstsüchtig, aber ich möchte, dass wir von Afrika so viel wie möglich mitbekommen, bevor wir zurückmüssen. Natürlich wollen wir das Leben deiner Mom nicht aufs Spiel setzen, aber ich glaube, sie packt das, und ich glaube, es ist genau das Richtige für sie, dass wir hier sind … für sie da sind.«

»Was ist mit Gabriel?«

»Dem erzählst du bitte kein Wort.«

Dad machte einen Schritt, blieb wieder stehen und klopfte mir auf die Schulter. Seit langem ist er einer Umarmung nicht mehr so nah gekommen.

»Auch jetzt ist deine Mutter ein liebevoller, anständiger Mensch, und sie hat dich sehr lieb. Und deine Schwester auch. Nur macht sie im Moment eine schwere Zeit durch. Und sie braucht nichts davon zu wissen, dass wir uns über ihren Suizidversuch unterhalten haben oder über das, was in Paris passiert ist. Okay?«

»Klar.«

Er drehte mich herum und sah mir tief in die Augen.

»Ich mein das ernst. Kein Wort.«

Ich wollte einen nicht vorhandenen Reißverschluss vor meinem Mund schließen, fand die Geste aber plötzlich unpassend. Also nickte ich nur und erwiderte seinen durchdringenden Blick. Das schien ihm zu genügen. *Geheimnisse mit Mom. Geheimnisse mit Gabriel. Also her mit deinen, Dad.*

»Wir müssen so viel Geduld mit ihr haben, wie wir können, Richard«, sagte er mit fester Stimme, bevor er mit schleppenden Schritten den Weg zurückging, den wir gekommen waren. Er ging an Gabriel vorbei, der vom Hotel kam. Sie nickten sich zu. Was zum Teufel hatte Gabriel denn im Hotel zu suchen und sich unter seine Herrn zu mischen? Dad wirkte so klein und niedergedrückt und gequält. Seine Frau ist verrückt. Wir sitzen in Afrika. Und

ganz wie Shackleton hat er zu entscheiden, wann wir das Schiff aufgeben. Das ganze Gewicht lastet auf seinen Schultern.
Ich gebe zu, dass ich eine perverse Ader habe und eigentlich gar nicht nach Nairobi zurück möchte. Ich bin gespannt, was passiert. Zum Teil möchte ich sogar, dass es gefährlich wird. Dass es richtig krank wird.
Dad hat gerade geklopft. Es ist Zeit für den Aperitif.

22:06 Uhr Ich bin auf der kleinen Insel. Welch eine Nacht. Ich schreibe richtig im Mondschein. Ist das nicht eine total romantische Vorstellung? Warum funktionieren meine romantischen Vorstellungen eigentlich nur, wenn ich allein bin? In der Ferne kann ich über dem Wasser die Lichter vom Hotel sehen.
Mom kam mit Dad zum Aperitif. Sie war gut drauf. Es war, als wüsste sie, was Dad mir erzählt hatte, und als wollte sie uns beweisen, dass sie bei klarem Verstand war. Egal woran es lag, ich freute mich, sie zu sehen.
Jetzt kommt das Seltsame. Es fing schon beim Aperitif an. Dad ärgerte sich anscheinend, dass es ihr so gut ging. Er trank mehr als sonst und bekam langsam, aber sicher schlechte Laune. Alkohol heitert Dad nicht auf.
Am Sonntagabend hat er schon immer gern einen gehoben. Wenn die Sonne schien, fing das nachmittags mit Bier an. Er war dann richtig fröhlich und zu Späßen aufgelegt. Wir haben sogar Baseball oder Football gespielt. Aber am Abend stieg er dann auf Wein um, und seine Laune zischte nach unten. Tagsüber wirkte er immer so groß. Aber nach Sonnenuntergang schien er zu schrumpfen. Besonders sein Kopf. Ich sah regelrecht, wie er kleiner wurde. Am Ende hing er dann immer voll wie ein Emir im Wohnzimmer rum, hörte Johnny Cash, und den kleinen runden Kopf hatte er auf die Seite gelegt.

Heute Abend sagte er das ganze Essen lang kein nettes Wort. Wenn Mom einen Anflug von Begeisterung zeigte, wurde das jedes Mal sofort abgewürgt. Sie sagte, sie freue sich richtig auf morgen, weil wir dann in ein neues Camp fahren wollten. Dad sah sie nur an, lächelte herablassend und sagte: »Tu doch nicht so.«
Ich saß da und schäumte vor Wut. *Wo ist denn deine gepriesene Geduld geblieben? Sie gibt sich hier alle erdenkliche Mühe, und du machst sie zu Hackfleisch.*
Mir fiel ein Stein vom Herzen, als er sagte, er sei müde und ginge ins Bett. *Gut so. Mach, dass du wegkommst.*
Mom schlug vor, den Kaffee im Salon zu trinken. Ich war erst nervös, weil ich Angst hatte, der Fettsack könnte da sein, war er aber nicht.
»Ich kapier nicht, warum er dich so behandelt«, sagte ich. »Du reißt dir den ganzen Abend lang den Arsch auf, und er macht dich einfach platt.«
»Drück dich bitte anständig aus. Du bist hier nicht bei deinen Freunden auf dem Ölfeld.«
»Entschuldigung. Manchmal hasse ich ihn richtig. Der Abend hätte total schön sein können. Es geht dir besser, und du wirkst wegen morgen schon ganz aufgeregt.«
»Warum auch nicht?«
»Nein, ich freu mich ja für dich. Ich find's schön, dass du dich freust.«
»Du bist ein seltsamer Junge.«
Bitte. Wie sie wollte. Es ging ihr gut. Und ich war komisch, weil ich unterstellte, irgendetwas könnte nicht gestimmt haben. Mom lächelte und zündete sich eine Zigarette an. Heute Abend brannte im Salon kein Feuer im Kamin. Ging ihnen das Holz aus? Hatte sich jemand über den Rauch beschwert?
Ich musterte Moms Gesicht. Sie war im letzten Jahr gealtert. Aber das Lächeln war vielleicht echt. Vielleicht hatte

sie beschlossen, aus dieser Reise das Beste zu machen. Vielleicht war nach ihrem kleinen Anfall in Hell's Gate Schluss. Vielleicht würden wir zu guter Letzt alle in Paris sitzen und schmunzeln: *Da hast du uns einen schönen Schreck eingejagt. Aber nach Hell's Gate hast du's ja echt in den Griff bekommen. Das war der beste Urlaub aller Zeiten. Komm, wir bestellen uns was beim Chinesen.* Wenn sie das Geschehene abstreiten musste, um drüber wegzukommen, würde ich es ihr bestimmt nicht verübeln.

Während Mom zusah, wie der Rauch ihrer Zigarette träge Ringe bildete, sah ich mich im Salon um. Als Erstes entdeckte ich die Beine. Schwarze Nylonstrumpfhose und schwarze Schuhe. Ich folgte dem sanften Schwung der Wade nach oben zu den gekreuzten Schenkeln im schwarzen Minirock. Als Letztes betrachtete ich ihr Gesicht. Ganz unauffällig. Es war die Deutsche aus dem Garten vom Norfolk Hotel. Und sie lächelte. Ihr Mann kehrte mir den Rücken zu. Sie wippte provokant mit dem Fuß und zwar in einem unmissverständlichen Vögelrhythmus. Für meinen konfusen Verstand war es jedenfalls unmissverständlich. Ich glaub ja schon, dass eine Frau mich will, wenn sie sich bloß am Ohr kratzt.

Ohne Vorwarnung, und bei so was braucht man doch eine Vorwarnung oder wenigstens ein verwegenes Riff vom Saxophon, schlug sie die Beine übereinander. Und noch einmal. Dazwischen spreizte sie sie leicht. Korrigiere. Spreizte sie weit. So weit, dass ich einen prima Blick auf ihren kleinen schwarzen Hügel bekam. Sie trug keinen Slip. Und sie entblößte sich direkt vor ihrem Mann. Ich sah ihr ins Gesicht. Sie war rot geworden. Und sah wieder zu mir herüber. Mom tippte mir auf den Arm. »Hörst du überhaupt zu?«, fragte sie.

Ich riss mich von der Deutschen los.

»Entschuldige, Mom.«

»Weißt du noch, wie Barnabys Ohren ihr immer ins Futter hingen?«
»Der große Dachshund.«
»Sie war kein Dachshund. Sie war ein Basset.«
»Ich weiß. Nachdem sie Krebs bekommen hatte, leuchtete ihr Haufen, wenn ich mit ihr Gassi ging.«
Ich sah wieder die Deutsche an. Sie wollte gehen. Ich wusste, dass sie die Beine beim Aufstehen spreizen musste. In dem Moment hätte Mom mir eröffnen können, sie sei lesbisch geworden, ich hätte es nicht mitbekommen. Die Deutsche schaffte es aufzustehen, ohne die Beine zu spreizen. Und sie sah mich nicht an. Okay, dann war der Mösenstriptease eben Zufall, und sie flirtete gar nicht mit mir. Einen Slip trug sie allerdings wirklich nicht. Das musste doch etwas zu bedeuten haben.
Ich sah kurz hoch, als sie an mir vorbeikam und ihrem Mann nachging, der den Salon verließ. Würdigte mich keines Blickes. Rund drei Sekunden später umwehte mich die Brise eines herrlichen Parfums. Ich sog den Duft tief ein. Es war ein süßes Pfirsicharoma, hatte aber auch den unverkennbaren Moschusduft der Erregung. *Peaches and Cream.* Mmmm, sie muss supergeil gewesen sein. O Mann. Sie war auf dem Weg zu ihrem Zimmer, in ein paar Minuten würde sie für ihren Mann die Beine spreizen, und die beiden würden vögeln. In ein paar Minuten! Ich hockte wieder neben Mrs. Turners Blumenbeet, mein Freudenspender hing mir aus den Shorts, und ich hatte Muscheln über den Ohren.
Erst jetzt fiel mir auf, dass Mom Tränen in den Augen hatte.
»Was ist denn los?«, fragte ich.
»Mir fiel grade ein, wie wir damals Barnaby einschläfern lassen mussten. Dein Vater wollte nichts damit zu tun haben, und deine Schwester war in der Klavierstunde. Erinnerst du dich? Du bist mit zum Tierarzt gekommen.«

»Aber ich bin nicht mit reingegangen. Ich hab im Auto gewartet.«
»Ich weiß. Aber ich war froh, dass du mitgefahren bist. Das werde ich dir nie vergessen, Richard. Die arme Barnaby.«
»Sie war ein guter Hund. Warum kauft ihr euch keinen neuen?«
»Ich will keinen neuen Hund. Barnaby fehlt mir.«
Die Farbe wich aus ihrem Gesicht. Die Mundwinkel zogen sich herab.
»Sei nicht traurig wegen Barnaby, Mom.«
»Schon gut.«
Sie stand auf und küsste mich auf die Stirn.
»Gute Nacht.«
Sie ging. Ich griff nach meiner Kaffeetasse und sah, dass sie noch halb voll war. Ich hob sie an, da legte sich sanft eine Hand auf meine Schulter.
»Entschuldige. Hast du eine Zigarette?«
Der Akzent war deutsch. Die Pfirsiche waren zurück.
»Klar«, sagte ich und versuchte die zitternde Tasse ohne Überschwappen auf den Tisch zu stellen.
Die Frau kam um mich herum und setzte sich. Ich hielt ihr mein Päckchen hin, und sie nahm sich eine Zigarette.
»Hast du Feuer?«, fragte sie.
»Ja«, sagte ich und versuchte ihr ohne allzu viel Händezittern Feuer zu geben. Nichts zu machen.
Die Frau umschloss meine bebende Hand mit den Fingern, damit ich ihr nicht die Augenbrauen versengte.
»Ist dir kalt?«, fragte sie.
»Nein.«
»Bist du nervös?«
»Ein bisschen.«
»Hast du meine Möse gesehen?«
»Ja.«

»Hat sie dir gefallen?«
»Ja.«
»Möchtest du sie noch einmal sehen?«
Endlich eine atemlose Pause zum Nachdenken.
»Aber Sie sind verheiratet.«
»Mein Mann wird dabei sein.«
Keine Ahnung, warum mich das nicht störte. Aber es störte mich nicht.
»Er schaut uns also zu.«
»Ja.«
»Wobei?«
»Bei allem, was wir wollen.«
Da grinste ich schon wie ein Honigkuchenpferd. Das war echt. Sie wollte mich nicht auf den Arm nehmen.
»Machen Sie das gern? Oder hat er Sie darum gebeten?«
»Wir haben uns darüber unterhalten.«
»Das ist keine Antwort. Tun Sie das für ihn? Wenn es Ihnen nämlich keinen Spaß macht, hab ich keine Lust dazu.«
»Weißt du denn je, ob eine Frau dir Lust bereitet, bevor du mit ihr schläfst? Wie soll ich deine Frage beantworten? Vielleicht bist du im Bett unbeholfen und kompliziert. Vielleicht bist du zu nervös, um es zu machen. Wer weiß? Mit deinen Fragen zerstörst du nur das Geheimnis.«
Sie stand auf.
»Wir sind in Zimmer neun. Wenn du in fünf Minuten nicht da bist, gehen wir davon aus, dass du nicht kommst. Und dass du es dir dann nicht anders überlegst und eine halbe Stunde später antanzt, denn dann schlafen wir.«
Als sie ging, streifte sie meinen Ellenbogen. Zimmer neun. Das war das Zimmer genau neben meinem. Sie war die Frau, die ich letzte Nacht »Christus« rufen gehört hatte. Der Duft. Der Laut. Ich konnte nicht mehr klar denken.
Ich wusste, wenn ich zu lange nachdachte, würde ich mir sagen, die Sache sei völlig verrückt, also versuchte ich an

gar nichts zu denken, als ich durch den Korridor ging. Ich wusste auch, dass ich kneifen würde, wenn ich vor der Tür innehielt. Das hier würde keine Wiederholung von Mrs. Turner. Ich klopfte leise. Dann geriet ich in Panik und hätte mich fast verpisst. Aber die Tür öffnete sich schnell. Es war ihr Mann. Er lächelte freundlich und komplimentierte mich ins Zimmer.

Einen Augenblick lang standen wir uns verlegen gegenüber. Er sah mich an und nickte. »Ausgezeichnet«, sagte er. Dann hielt er mir die Hand hin. Ich hielt ihm meine hin. Er schüttelte sie kräftig.

»Möchtest du was trinken?«

»Klar«, entfuhr es mir mit einer für meinen Geschmack viel zu hohen Stimme. Ich versuchte tiefer zu sprechen, um lockerer zu klingen.

Auf einem Beistelltischchen standen zwei Cognacs. Ich sah mich nach seiner Frau um. Die Tür zum Schlafzimmer war geschlossen. Wir setzten uns.

»Wie war deine Safari bisher?«

»Gut. Jou. Heute waren wir in Hell's Gate. Haben Zebras gesehen. Morgen geht's zum Lake Baringo.«

»Jou« war gut. Ich wollte nicht zu vertraulich werden. »Ja« war zu vertraulich. »Yeah« war mittelprächtig. Aber »jou« war genau der richtige Sicherheitsabstand.

»Da waren wir letztes Jahr. Ausgezeichnet. Das wird dir Spaß machen. Du reist mit deinen Eltern?«

»Jou.«

»Deine Mutter wirkt ein bisschen besorgt.«

War das so auffällig? Verdammte Hacke.

»Sie ist etwas nervös«, bejahte ich.

»Wir haben dich im Garten vom Norfolk gesehen. Da hast du in eine Kladde geschrieben. Führst du ein Reisetagebuch?«

»Von Zeit zu Zeit.«

»Ausgezeichnet. Wirst du hierüber schreiben?«
»Kann sein.«
»Falls ja, könnte ich dir unsere Adresse in Hamburg geben, und du könntest die Passagen über heute Abend kopieren und uns schicken. Hmmm?«
»Ausgeschlossen. Auf keinen Fall. Niemand liest mein Tagebuch.« Ich war langsam etwas eingeschnappt. Zu viele blöde Fragen. »Hören Sie«, sagte ich. »Ich möchte Sie beide gar nicht näher kennen lernen. Ich meine, wenn wir das durchziehen wollen, ist es besser, ich weiß so wenig wie möglich über Sie.«
»Du möchtest den Small Talk hinter dich bringen?«
»Die ganze Unterhaltung. Ich habe keine Lust, groß zu reden.«
»Verstehe. Aber in einer Hinsicht kann ich dich beruhigen. Meine Frau erwähnte, du hättest Angst, sie sei lediglich eine Hure meiner Fantasie.«
»So hab ich das nicht gesagt.«
»Nein. Aber das hast du gemeint. Deine Sorge ehrt dich. Aber keine Angst, der Lustgewinn bei diesem ungewöhnlichen Rendezvous ist ganz beiderseits.«
»Sie haben das also schon mal gemacht?«
»Natürlich. Schon oft.«
Ich nickte. Jetzt fühlte ich mich noch mehr unter Druck. Wahrscheinlich hatten sie richtige Hengste gehabt. Arische Hengste mit Monsterprügeln. Der Deutsche nippte an seinem Cognac und musterte mich. Er machte mich nervös.
»Und wie läuft das? Steigen Sie irgendwann ein oder so?«
»Nein, ich nehme nicht teil.«
»Sie sitzen also bloß dabei und schauen uns zu … und holen sich einen runter?«
Der Deutsche lachte.
»Greta hat schon gesagt, dass du dazu neigst, alles minutiös zu planen. Sie hat Recht.«

»Nein, aber wenn ich grade auf Ihrer Frau liege, möchte ich sicher sein, dass Sie sich nicht plötzlich anschleichen und mich von hinten nehmen.«

Der Deutsche lachte wieder.

»Ich halte mich fern.«

Ich trank meinen Cognac aus.

»Na dann los«, sagte ich und klang wie ein Soldat, der sich einen Steckschuss aus dem Knie entfernen lassen will.

Ich stand auf, ging zur Schlafzimmertür und erwartete halb und halb, seine Schritte hinter mir zu hören und eine Klinge im Rücken zu spüren. *Sie haben das also schon mal gemacht? Natürlich, schon oft.* Beschissene deutsche Serientäter.

Ich öffnete die Tür zum Schlafzimmer. Es war dunkel, aber es brannten ein paar Kerzen. Meine Augen passten sich an. Ich sah die Frau in der Ecke in einem Sessel sitzen. Sie war noch angezogen. Ihr Fuß wippte wie vorhin auf und ab. Ich blieb kurz stehen.

»Wie geht es Ihnen?«, fragte ich zu laut.

»Psst«, flüsterte sie.

Ich ging zum Bett und setzte mich. Meine Kehle war ausgetrocknet. Ich hoffte, das würde keine Wiederholung meines Versuchs, mich von einer Prostituierten deflorieren zu lassen. Da war ich sechzehn und hatte gefunden, wenn schon, dann konnte ich mich auch an einen Profi wenden. Ich verkaufte meine Plattensammlung im Wert von rund zweihundert Dollar und machte mich ins Rotlichtviertel in der Innenstadt auf. Unterwegs kaufte ich noch ein Körbchen Erdbeeren.

Ich entschied mich für eine hübsche Brünette. Sie nahm mich in eine billige Absteige mit, wo sie mir Penis und Hoden mit Seife und Wasser in einem Becken wusch. »Hygiene ist alles«, sagte sie. Ich fühlte mich wie ein Patient, der von einer Krankenschwester gewaschen wird, die Pa-

tienten nicht besonders mag. Sie zerrte mich zum Bett, zog sich schnell aus, legte sich auf den Rücken und spreizte die Beine. Im Fernsehen lief eine von diesen blöden Nachmittagsquizshows.
Ich hatte mir vorgestellt, dass wir zu mir gehen, ein bisschen Musik hören, uns unterhalten, vielleicht zusammen baden und uns gegenseitig Erdbeeren in den Mund stecken würden, und dann würden wir zusammen schlafen. Denkste. Für Erdbeeren hatte sie keine Zeit. Sie fing gleich mit dem III. Akt an. Zwölf Minuten lang versuchte sie meinen Wurm in eine Schlange zu verwandeln, aber da war nichts zu machen. Es ging zu schnell. Zu kalt. Und das Publikum in der Glotze johlte zu laut, als dass ich ihr die Rosette hätte versilbern können. Sie zog sich hastig an, und ich musste sie in die Innenstadt zurückbringen.
Das war's. Zweihundert Dollar. Für nichts und wieder nichts. Am Abend saß ich im Dunkeln auf meinem Bett und stopfte mir so schnell ich konnte Erdbeeren in den Mund, um nicht loszuheulen.
Ich konnte die Frau atmen hören. Das Warten war eine Qual. Ich konnte kaum ihr Gesicht sehen. Die Beine hatte sie genau wie im Salon übereinander geschlagen.
»Möchtest du sie sehen?«, fragte sie.
»Ja«, sagte ich.
Sie öffnete sie leicht.
»Ich seh nichts. Es ist zu dunkel.«
Sie zögerte kurz, stand auf und kam zu mir. Der Pfirsichduft hüllte mich ein wie warmes Wasser in einer Badewanne. Ich saß immer noch. Wenige Zentimeter vor meinem Gesicht blieb sie stehen und zog langsam ihren Rock hoch.
»Möchtest du sie sehen?«, fragte sie wieder, diesmal etwas atemloser.
»Ja.«

Kurz darauf hob sich der Vorhang, und ich hatte den Gegenstand unseres Gesprächs direkt vor Augen. Sie hielt ihn adrett und sauber. Ich hätte vor ihrem kleinen Hochofen einen Marshmallow rösten können.
Mann, hatte sie eine Geduld. Wahrscheinlich weil sie älter war. Ich war ihr auf Gedeih und Verderb ausgeliefert. Noch nie hatte mich ein Mädchen gefragt, ob ich ihre Vagina sehen wollte. Ich hatte nur mit der reichen Engländerin und mit drei jungen Köchinnen vom Ölfeld geschlafen, und die waren so blau und so nervös gewesen, dass sie mich auch nervös gemacht hatten. Nichts davon bei der Frau. Sie war gelassen und langsam. Atemberaubend langsam.
»Möchtest du sie küssen?«
»Ja.«
»Tu dir keinen Zwang an«, flüsterte sie.
Ich beugte mich vor. Ihr Mann kam ins Zimmer. Er setzte sich in den Sessel, in dem bis eben seine Frau gesessen hatte. Ich konnte nicht erkennen, ob er angezogen war oder nicht. Ich verlor langsam die Nerven. Was sie spürte.
»Küss sie«, forderte sie mich auf.
Ich beugte mich vor und küsste sie. Ihr Atem ging schwerer. Sie trat zurück und öffnete ihren Reißverschluss. Der Rock glitt zu Boden. Sie drehte sich langsam im Kreis, sodass ich das im Schritt offene Nylon zu Gesicht bekam. Bei manchen Frauen nuttig. Aber bei ihr sah das verdammt gut aus. Ich wollte sie berühren, aber sie wich zurück. Sie knöpfte ihre Bluse auf, und auch die glitt zu Boden. Sie nahm meine Finger in den Mund und lutschte daran. Dann nahm sie meine feuchten Finger und führte sie unter ihren BH aus schwarzer Spitze, und ich spürte ihren steifen Nippel. Sie löste ihren BH und befreite ihre Brüste, die durch ihr Alter etwas absackten, aber ihre Nippel waren prachtvoll. An jedem davon hätte man einen Kleiderbügel

mit einem Wintermantel aufhängen können. Sie kam mir entgegen und bot meinen Lippen einen Nippel an. Ich saugte gierig wie ein Neugeborenes.

»Mein Baby«, gurrte sie.

Ich war hinüber. Absolut und vollständig hinüber. Schließlich zog sie mich vom Bett hoch. Sie hatte sich langsam und sinnlich ausgezogen. Bei mir ging es schnell und hektisch. Sie zog mir das Hemd über den Kopf und machte sich über meine Jeans her. Ssssst. Pop. Rutsch. Sie kniete sich hin und kitzelte mich außen am Slip. Dann schob sie die Finger hinter das Gummiband und riss ihn herab. Er sprang hervor.

»Ausgezeichnet«, sagte der Deutsche.

Seine Stimme riss mich aus meiner Trance. Meine Augen hatten sich vollständig an das Halbdunkel gewöhnt. Er saß mit offenem Bademantel im Sessel. Und wichste. Hatt ich mir ja gedacht. Aber irgendetwas stimmte auf erschreckende Weise nicht. Die meisten Männer masturbieren mit der Faust. Er machte es mit Daumen und Zeigefinger. Mehr brauchte er nicht. Er war so klein wie eine Füllerkappe oder eine halbe Zigarette. Mann, hab ich mich groß gefühlt. Jetzt war mir alles klar. Es musste wahre Liebe sein, wenn sie bei einem Mann mit einem so kleinen Schniepel bleiben konnte. Auch bei ihm musste es wahre Liebe sein, wenn er ihr erlaubte, sich ab und zu von normalen Männern besteigen zu lassen. Ich fühlte echte Seelenverwandtschaft. Er hatte seine Füllerkappe. Ich hatte meine Hasenscharte. Das war gerecht. Irgendwo im Universum lächelte Gott.

Die Frau und ich vögelten fünfundzwanzig Minuten lang. Mein Rekord. Bei keiner Frau habe ich mich je so fallen lassen können wie bei ihr. Ich wollte, es hätte nie ein Ende genommen. Und als ich die Flutwelle nicht länger in meinen hart gewordenen Eiern zurückhalten konnte, sah sie mir in die Augen und sagte, ich wäre so schön. Ich fing an zu weinen. Ich konnte nicht anders. Ich schluchzte nicht und gab auch kein Plärren von mir. So eine Flasche war ich nicht. Aber Tränen schossen mir aus den Augen, während ich mich in sie ergoss. Sie küsste mir die Tränen vom Gesicht.

Als es vorbei war, war es wirklich vorbei. Ich merkte, dass sie mich loswerden wollten, um schlafen zu können. Sie half mir beim Anziehen, gab mir einen Kuss auf die Wange und wandte sich ab.

Der Deutsche brachte mich zur Tür und schüttelte mir die Hand. »Ausgezeichnet«, sagte er. Keine Ahnung, ob er gekommen war oder nicht. Mir doch egal.

Ich hatte weiche Knie, als ich in mein Zimmer ging. Ich bin zu sensibel. Sie hatten ihren Spaß gehabt. Ich hatte meinen Spaß gehabt. Trotzdem fühlte ich mich lausig. Ich wollte bei ihr bleiben. Ich wollte die Nacht mit ihr verbringen, morgens aufwachen und es noch einmal machen. Aber sie liebte ihren Mann. Und er liebte sie. Ich war nur ein Besucher. Ein Alien. Ich hatte gerade den besten Sex meines Lebens erlebt, aber jetzt umgab mich eine dunkle Wolke, die ich nicht loswurde.

Aus meinem Fenster sah ich ein Zipfelchen vom See. Er lag totenstill. Am Bootssteg des Hotels lag ein Kanu. Da wusste ich, was ich zu tun hatte.

Ich hatte Glück. Jemand hatte ein Paddel im Kanu liegen lassen. Ich stieß mich ab und paddelte auf den See hinaus zu der kleinen Insel, die Gabriel und ich gesehen hatten. Aus unerklärlichen Gründen fühlte ich mich wie ein Dieb. Die Boote sind für die Gäste da. Warum sollte ich sie nicht auch in der Nacht benutzen?

Ein tolles Erlebnis, herzukommen. Das Wasser war ein bisschen kabbelig, aber ich stehe auf Kanufahren. Allein diese schlichte Tätigkeit, ein Paddel ins Wasser zu tauchen,

es sanft nach hinten durchzuziehen und leise wieder nach vorn zu bringen. Tunk. Rausch. Gleit. Ursache. Wirkung. Großartig.
Ich fühlte mich wie ein Seefahrer.
Nach kurzer Zeit rumste der Bug meines Kanus auf den Strand der kleinen Insel. Ich kletterte auf den Strand hinaus. Meine Depression war verflogen.
Der Reiz der Gefahr ließ etwaige Ängste verstummen. Und es war eine sehr reale Gefahr gewesen, auf die Insel herauszupaddeln. Sie blieb real. Gestern hatten die Nilpferde versucht, unser Motorboot zum Kentern zu bringen. Es musste verdammt viel leichter sein, ein Kanu umzukippen. Lieber nicht dran denken. Ich muss ja noch zurückpaddeln.

1:38 Uhr Ich hatte Lust, auf der Insel herumzuschnüffeln. Ich kam bis zur Baumgrenze, dann war Schluss. Am Strand verbreitete der Mond genug Licht. Aber es drang nicht bis unter die Bäume. Da war es stockfinster. Ich hätte mich fast dazu durchgerungen, in die Dunkelheit zu gehen. In diesen schwarzen Hainen herumzulaufen. Vielleicht einen tieferen Sinn zu finden oder so. Aber nein. Ich kniff.
Ich sagte mir, ich sei nicht auf die Insel gekommen, um sie zu erforschen. Ich sei auf die Insel gekommen, um auf die Insel zu kommen. Punkt. Ich musste die Stimme mundtot machen, die mich anstiften wollte, in den Wald zu gehen. Also legte ich ein Ei. Direkt am Strand. Das erste Mal, dass ich mein Geschäft im Freien verrichtet habe. Tätää! Ich scharrte Sand darüber und steckte einen Stein in die Spitze – eine zeremonielle Markierung. Nicht ganz das Gleiche wie die Eroberung des Düsterwaldes. Aber besser als nichts.
Kurz danach machte ich eine erschreckende Entdeckung.

Mein Kanu war weg. Ich konnte die Furche sehen, wo es im Sand gelegen hatte. Etwas hatte es ins Wasser hinausgezogen.
Oder ich hatte es nicht weit genug auf den Strand gezogen, und es war abgetrieben.
Jetzt sitze ich hier im Mondlicht und schreibe. Auf einem Felsen. Ich bin müde. Ich möchte in mein Zimmer zurück und zwischen meine sauberen Laken kriechen. Da hab ich jetzt meine Seelenschrammen verarztet, aber dafür weiß ich nicht, was ich machen soll. Soll ich vielleicht zurückschwimmen? Mann, ich kann mich beherrschen. Soll ich warten, bis sie mich am Morgen zu suchen anfangen? Wenn Dad in mein Zimmer kommt und es leer findet, flippt er aus. Mom flippt aus. Auf dem Herweg hab ich garantiert die Nilpferde aufgescheucht, und jetzt warten sie bloß darauf, dass ich zurückschwimme. Ich vergesse ständig, dass ich in Afrika bin und dass es hier Tiere gibt, die imstande sind, mich zu verletzen. Wie kann man auch nur ein blödes Kanu verlieren?

2:20 Uhr Gleich nachdem ich das geschrieben hatte, bin ich am Strand auf und ab gegangen. Und da hab ich's dann gesehen. Vielleicht siebzig Meter vor der Insel lag es draußen im Wasser. Es sah zum Verrücktwerden nah aus. Dann musste ich daran denken, was ich für ein schlechter Schwimmer bin, und plötzlich sah das ganz weit weg aus. Scheiße, dachte ich, in dreißig Sekunden hätte ich mein Kanu zurück und den Jungs bei der Arbeit was zu erzählen.
Ich zog mich bis auf die Unterwäsche aus und ging ins Wasser. Es war arschkalt. Das Schlimmste an kaltem Wasser ist, wenn es mit der empfindlichen Haut an der Innenseite der Unterarme in Berührung kommt.
Ich keuchte und schlug blindwütig um mich. Plötzlich sah

ich nur noch scheußliche prähistorische Kreaturen vor mir, die aus der Tiefe aufstiegen. Komisch. Ich hätte an Nilpferde denken sollen, Schlangen vielleicht oder den beschissenen Biber. Tat ich aber nicht. Ich stellte mir die anderen Kreaturen vor, die grotesken, die man nie zu sehen kriegt, die sich im Schlamm verstecken, kichern und in den finstren Tiefen etwas aushecken. Die waren es, die mich an den Strand zurücktrieben.

Ich musste den gescheiterten Versuch, mein Kanu zu bergen, nicht lange beklagen. Ich hörte ein Lachen. Dann sah ich ein kleines Boot näher kommen. Erst wollte ich weglaufen und mich verstecken, weil ich glaubte, es sei vielleicht jemand vom Hotel. Dann hörte ich eine Stimme meinen Namen rufen. Ich spähte hinaus. Das Lächeln war unverkennbar.

Gabriel ruderte uns vom Ufer fort.

»Woher wusstest du, wo ich war?«, fragte ich argwöhnisch.

»Ich hab gesehen, wie du ins Kanu gestiegen bist.«

»Warum hast du mich nicht aufgehalten?«

Gabriel zuckte die Achseln. Ich sah auf die Uhr. Das Mistding war beschlagen, tickte aber noch. »Das ist über vier Stunden her. Warum zum Teufel hast du dir denn so viel Zeit gelassen? Ich hätte draufgehen können.«

Gabriel glaubte, ich meinte es ernst, obwohl ich lächelte.

»Wolltest du das?«, fragte er und zeigte auf eine Gruppe Krokodile, die kaum verborgen höchstens zehn Meter von meinem Kanu entfernt lagen.

»Du hast großes Glück gehabt«, sagte er, band das Kanu am Boot fest und zog es hinter uns her.

Ich muss zugeben, dass ich beim Anblick der Krokos eine Gänsehaut bekam. Ich weiß auch jetzt nicht, was ich gemacht hätte, wenn Gabriel nicht gekommen wäre. Hätte ich ein zweites Mal versucht, zum Kanu zu schwimmen?

»Um wen soll ich mir denn jetzt mehr Gedanken machen? Um dich, um deinen Vater oder um deine Mutter?«
»Gabriel, ich wollte mich nicht umbringen. Ich wollte unbedingt mit dem Kanu auf die Insel paddeln. Ich wollte das Scheißding nicht verlieren.«
Wolltest du das? Konzentrier du dich aufs Rudern, Schwachkopf. Zugegeben, ich weiß nicht, was mich mehr aus der Bahn geworfen hat, der Anblick der Krokodile oder die Tatsache, von Gabriel »gerettet« worden zu sein. Das ganze Abenteuer verpuffte dadurch etwas. Es wäre mir lieber gewesen, mein Ausflug auf die Insel wäre unentdeckt geblieben.
Ich mach immer so riskante Sachen. Einmal bin ich auf dem Ölfeld aus einem Pick-up geklettert, der mit knapp hundert Sachen über eine Schotterstraße heizte. Ich bin über die Motorhaube gekrochen und auf der anderen Seite durchs Fenster wieder rein. Die Jungs haben gelacht und mich für verrückt erklärt. Vielleicht habe ich den unbewussten Wunsch, jung zu sterben und eine schmucke Leiche abzugeben.
Auf der Insel hatte ich so ein Hochgefühl empfunden. Was war passiert? Gabriel war passiert. Der Arsch.
Wir steuerten zum Steg zurück. Gabriel band Boot und Kanu fest. Und er nahm beide Paddel mit, als hätte ich vor, noch einmal hinauszufahren.
»Wir sehen uns dann morgen früh, Richard«, sagte er.
»Ja, gute Nacht.« *Ein Glück bin ich dich los.*
Ich hätte ihm danken sollen, dass er gekommen ist und mich abgeholt hat, aber mir war nicht danach.
Ich hatte erwartet, an der Zimmertür einen Zettel von Dad vorzufinden. »Wo steckst du? Komm in unser Zimmer.« Aber es war keiner da. Als ich noch klein war, hat er mir immer Zettel an den Kühlschrank geklebt. »Weg freischaufeln.« Gezeichnet: »Der Führer«. Und unten mal-

te er ein Hakenkreuz hin. Da muss ich heute noch drüber lachen.
Ich hab mich unter das Moskitonetz gelegt. Es ist schon fast drei. Die dunklen Wolken hab ich vertrieben. Die Bootsfahrt mit Gabriel hat mir nicht die Laune verdorben. Ich bin im Kanu zur Insel gepaddelt! Mitten in der Nacht! Piepegal, dass ich abgeholt werden musste. Piepegal, dass Gabriel dumm ist wie Schifferscheiße. Ich bin todmüde. Heute Nacht ist nichts mehr mit Onanieren. Träum süß.

Montag, 15. August
10:17 Uhr
Auf dem Weg vom Lake Naivasha
nach Lake Baringo Camp
Kenia, Afrika

Ich sitze hinten im Geländewagen. Bei dem verdammten Geholper ist das Schreiben gar nicht so einfach. Gabriel hat mich grade im Rückspiegel angesehen. Er tat so, als würde er etwas in die Luft schreiben, und hielt dann den Daumen hoch. *Du hältst deine Gedanken und Gefühle fest, und das ist gut so.* Das meinte er wohl. Die Schreibpantomime hat Dad nicht mitbekommen. Nur den Daumen. Also erwiderte er die Geste. Grünes Licht. *Nicht mit mir, Kumpel.*
Ich bin um sieben aufgewacht und habe gebadet. Dad und ich wollten vor dem Frühstück zum Lake Naivasha runter und trafen auf einen wild gewordenen Krebs. Er versperrte uns den Weg zum See, stellte sich auf die Hinterbeine und ging in Angriffsposition. Das Scheißteil hat uns abgeschreckt. Wir kehrten um und gingen ins Hotel zurück. Ich bin froh, dass uns keiner gesehen hat.

Dad war quietschfidel. Ich fühlte mich auch prima. Von dem kleinen Nachtausflug immer noch wie bekifft. Ich habe das deutsche Paar am Morgen wieder rummachen hören, die Ohren aber auf Durchzug gestellt. Ihre Geräusche ärgerten mich. Wie zum Teufel kann er sie mit so einem Pfeifchen bloß dermaßen zum Stöhnen bringen? Vielleicht steckt er's ihr in den Arsch. Weiß der Geier.

Mom ließ sich beim Frühstück nicht blicken, weshalb eigentlich zu erwarten war, dass der Vormittag schief gehen würde.

Wir packten unsere Sachen und verließen Naivasha kurz nach acht im Geländewagen. Wir sahen ein paar Gazellen und bekamen unsere ersten Paviane zu Gesicht. Dad holte seine Liste raus und hakte sie mit einem Bleistift ab. Hihi. Armes Würstchen.

Einmal rülpste er so laut, dass Gabriel zusammenzuckte. Hoffentlich hält er Dad nicht für ein Schwein. Der gibt ihm damit bloß zu verstehen, dass er sich bei ihm wohl fühlt, dass er ihn fast zur Familie zählt.

Wir fuhren gemächlich weiter und kamen an Eingeborenen vorbei, die uns wieder hasserfüllt ansahen. Dad greift nicht mehr nach seiner Videokamera. Das Winken haben wir aufgegeben.

Ich stand hinten, streckte den Kopf durch die Beobachtungsluke und gönnte mir eine Zigarette, als Gabriel plötzlich in die Eisen ging, eine riesige Staubwolke aufwirbelte und mich fast köpfte. Ich dachte, wir hätten etwas überfahren.

Alle stiegen aus. Eine riesige Schildkröte überquerte die Straße. Sie war so groß, dass ich auf ihrem Rückenschild hätte reiten können. Ich war ganz schön von den Socken. Dad ärgerte sich, weil keine Riesenschildkröten auf seiner Tierliste standen. Also schrieb er sie dazu und hakte sie dann ab.

Ich wandte mich an Mom. »Wie findest du das?«, fragte ich sie aufgeregt.
»Ich finde, das ist eine große Schildkröte, die eine Straße überquert«, sagte sie.
»Stimmt, nicht der Rede wert. Wir hätten gar nicht halten sollen. So was sieht man ja alle Tage«, sagte ich.
Ich war echt stinkig. Wie konnte sie meiner Begeisterung so die Luft ablassen? Ich schwor mir, mich in ihrer Gegenwart nie wieder über etwas zu freuen. Alle stiegen zurück in den Geländewagen. Ich war plötzlich schlecht gelaunt und beschimpfte sie insgeheim von hinten.
Was zum Henker war bloß los mit ihr? Da war eine Fremde im Geländewagen. Sie hatte nichts mehr mit der Frau gemeinsam, die hinter Dad Grimassen geschnitten hatte, damit Maggie und ich auf den Weihnachtsfotos lachten.
Dad machte jedes Jahr dieselben Fotos. Maggie und ich starrten immer mit getürktem Staunen eine Ritze in der Decke an. Wir sollten beim Fotografieren nie in die Kamera sehen. Wir mussten immer irgendetwas anderes anschauen und an … irgendwas denken. Das beste Bild von Maggie und mir hat Dad gemacht, als Mom hinter ihm stand und ihm den Stinkefinger zeigte. Niemand zeigte ihm den Stinkefinger. Wir waren schockiert. Und hingerissen. Und das fing das Bild ein. Mom? Wohin bist du verschwunden?
Wir schuckelten im Geländewagen weiter. Ich sah, wie Mom sich den Hals verrenkte, um das Armaturenbrett sehen zu können.
»Das Benzin ist fast alle«, sagte sie.
Gabriel warf einen Blick auf die Tankanzeige. »Oh, das ist mehr als genug. Der Tank ist dreiviertel voll.«
Mom lehnte sich zurück und dachte einen Augenblick nach. »Das Benzin wird ausgehen, und wir werden alle sterben«, verkündete sie.

»Niemand wird sterben, Janet«, sagte Gabriel. »Wir haben mehr als genug Benzin.«

Janet? Ist das nicht ein bisschen vertraulich, Gabriel?

»Das Benzin wird uns ausgehen«, bekräftigte sie noch einmal.

Dad konzentrierte sich auf den Versuch, die vorbeiziehende Landschaft zu bewundern, die sanften Hügel, die Pracht des afrikanischen Kontinents, sodass er gar nicht merkte, mit welcher Leichtigkeit Gabriel ihr Vorname über die Zunge ging. Er versuchte spürbar, Moms Bemerkungen zu überhören.

»Wir werden alle sterben«, sagte sie wieder.

Dad explodierte. »Verdammte Scheiße!«, brüllte er sie an. »Würdest du bitte mal einen Blick auf die Tankanzeige werfen? Der Tank ist dreiviertel voll! Nicht fast leer! Dreiviertel voll!«

Dad schlug sicherheitshalber auf die Anzeige und lehnte sich zurück, zuversichtlich, dass die Vernunft einen Sieg davongetragen hatte. Mom sah ihn jedoch an, als hätte er eine Schraube locker. »Die Anzeige ist kaputt«, sagte sie leise. »Und wir werden alle sterben.«

Ich beobachtete Gabriels Augen im Rückspiegel. Immer wieder warf er Mom nervöse Blicke zu. Ich lächelte. Armer Gabriel. Er dachte sich falsche Biographien aus, um seinen Touren mehr Pep zu geben. Den Blödsinn konnte er sich bei uns sparen. Bei dieser Tour brachten wir die Pepperoni mit. Und ich hatte das Gefühl, die Clark-Mannschaft war noch bei den Aufwärmübungen. Das Spiel hatte noch gar nicht angefangen.

»Mr. Clark, wir kommen bald zu einer Tankstelle. Wir können gern anhalten und voll tanken.«

Dad rang mit sich. Sollte er Moms Wahnsinn nachgeben und ihre Ängste beschwichtigen oder hart bleiben und Gabriel anweisen weiterzufahren? Er wurde weich.

»Wie Sie meinen«, sagte er.
Die Tankstelle lag in einem Städtchen, das auf keiner Touristenkarte zu finden sein dürfte. Das war nicht das Afrika, das Wimpole Tours einem zeigen wollte. Wir sollen uns exotische Tiere anschauen, kein menschliches Elend. Es gibt Armut, und es gibt afrikanische Armut. Diese düstere Ortschaft bestand nur aus Dreck und Lehmhütten. Und die Menschen erst. Die waren ganz abgestumpft. Ihre Gesichter waren hoffnungslos/hilflos. Wie man will. Wir müssen wie George, Jane und Elroy Jetson ausgesehen haben, die in ihrem glänzend weißen Gefährt mit den glitzernden Radkappen in diese triste Staubschüssel herabgestiegen waren.
Gabriel stieg aus und ging zur Zapfsäule. Mom warf den Städtern, die um den Geländewagen herumwuselten, schiefe Blicke zu.
»Da sind ja überall Schwarze«, rief sie aus.
»Wir sind in Afrika, Janet«, sagte Dad. »Da sind nun einmal überall Schwarze.«
Die Kinder klopften an die Fenster.
»Um Himmels willen!«, rief Mom. »Sie werden uns umbringen.«
»Das sind doch nur Kinder!«, brüllte Dad.
Es waren nur Kinder, aber sie kamen in hellen Scharen. Wurden immer mehr. Schon bald waren wir von ihnen eingeschlossen. Moms Angst breitete sich im Geländewagen aus wie brennendes Benzin.
»Wo zum Teufel bleibt Gabriel?«, fragte Dad.
Auch ich wurde langsam unruhig. Moms Blicke schossen nervös über das Meer kleiner schwarzer Gesichter. Alles redete und rief durcheinander, aber die Stimmen drangen nur gedämpft durch die geschlossenen Fenster, und wir verstanden kein einziges Wort. Für eine normale Familie wären so viele Kinder ungewöhnlich gewesen, hätten aber nichts Bedrohliches gehabt. Wir jedoch waren von Moms

Angst angesteckt worden. Die Kindergruppe hatte sich in eine wütende, wogende Horde verwandelt, die uns umbringen wollte.

»Wir werden alle sterben«, sagte Mom wieder.

Dad und ich sagten nichts. Wir waren umzingelt. Und plötzlich schien das gefährlich. Ich beschloss, etwas zu unternehmen.

»Dad! Gib mir deine Pfefferminzbonbons!«

Er sah mich an, als hätte ich ihn gebeten, auf eine Mine zu treten.

»Gib sie mir einfach.«

Er wühlte in der Hosentasche und zog seine Pfefferminzbonbons heraus. Er musterte sie, bevor er sie Mom reichte, die sie mir weiterreichte. Wir bildeten eine Kette wie die ersten Siedler in der Prärie, die Wassereimer von Hand zu Hand reichten, um einen Scheunenbrand zu löschen. Ich sah die beiden Pfefferminzbonbons an.

»Ist das alles? Wo ist der Rest?«

»In meinem Gepäck«, sagte er. »Aber wehe, du rührst meinen Koffer an.«

Ich drehte meine Scheibe ein paar Zentimeter runter. Das Kindergeschrei überschwemmte den Geländewagen. Ich warf den ersten Bonbon hinaus. Alle Kinder stürzten sich darauf. Kleine Hände griffen ins Wageninnere. Den zweiten Bonbon konnte ich nicht werfen. Die Hände blockierten den Fensterspalt. Die Kinderstimmen waren ohrenbetäubend.

»Mach das Fenster zu!«, schrie Dad.

Mom begrub das Gesicht in den Händen und fing an zu weinen. Voller Panik stopfte ich den zweiten Bonbon durch die Öffnung. Er fiel zu Boden. Wieder erhob sich lautes Geschrei, als sich die Kinder darauf stürzten und um den Bonbon kämpften. Ich überlegte, was ich sonst noch hatte. Ich warf mein Päckchen Zigaretten aus dem

Fenster und schaffte es, das Fenster hochzukurbeln, ohne kleine Finger abzutrennen.
Ein kleiner Aufstand brach aus. Die Kinder schaukelten den Geländewagen hin und her. Sie schafften es tatsächlich, die Reifen erst der einen und dann der anderen Seite vom Boden hochzuwuchten. Es fühlte sich an, als würden wir gleich umkippen. Die Kinder hatten ihren Spaß. Sie lachten alle. Aber wir waren die Clarks. Hysterisch und verrückt. Dad winkte den Kindern mit beiden Händen zu und hoffte wohl, seine hektischen Gebärden würden sie zum Aufhören bringen. Ich glaube aber, er hat sie damit nur angestachelt. Sie dachten wahrscheinlich, wir hätten im ganzen Leben noch nicht so viel Spaß gehabt. Mom kauerte sich auf dem Boden des Geländewagens zusammen und wimmerte. Endlich bahnte sich Gabriel einen Weg durch die Kinderscharen. Er stieg ein und schloss die Tür. Seelenruhig ließ er den Wagen an, und wir brausten weiter. Ich sah durch die Heckscheibe, weil ich wissen wollte, ob wir ein Kind überfahren hatten.
Dad war sauer auf Gabriel.
»Wo waren Sie denn nur?«, wollte er wissen.
»Ich habe Aspirin geholt«, sagte Gabriel. »Ich habe Kopfschmerzen.«
Ich sah, dass Dad ihn wegen seines schlechten Timings in Bezug auf Kopfschmerzen und Aspirinkauf tadeln wollte, aber er hielt den Mund. Mom kroch auf ihren Platz zurück. Der Kinderlärm wich dem beruhigenden Motorgeräusch und dem Quietschen der Stoßdämpfer, als wir wieder einmal eine unbefestigte Straße entlangrumpelten. Ich hatte das Gefühl, für den Aufstand verantwortlich zu sein.
»Tut mir Leid, Gabriel«, sagte ich. »Ich hätte ihnen keine Pfefferminzbonbons zuwerfen sollen.«
»Nein, ich muss mich entschuldigen. Wir hätten da nicht anhalten sollen«, antwortete Gabriel.

»Es ist alles meine Schuld«, sagte Mom.
Einen Augenblick herrschte Schweigen.
»Bin ich jetzt an der Reihe?«, fragte Dad.
»Wenn Sie wollen«, sagte Gabriel.
»Es tut mir Leid, dass ich Sie nicht einfach gebeten habe weiterzufahren. Es ist alles meine Schuld. Möchte sich noch jemand für irgendwas entschuldigen?«
Niemand meldete sich. Mom spitzte die Ohren in Richtung linkes Vorderrad. »Was ist das für ein Geräusch?«
»Was denn für ein Geräusch?«, fragte Gabriel.
Auch ich hörte etwas, ein Klackern.
»Das ist nur das Rad, das macht nichts«, sagte Gabriel.
»Sind Sie sicher, dass es festgeschraubt ist?«, fragte Mom.
»Nein, Janet, das ist es nicht«, erklärte Dad.
Er sah auf seine Uhr und hielt Mom das Zifferblatt hin.
»Wenn du es genau wissen möchtest, wird das Rad in ungefähr vier Minuten wegfliegen, wir werden uns überschlagen und im Graben landen. Dann holt uns der Kindermob ein. Nur dass sie diesmal Macheten dabeihaben. Sie werden uns nacheinander in Stücke hacken, und dich werden sie bis zuletzt aufsparen.«
Wir fuhren weiter, und niemand sagte etwas. Nach ein paar Minuten meldete Mom sich wieder. Sie hatte nachgedacht.
»Warum sparen sie mich bis zuletzt auf?«, fragte sie.
»Keine Ahnung«, sagte Dad. »Weil du nicht alle Tassen im Schrank hast, und dann ist das einfach das Beste.«
Einmal überholten wir einen Militärlaster, auf dem bewaffnete kenianische Soldaten saßen.
»Das war's dann wohl«, sagte Mom.
Niemand hatte Lust, sie zu beruhigen, und so konnte sie sich in aller Ruhe überlegen, was fünfundzwanzig schwarze Männer mit Automatikwaffen uns wohl antun würden.

12:25 Uhr
Lake Baringo Camp
Zelt 7
Kenia, Afrika

Wir erreichten den Kai am Lake Baringo und warteten auf die Fähre, die uns zum Camp auf der Insel übersetzen sollte.

Dad, Gabriel und ich stiegen aus und vertraten uns die Beine. Mom blieb sitzen. Dad ging zu ihr und sprach mit ihr. Er versuchte nett zu sein.

»Möchtest du nicht aussteigen und ein bisschen frische Luft schnappen?«, fragte er.

Sie zitterte am ganzen Leib. Dad stand neben der offenen Tür. Auch er fing an zu zittern. Aber bei ihm war es keine Angst. *Wir müssen so viel Geduld mit ihr haben, wie wir können, Richard.* Er packte sie an den Armen und schüttelte sie.

»Wann bist du übergeschnappt!?«, schrie er sie an.

»Du tust mir weh«, jammerte sie.

Ich ging zum Ufer hinab, nahm meinen Kassettenrekorder, setzte den Kopfhörer auf und übertönte das Geschrei mit Musik. Ich war gespannt, ob Dad die Safari auf der Stelle abbrechen würde. Ich sah ein paar Mal zum Geländewagen zurück. Er hatte ihre Arme losgelassen und schrie nicht mehr, aber seine neue Stimme – fest, wohl überlegt und tödlich – war noch einschüchternder.

Die Stimme machte mir Angst. Der Tonfall erinnerte mich sofort an das eine Mal, als er mich ausgepeitscht hat. Da war ich zehn und hatte einen Zwanzigdollarschein aus seinem Portemonnaie geklaut. Ich hatte gedacht, er würde es nicht merken. Er fragte Maggie, Mom und mich, ob sich einer von uns Geld aus seinem Portemonnaie »geborgt« hätte. Ich log. Behauptete, ich hätte es nicht angerührt.

Ich nahm das Geld und fuhr mit Alex Cooper zu Woolco. Ich kam mir wie ein reiches Kind vor. Wir fuhren Autoskooter, und ich kaufte zwei Elvis-Presley-Platten. Die verbrecherische Tat wäre nie ans Licht gekommen, hätte ich nicht einen idiotischen Fehler gemacht.
Nach der Rückkehr von Woolco badete ich. Ich saß in der Wanne und seifte mich ein, als Mom hereinkam, um meine schmutzigen Sachen in die Waschmaschine zu stecken. (Genau wie beim Haschöl vor ihrer Abreise nach Paris. Man sollte meinen, dass ich es bis dahin geschnallt hätte.) Sie leerte die Hosentaschen meiner Jeans.
Mom hat einige Erfahrung mit meinen Hosentaschen. Einmal kamen Alex und Kurt zu uns zum Mittagessen. Durchs Fenster betrachteten sie Mom, die im Garten stand und etwas aus meiner Jeans zupfte. Die beiden fragten mich, was sie da machte. Ich sagte, sie holt vor dem Waschen meine Popel aus den Taschen. Ich dachte, alle kleinen Jungen stecken ihre Popel in die Hosentaschen, und alle Mütter zupfen sie heraus, bevor die Hosen gewaschen wurden. Da lag ich aber ganz falsch. Den beiden wurde fast schlecht, und sie konnten ihre überbackenen Käse-Sandwiches nicht aufessen.
Mom fand keine Popel in meinen Taschen, aber zwölf Dollar und zweiundsechzig Cents, mein Wechselgeld vom Ausflug zu Woolco. Ich bekam damals fünfzig Cents Taschengeld, also fragte sie natürlich, wie ich an ein so fürstliches Vermögen gekommen war. Sie hatte mich voll auf dem falschen Fuß erwischt. Außerdem war ich nackt. Ich hatte keine Antwort parat. Sie wusste, dass ich Dads Zwanzigdollarschein gestohlen hatte. Ich flehte und schluchzte ungefähr so wie damals, als ich es nach dem Einbruch in die Fahrbücherei geschafft hatte, freigesprochen zu werden. Aber Mom wollte nichts davon hören. Es wurde der längste Nachmittag meines Lebens, während

ich darauf wartete, dass Dad von der Arbeit nach Hause kam. Er geriet nicht in Rage, weil ich ihn bestohlen hatte. Er war stinkwütend, weil ich gelogen hatte. Die Stimme, mit der er Mom aus dem Wagen zu kriegen versuchte, hatte ich an jenem Abend gehört.

»Geh in dein Zimmer und zieh dich aus«, ordnete er an.

Ich wusste, was das zu bedeuten hatte. Er besaß einen dünnen schwarzen Ledergürtel. Gedroht hatte er damit schon öfter, aber benutzt hatte er ihn noch nie. Ich glaube, Mom wollte nicht, dass ich ausgepeitscht werde. Das war ihrem Gesichtsausdruck abzulesen.

Ich ging weinend die Treppe hoch und flehte ihn an, mich nicht zu peitschen. Wo es doch Männer wie Gary Gilmore gab, die ihrer Strafe entgegensahen, ohne mit der Wimper zu zucken. Und er wurde hingerichtet. Und dann auch noch erschossen. O Mann. Er verlangte nicht mal eine Kapuze. Er wollte seinem Exekutionskommando in die Augen sehen.

In meinem Zimmer zog ich mich aus und wartete auf Dad. Das war das Schlimmste. Die Nacktheit. Die Verletzlichkeit. Das Warten. Es war demütigend.

Ich stand neben dem Bett und kniff mich in den Po. Ich kniff, so doll ich konnte, und versuchte mir vorzustellen, wie sich das Brennen des Gürtels anfühlen würde. Schließlich hörte ich Dads Schritte auf der Treppe. Er kam nach oben. Er ging zu seinem Schrank, und ich hörte Bügelgeklapper, als er den Gürtel herausholte. Hatte Gilmore etwas Ähnliches gehört? Das Klicken, mit dem die Gewehre entsichert wurden?

Dad betrat mein Zimmer.

»Leg dich aufs Bett«, befahl er.

Ich schniefte. Ich legte mich hin und vergrub das Gesicht im Kissen. Ich wartete. Den ersten Hieb begleitete ein Klatschen und heißer, glühender Schmerz. Ich versuchte instinktiv, meinen Po mit den Händen zu schützen. Er schob die Hände weg, setzte das Auspeitschen fort und betonte jeden Hieb mit einem Wort.

»Dass ...« *Tsch!* »du ...« *Tsch!* »mich ...« *Tsch!* »niemals ...« *Tsch!* »wieder ...« *Tsch!* »belügst.« *Tsch!*

Er drehte sich um, verließ mein Zimmer und knallte die Tür hinter sich zu. Ich blieb eine Stunde lang im Bett liegen. Dann stand ich auf, trat vor den Spiegel und inspizierte vorsichtig meinen Po. Er war mit roten, angeschwollenen Striemen bedeckt. Ich betastete die Striemen. Sie brannten.

Ich habe Dad deswegen nie gehasst. Ich hatte gelogen, und er hatte mich bestraft. Auf Ehrlichkeit lege ich seitdem großen Wert, was bei manchen Leuten aneckt. Aber die sollen sich bei Dad beschweren.

Es ist seltsam. Als er mich damals auspeitschte, sah er so wütend aus, dabei jedoch völlig beherrscht. Hier in Afrika scheint er dagegen seine Beherrschung zu verlieren. Der ganze Stress mit Moms Zustand muss ihm sehr zugesetzt haben.

Früher haben wir immer Hand in Hand ferngesehen. Ich kann mich nicht erinnern, wie alt ich war, als das aufhörte. Heute ist er fast immer ein Arschloch, dabei konnte er so lieb sein.

Dad machte einen langen Spaziergang auf der Straße, Mom hockte schlotternd im Geländewagen, Gabriel saß auf einem Stein und band sich die Schuhe, und ich summte eine Musik mit, der ich eigentlich gar nicht zuhörte.

Endlich kam die Fähre. Ich war überrascht, als ich hörte, dass Gabriel nicht mitkam.

Er klopfte mir auf die Schulter. »Viel Glück da draußen«, sagte er.

»Warum kommst du nicht mit?«, fragte ich.

»Ich bin nur der Fahrer.«

»Und wer rettet mich dann, wenn ich mich das nächste Mal umbringen will?«

Gabriel sah mich an, als meinte ich das ernst. *Rindvieh.* Er deutete auf das Tagebuch, das ich unterm Arm hatte. »Verlier das nicht«, sagte er.

Er stieg in den Wagen und fuhr los. Ich habe vergessen, ihn zu fragen, wohin. Vielleicht verbringt er ein paar Tage in Nairobi, bevor er zurückkommt und uns abholt. Vielleicht kommt er auch nicht zurück. Vielleicht bittet er um Versetzung. Ich kann's ihm nicht verdenken, wenn er nicht wiederkommt. Er fehlte mir schon, als der Geländewagen um eine Ecke bog und verschwand. Ich packte mein Tagebuch fester und sah der anlegenden Fähre mit düsteren Vorahnungen entgegen. Gabriel hatte es immer geschafft, gut Wetter zu machen. Würde jetzt ein Sturm losbrechen?

Die Überfahrt auf die Insel dauerte lange. Mom saß die ganze Zeit mit völlig verkrampften Händen in der überdachten Kabine. Ich wurde irgendwann seekrank. Und Dad schritt wie Captain Queeg auf dem Deck auf und ab und fragte sich, was zum Teufel mit seiner Familie bloß schief gelaufen war. Ich war eine kotzende Null und Mom eine Verrückte.

Bei unserer Ankunft auf der Insel wurden wir von Beverly empfangen, der Managerin vom Baringo Camp. Beverly ist sehr mollig, sehr weiß und sehr schottisch. Sie hieß uns herzlich willkommen und sagte, wir sollten einfach rufen, wenn wir etwas brauchten. Ich hätte fast gerufen, ich würde mein Gesicht gern zwischen ihren riesigen Brüsten vergraben, hab's aber lieber gelassen. Sie hat ungeheure Melonen. *Wow.*

Die Insel ist ganz süß. Es gibt nur etwa zwanzig Zelte. Hinter allen Zelten stehen Campingduschen. Aber es gibt kein fließendes Wasser, also muss man jedes Mal der Verwaltung Bescheid sagen, wenn man duschen möchte, und

die schickt dann ein Männchen vorbei, das den Wasserbottich füllt. Keinen Mann. Ein Männchen. Das könnte eins achtzig groß sein, es wäre trotzdem ein Männchen. Es hat die Reichen zu bedienen. Abgesehen von der Dusche und der Außentoilette ist alles so wie in jedem anderen Hotel. Es gibt ein klasse Restaurant und eine Freiluftbar.
Jetzt sitze ich vor meinem Zelt und schaue auf den See hinaus. Eher schon ein Ozean. Er ist riesig. Das gegenüberliegende Ufer kann ich gar nicht sehen. Mein Zelt ist so groß wie ein kleines Haus. Als Dad sagte, in Baringo würden wir in Zelten schlafen, dachte ich, jetzt geht das primitive Leben los. Aber wenn man wie ein König wohnt, kann man das schlecht primitiv nennen, oder? Vor meinem Zelt gibt es eine kleine Veranda, und auf der sitz ich jetzt. Baringo wird mir gefallen.
Mittags hab ich fast nichts gegessen. Mom wirkte etwas gelassener. Sie war einfach heilfroh, dass wir es ohne Schiffbruch auf die Insel geschafft hatten. Sie aß mehr als ich. Nach dem Essen war ich fix und alle und hab Dad gesagt, ich würde mich hinlegen. Und das mach ich jetzt auch.

13:20 Uhr Ich hatte tief geschlafen, als ich eine Stimme hörte.
»Richard, wach auf.«
Mühsam schlug ich die Lider auf. Ich sah zum vorderen Zeltteil, wo die Veranda lag, von wo aus eigentlich gerufen worden sein musste, aber da war niemand.
Erst dachte ich, ich hätte im Schlaf gesprochen, aber dann sah ich einen Hinterkopf direkt vor der seitlichen Fensterklappe am Bett. Ich wusste nicht, wer das war, und zog die Decke bis zum Kinn hoch.
»Du musst die Inseltour allein machen. Deine Mutter schafft das nicht.«

Dad drehte sich nicht mal zu mir um. Marschierte einfach davon. Komischer Kerl. Früher hat er mir einen Vierteldollar gezahlt, wenn ich ihm die Zehennägel schnitt.

15:05 Uhr Mein Führer heißt Sedekia. Er hat zwei Freunde mitgebracht, Tom und William. Sedekias Vater ist Häuptling oder Stammesältester oder was weiß ich, wie die hier heißen. Ich folgte ihm durchs Gestrüpp und über die Berge (na gut, eher große Hügel). Sedekia war eine echte Wucht. Obwohl erst acht Jahre alt.
Ich weiß gar nicht, wie ich das beschreiben soll, die Spannung, hinter diesen drei Jungen herzugehen, als wir uns einen Weg durch den Wald bahnten. Alle drei trugen die übliche Eingeborenentracht. Ich ertappte mich bei dem zynischen Gedanken, dass sie das nur den Touristen zuliebe taten. Ich hatte das Gefühl, in einer Zeitmaschine zu sitzen.
Sedekia ist der Anführer unserer kleinen Expedition. Er hatte einen Wanderstock, mit dem er Blätter und Zweige auf dem Weg aufspießte. Das machen Expeditionsleiter auf einer Insel wohl so. Am Anfang des Ausflugs fiel kein Wort. Wir alle gingen schweigend. Wenn ich je vorgehabt hätte, Afrika richtig zu erleben, wäre diese erste Zeit mit den drei Jungen gut und gern der Höhepunkt der ganzen Reise gewesen.
Etwa dreißig Minuten lang hörte man nichts als das Knacken der Zweige unter unseren Füßen und manchmal den Schrei eines Vogels oder eines anderen Tieres. Ich ging als Letzter, während wir uns durchs Unterholz schlängelten, und nutzte die Position des Schlusslichts, um heimlich vier Kawumms zu rauchen. Mein Verstand kämpfte mit der Schönheit um uns herum. Ich suchte nach Mitteln und Wegen, sie zum Ausdruck zu bringen.
Beim Wandern merkte ich, dass Worte, die die Schönheit

doch einfangen sollten, sie eigentlich nur zerstörten. Das entsprach in etwa dem Versuch, einen großen weißen Hai in der Gefangenschaft zu halten. Er stirbt unweigerlich.
Ich wollte meinen jungen Führern gegenüber eine profunde Bemerkung machen, um meiner Verzückung Ausdruck zu verleihen, entschied mich aber schließlich zu schweigen. Und darüber bin ich heilfroh. Diesen Kindern hat es gerade noch gefehlt, dass ein arroganter Kiffer ihnen die Schönheit interpretiert. Sie leben hier. Sie brauchen keine Definitionen.
Wir wanderten ziemlich lange, und mir ging vielerlei durch den Kopf. Ich war zugeballert bis an die Kiemen und schweifte vom Hundertsten ins Tausendste ab.
Ich stellte mir einen großen weißen Hai vor, der mit dem Bauch nach oben in einem Aquarium treibt, und dachte an meine Abneigung gegen Experten, die zu allem und jedem eine Meinung haben, die sie als Evangelium verkaufen: Experten, die in Reportagen aufgeboten werden, um uns zu erklären, »wie es wirklich ist« – Militärexperten, Hungerexperten, Hirnexperten, die ganze Latte. Was befähigt diese Leute eigentlich dazu, ein Auftrittshonorar einzusacken und unten am Bildschirm als »Experte« vorgestellt zu werden? Waren die als Kinder auch schon solche Klugscheißer? Sind sie mit dem Produzenten der Sendung befreundet? Waren sie in Dartmouth?
Tatsache ist doch, wir brauchen gar keine Experten. Aber wenn man in den Abendnachrichten unbedingt welche bringen will, braucht man nicht lange zu suchen. Der Vietnamveteran im Rollstuhl ist der ideale Militärexperte. Das verhungernde afrikanische Kind ist der Hungerexperte. Und wir alle sind Hirnexperten, weil wir alle ein Hirn haben. Wir nutzen es nur nicht. Weil das eine zu große Plackerei wäre. Wir sind faul und träge.
Ich überlegte, wohin man sich wenden könnte, um Faulheit

und Trägheit zu entkommen. Gut, man kann natürlich mit drei jungen Afrikanern eine Inselwanderung machen. Aber wenn man Eltern hat, die sich das nicht leisten können, was dann? Kirche? Was hat die Religion schon zu bieten? Plaketten für Ignoranz und Heuchelei, mehr nicht – ein rechtschaffenes Christenleben voller Haftungsausschlussklauseln wie die Broschüre, die man von aalglatten Gebrauchtwagenhändlern in die Hand gedrückt bekommt. Was nützt schließlich eine Broschüre ohne Haftungsausschlussklauseln? Und was soll ein Gebot, das man nicht noch ein bisschen zurechtmeißeln kann?

Du sollst nicht töten! *

Ein cleverer Christ wird natürlich immer einen Vers finden, der den Mord rechtfertigt. Das ist ja das Schöne an der Bibel. Sie ist ein Buch für jedermann, weil jedermann sie nach Belieben interpretieren darf. Mich eingeschlossen.

Richtet nicht, auf dass ihr nicht gerichtet werdet. **

Wann hat man das letzte Mal einen Bibelschwenker gehört, der nicht irgendwen gerichtet hätte? Das sind doch die größten Pharisäer des Planeten. Die haben nicht mitbekommen, dass Jesus gesagt hat, sie sollten verschwinden und die Hure in Ruhe lassen. Das wäre ja nicht so schlimm, wenn es nicht so viele von denen gäbe und wenn sie nicht so verdammt scheinheilig wären.

Von da war es gedanklich nur ein Katzensprung in den

* Ausgenommen zum Tode verurteilte Angehörige ethnischer Minderheiten und staatlich sanktionierte Ermordungen anderer Menschen in Zeiten ökonomischer Krisen oder politischer Unruhen. Dann könnt ihr euch die Ärsche schnappen. Und wenn sie eine andere Hautfarbe oder Augenform haben, umso besser.

** Gilt nur für Menschen, die eure Ansichten und Moralvorstellungen teilen. Gilt nicht für Drogensüchtige, Zigeuner, Heiden, Kommunisten, Homosexuelle, Lesben, Perverse und alle anderen, die ihr für anders haltet. Richtet sie gnadenlos. Und wenn es sich einrichten lässt, dann richtet sie hin.

Garten Eden. Kein eleganter Übergang, aber Flora und Fauna meiner Umgebung entsprachen in etwa meinen Vorstellungen vom Garten Eden. Ein wunderschöner Ort. Adam und Eva. Die nackt herumliefen. Alles in Harmonie. Ich habe nirgends gelesen, sie wären dumm gewesen, also nehm ich an, dass sie schlau, glücklich und wahrscheinlich geil waren. Sie lebten im Zustand der Gnade. Und was geschah dann? Die Schlange kam und bot ihnen die verbotene Frucht an.

Was war das wohl für eine Frucht? Ein Apfel? Nein. Ein Symbol des Wissens. Allen Wissens? Nein. Ein gewisses Grundwissen brachten Adam und Eva schon mit. Adam wusste, wie weich und eng sich Evas Büchse anfühlte, wenn er langsam in sie hineinglitt und ihr seine Liebe gestand. Adam wusste, dass Wasser den Hügel runter- und nicht raufläuft. Eva wusste, welche Beeren giftig waren und dass Adam manchmal Magenschmerzen bekam, wenn er Fleisch aß.

Das waren kenntnisreiche Menschen. Nur eines kannten sie nicht. Sie kannten weder Gut noch Böse. Kaum hatten sie von der Frucht gekostet, wurde ihnen beides bewusst. Was bedeutete, dass *keins von beidem* vorher existierte. Kein Gut. Kein Böse. Es überstieg ihre Denkmöglichkeiten. Sobald sie Gut und Böse erkannt hatten, fielen sie aus der Gnade. Rums!

Ich folgte den sechs Fersen der Jungen. Sie bewegten sich langsamer als vorher. Sedekia drehte sich um und lächelte. Ich erwiderte sein Lächeln nicht. Ich war zu tief in Gedanken. War ganz dicht an etwas dran.

Wenn sich Adam und Eva im Stande der Gnade befanden, als sie weder Gut noch Böse kannten, dann folgte daraus, dass ich ein Leben ohne Gut und Böse im Kopf führen musste, um vergleichbarer Gnade teilhaftig zu werden.

Ich versuchte mir jene Welt vorzustellen, während ich

durch den Wald glitt und Blätter mein Gesicht streiften. Hört sich leicht an. Ist es aber nicht. Wetten, niemand – außer vielleicht einem Skinhead – könnte das, was Juden, Polen, Zigeunern, Kambodschanern oder nordamerikanischen Indianern angetan wurde, anders als böse bezeichnen? Wetten, selbst das fieseste Arschloch könnte es nicht anders als gut bezeichnen, wenn man einem Blinden über die Straße hilft? Adam hätte es aber nicht gut genannt. Wie sollen wir dann dazu imstande sein? Sobald unsere Augen Gut und Böse unterscheiden können, sind wir wieder aus der Gnade gefallen. Auf allen vieren schnüffeln wir herum und buddeln unter einem Baum nach Würmern.

Man kann es ja mal versuchen. Versuchen Sie mal, die Welt nur einen Tag lang nicht in Gut und Böse aufzuteilen. *Aber, Richard, ist das nicht genau das, was einen Psychopathen ausmacht? Die Unfähigkeit, zwischen Gut und Böse oder Richtig und Falsch zu unterscheiden?* Gute Frage. Aber. Wenn jemand die Welt von Gut und Böse allen Ernstes hinter sich gelassen hat und gewalttätig wird, ist er ein Psychopath. Wird er nicht gewalttätig, endet er als Heiliger. Wahnsinnige und Heilige. Gar nicht so weit auseinander, wie man immer glaubt.

Christen glauben, sie finden Gott, wenn sie einmal die Woche in die Kirche gehen, ein paar Seelen retten und Tischgebete sprechen. Ihnen ist es ein Genuss, den geistrettenden Mühen aus dem Weg zu gehen, dem Donner, der Männer von Jungen unterscheidet und Frauen von Mädchen – sie finden kein Ende, sich über Gut und Böse auszulassen, besonders über Böse. Den lieben langen Tag kauen sie auf dieser verfaulten Frucht herum. Wissen die nicht, dass das schlecht für sie ist?

Ich dachte, wenn es weder Gut noch Böse gab, was *gab* es denn dann? Ich hatte nicht die leiseste Ahnung. Aber aus unerfindlichen Gründen musste ich plötzlich an die Deut-

sche denken. An meine Tränen, ihre Küsse und ihre Zärtlichkeit, und dadurch kam ich auf die Liebe. Und mir fiel wieder ein, dass ich bei einem deutschen Philosophen mal gelesen habe, was aus Liebe getan werde, geschehe immer jenseits von Gut und Böse. Konnte die Liebe diesen unversöhnlichen Gegensatz besiegen, der die Menschheit von jeher begleitet? Konnte die Liebe die Schlange besiegen?
Meine Theorie war alles andere als ausgereift, kam mir aber verdammt viel besser vor, als dass Adam und Eva von Gott zusammengestaucht worden sein sollten, bloß weil sie irgendein Obst gefuttert hatten. Ich fragte mich, was das für eine Liebe sein konnte, jenseits von Gut und Böse. Romantische Liebe? Kosmische Liebe? Liebesliebe? Ich musste langsam aufhören. Ich hatte das Gefühl, dass ich im Kopf einen großen Knoten entwirrt hatte, und jetzt drauf und dran war, alles wieder zu verwirren.
Ich ging hinter meinen drei jungen Führern her und träumte von einer Welt, in der Christen weder mordeten noch richteten. Juden, Muslime, Hindus oder Buddhisten wohlgemerkt auch nicht. Afrika, Schweigen, vier Kawumms süßen Krautes und eine lange Wanderung – da fühlte sich Hirnwichsen fast genauso gut an wie richtiges. Ich träumte auch, dass Mom wieder gesund wurde.
Wir erreichten ein paar heiße Quellen, die in den See flossen. Ganze Dampfberge stürzten über die Felsen hinab. Sedekia fragte, ob ich Lust hätte, schwimmen zu gehen. Ich meinte, ich hätte keine Badehose dabei. Die drei Jungen lachten, rissen sich die Kleider vom Leib und stürmten pudelnackt ins Wasser.
Trotz all meinen tief schürfenden Gedanken auf dem Spaziergang schämte ich mich plötzlich in Grund und Boden. Ich hätte nicht zögern sollen. Ich hätte mich genauso schnell ausziehen und mit ihnen ins Wasser rennen sollen. Stattdessen stand ich da wie der letzte Vollidiot und sah

mit gekünsteltem Lächeln den Jungen zu, die im warmen Wasser planschten und spielten. Sie lachten und schwatzten in ihrer Muttersprache. Ich war überzeugt davon, dass sie mich für einen Deppen hielten.
Nach langem Winken ihrerseits (komm ins Wasser) und langem Abwinken meinerseits (nee, keine Lust) zog ich mich endlich doch aus und rannte hinein. Das Wasser war warm. Als Erstes gönnte ich mir ein langes Pinkeln. Unser Schwimmen und Planschen hätte von kitschiger und ausgelassener Klaviermusik untermalt werden müssen. Ich wollte mir den Zynismus nicht nehmen lassen und den Augenblick kaputtmachen, aber die Gesichter von Sedekia, William und Tom waren zu munter, zu lebendig, zu wirklich. Ich wurde von ihrer Fröhlichkeit angesteckt, und am Ende war ich so schwer aus dem Wasser rauszukriegen wie am Anfang rein.
Dann legten wir uns alle auf den Felsen in die Sonne. Sie blieben nackt. Ich habe meine Unterwäsche angezogen. Ich betrachte die Jungen, und es dämmert mir, dass sie kein anderes Leben außer dem auf der Insel kennen. Sie wissen gar nicht, wie gut sie es haben.

16:40 Uhr Ich brauchte nicht lange, um in Teufels Küche zu kommen. Ich sah eine Böschung hoch und konnte eine Höhle ausmachen, aus der heiße Dampfschwaden aufstiegen. Sie sah aus wie ein Drachenmaul. Oder ein alter, lädierter Wasserkessel.
»Kann man da hochklettern?«, fragte ich und zeigte auf die Höhle.
Sedekia folgte meinem Zeigefinger, schüttelte den Kopf, und sein Lächeln verschwand.
»Schlimmer Ort«, sagte er.
»Warum?«, fragte ich.
Er sagte nichts. Er schaute nicht einmal zu der blöden

Höhle hoch. Das spornte mich natürlich an. Ich spürte denselben Sog, den die Baumgrenze auf der Insel im Lake Naivasha auf mich ausgeübt hatte.

»Wohnst du in einer Stadt?«, fragte Sedekia.

»Ja«, sagte ich.

»Ich möchte auch irgendwann in die Stadt ziehen.«

»Lass es lieber. In der Stadt gibt es zu viele schlechte Menschen.«

»Haben die dir das Gesicht kaputtgemacht?«

Meine Illusionen waren auf einen Schlag verflogen. Eben war ich noch mit drei jungen Afrikanern auf Wolke sieben gewesen. Machte mir weis, ich wäre ein neuer Mensch in einer fernen, fernen Vergangenheit. Der Christen den Löwen vorwarf. Der die Probleme der Welt mit Hilfe kalifornischer Landwirtschaft und deutscher Philosophie löste. Und dieser Dreikäsehoch musste mich daran erinnern, dass ich immer noch Richard Clark war und die hässliche Narbe einer Hasenscharte mit mir herumtrug. Es war Jacke wie Hose, was ich mit meinem Leben anstellte. Ich würde immer eine Hasenscharte haben, und niemand würde mich das je vergessen lassen. Ich konnte vierundzwanzig Nonnen ermorden, und die Leute würden nur sagen: »Ach richtig, das war der Typ mit der Hasenscharte.« Ich konnte vierundzwanzig Kinder aus einem brennenden Bus retten, und die Leute würden nur sagen ... den Rest kann man sich denken.

»Niemand hat mir das Gesicht kaputtgemacht«, sagte ich. »Ich bin so auf die Welt gekommen.«

Sedekia drehte mir seine Wade zu und zeigte mir stolz eine gezackte Narbe.

»Die hab ich mit fünf bekommen«, sagte er.

Na, freu dich doch, du kleiner Hosenscheißer. Du hast keine im Gesicht. Auch William und Tom zeigten mir kleine Narben irgendwo am Körper. Ein normaler Mensch hätte sich über diese Gesten wohl gefreut. Sie rücksichtsvoll und liebenswürdig gefunden. Ein egoistischer Mensch hätte wahrscheinlich geglaubt, dass die Jungen die Hasenscharte cool fanden. *Heyyyy, krieg dich wieder ein. Diese afrikanischen Kinder haben auch Narben. Ich schäme mich nicht wegen der dusseligen Hasenscharte. Ich bin stolz, echt stolz.* Aber ich bin Richard Clark. Also war ich für solche Gesten nicht zu haben. Erbärmlich. Sowohl ich als auch die Gesten. Aber ich lächelte süßlich.

Ich stand auf und wollte zu der Höhle hochklettern, aus der der ganze Dampf drang.

»Nein!«, schrie Sedekia.

»Ich gehe da jetzt rein«, sagte ich mit gespieltem Wagemut. »Wenn ihr meine Führer sein wollt, müsst ihr eben mitkommen.«

Ich erreichte die Mündung der Höhle. Ich verstand nicht, warum der Junge so einen Aufstand machte. Das war hier doch nicht Nordamerika, wo man befürchten musste, dass da drinnen Bären hausten. Was zum Teufel konnte denn schon in einer Höhle in Afrika stecken? Fledermäuse? Ich hatte keine Angst vor Fledermäusen.

Wegen der Dampfschwaden konnte ich nicht das Geringste sehen. Außerdem war es so heiß, dass ich die Hände vors Gesicht schlug. Als ich den Dampf hinter mir gelassen hatte und in der Höhle war, hielt ich einen Augenblick inne und wartete, bis sich meine Augen an die Lichtverhältnisse gewöhnt hatten. Ich hatte das Gefühl, weit weg von den drei Jungen zu sein. Der Dampf war eine angenehme Grenze zur Außenwelt. Er war auch so laut, dass ich nichts als das Zischen hörte. Es war ein bisschen wie Blechrauchen. Dieses Gefühl, im Mutterleib zu sein.

Ich machte mich ins Zentrum der Höhle auf. In der Mitte verlief ein Rinnsal kristallklaren Wassers. Ich tunkte die Hand hinein. Es war heiß. Ich ging am Bächlein entlang ans andere Höhlenende. Auch von oben tropfte es. Mein

Blick folgte den Tropfenspuren die Wände hoch. Und da entdeckte ich die Zeichnungen. Die einen sahen aus wie mit scharfen Steinen eingeritzt. Andere waren wie mit Holzkohle gezeichnet oder mit Fingern gemalt, die in irgendwelche Farbstoffe gestippt worden waren.

Es war zu dunkel, um Einzelheiten ausmachen zu können, aber ich sah Tiergestalten. Ein paar konnte ich erkennen. Andere nicht. Es gab auch menschliche Gestalten. Das waren eher Strichmännchen. Richtig schlecht, ehrlich gesagt. So schlecht wie das Zeug, das ich aus dem Kunstunterricht in der Grundschule mit nach Hause gebracht hatte. Trotzdem war ich gefesselt.

Vor wie langer Zeit mochten sie entstanden sein? Vor zehntausend Jahren? Dreißigtausend? Ich hatte das Gefühl, eine große Entdeckung gemacht zu haben. Vielleicht hatte vor mir noch niemand diese uralten Kunstwerke gesehen. Vielleicht waren alle anderen von Furcht und Aberglaube fern gehalten worden.

Meine Gedanken überschlugen sich, während ich die Malerei betrachtete. Besonders ein Bild musterte ich eingehend. Es mochte einen Elefanten darstellen. Nur in Umrissen. Aber in der Mitte des Körpers war eine winzige Spirale, die wie ein Schneckenhaus, eine zusammengeringelte Schlange oder ein aus dem Weltall gesehener Hurrikan im Golf von Mexiko aussah. Scheiße, Mann, was war das? Die Eingeweide? Das Herz? Die Seele? Warum eine Spirale? Als ich mir andere Tiere und Menschen an der Wand ansah, stieß ich auf dieselbe Spirale.

Jemand hatte das getan. Jemand hatte vor langer, langer Zeit an derselben Stelle gestanden wie ich jetzt und diese Bilder gemalt. Ich versuchte sie mir vorzustellen, behaart und wild, wie sie den Finger in bunte Pflanzenfarbe tauchten. Wie stark waren ihre Arme? Wie geschickt waren ihre Hände? Blitzten ihre Augen beim Malen? Was zum Teufel

sahen sie bloß in dieser verdammten Spirale? Eins war mir klar. Sie hätten mir die Fresse poliert, wenn sie mich beim Rumschnüffeln in ihrer Höhle erwischt hätten. *Was, wenn sie noch da waren?* In den Schatten lauerten und nach einer Keule tasteten?
Der zischende Dampf wurde von einer Stimme übertönt. Blankes Entsetzen packte mich. Sofort bereute ich, die Höhle in Unterwäsche betreten zu haben. Es war eine Männerstimme, bedrohlich und erwachsen. Es war nicht Sedekia. Sie sprach eine Fremdsprache. Meine Blicke schossen herum. Schließlich sah ich in einer Ecke ein Paar Sandalen vorstehen. Sie waren mit einer Art schwarzen und roten Bändern verziert. Mein Gott. Irgendwer oder *irgendwas* war die ganze Zeit da gewesen und hatte mich beobachtet. Es saß im Finstern, und ich konnte nur Sandalen und dunkle Beine sehen. Ich stand einen Augenblick da, entsetzt und desorientiert. Ich hatte keinen blassen Schimmer, was ich machen sollte.
Ich wich langsam zum Höhleneingang zurück. Die Stimme in der Ecke sagte wieder etwas. Wieder war es eine Fremdsprache, aber eine andere als beim ersten Mal. Es klang wie Italienisch, aber ich kann kein Italienisch. Dann folgte Russisch. Dann Französisch. Ich verstand die Worte *liberté* und *la mort*. Freiheit und Tod. Ich beschloss zu antworten.
»Je m'appelle Richard, non parle français.«
Keine Antwort.
Es war beängstigend. Aber es war auch sehr frustrierend. Ich hatte das Gefühl, dass er mit mir spielte. *Sprich gefälligst Englisch, du beschissener Höhlenmensch.*
Nach etwas, das Spanisch gewesen sein mochte, brachte die Stimme englische Brocken heraus.
»Du suchst Wahrheit hier. Du suchst Freiheit. Aber du stinkst nach Tod und Lügen. Verlass Afrika. Eure Leben sind in Gefahr.«

Ich trat ein paar Schritte vor. Das war zu intensiv, um jetzt zu gehen. Egal was in dieser Höhle steckte, es musste sehr weise sein. Und sehr mächtig. Die Höhle glühte. *Hat Moses sich so gefühlt?* Meine Arme überlief eine Gänsehaut, und meine Kopfhaut kribbelte.

»Wer sind Sie?«, fragte ich.

Keine Antwort. Die Beine in den Sandalen verharrten völlig ruhig. Ich versuchte zu erkennen, was sich oberhalb der Hüften befand, aber der Teil lag im Schatten. Ich glaubte, den Umriss eines Kopfes zu erkennen, der für einen Menschenkopf zu groß und zu lang aussah. Ich wusste nicht, was ich machen sollte, also tat ich das, was ich in Anwesenheit einer solchen Macht für geboten hielt. Ich kniete mich vor ihn hin.

»Was ist der Sinn?«, fragte ich.

Etwas anderes fiel mir nicht ein. Ich kam mir bescheuert vor. Die Stimme in den Sandalen mochte die Frage noch weniger als ich.

»Verschwinde!!«, brüllte sie.

Die Lautstärke brach mir fast die Knochen. Ich glaubte zu sehen, wie mir die Haare zu Berge standen, die Zähne ausfielen und wie meine Haut platzte. Ich stolperte zurück und platschte durch das Bächlein in der Höhlenmitte. Es war blutrot geworden. Das Wasser, das von der Decke tropfte, hatte dieselbe Metamorphose durchgemacht. Aber es tropfte nicht mehr. Es prasselte. Es war klebrig und warm. Es regnete Blut. Überall roch ich den stechenden Kupfergeruch von Blut. Mir wurde fast schlecht. Von dem Platzregen war ich klatschnass. Etwas huschte auf allen vieren am Rand der Höhle entlang. Da nahm ich Reißaus.

Auf dem Weg nach draußen sah ich etwas, das mir beim Hineingehen entgangen war. In einer Ecke lagen aufgestapelte Menschenschädel. Ich durchquerte wieder den

Dampf und tastete mich aus der Höhle hinaus. Ich wollte mir das Blut von den Armen und aus dem Gesicht wischen, aber da war nichts.

Sedekia wartete in der Nähe des Eingangs. William und Tom standen etwas weiter unten. Alle sahen sehr besorgt aus. Ich muss ziemlich wild gewirkt haben.

»Alles in Ordnung?«, fragte Sedekia.

Mit weichen Knien stolperte ich durch den Schiefer der Felswand hinab.

»Er hat mich gewarnt; ich soll Afrika verlassen«, flüsterte ich für den Fall, dass das Ding in der Höhle sehr gute Ohren hatte.

»Dann musst du auf der Stelle fort«, sagte Sedekia.

»Wer ist das da drin?«

»Krokodilmann. Er ist halb Mensch, halb Krokodil.«

Ich wollte nicht fragen …

Welche Hälfte ist Krokodil?

Die obere. Die Hälfte, die du nicht gesehen hast.

Aha.

»Was zum Teufel hat er da drin zu suchen?«

»Er hütet die Toten«, sagte Sedekia. »Unsere Väter haben uns gelehrt, die Höhle niemals zu betreten. Ich wollte dich warnen. Du darfst es niemandem im Camp erzählen. Ich bekomme sonst große Schwierigkeiten.«

»Keine Angst, ich halt den Mund. Aber den Mist, dass er ein halbes Krokodil ist, kauf ich dir nicht ab. Das ist bloß Aberglaube«, sagte ich und versuchte wacker wie ein rationaler, normaler Weißer aus der Mittelschicht zu klingen. Es wäre vermutlich überzeugender angekommen, wenn meine Stimme nicht so gezittert hätte.

Wir gingen zu William und Tom hinab. Sie sahen mich ängstlich an und hielten Abstand. Es schien, als wäre ich plötzlich verseucht. Ich hatte gedacht, sie würden mich als Helden ansehen, weil ich es gewagt hatte, einen Vorstoß in

die Höhle zu unternehmen, aber sie sahen mich an, als wäre ich ein Narr.
»Wir gehen lieber zurück«, sagte Sedekia. »Es wird spät.«
Ich zog mich an, und wir machten uns auf den Rückweg. Ich reihte mich wieder hinter den dreien ein. Sie unterhielten sich in ihrer Muttersprache. Manchmal warf mir einer von ihnen einen kurzen, nervösen Blick zu.
Ich versuchte mich davon zu überzeugen, dass ich in der Höhle die Stimme eines Menschen gehört hatte. Ein kauziger Stammesangehöriger, der viele Sprachen konnte und eine echt tiefe Stimme hatte, aber trotzdem ein Mensch. Kein Zauberer. Auch kein Weissager. Und schon gar kein Inselgott, der halb Mensch und halb Krokodil war. In keiner Weise. Die Jungen sind jung und abergläubisch.
Allerdings habe ich das Gesicht des Kerls nicht gesehen, also werde ich es nie genau wissen.
Das Erlebnis in der Höhle jagte mir weit weniger Furcht ein als die Reaktionen der Jungen. Sie hatten Angst um mich. Und die Warnung, Afrika zu verlassen – die hing in der Luft wie der Geruch nach Schießpulver. Die Warnung galt nicht nur mir. Krokodilmann hatte »eure Leben« gesagt. Ich redete mir ein, das hätte nichts zu bedeuten. Aber mir ging die Düse.
Wir entfernten uns von den heißen Quellen und gingen einen Python anschauen, den die Jungen vor vier Tagen getötet hatten. Es war eine riesige Schlange. Bestimmt sechs Meter lang und sechzig Zentimeter Durchmesser. Ich wüsste ja zu gern, wie diese Jungen eine solche Schlange mit ihren kleinen Speeren erlegt hatten. Ich hätte fragen sollen. Maden und Fliegen waren schon über sie hergefallen. Erst wollte ich ihnen von den Fröschen erzählen, die meine kreischenden Freunde und ich in einem Teich in der Nähe von unserem Haus gefangen hatten, aber dann fand ich es grausam, sie bloßzustellen. Sie waren schließlich noch Kinder.

Nachdem wir den Python hinter uns gelassen hatten, trafen wir alle möglichen Eingeborenen, die sich von Mutter Erde ernährten. Ich meine, als wir vorbeikamen, ernährten sie sich nicht von Mutter Erde. Da spazierten sie einfach bloß herum.

Alle waren freundlich und begrüßten uns mit dem üblichen »Jambo«. Alle kannten Sedekia und die Jungen. Sedekia wirkte nervös. Als hätte er Angst, sie könnten schon erfahren haben, dass ich in die Höhle gegangen war. Sie war wahrscheinlich eine heilige Grabstätte, ganz wie Sedekia gesagt hatte. Vielleicht wären sie böse geworden und hätten mir einen Giftpfeil in den Hals geschossen. Oder einfach eine Tracht Prügel verpasst.

Wir kamen an ein paar atemberaubend schönen Eingeborenenmädchen mit nackten Titten und so vorbei. Ich hätte ja allzu gern eine von ihnen flachgelegt, aber bei dem Gedanken an rachsüchtige Ehemänner mit Macheten verging mir die Lust.

Diese Mädchen hätten wohl auch den Teufel getan, mit mir zu schlafen. Ihre Ehemänner waren wahrscheinlich Weltklasseliebhaber.

Wir machen Pause auf einem Felsen, und ich bin bei der dritten Zigarette. *Fertig mit den Nerven, Richard?*

»Reist ihr ab?«, fragte Sedekia.

Ich ärgerte mich, dass er die Worte des Krokodilmanns so ernst nahm.

»Meinst du, wir sollten?«, fragte ich.

Sedekia nickte.

»Also, im Westen gibt's Leute, die laufend irgendwas vorhersagen, und die haben so gut wie nie Recht.«

Sedekia sah mich mit traurigen Augen an. Ich wusste, was er dachte. *Die Leute im Westen sind nicht Krokodilmann. Er hat sich noch nie geirrt.* Ich erinnerte mich daran, dass er acht Jahre alt war. Mit acht Jahren hatte ich noch an den Weihnachtsmann, den Osterhasen und Monster unter dem Bett geglaubt. Aber ich fing ja auch Frösche, und Sedekia erlegt Pythons.

18:10 Uhr Die Jungen hatten schon Hummeln im Hintern, weil wir so lange herumsaßen, aber ich musste erst den Kopf frei bekommen, bevor ich ins Camp zurückkehren konnte. Schließlich wird man nicht jeden Tag von einem Krokodilmann verflucht.
Wir waren seit etwa zehn Minuten wieder unterwegs, als uns ein Bote vom Camp entgegenkam. Er war außer Atem und gab mir einen Zettel. Ich faltete das handbeschriebene Blatt auseinander:

Deine Mutter macht sich Sorgen, Du könntest dich verirrt haben, und hat mich gebeten, eine Suchmannschaft loszuschicken. Bitte komm schnell zurück und rette die Lage.
Beverly – Manager

Ich sah auf die Uhr. Es war 17:30, und die Sonne ging erst in einigen Stunden unter. *Worüber machte sie sich verdammt noch mal jetzt schon wieder Sorgen?* Ich sagte den Jungen, wir müssten uns beeilen. Mom musste wieder ausgeflippt sein. Armer Dad.
Als wir an der Umzäunung vom Camp ankamen, winkten Sedekia, William und Tom zum Abschied. Ich sah ihnen nach, als sie in ihre Welt zurückkehrten. Eigentlich hätte ich sie gern begleitet. Sedekia sah sich im Weggehen noch einmal um und warf mir einen letzten besorgten Blick zu. *Danke, Sedekia.*
Im Camp ging ich sofort ins Zelt von Mom und Dad. Mom lag auf dem Bett und zitterte. Sie sah aus, als hätte sie eine gewischt bekommen. Ihr Gesicht war vom vielen

Weinen aufgedunsen. Dad saß ausgelaugt in einer Ecke. Ich setzte mich zu ihr aufs Bett, und sie umklammerte meine Hände.
»Gott sei Dank, du lebst«, sagte sie.
»Es geht mir prima, Mom. Ich habe eine Inselwanderung gemacht. Weiter nichts.«
Dads heisere Stimme erklang monoton aus seiner Zeltecke. Wahrscheinlich hatte er ihr drei Stunden lang klar zu machen versucht, dass es mir prima ginge. »Sie hat geglaubt, du wärst in der Hitze umgekippt und von deinem Führer im Stich gelassen worden.«
»Ich hab gedacht, du wärst tot, Richard«, platzte sie heraus. »Ich weiß gar nicht, was ich dann gemacht hätte.«
»Mom, es geht mir prima. Ich bin nicht tot.«
Von der Wanderung hatte ich furchtbaren Durst. Ich entdeckte einen Kübel mit geschmolzenen Eiswürfeln. Mein Durst war so groß, dass ich das Wasser direkt aus dem Kübel trank. Niemand sagte etwas.
Dad musste einen scheußlichen Nachmittag gehabt haben. Und Mom auch. Ich war müde, aber sie sahen geschlaucht aus. Fix und fertig.
»Tut mir Leid«, sagte ich.
»Du kannst ja nichts dafür«, sagte Dad.
Ich wusste, dass ich nichts dafür konnte. Es tat mir nur Leid, dass er einen Scheißnachmittag hinter sich hatte, war aber zu müde, ihm das zu erklären.
»Deine Mutter hatte wieder Panikattacken. Diesmal ziemlich schlimme.«
Dad redete, als wäre sie gar nicht da. Als ich sie ansah, merkte ich, dass das auch stimmte. Ich versuchte ihr zu erklären, dass ich mit meinen drei Führern absolut sicher gewesen war, aber ihre Augen sahen mit fast unfassbarer Verzweiflung durch mich hindurch.
Mom ist im Moment buchstäblich wahnsinnig. Sie ist of-

fenbar in derselben Verfassung wie damals, als sie die Überdosis nahm.
Ihre Augen! Mein Gott, die sind einfach Furcht einflößend. Ich sitze auf dem zweiten Bett und sehe sie an. Ich muss leider zugeben, dass mich ihr Zustand nicht sehr beschäftigt. Mich beschäftigt mein Zustand. Ihre Augen sind zwei wilde schwarze Strudel. Wie lange kann ich sicher am Rand stehen, ohne hineingesogen zu werden? Ich kann sie nicht ansehen und den Scheiß hier schreiben. Das ist voll krank. Ich bin krank.
Dad ist zu ihr rübergegangen und hat sich über ihr Bett gebeugt. »Möchtest du nach Hause?«, hat er sie sanft gefragt.
Mom starrt ihn mit verkrampften Fingern an. Er hat sie gerade noch einmal gefragt, aber keine Antwort bekommen. Jetzt gibt er mir durch ein Nicken zu verstehen, dass ich ihn nach draußen begleiten soll.

18:35 Uhr Ich war fest überzeugt, er wollte mir draußen bloß sagen, dass wir nach Nairobi zurückführen.
»Was hältst du davon?«, fragte er.
Ich wusste nicht, was ich davon halten sollte. Ich hatte eine Gänsehaut. Ihr Wahnsinn war mir in die Knochen gefahren. Und ich war sowieso noch etwas wirr von der Begegnung mit dem Krokodilmann.
Ich sagte das, was jeder Feigling sagt, wenn er die Verantwortung auf andere abwälzen möchte. Auf Ältere und Weisere. »Weiß ich nicht.«
»Ich finde, wir machen noch einen Tag weiter und schauen mal, wie's ihr geht.«
Ich sagte nichts, aber er muss mir angesehen haben, dass ich das für einen Fehler hielt.
»Ich möchte diese Safari nur abblasen, wenn es gar nicht anders geht«, knurrte er. »Das ist kein Sonntagsausflug in die

Berge, Mann. So eine Chance bietet sich nur ein Mal im Leben. Du kommst hier nie wieder her und ich auch nicht.«
Ich nickte nur. Ich wollte die Entscheidung nicht mittragen. Ich bin nur zum Vergnügen mitgekommen. Er suchte in meinem Gesicht nach Zeichen der Zustimmung. Ich gab ihm keine. Ich fühlte mich mies. Er wollte, dass ich ihm auf die Schulter klopfte oder wenigstens nickte und sagte, ich stünde jederzeit hinter ihm. Aber ich stand nicht hinter ihm. Und ich stehe auch nicht mehr hinter Mom. Ich spüre, wie mich etwas von ihnen wegzieht. Ich bin kein Sohn mehr. Nur noch ein Reisender. Ein Fremdling. Ein schäbiger Reporter. Der beobachtet und beschreibt, wie diese Familie langsam in die Brüche geht.
Am Schluss des Gesprächs kam Beverly dazu. Ihr üppiger Vorbau wippte unter ihrem Sweater, und ich schwöre, ich konnte zwei harte Nippel durch den Stoff stoßen sehen.
»Na, alles wieder in Ordnung?«, fragte sie.
»Alles prima«, sagte Dad.
Was er doch für ein guter Lügner war. Beverly merkte, dass ich ihre Brüste anstarrte. Sie lächelte. Sie hatte eine große Lücke zwischen den vorderen Schneidezähnen. Ich hätte ihr gern gesagt, sie solle das Lächeln lassen. Es machte alles kaputt.
»Dann bist du da draußen also nicht aufgefressen worden?«, fragte sie mich.
Beverly hatte nicht die geringste Ahnung von Geisteskrankheiten. Für sie war das alles irgendwie komisch. Mom war zum Schießen ... ihre Überreaktion und so ... bruhaha. Aber ich konnte ihr das nicht übel nehmen. Sie verstand es nicht. Außerdem hätte ich ihr in dem Moment überhaupt nichts übel nehmen können. Ich war zu geblendet von ihren Titten. Sie hätte mich bitten können, einen Präsidentschaftskandidaten zu erschießen, und ich hätte pariert.
»Es war einfach toll. Sedekia ist ein fantastischer Führer.«

Das hörte sie anscheinend gern. Ich freue mich, dass ich ein gutes Wort für Sedekia eingelegt habe. Ich bin immer so verdammt egoistisch. Ich denke nie an andere. Beverly sagte, falls wir etwas bräuchten, wäre sie im Büro.
Dad entschuldigte sich für alle Unannehmlichkeiten. Das tat sie mit einem fröhlichen Lachen ab und bekräftigte noch einmal, wenn wir etwas bräuchten, sei sie im Büro. *Wollte sie mich anmachen?* Warum sollte sie sonst zwei Mal betonen, wir könnten etwas brauchen, und mich beide Male ansehen? Das wäre nicht nötig gewesen. *Sie will mich.* Oder machen das alle Manager so?
Ich bin wieder in meinem Zelt und habe gerade ein Kawumm geraucht. Ich bin froh, dass Dad entschieden hat weiterzufahren. Ich schäme mich, es zuzugeben, aber ich bin ganz schön neugierig, wie es mit Mom im Laufe der Reise weitergeht. Außerdem müssen wir im Moment gar nicht weiterfahren. Der Zeitplan der Safari sieht vor, dass wir ein paar Tage in Baringo bleiben, also brauchen wir uns nicht vom Fleck zu rühren. Ich stelle sie mir schon manchmal tot vor und frage mich, wie ich mich dann wohl fühle. Das kann die Tragödie meines Lebens doch nur steigern. *Ja, Richard, das Ganze ist nur eine Vorstellung, die deiner Unterhaltung dient. Arschloch.*

21:42 Uhr Ich hatte der Verwaltung Bescheid gesagt, dass ich vor dem Abendessen gern duschen würde. Ich fühlte mich wie ein englischer Adliger. *Du da … ja, du, das Männchen, das Däumchen dreht … hol mir doch mal etwas Wasser, es geruht mich zu baden.* Statt einem kleinen Männchen kam aber das große Mädchen. Ich war schon im Bademantel, als ich Beverly rufen hörte, das heiße Wasser sei da.
Ich hätte im Zelt bleiben können, während sie den Bottich füllte, aber das fand ich langweilig. Ich war richtig geil auf

sie. Ich ging hinaus und spazierte um mein Zelt herum. Sie war fast fertig, als ich an der Ecke auftauchte. Sie lächelte wieder. *Nicht lächeln, Herrgott noch mal! Oder lass dir die Zähne richten!*

»Wahrscheinlich kannst du es kaum erwarten, nach der langen Wanderung unter die heiße Dusche zu kommen.«

Wenn ich richtig geil bin, verliere ich die Fähigkeit, Sätze mit mehr als zwei Wörtern zu bilden. »Ja, genau«, sagte ich.

»Du musst ja ganz verspannt sein. So. Alles fertig. Viel Vergnügen.«

»Ja, genau.«

Sie ging. Ich wartete, bis sie an mir vorbei war, zählte bis drei und ließ den Bademantel fallen. Eigentlich konnte sie noch nicht hinter dem Zelt verschwunden sein. Ich hoffte inständig, sie würde einen Blick über die Schulter werfen, um mich nackt zu sehen. Aber ich sah ihr nicht nach, weil das zu offensichtlich gewesen wäre.

Ich drehte mich erst um, als ich die Dusche anstellte. Beverly war nirgends mehr zu sehen. Seufz. Ich hatte insgeheim gehofft, sie würde mit bebenden Brüsten dastehen und mit hoffentlich geschlossenen Lippen lächeln.

Das heiße Wasser lief mir über die Schultern und machte mich schläfrig. Im Nachhinein fand ich es idiotisch, dass ich den Bademantel fallen gelassen hatte. Die meisten Männer balzen mit Sprüchen, einem Lächeln oder fesselnden Gesprächen. Ich versuch's mit Exhibitionismus.

Ich hatte nicht erwartet, Mom beim Abendessen zu sehen, aber sie kam. Und es schien ihr besser zu gehen. Sie war richtig gesprächig. Langsam steht mir das bis oben hin. Ich stelle mich darauf ein, sie mit Samthandschuhen anzufassen, und sie kommt zum Abendessen, als wäre nichts gewesen. Mir wäre es lieber, sie könnte sich mal entscheiden. *Wenn du verrückt sein willst, bitte schön, dann sei verrückt.* Aber heute Abend war sie nicht verrückt.

Nach Dads Aussehen zu schließen, dachte er dasselbe. Aber er verstellte sich nicht, und seine Stimmung sank auf den Nullpunkt.

Ich finde diese Dynamik frustrierend. Wenn Mom mies drauf ist, ist Dad gut drauf. Wenn Mom gut drauf ist, ist Dad mies drauf. Was wäre wohl, wenn beide zufällig gleichzeitig gut drauf wären? Wie die meisten Eltern. Oder noch besser, was wäre wohl, wenn beide gleichzeitig mies drauf wären? Also, das würd ich ja zu gern mal sehen. Zwei Tiefdruckgebiete, die überm Tisch zusammenstoßen.

Dad war während des ganzen Essens sehr einsilbig. Er kam schon genervt an und ging, kaum dass er aufgegessen hatte. Der ist manchmal so kindisch. Wenn er sich so aufführt, hat er bei mir echt verschissen. Das ist so verdammt selbstsüchtig!

»Weißt du noch, wie du dir den Arm gebrochen hast?«, fragte Mom.

Ich nickte. Da war ich etwa sieben gewesen.

»Ich wollte vom Müllverbrenner bis zum Wäschepfahl springen«, sagte ich.

»Und du bist weinend ins Haus gekommen. Mir hätte sofort klar sein müssen, dass etwas nicht stimmte, weil du sonst nie geweint hast. Nicht mal als Baby. Du warst so ein tapferer kleiner Junge.«

»Und du hast ›heile, heile Segen‹ gemacht.«

Mom lachte. Ein echtes Lachen. Fast alle Ängste waren aus ihrem Gesicht verschwunden. Sie sah wunderschön aus.

»Und geschwant hat dir erst was, als ich ein Bild nach Hause brachte, das ich in der Schule zu zeichnen versucht hatte.«

»Und du hast immer so schön gezeichnet.«

»Im Gegenteil, aber dieses Bild war noch schlechter als sonst, weil ich das Blatt nicht mit der linken Hand festhalten konnte.«

»Und da ist es mir wie Schuppen von den Augen gefallen.«
»Und du bist endlich mit mir zum Arzt gegangen. Zwei Tage nachdem ich mir den Arm gebrochen hatte.«
»Und der Arzt hat mir nicht geglaubt. Er glaubte, ich hätte dich geschlagen. Er wollte von dir wissen, was passiert sei, und als ich mich eingeschaltet habe und es ihm erklären wollte, hat er mir den Mund verboten. Er wollte es von dir hören.«
»Daran kann ich mich nicht erinnern.«
»So war es aber.«
Ich trank einen Schluck Kaffee.
»Tut mir Leid, dass du heute Nachmittag so aufgelöst warst.«
Ich dachte, sie würde mich genauso erstaunt anschauen wie gestern Abend. *Aus der Fassung? Ach, Richard, du Dummerjan.* Aber sie reagierte anders. Schlimmer. Das Lächeln verschwand. Der Fuß fing wieder an, auf und ab zu wippen.
Ich fühlte mich wie ein Mörder. Fünf Minuten lang hatte sie in Erinnerungen schwelgen können, und dann musste ich mit dem hässlichen Kadaver von heute Nachmittag ankommen und ihn auf den Tisch werfen.
Ich suchte verzweifelt nach einer positiven Bemerkung. Der Wald war abgebrannt, aber ich wollte ihr zeigen, dass etwas überlebt hatte. Es musste ja nicht gleich eine wilde Rose sein. Ein Löwenzahn tat es auch.
»Es macht nichts, weißt du«, sagte ich. »Ich habe mich … irgendwie gefreut … als ich gehört hab, was ich dir bedeute.«
»Hast du gedacht, du bedeutest mir nichts?«
»Das hab ich doch gar nicht gesagt.«
»Du warst überrascht.«
»Warum machst du das?«
»Was?«

Sie sah mich ganz seltsam an. Die Nähe zwischen uns war weg. Ihre Augen sahen ins Leere. Sie saß wieder unter den Vögeln im Garten vom Norfolk.
»Ich habe dich enttäuscht, Richard. Ich war eine lausige Mutter.«
»Nein, das warst du nicht«, sagte ich wider besseres Wissen.
Sie strauchelte. Ich war kein guter Wanderkamerad. Ich hatte ihr nicht die Hand gereicht. Sie saß da und wartete darauf, dass ich sie unterstützte und ihr sagte, was für eine wunderbare Mutter sie gewesen war. Aber etwas schnürte mir die Kehle zu. Warum zum Teufel kann ich ihr nicht einfach sagen, dass ich sie liebe und … einfach so? Sie saß da wie ein Hund, dem man versprochen hat, man werde mit ihm Gassi gehen, den man mit der Leine gelockt und dann sitzen gelassen hat. Mom stand auf und ging. Und jetzt muss ich weinen.
Der Strom wird angeblich um elf abgestellt, also hör ich lieber auf zu schreiben. Ich hab zwei oder drei Moskitos im Zelt, die hier Krach machen. Mann, sind die laut. Vielleicht kann ich doch nicht schlafen.

Dienstag, 16. August
7:53 Uhr
Lake Baringo Camp
Zelt 7
Kenia, Afrika

Ich bin heute Morgen um sieben aufgewacht. Vielleicht sollte ich lieber sagen, dass Dad um sieben mit einer Tasse Kaffee vorbeikam. Er brachte einen ganzen Haufen Selbst-

mordutensilien aus Moms Tasche mit – Einmalrasierer, Nagelschere, Nagelfeile, Taschenspiegel, sogar einen Kugelschreiber –, alles, womit sich Mom die Adern aufstechen oder -schlitzen könnte. Er brachte sogar ihre Angstpillen mit, weil er kein Risiko eingehen wollte.
Ohne Scheiß. *Warum zum Teufel fahren wir dann nicht nach Nairobi zurück?* Aber ich hab natürlich die Klappe gehalten. Das muss sich von allein ergeben. Vielleicht möchte er, dass sie stirbt. Vielleicht kann ich ein paar von den Angstpillen schlucken, wenn mir die Drogen ausgehen.
Ich hab mir gerade zwei Hits Haschöl gegönnt. Bin richtig gut drauf. Ich bin auch echt geil, will aber erst noch zu Ende schreiben.
Die Nacht war schauderhaft. Der Strom wurde, wie angekündigt, um elf abgeschaltet, und ich saß im Dunklen. Ich redete mir ein, die Eingeborenen hätten die Kabel durchgeschnitten und pirschten sich heran, um uns zu massakrieren. Gottlob hab ich auf dem Spaziergang mit Sedekia keine von den Eingeborenenfrauen angebaggert, an denen wir vorbeigekommen sind. Sonst hätt ich noch mehr Anregungen für meine Fantasien von Macheten und abgehackten Gliedmaßen gehabt.
Ich konnte nicht einschlafen. Da war eine immer wiederkehrende Szene, die ich einfach nicht loswurde. Es ging dabei um einen Albtraum, von dem Mom mir vor vielen Jahren erzählt hat. Sie war in einer Hochhauswohnung, hörte ein Stöhnen und trat auf den Balkon. Unten auf dem Boden stand Jesus Christus in Ketten und schrie um Hilfe. Sein Gesicht war schmerzverzerrt, und er machte Mom Zeichen, sie solle runterkommen. Ich stellte mir vor, wie Moms Jesus über die Seeoberfläche auf mein Zelt zugestolpert kommt. Dass ich kein Licht machen konnte, verstärkte meine Ängste noch.

Das Schlimmste an letzter Nacht kam, als ich pissen musste. Ich lag eine halbe Stunde da, bevor ich den Mut aufbrachte. Kein Gedanke daran, zur Toilette hinter dem Zelt zu gehen. Ich schlug nur eine Zeltklappe zurück, hielt meinen Pillermann raus und pisste auf die kleine Veranda. Ich stellte mir abwechselnd eine Machete vor, die mir das Glied abhackte, und Jesus, der dastand und mit seinen Ketten rasselte, und da dauerte es natürlich eine Ewigkeit, bis ich pissen konnte. In der einen Nacht paddle ich über einen See, in dem es von Krokodilen nur so wimmelt, in der nächsten schaff ich's nicht mal, aus dem Bett zu steigen und aufs Klo zu gehen.

O Mann, gerade ist mir mein Traum wieder eingefallen. Ich war im Halbschlaf und spürte heißen, fauligen Atem im Gesicht. Ich wusste, dass mich irgendein entsetzliches Biest anatmete. Dann tropfte mir etwas auf die Brust. Ich glaube, es war Speichel, aber ich wagte nicht hinzuschauen. Endlich hörte das Atmen auf, und ich hörte, wie etwas von meinem Feldbett wegkroch. Ich wartete, bis nichts mehr zu hören war, und zählte dann bis zwanzig. Als ich schließlich die Augen öffnete, sah ich einen Schatten vor meinem Zelt vorbeigleiten. Die Silhouette des Kopfes hatte eindeutig die Form eines Krokodils.

Der Freak aus der Höhle ist mir ins Gehirn gekrochen, und das gefällt mir gar nicht. Aber vielleicht war es ja auch gar kein Traum. Kann ich sicher sein, dass ich den Schatten gesehen habe, bevor ich aufgewacht bin? Am Arsch, Mann. Es war ein Traum. Krokodilmann war nicht in meinem Zelt.

Dad hat gerade gerufen. Ich geh lieber und frag, was los ist.

8:20 Uhr Dad wollte, dass ich auf die Veranda komme, um mir zwei eingeborene Fischer anzuschauen, die ihr

Boot über die ruhige Wasseroberfläche paddeln. Sie sangen. Dad lächelte gerührt, was meistens ein Zeichen dafür ist, dass er getrunken hat.

»Darum machen wir diese ganze Reise«, sagte er. »Genau darum.«

Er trank einen Schluck Kaffee und gab sich ganz seinen Gefühlen hin. Es war ganz nett, lohnte aber nicht das Gesicht, das er dazu machte. Es ist schwer, etwas zu würdigen, wenn ein anderer es total überbewertet.

»Für sie hat sich nichts verändert«, sagte er. »So fischen sie seit Anbeginn der Zeiten.«

»Müssen ja müde sein«, sagte ich.

Vater und Sohn genießen stille Erhabenheit. Vater öffnet sich Erhabenem. Sohn veräppelt Erhabenes. Vater schlägt Sohn krankenhausreif.

Dad hatte die Bemerkung wohl nicht mitbekommen oder überhörte sie, jedenfalls lächelte er weiter wie bekloppt. Er trank seinen Kaffee aus und ging.

»Zieh dich an, wir wollen bald los.«

»Nairobi?«

»Nicht heute.«

Wir wollen am Vormittag einen Eingeborenenstamm besuchen, der auf einer Nachbarinsel lebt. Vielleicht werden wir in großen schwarzen Töpfen gekocht und dann gefressen. Ich bin ein widerlicher Rassist. War zu lange auf dem Ölfeld. Muss mein Leben ändern.

13:51 Uhr Ich sitze auf meiner Veranda, höre Musik und schaue zu, wie die Eisvögel in den dunkelblauen Fluten nach Fischen tauchen. Ahhhh! Zu schade, dass Dad nicht da ist, mein Gesicht sehen und mein Entzücken veräppeln kann.

Wir sind mit einem Motorboot zu dem Eingeborenenstamm gefahren. Unterwegs haben wir Babykrokodile und

einen Affen in einem Baum gesehen. Das Boot war echt schnell. Mom schwitzte Blut und Wasser. Dad hätte den Fahrer bitten können, langsamer zu fahren, aber wahrscheinlich hatte er seinen perversen Spaß daran, wie sie sich mit den Händen am Bootsrand festklammerte. Sie murmelte etwas von Ertrinken und Seuchen. Das meiste war aber kaum zu verstehen, weil der Motor echt laut war.
Kurz vor der Insel des Stammes fuhren wir durch einen Sumpf mit exotischen Vögeln und Seerosen. Als ich so im Boot dahinglitt, nackt auf einem Stein saß, den Kopf vorgebeugt, das Kinn in der Hand ruhend, kam mir der Gedanke, dass die Seerose ein gutes Symbol der Aufklärung ist. Die Blüte (der Himmel) schwimmt auf der Wasseroberfläche in der Sonne. Der Stängel, der die Blüte trägt und nährt, reicht tief ins Wasser hinab und wurzelt im Schlamm (der Hölle) am Grund des Sees. Fazit: Man muss in der Hölle gewesen sein, um den Himmel zu erfahren. Schlamm hab ich ganz gut im Griff. Von Blumen hab ich keine Ahnung.
Tagebuchnotiz: Ich muss aufhören, über alles, was ich sehe, gleich ins Philosophieren zu kommen. Das kotzt selbst mich an.
Mom hatte gute Laune, als wir die Insel erreichten. Sie war anscheinend erleichtert, aus dem Boot steigen zu können. Ich sah sie tief Luft holen. Der eine Atemzug machte sie zehn Jahre jünger.
Am Strand wurden wir von einem Freund erwartet.
»Ich dachte, wir würden Sie erst auf dem Festland wiedersehen«, sagte Dad.
»Ich habe Freunde auf der Insel«, sagte Gabriel. »Dachte, es könnte interessant sein, wenn ich dabei bin.«
Dad behandelt die Leute manchmal total scheiße. Er hätte Gabriel sagen können, das sei ja eine nette Überraschung, ihn zu sehen. Aber der Ton seiner Bemerkung verriet, dass

er sich nicht freute. Ich hätte Gabriel gern erklärt, das hieße nicht, dass Dad ihn nicht mochte. Aber sein Erscheinen stand für heute einfach nicht auf dem Programm.

Wir ließen das Boot am Strand liegen und gingen hinter Gabriel her. Man merkte, dass er nervös war – sein vertrauter, federnder Gang war dem eines steifen und unbeholfenen Hochstaplers gewichen. Ich könnte mir denken, dass er so ausgesehen hat, als er in London in seine Medizinseminare gelaufen ist.

Gabriel führte uns ins Dorf, eigentlich nur eine Ansammlung primitiver Hütten. Er schien hier jedermann zu kennen. Ein kleines, vielleicht vierjähriges Mädchen kam direkt auf Mom zu und hielt ihr die Hand hin. Es hatte große Augen, eine Rotznase und ein schmutziges Gesicht. Mom ergriff seine Hand bereitwillig, geradezu zwanghaft. Mir schossen Tränen in die Augen. Warum schaffte ihr Mann oder ihr Sohn keine solche Geste? Kaltblütige Arschlöcher.

Ich sah noch ein bekanntes Gesicht. Sedekia. Er lächelte und winkte.

»Sedekia möchte mit den Männern fischen gehen«, sagte Gabriel.

»Das find ich super«, sagte Dad und sah, wie das kleine Mädchen Mom wegzog. »Und was ist mit Janet?«

»Ich kann mich um sie kümmern«, bot Gabriel an.

Dad schüttelte den Kopf und machte mit den Händen eine abwehrende Geste, als wäre das der absurdeste Vorschlag, den er seit langer Zeit gehört hätte. »Ausgeschlossen.«

»Vielleicht kann Richard bei ihr bleiben.«

»Das wäre unfair ihm gegenüber. Janet sollte mitkommen.«

»Das ist nicht erlaubt. Nur die Männer dürfen fischen.«

»Richard, ich bleibe bei Janet, und du kannst fischen gehen.«

Gabriel fing meinen Blick auf und schüttelte ganz leicht den Kopf. Ich hatte keinen blassen Dunst, was hier eigentlich los war, spielte aber mit. »Das Fischen steht mir bis hier. Ein Mal und nie wieder.«
»Hast du nicht gesagt, es hätte Spaß gemacht?«
»Ich war gern auf dem See draußen, aber ich kann's nicht ab, Tiere umzubringen.«
»Mann, bist du ein Weichei«, schnaubte Dad.
Sedekia nickte Dad zu und nahm ihn mit.
Ich drehte mich nach Mom um, sah, wie sie mit dem kleinen Mädchen in einer Hütte verschwand, und ging mit Gabriel hinterher. Wir betraten die Hütte. Irgendwas wurde hier verbrannt, und der Geruch haute mich fast um. Er war wahnsinnig stark. So stark, dass ich Ohrensausen bekam. In einer Mulde sah ich Blätter oder etwas Ähnliches glimmen. Es roch aber auch sehr gut. Mehr als gut. Berauschend. Mom stand am Eingang und ließ die Hand des kleinen Mädchens nicht los. Gabriel ging zu ihr und berührte sie sanft an der Schulter.
»Das ist der Mann, von dem ich Ihnen erzählt habe«, sagte er und deutete auf eine dunkle Gestalt, die reglos am anderen Ende der Hütte saß.
Nach kurzem Zögern ging Mom auf die Gestalt zu. Mir war so schwindlig, dass ich mich an der Wand abstützen musste, um nicht umzukippen. Gabriel bedeutete mir, mich hinzusetzen, wo ich war.
»Was sollen wir hier?«, fragte ich gereizt.
Er lächelte und klopfte mir auf die Schulter. »Wirst du gleich sehen«, sagte er und ging zu Mom.
Als sich meine Augen an das Zwielicht gewöhnt hatten, konnte ich die Gestalt in der Ecke deutlicher erkennen, und mir lief ein Schauer über den Rücken. Es war Krokodilmann. Im ersten Moment wollte ich losstürzen und Mom vor diesem Mann/Wesen retten. Ich lüge. Im ersten

Moment wollte ich nichts wie weg. Im zweiten Moment wollte ich Mom retten.
Ich sah, dass Krokodilmann tatsächlich halb Mensch und halb Krokodil war, aber die obere Hälfte, der Kopf, war eine Maske aus dem Kopf eines echten Krokodils. Das stellte wenigstens ein bisschen Normalität her. Wenigstens war er kein echter »Krokodilmann«.
Moms Gesicht konnte ich nicht sehen. Um Himmels willen, was machte sie da bloß? Setzte sich einfach vor so einen komischen Vogel mit Krokodilmaske. Und wann hatten Gabriel und sie das ausgeheckt? Warum hatte Gabriel mir nichts davon gesagt? Ich hätte die Sache in die Hand nehmen und Mom hier rausholen können, aber ich war von alldem viel zu eingeschüchtert. Ich hoffte, Dad würde bald zurückkommen und die alle fertig machen.
Krokodilmann saß eine Weile da und starrte Mom an. Schließlich sagte er etwas. Gabriel übersetzte. Fast hätte ich von hinten gerufen: *Hey, Krokodilmann! Warum brauchst du plötzlich einen Dolmetscher? Mit mir hast du Englisch gesprochen, du Arschkriecher. Du Mann der vielen Zungen.* Wahrscheinlich sollte der Dolmetscher alles authentischer machen. Oder er konnte die Sprachen, die er in der Höhle benutzt hatte, gar nicht richtig. Wahrscheinlich hatte er nur ein paar Wendungen auf Französisch, Italienisch usw. drauf. Vielleicht sagte er allen Leuten, die seine Höhle betraten, dass sie nach Tod stinken würden und Afrika verlassen sollten.
»Sie haben die Augen der Mystikerin«, sagte Gabriel. »Und haben das Schattenland gesehen. Er sagt, seine Augen wären wie Ihre. Sie sind erwählt, Ihrem Stamm Medizin zu bringen.«
Gabriel sah Krokodilmann an, und der sprach weiter. Gabriel wandte sich wieder an Mom. »Er sagt, dass Sie vor einer großen Entdeckung stehen. Sie müssen glauben,

dass sie kommt. Sie müssen stark sein, weil alles viel schlimmer werden wird, bevor es besser wird.«
Ich fand, der Typ klang wie ein falscher Maharischi in einer unerleuchteten Meditation. *Alles wird schlimmer werden, bevor es besser wird.* Halt mal die Luft an.
Gabriel übersetzte weiter: »Sie dürfen nicht zulassen, dass sich jemand einmischt. Sie werden denen fremd werden, die Ihr Blut teilen, dürfen sich von ihnen aber nicht aufhalten lassen. Sie können auch nicht darauf warten, dass Boten über das Wasser kommen. Lösen Sie Ihre Ketten. Lassen Sie sich fallen. Atmen Sie den Nebel ein. Das Brüllen der Löwen erwartet Sie.«
Ich war wie vor den Kopf geschlagen. Seine Worte. Bilder. Mein Geist. Mom. Jesus. Ketten. Wasser. Speichel. Zelt. Krokodilkopf. Träume, Gedanken und die Wirklichkeit vögelten wild drauflos und bespritzten sich über und über mit heißer Flüssigkeit.
Krokodilmann stimmte einen Sprechgesang an und schlug eine Trommel. Die Klänge waren hypnotisierend.
»Seien Sie bereit«, sagte Gabriel. »Er will Sie auf die andere Seite führen.«
Mom ließ langsam den Kopf sinken. Ich holte ein Kawumm und ein bisschen Hasch aus der Tasche. Das Trommeln war so intensiv. Ich nahm einen langen Zug, dann tippte mir Gabriel auf die Schulter. Ich hatte ihn nicht kommen sehen. »Das ist hier kein Pink-Floyd Konzert, Richard«, sagte er.
Ich steckte das Kawumm weg. Gabriel setzte sich neben mich. Er wiegte sich vor und zurück. Ich fühlte mich wie auf einem LSD-Trip. Der Sprechgesang. Das Trommeln. Ich bewegte meine Hand vor den Augen hin und her und sah Nachbilder – mehrere durchsichtige Hände folgten meiner wirklichen Hand und holten sie ein, wenn ich anhielt. Ich schloss die Augen.

Plötzlich war ich wieder drei Jahre alt und rannte mit einem Luftballon von meiner Geburtstagsfeier auf dem frisch gemähten Rasen vor unserem Haus im Kreis herum. Aber ich hielt die Schnur nicht fest genug. Sie glitt mir durch die Finger, und der Ballon schwebte davon. Ich spürte wieder die Panik, als ich ihm nachjagte und ihn immer höher und weiter in den Himmel steigen sah, bis er nur noch ein winziges Pünktchen war. Ich fing an zu weinen. Er brauchte Fürsorge. Er wusste nicht, was er machen sollte. Ich war so außer mir, dass ich weder mit meinem neuen Fahrrad fahren noch mein Batman-Cape anziehen wollte. Schließlich redete ich mir ein, der Ballon sei in einem fernen Land gelandet und von einem hübschen kleinen Mädchen in meinem Alter gefunden worden, das einen singenden irischen Tonfall hatte, schwarze Haare und dunkle Augen. Ich malte mir aus, wie sie mit meinem Ballon am Strand spazieren ging. Ich wusste, dass ich sie eines Tages heiraten würde.

Die Bilder des Mädchens verblassten plötzlich und fingen Feuer wie ein im Projektor klemmender Filmstreifen. Alles wurde schwarz. Ich spürte, wie ich in warmes Salzwasser eintauchte. Ich hatte mich zusammengerollt. Ich konnte die Augen nicht öffnen. Und doch war ich ruhig. Warm. Sicher. Dann ging etwas schief. Der beruhigende Rhythmus, der in meinen Ohren pulsierte, wurde chaotisch und betäubend. Irgendwas brach in meine warme Welt ein. Ich wollte mich wehren, konnte aber nicht. Ich wurde gestochen, gestoßen und gequetscht. Ich bekam keine Luft mehr. Ich wollte mich nach vorn werfen. Fliehen. Atmen.

Eine dröhnende Stimme holte mich in die Hütte zurück, zurück in den wirbelnden süßen Rauch und das Getrommel.

»Was zum Teufel ist hier los?«

Meine Augen flatterten auf, und ich sah Dad neben Mom

stehen. Sie wälzte sich am Boden, stöhnte, und ihre Hände strichen an ihrem Körper auf und ab. Krokodilmann sang weiter und schlug weiter die Trommel. Dad wuchtete Mom vom Boden hoch, legte sie sich über die Schulter und stürmte aus dem Zelt. Ich weiß nicht, ob er mich überhaupt gesehen hatte.

Erst nach einigen Sekunden kam ich auf die Beine und stolperte aus der Hütte an den Strand. Dad hatte Mom abgelegt und beugte sich über sie. Sie schien noch immer bewusstlos zu sein, murmelte aber vor sich hin.

»Janet?«, fragte Dad. »Hörst du mich?«

Ihr Kopf rollte haltlos auf den Schultern. Dad geriet in Panik.

»Janet!«

Er gab ihr leichte Klapse. Mom öffnete mühsam die Augen. Sie erkannte Dads Gesicht nicht gleich, aber dann fing sie an zu schreien und stieß ihn weg. Egal wo sie gewesen war, es war verdammt viel besser als dort, wo sie aufwachte. Dad versuchte sie festzuhalten.

»Richard! Halt einen Arm fest!«

Ich sah bloß zu.

»Verdammt noch mal! Hilf mir!«

Ich rührte mich nicht. Ich wollte sie nicht bändigen. Endlich bekam Dad ihre Arme zu fassen. Aber genauso gut konnte man einer Wildkatze in einer Spüle voll Wasser die Flöhe wegschrubben. Mom bekam eine Hand frei und kratzte Dad mit den Fingernägeln eine Wange auf. Er ließ sie los. Mom kroch auf allen vieren davon. Dad fuhr sich übers Gesicht. Alles Blut. Gabriel kam an den Strand. *Schlechtes Timing, Gabe.* Dad erblickte ihn, sprang auf und preschte zu ihm. Ich war überzeugt, er würde ihn zu Kleinholz machen. Aber nein. Er drohte ihm mit dem Finger.

»Das war deine letzte Safari, Häuptling!«

Gabriel sagte nichts. Er stand da wie ein Kind, das auf die Straße gelaufen ist und ausgeschimpft wird. Ich wollte ihn nicht so sehen. Er sollte stark aussehen.

»Dad, es ist nicht seine Schuld«, sagte ich.

»Quatsch. Hilf mir, deine Mom ins Boot zu schaffen.«

Wir verdrückten uns in aller Eile von der Insel. Es war nicht direkt die Schweinebucht, aber der Gestank nach Versagen und Verrat hing in der steifen Brise. Ich musterte Gabriel, der die Hände in die Hüften gestemmt hatte und auf den Sand starrte, während wir auf den Wellen davonhüpften. Der Arme. Er hatte doch nur helfen wollen. Ich könnte wetten, das war das erste Mal, dass Moms Wahnsinn Anerkennung fand. Ich wüsste ja zu gern, ob sie die andere Seite gefunden hat. Und wenn ja, wie es dort aussieht.

Auf dem Rückweg nach Baringo fiel kein Wort. Als wir ankamen, war Mom viel ruhiger und sagte, sie brauche keine Hilfe, um in ihr Zelt zu kommen. Dad folgte ihr auf dem Fuße. Mistkerl. Hält sich wahrscheinlich noch für den Helden, der sie gerettet hat.

Der teure Psychiater und die Pillen in Paris haben nichts gebracht. Warum nicht einen Schamanen ausprobieren? Schaden kann's doch nicht. Ich könnte mir denken, dass Dad bloß so sauer ist, weil das alles hinter seinem Rücken eingefädelt wurde. Wetten, der glaubt, Gabriel und ich hätten versucht, ihn aufs Kreuz zu legen? Dabei hatte ich nichts, aber auch gar nichts damit zu tun.

Dad sagte nichts von Mittagessen, also ging ich allein ins Restaurant. Ich bestellte etwas zum Mitnehmen und ging ins Zelt zurück. Ich esse am liebsten ungestört in meinem Zimmer. Ich sehe anderen nicht gern beim Essen zu. Ich denke immer weiter – acht oder zwölf Stunden weiter, wenn das Essen am anderen Ende wieder rauskommt.

Als ich das Restaurant verließ, kam ich an einem schönen

Mädchen mit einem Leberfleck auf der Wange vorbei. Sie war mit ihren Eltern zusammen und musste Anfang zwanzig sein. Sie lächelte mir zu. Ich konnte nicht zurücklächeln. Nur eine Grimasse ziehen. Muss für sie ja total attraktiv gewesen sein. Eine Hasenscharte und eine Grimasse. O Mann.

17:14 Uhr Den Nachmittag wollte ich ruhig angehen lassen und holte mir zwei Bier. Auf dem Rückweg ins Zelt traf ich Dad. Sein Gesicht zeigte rote Kratzspuren von Moms Fingernägeln. Es sah aus, als hätte er Kriegsbemalung aufgetragen. Er entdeckte die Bierdosen und fragte mürrisch: »Trinkst du jetzt schon zwei auf einmal?«

»Nee, die eine wollt ich dir bringen.«

Fand ich reaktionsschnell von mir. Wenn ich dabei schon vor meinem Zelt gestanden hätte, wäre der Spruch in die Hose gegangen, denn er hätte gefragt, warum ich dann erst zu meinem Zelt ginge. Ich hätte gesagt, ich wollte mein Bier erst reinstellen, bevor ich ihm seins bringe. Da lachen ja die Hühner. Schließlich lag sein Zelt auf dem Weg zu meinem. Das wäre Quatsch gewesen, und das hätte ich auch zu hören bekommen. Wir hatten uns also genau im richtigen Moment getroffen. Er dachte über meine Bemerkung nach. Er glaubt mir sowieso nie was.

Einmal wollte er mich während meiner High-School-Zeit in die Zange nehmen. Kurt und ich hatten eine Spritztour mit Dads Dodge Dart gemacht und ein echt heftiges schwarzes Haschisch geraucht. Mir war nie ganz wohl, wenn wir die kleine Lötlampe benutzten. Ich hatte immer Angst, sie könnte explodieren und ich würde kahl und blind werden. Deshalb musste immer Kurt die Messer in der blauen Flamme erhitzen, den Klumpen Hasch dazwischen klemmen und den Rauch aufsteigen lassen. Er hantierte mit den Messern wie ein professioneller Trancheur.

Wir kamen an eine Kreuzung und hielten vor einer roten Ampel. Plötzlich Metallscheppern. Das Auto machte einen Satz, und der Kassettenrekorder sprang aus dem Armaturenbrett. *Was zum Teufel?* Ich sah mich um und stellte fest, dass uns jemand reingefahren war. Der Fahrer war sturzbetrunken. Als Erstes dachte ich an die Bullen. Wir hatten ja jede Menge Drogenzubehör im Wagen. Ich sagte dem bescheuerten Alki, er sollte uns auf einen Parkplatz nachfahren, damit wir nicht die Straße versperrten. Dadurch sollte Kurt Zeit gewinnen, die Drogen zu verstecken. Na, wir fuhren geradeaus weiter, und der Arsch bog rechts ab und verpisste sich. Ich stand mit einem eingedellten Kofferraum da, aber ohne Täter.

Ich kam nach Hause und erzählte Mom und Dad, was passiert war. Dad hatte schon geschlafen, warf nur einen Blick auf seinen geliebten Dodge Dart, beschimpfte mich als ausgemachtes Rindvieh und ging wieder ins Bett. Mom rief die Polizei an, weil der Unfall gemeldet werden musste. Die Cops kamen vorbei, verfrachteten mich auf den Rücksitz vom Streifenwagen und fuhren zehn Minuten lang mit mir unsere kurze Garagenauffahrt rauf und runter. Vorwärts. Rückwärts. Vorwärts. Rückwärts. Vielleicht war das eine Verhörmethode. Sie gingen davon aus, dass ich stoned war. Was stimmte. Sie gingen davon aus, dass ich auf den vereisten Straßen die Kontrolle über den Wagen verloren hatte, ins Schleudern gekommen und an einem Laternenpfahl hängen geblieben war. Was nicht stimmte.

Zwei Tage darauf war ich abends bei Kurt. Dad rief an und sagte, ich solle sofort nach Hause kommen. Kurt kam mit.

»Die Polizei hat gerade angerufen«, sagte er. »Die Laborergebnisse sind da. Pfahllack.«

Kurt und ich riefen empört, die Laborergebnisse wären

falsch. Jemand wäre uns hinten reingefahren. Die Unterhaltung wurde fünf Minuten lang unübersichtlich, aber schließlich stellte sich heraus, dass die Polizei nicht angerufen hatte.

»Das hab ich auch gar nicht gesagt«, erklärte Dad. »Ich habe gefragt, was ihr machen würdet, *wenn sie anruft* und sagt, es wäre Pfahllack.«

Dad trollte sich ins Bett. Er wusste Bescheid. Er hatte versucht, eine Lüge ans Licht zu bringen, aber als er merkte, dass ich nichts zugeben würde, ruderte er zurück und änderte seine Geschichte. So eine Pfeife. Kurt und ich fanden das brüllend komisch. Auf dem Rückweg zu Kurt kriegten wir uns gar nicht wieder ein vor Lachen.

Von dem Abend an hieß Dad bei Kurt nur noch Dick Tracy. Und an dem Abend wurde mir auch klar, dass Dad die zwanzig Dollar, die ich ihm gestohlen hatte, nie vergessen würde.

Schließlich nahm Dad das Bier. Aber erst nachdem er sich vergewissert hatte, dass ich die Wahrheit gesagt haben konnte. Ganz wie Dick Tracy.

»Wie geht's Mom?«, fragte ich.

Er sagte nichts, drehte sich mit dem Bier in der Hand um und marschierte davon. Er war immer noch stinksauer wegen Krokodilmann.

Ich ging zu meinem Zelt zurück und setzte mich auf die kleine Veranda. Ich hatte das dritte Bier in der Mache, als ich unten ein Pfeifen hörte. Erst hielt ich es für einen Vogel, aber es war Gabriel.

»Komm rauf«, sagte ich.

Er schüttelte den Kopf und blieb im Gebüsch verborgen. Ich ging zu ihm runter. Er war vollkommen daneben, hatte vorquellende Augen und konnte kaum schlucken.

Vielleicht ist der Wahnsinn ein geflügeltes Tierchen, das vom einen zum nächsten flattert, sich seinem Opfer auf die

Schulter setzt und ihm schreckliche Geschichten ins Ohr flüstert. Wenn das der Fall ist, hat das Tierchen Moms Schulter verlassen und knabbert jetzt an Gabriels Ohr.
»Wie geht es ihr?«, fragte er.
»Weiß ich nicht.«
Ich dachte, er würde gleich ersticken. Ich hätte ihn wegen Mom beruhigen können, aber dann fiel mir ein, dass er mich in die geheimnisvolle Heilung in der Hütte nicht eingeweiht hatte. Das ärgerte mich. Also ließ ich ihn ein bisschen zappeln. Er hatte Tränen in den Augen.
»Deine Mutter wollte etwas ausprobieren, egal was.«
Ich versuchte mich zu erinnern, wann Gabriel und Mom überhaupt allein gewesen sein konnten. Ich glaube immer, dass ich alles mitbekomme, und es war zum Ausrasten, dass sie mir ein Schnippchen geschlagen hatten. Genau wie Dad.
»Und wie geht's nun weiter, Gabriel? Seid ihr beiden jetzt ein Liebespaar, wollt ihr Dad umbringen und kleine Mulattenbabys in die Welt setzen?«, fragte ich.
Gabriel merkte, dass mein Ärger nur überspielte, wie verletzt ich war. Na ja, vielleicht merkte er es auch nicht, aber er kam jedenfalls zu mir und legte mir die Hände auf die Schultern.
»Sie wollte das allein machen. Ich musste ihr schwören, dir nichts zu verraten.«
»Worüber habt ihr euch unterhalten?«
»Ich möchte, dass du für mich nachsiehst, wie es ihr geht.«
Ich hatte keine Lust, ging aber trotzdem. Alle Stoffklappen waren heruntergelassen. Ich schlug leicht auf die Zeltwand. »Hallo«, sagte ich. »Ich bin's, Richard.«
Ich hörte eine Bewegung im Zelt, und Dad kam heraus.
»Ich wollte bloß mal sehen, wie's ihr geht.«
»Sie schläft«, sagte er kalt.
»Ich bin ganz leise.«
Er wich nicht zur Seite. Das fuchste mich. Ich machte

einen Schritt auf ihn zu. Sein Arm schoss hoch und verwehrte mir den Zugang. Ich blieb stehen, ging aber nicht weg. Ich sah ihm nicht in die Augen. Das soll man bei aggressiven und unberechenbaren Hunden bekanntlich nicht machen. Und das ist er jetzt. Ich traue seinen Reaktionen nicht mehr. Blickkontakt hätte alles zu einem Faustkampf eskalieren lassen können, und dazu war ich nicht bereit. Manchmal bin ich dazu bereit – dann habe ich richtig Lust zuzuschlagen. Schließlich muss er sich blöd vorgekommen sein. Mir ging es jedenfalls so. Er ließ den Arm sinken. Ich ging ins Zelt. Er blieb, wo er war.

Mom lag zusammengerollt auf der Seite. Sie schlief nicht. Ihre Augen waren weit geöffnet und starrten ins Leere. Ich setzte mich neben sie. »Mom, wie geht es dir?«

Nichts.

»Möchtest du irgendetwas?«

Keine Reaktion.

Ich wollte sie in den Arm nehmen. Aber stattdessen tätschelte ich ihr nur die Hand, wie man einen Hund tätschelt, der haaren könnte. »Ich komm später wieder vorbei.«

Ich ging wieder nach draußen. Dad wartete. »Der ist fertig, Richard.«

»Ich glaube, er fängt gerade erst an«, sagte ich scharf.

»Ihr seid euch ganz schön schlau vorgekommen, was? Mich so bei den Fischern loszuwerden. Was habt ihr euch eigentlich dabei gedacht? Dass ein Trommler mit Alligatormaske sie kuriert?«

Es war der falsche Zeitpunkt, ihm den Unterschied zwischen Alligatoren (vgl. Florida) und Krokodilen (vgl. Afrika) zu erklären.

Mom erschien im Zelteingang. Sie wirkte fast wild. »Mach das nicht, Ted«, herrschte sie ihn an. »Mach ihn nicht arbeitslos.«

Ihre Augen durchbohrten Dad, bevor sie sich umdrehte

und wieder im Zelt verschwand. Ich drehte mich ebenfalls um und ging davon. »Es war mein Vorschlag«, sagte ich im Gehen mit einem nicht sehr subtilen Unterton gespielter Reue und Schuldgefühle.

Ich weiß nicht, warum ich gelogen habe. Vielleicht weil ich wusste, dass Dad mich nicht feuern kann. Wichtiger ist jedoch, dass ich das Gefühl habe, ich brauche Gabriel hier. Auch wenn ich mich von ihm hintergangen fühle, ist er doch mein einziger Verbündeter.

Ich kehrte zum Gebüsch unter meiner Veranda zurück. Gabriel war nicht mehr da. Ich ging ins Zelt, und da saß er auf dem Boden und sah erwartungsvoll zu mir hoch.

»Sie hat einen ziemlichen Knacks weg. Sollte mich wundern, wenn wir nicht morgen zurückfahren.«

»Aber ist sie ansprechbar?«

»Sie hat reagiert, als dein Name fiel. Verrätst du mir vielleicht endlich, was zum Teufel hier läuft?«

Gabriel sah mich freundlich an. »Deine Mutter ist momentan nicht sie selbst, aber sie hält sich nicht für verrückt, und sie möchte keine Panikpillen nehmen. Sie möchte nicht kontrolliert werden.«

»In meiner Kindheit war sie nie so.«

»Da hatte deine Mutter auch dich und deine Schwester, um die sie sich kümmern konnte. Seit sie in Paris lebt, hat sie niemanden mehr. Sie braucht jemanden, der sie braucht. Wie alle guten Mütter. Sie weiß, dass ihre Ehe am Ende ist, aber sie schafft es nicht, auszubrechen. Sie wollte deinen Vater schon vor langer Zeit verlassen, aber sie blieb, bis ihr Kinder aus dem Haus wart.«

»Aber jetzt sind wir seit über einem Jahr aus dem Haus; warum hat sie noch immer keine Scheidung eingereicht?«

»Das weiß sie selbst nicht. Vielleicht fehlt ihr die Kraft dazu. Dein Vater hält alle Fäden in der Hand, nicht nur finanziell.«

»Das ist ja lächerlich! Warum frag ich eigentlich unseren Fahrer nach meiner eigenen Mutter aus?«

»Viele Menschen vertrauen mir auf diesen Reisen ihre Geheimnisse an, Richard. Sie wissen, dass die bei mir sicher sind.«

»Und welche Geheimnisse hat sie dir anvertraut?«, fragte ich sarkastisch.

»Irgendetwas liegt ihr auf der Seele, aber sie wollte nicht darüber reden. Ich glaube, es hat mit dir zu tun.«

Das war mir gar nicht recht. Ich will gefälligst der Beobachter des Schlamassels sein. Nicht seine Ursache. »Tu doch nicht so scheißgeheimnisvoll, Gabriel.«

»Es war nichts Konkretes. Ich hab's einfach daran gesehen, wie sie von dir gesprochen hat. Darin lag eine ungeheure Traurigkeit.«

»Weil ich so ein hoffnungsloser Fall bin.«

»Das glaube ich nicht. Natürlich macht sie sich Sorgen, du könntest drogenabhängig sein. Aber da war noch etwas anderes. Hast du eine Ahnung, was das sein könnte?«

Ich überlegte. *Was zum Teufel konnte denn so schlimm sein?* Für eine schlimme Sache, die mir sofort einfiel, gab es kein Verfallsdatum, die war schon seit Anbeginn der Verkommenheit (bei den alten Griechen?) schlimm gewesen, aber immer noch frisch genug, um Jahr für Jahr in zahllosen sehr beliebten Auftritten in schamlosen Nachmittags-Talk-Shows durchgekaut zu werden.

»Hat sie gesagt, dass sie mich missbraucht hat?«

»Kannst du dich an so etwas erinnern?«

»Nein. Aber es heißt doch, dass man die Erinnerung daran oft verdrängt.«

Ich ließ mein ganzes Leben Revue passieren, schnupperte an Mülleimern und versuchte etwas Schreckliches zu finden, das Mom und mich verbinden mochte. Es war albern. Wenn es etwas so Schlimmes gäbe, würde ich mich daran

erinnern. Und wenn es nur für sie schrecklich war, aber nicht für mich, würde ich es nie herausfinden, weil es für mich nicht schrecklich war. Sie musste es mir sagen. Wenn sie das nicht konnte, war das ihr Problem.
»Mir fällt nichts ein.«
»Das ist hier keine Prüfung. Du musst nicht jetzt sofort darauf kommen.«
»Vielleicht geht es gar nicht um mich.«
Gabriel sah mich mitleidig an. Genau wie Sedekia, als ich die Bedeutsamkeit von Krokodilmann angezweifelt hatte. Arschlöcher.
Ich wollte absolut nichts mit Moms Wahnsinn zu tun haben und war total stinkig auf Gabriel, weil er das suggerierte.
»Ich muss los«, sagte er.
»Warte. Was hat sie dir denn noch erzählt?«
»Das war alles. Wir haben uns über Afrika und über mich unterhalten. Und über Elefanten. Sie mag Elefanten.«
Im Gehen drehte er sich noch einmal um. »Eine spezielle Erinnerung hat deine Mutter doch erwähnt. Sie hat gesagt, ihr beide hättet Matratzen und Schlafsäcke in den Garten hinterm Haus gelegt und unter freiem Himmel geschlafen, weil ihr kein Zelt hattet, du aber immer zelten gehen wolltest.«
Er zuckte die Achseln und verschwand. Ich setzte mich aufs Bett. Ich kann mich an den Abend erinnern. Aber ich erinnere mich daran, weil ich in ihr Zimmer kam, bevor wir nach draußen gingen, und sie sich gerade ein Sweatshirt über den Kopf zog und ihre nackten Brüste zu sehen waren. Sie sah mich nicht, hörte mich aber aufquieken. Ich raste aus dem Zimmer wie Lincolns Mörder aus der Loge. Komisch. Da erinnert sie sich an die Sterne und ich mich an ihre Brüste. *Könnte das der Abend gewesen sein …?* Damit muss endlich Schluss sein. Gabriel kann mich mal.

Der bringt mich erst auf diese ganzen Scheißgedanken. Jetzt bin ich verflucht. Ich werde jede einzelne mit Mom zusammenhängende Erinnerung analysieren und mich deswegen quälen.

20:20 Uhr Ich bin an der Bar und betrinke mich still und leise. Nein, nicht direkt an der Bar. Ich sitze an einem Tischchen in der Bar. Nur der Barkeeper und ich. Niemand trinkt in diesem Camp. Und alle gehen um acht ins Bett.
Ich wusste, dass ich mich vor dem Abendessen beruhigen musste, und habe zwei Lines vom Blech geraucht. Die Wirkung war sofort da. Ich lag wieder in den stillen, warmen Wassern und war zu allem bereit. Sogar zu einem Abendessen mit Dad. Im Freien unter einer großen Markise. Ich hasse Freiluftrestaurants. Da fliegen immer zu viele Käfer und so rum.
Als ich hinkam, erlebte ich eine Überraschung. Mom war mitgekommen. Sie lächelte, als ich mich setzte, trank einen Schluck Wasser und betrachtete verträumt die anderen Tische. Ich sah Dad an. Er warf mir sein vorfabriziertes Zweisekundenlächeln zu und machte sich wie Mom ans Observieren des Restaurants.
Dad bestellte schnell, was für ihn ungewöhnlich ist. Normalerweise lässt er sich Zeit und haut erst mal ein paar Cocktails weg, bevor er sich ans Essen macht. Offenbar wollte er das Essen so schnell wie möglich hinter sich bringen.
»Was steht denn für morgen auf dem Programm?«, fragte ich.
»Weiß ich nicht«, sagte er gereizt.
»Ich glaube, wir schauen uns Flamingos an«, sagte Mom.
»Woher willst du denn wissen, was wir wann machen?«, fragte Dad.
»Das steht im Programm.«

Das erste Mal, seit sie sich gesetzt hatten, sah Dad Mom an. »Dann geht es dir also besser?«, fragte er.
»Ich fühl mich heute Abend prima«, sagte sie fröhlich.
»Und wie lange, glaubst du, hält das an? Was meinst du, Richard? Ich wette fünf Dollar, dass sie morgen früh wieder ballaballa ist.«
Das Leben gönnt einem manchmal Augenblicke, in denen man die Chance hat, für sich oder andere einzutreten. Manchmal erkennt man ihre Bedeutung erst im Nachhinein. Nutzt man sie, gewinnt man einen Krümel Selbstachtung zurück und bemüht sich um ein anständiges Leben. Lässt man sie verstreichen, versinkt man immer tiefer in der eigenen Scheiße und erstickt schließlich in ihr. Ich habe heute Abend natürlich keine Krümel in der Hand.
Schweigend warteten wir auf unser Essen. Als Dad damit fertig war, Mom runterzuputzen, besserte sich seine Laune, und er wurde richtig gesprächig. Ich würde ihn geradezu als … übersprudelnd bezeichnen. Von da an waren eben Mom und ich knurrig und trübsinnig. Er nahm sich sogar heraus, das zu kommentieren, und meinte, besonders unterhaltsam wären wir heute Abend ja nicht. Ich sah ihn an und konnte nicht glauben, dass sie es all die Jahre mit diesem Arschloch ausgehalten hatte.
Dad erzählte begeistert von den nächsten Stationen der Reise. Er sagte, der beste Teil der Safari käme überhaupt erst. Wir würden die großen Tiere zu sehen bekommen: die Löwen, Geparden, Elefanten und Nashörner. Damit war klar, dass wir morgen nicht nach Nairobi zurückfahren würden.
»Wisst ihr, was mir vom Lake Baringo am meisten fehlen wird?«, fragte er versonnen. »Die singenden Fischer am Morgen.«
Dad sah Mom an. Sie war an der Reihe, Eindrücke abzusondern. »Und du, Janet? Was wird dir fehlen?«

»Mir fehlen die Rotkehlchen.«
Schweigen legte sich über den Tisch. Dad hatte vergeblich versucht, seine Truppen in einer gemütlichen und besinnlichen kleinen Runde zu versammeln. Aber mir tat er nicht Leid. Im Gegenteil. Ich war entzückt. Er stopfte sich die letzten Bissen in den Mund, schob seinen Stuhl zurück und ging.
Mom lächelte mich an. Sie wirkte richtig überlegen.
»Das hast du mit Absicht gemacht«, sagte ich. »Die Rotkehlchen fehlen dir gar nicht.«
»Woher willst du das wissen?«
»Gut, meinetwegen fehlen sie dir, aber trotzdem war das eben nur gespielt.«
»Glaubst du, das ist alles nur Schauspielerei?«
»Nicht immer. Aber in diesem Fall ja.«
»Du glaubst also nicht, dass ich verrückt bin? Du glaubst, ich spiele?«
»Frag mich mal was Leichteres.«
Sie schwieg. Was zum Teufel hätte sie auch sagen sollen?
»Ich hab mich übrigens mit Gabriel unterhalten«, sagte ich. »Er meint, du würdest etwas verheimlichen. Etwas, das mit mir zu tun hat. Etwas, das dich sehr, sehr traurig gemacht hat.«
Ihre Überlegenheit schwand. »Gabriel ist kein Psychiater«, sagte sie und funkelte mich an. »Er ist ein Touristenfahrer.«
»Worum geht es? Was habe ich dir Schreckliches angetan?«
»Er kennt mich nicht.«
»Ich kenne dich manchmal auch nicht. Warum willst du nicht mit mir reden?«
»Ich kann nicht.« Mom griff nach meiner Hand. Sie war wieder verzweifelt. So verzweifelt, dass mir schlecht wurde.

»Ich war dir eine schlechte Mutter, Richard.«
Meine freie Hand hing steif an meiner Hüfte. Die Hand, die Mom hielt, war eigentlich keine Hand mehr. Eher eine geballte Faust.
Ich rang nach Worten. Welch ein Held. »Warum sagst du das immerzu?«
Schmerz überzog ihr Gesicht. Sie drückte meine Faust noch fester und sah aus, als könnte sie darüber sprechen.
»Wieso sollst du mir eine schlechte Mutter gewesen sein?«, fragte ich.
Ihre Augen erloschen. Sie ließ meine Hand los und stand auf.
»Du hast im Moment einfach ein paar Probleme«, sagte ich. »Das wird schon wieder, da bin ich sicher.«
Mom kam um den Tisch herum und legte mir eine Hand auf die Schulter.
»Ich liebe dich, Richard.«
»Ich liebe dich auch.«
Wenigstens habe ich es ihr gesagt. Wenn auch ohne Gefühl in der Stimme. Das war bloß im Bauch. Und ich wollte nicht, dass sie es mitkriegt. Du solltest dich schämen, Richard. Dein verdammter Stolz. Ich wollte mich umdrehen und ihr nachsehen, konnte aber nicht. Die blöden Drogen hielten nicht, was ich mir von ihnen versprochen hatte. Meine Gefühle blubberten mir die Kehle hoch und drohten mir in die Augen zu schießen. Ich bestellte einen Whiskey, und so kam ich in die Bar.
Ich weiß nicht, wie viel von Moms Wahnsinn auf chemisches Feuer zurückgeht und wie viel auf die Scheiße, die ihr bis zum Hals steht. Das ist ein weites Feld. Teils bin ich versucht, das Problem in den runzligen Falten des Gehirns zu verorten und Dad von jeder Verantwortung freizusprechen. Und teils glaube ich, wenn Dad sie besser behandelt hätte, wäre sie nicht so fertig mit der Welt.

Aber nicht nur Dad ist schuld. Klar, er kann grausam und hinterfotzig sein, aber ich weiß, dass ich dabei auch eine Rolle spiele. Und sei es nur wegen meiner Drogen. Und wenn Gabriel Recht hat, spiele ich sogar eine größere Rolle, als ich wahrhaben will. Und Dad ist auf dieser Reise nicht der Einzige, der ihr keine Liebe zeigen kann. Ich habe mich von ihr distanziert. Distanziert? Ich war ihr nie nah genug, um mich zu distanzieren.
Die schöne Brünette mit dem Leberfleck ist gerade reingekommen. Sie steht an der Bar und bittet um Streichhölzer. Ich sollte lieber jetzt handeln, wenn ich nicht für immer wichsen will. Später mehr.

23:57 Uhr Ich bin zurück in meinem Zelt und schreibe im Licht einer Laterne. Der Strom ist wieder abgestellt worden, aber diesmal war ich darauf vorbereitet. Ich bin ziemlich betrunken. Scheiß auf alle. Wenn Mom sich unbedingt umbringen will, dann soll sie doch. Und Dad, der kann sich von mir aus zu Tode saufen. Ich will mit denen nichts mehr zu tun haben. Wenn das kein innerer Abstand ist.
Ich vergesse immer wieder, dass meine Aufgabe darin besteht, diese Reise zu erzählen, nicht, an ihr teilzunehmen. Ich muss mehr Drogen nehmen und mehr Musik hören.
Der Abend mit Nicole war herrlich. So heißt sie nämlich. Die Schöne mit dem Leberfleck. Genau wie ich ist sie auf Safari mit ihren Eltern. Ich hab sie gefragt, ob wir zusammen was trinken können. Ich war so beschickert, dass es mich nicht gekratzt hätte, wenn ich eine Abfuhr bekommen hätte. Sie zögerte kurz, war dann aber einverstanden. Jawoll!
Wenn ich beschickert bin, vergesse ich immer meine Hasenscharte und glaube, die Mädchen würden mit mir reden, weil sie sich angezogen fühlen.
Zum Aperitif gab's Small Talk. Ich erfuhr, dass sie aus

New Hampshire kommt. Und irische Vorfahren hat. Ich hab ihr gesagt, dass sie die erste leise Amerikanerin ist, die ich auf dieser Reise treffe. Sie verstand nicht, was ich meinte. Sie war ruhig und sanft, ein bisschen schüchtern und einfach zum Anbeißen. Sie wollte nicht viel von sich reden, aber ich erfuhr, dass sie einen Freund hat. *Interessiert doch kein Aas, wenn der Tausende von Kilometern weit weg ist.* Ich hab gesagt, das ist ja schön, dass sie einen Freund hat. Schön, schön, schön. Sie hat gesagt, er fehlt ihr.
Sie hatte winzige Narben am Handgelenk, sieben oder acht kurze Linien. »Hast du dich mit einer Rasierklinge geschnitten?«, fragte ich.
Sie zog hastig den Ärmel runter. »Das kann doch kein Suizidversuch gewesen sein«, sagte ich. »Dafür sind die Schnitte viel zu klein.«
»War es auch nicht.«
»Du hast dir eines Tages einfach gesagt, ich schneid mich mal?«
»So in etwa.«
Mir war klar, dass sie eine gequälte Seele ist. Ich hätte sie fast eingeladen, den Rest der Safari mit uns zu verbringen. Sie hätte wunderbar zu uns gepasst.
Nicole hasst viele Dinge, die ich auch hasse. Es ist schön, jemanden kennen zu lernen und festzustellen, dass seine Hassliste genauso ellenlang ist wie die eigene. Und nicht nur das, es gab auf unseren Listen auch viele Übereinstimmungen. Zum Beispiel: Sie hasst Vegetarier, die noch Fisch essen, weil sie glauben, das sei kein Fleisch. Es war unnatürlich zu sehen, wie unter so viel Hass die Liebe erblühen konnte. Wie ein immergrüner Baum, der im trockenen Wüstensand keimt.
Ich merkte, wie sich Nicole ab und zu am Riemen riss. Sich sagte, sie lache zu laut und lächle zu viel. Sich ermahnte, dass in New Hampshire eine Beziehung auf sie wartete.

Zu meiner großen Erleichterung ließ sie sich vom Schatten ihres Freundes aber nicht den Abend versauen.
Nicole sammelt groteske Zeitungsschnitte von *Associated Press* und bewahrt sie in einem alten Album neben ihrem Bett auf. Sie erzählte von einem Mädchen, das sich umbringen, aber ihre Freundin als moralische Unterstützung dabeihaben wollte. Sie stand neben ihr, als sie abdrückte. Die Kugel durchdrang den Kopf des Mädchens und traf die Freundin, die auf der anderen Seite stand. Der falschen, wie sich herausstellte. Beide waren sofort tot. Nicole sagte, die Freundin tue ihr Leid, aber angesichts so mangelhafter Voraussicht wollte sie sich ausschütten vor Lachen.
Fast wäre mir herausgerutscht, dass die beiden vielleicht einen Doppelselbstmord geplant hätten, aber ich wollte Nicole nicht in die Parade fahren.
Sie wirbelte mit ihrem Tambourstab, zog die Knie an und marschierte stracks zur nächsten *AP*-Anekdote. Diesmal ging es um eine übergewichtige Tante und ein abhanden gekommenes Kleinkind.
Die Tante dröhnte sich auf einer Familienfeier die Birne zu und plumpste in einen großen, gemütlichen Sessel. Die Zeit verging, man spielte Rommé und aß Kartoffelsalat. Irgendwann fragte jemand, wo eigentlich der Kleine sei. Alle fingen an zu suchen. Panik kam auf. Endlich fand man ihn, erstickt unter dem fetten Arsch der Tante. Kein Witz. Alles wahr. Gott segne *AP* und perverse Zeitungsredakteure.
Nicole sagte, sie fände den Unfall schrecklich, aber sie konnte den Glanz in ihren Augen nicht verbergen. »Das Schlimmste ist ja nicht der Tod des Kindes«, sagte sie. »Das ist schlimm genug, aber das Schlimmste kommt erst Jahre später, wenn Dritte in aller Unschuld fragen, wie der Kleine denn gestorben sei. Versetz dich doch mal an die

Stelle des Vaters. Was antwortest du denen denn? ›Unsere Tante hat sich auf ihn draufgesetzt und ihn erstickt.‹ Was machst du, wenn sie sich das Grinsen nicht verkneifen können? Erwürgst du sie auf der Stelle mit den bloßen Händen? Nein, du sagst von vornherein, es sei plötzlicher Kindstod gewesen.«

Ich fand's toll, dass Nicole so weit vorausdachte, von einer schrecklichen Geschichte ausging und sagte, nein, das wird noch schlimmer, viel schlimmer.

Ich wollte sie dazu bringen, mehr von sich zu erzählen, aber sie biss nicht an. Sie sagte, sie rede nicht gern von sich. Ich bekam heraus, dass sie mit dreizehn entjungfert wurde. *Wow.* Aber Einzelheiten wollte sie nicht preisgeben. Ich wollte ihr von der Prostituierten erzählen, den Erdbeeren und meiner Plattensammlung, wurde aber von einem sehr befriedigenden »Ich-glaube-ich-versteh-dich«-Augenblick unterbrochen, und wir verstummten beide. Und sahen uns in die Augen. Ich wollte sie schon fragen, ob sie als Mädchen mal am Strand einen Luftballon gefunden hat, hatte aber Angst vor einem Nein.

Ich räusperte mich, obwohl ich gar nicht musste. Ich fand, das war ein cooler Einstieg, damit sie dann voll bei der Sache war, wenn ich mit meiner Geschichte anfing.

»Wir hatten in der Siebten einen kleinen Engländer in der Klasse. Trevor Finch hieß der. Hatte immer einen Anzug an. Komischer Akzent. Kennst du bestimmt, der Typ, der bei der Schneeballschlacht immer eingeseift wird. Trevor saß vor Dean Devlin. Und Dean hat bei ihm am Hinterkopf übel Gummifinger gespielt.«

»Was sind Gummifinger?«

Ich freute mich, dass ich ihr etwas beibringen und sie gleichzeitig berühren konnte.

»Erst streichelt man mit dem Ringfinger hin und her und dann, schnips!«

Ich demonstrierte es Nicole ganz sanft am Arm.
»Aua!«
»Und das war noch gar nichts. Dean war ein Fiesling. Bei ihm tat das richtig weh. Er schnipste also an Trevors Hinterkopf rum. Bis Trevor irgendwann der Kragen platzte. Er schoss herum und verpasste Dean einen Kinnhaken. Du hättest Deans Gesicht sehen sollen. Absolut schockiert. Der kleine Engländer hatte sich gewehrt.«
»Gut so. Und das war's? Ich könnte mir denken, dass Dean ihn danach nicht mehr gehänselt hat. Tyrannen mögen es nicht, wenn man sich gegen sie wehrt.«
»Stimmt, mit dem Hänseln war Schluss. Aber vorher hat Trevor ihn halb tot geprügelt. Direkt im Klassenzimmer. Danach wurde er nie mehr gehänselt.«
»Musstest du dich je wehren?«
Mein Schwung kam mit quietschenden Bremsen zum Stehen. Es stank nach verbranntem Gummi.
»Wie kommst du darauf?«
Nicole trank einen Schluck Bier und zuckte unschuldig die Schultern.
»Ach, du meinst wegen meinem Gesicht«, sagte ich kalt.
»Wieso?«, fragte sie vorsichtig.
Ich stand auf und betrachtete mich im Spiegel hinter der Bar.
»Wieso? Willst du behaupten, du kannst dasitzen und an meinem Gesicht nichts Besonderes finden?«
Nicole musterte mein Gesicht im Spiegel. »Du hast eine kleine Narbe auf der Oberlippe, und anscheinend hast du dir mal die Nase gebrochen. Jetzt reg dich wieder ab.«
»Sei nicht so nett, das ist schlimmer als Grausamkeit.«
»Ich geh dann mal«, sagte sie und wollte aufstehen. Ich legte ihr sanft die Hand auf den Arm.
»Manchmal lauf ich einfach die Straße lang und fühl mich eigentlich total gut, zieh schon fast 'ne Show ab und lass

den Larry raus, und plötzlich seh ich im Schaufenster mein Spiegelbild. Aus die Maus. Verstehst du? *Das* ist man. Nicht der Typ, für den man sich eben noch gehalten hat.«
Ich nahm die Hand von Nicoles Arm, aber nachdem sie sich wieder hingesetzt hatte, konnte ich ihr nicht in die Augen schauen. Mein Hintern fand den Barhocker, und ich tat so, als gäbe es plötzlich nichts Spannenderes für mich als das gekerbte Holz um meinen Bierfilz herum.
»Ich bin mit einer Gaumenspalte auf die Welt gekommen. Weißt du, was das ist?«
»Ich hab davon gehört, aber noch nie eine gesehen.«
»Einmal darfst du raten. Du sitzt gerade einer operativ reparierten Hasenscharte gegenüber.«
»Ich versteh dich nicht. Du siehst gut aus.«
Ich wusste, dass sie log. Und selbst wenn nicht, kam ich mir wie ein paranoider Idiot vor, weil ich zwischen meinem Gesicht und ihrer Frage, ob ich mich schon mal hätte wehren müssen, eine Verbindung hergestellt hatte.
Sie spürte meinen Durchhänger. Und ich nehme an, sie hätte wieder aufstehen und weglaufen können. Es spricht für sie, dass sie das nicht tat. Sie fragte, ob ich wüsste, wie ich meine Hasenscharte bekommen hätte.
Ich musste richtig die Ärmel aufkrempeln, um unter all dem Schutt hervorzukriechen, den ich versehentlich über mir angehäuft hatte. Ich trank in drei großen Schlucken mein Bier aus, und das Brennen in der Kehle löste mir die Zunge.
»Ich weiß aus verlässlichen Quellen, die sich eingehend mit derlei Dingen beschäftigt haben, dass Frauen, die in der Schwangerschaft Sinti oder Roma anschauen, dazu verdammt sind, Kinder mit Hasenscharten zur Welt zu bringen«, sagte ich in gelehrtem Tonfall. Ich zündete mir eine Zigarette an und stieß den Rauch durch die Nase aus, weil ich dachte, das würde gut aussehen. »Also wehe, du

wirfst so einem Scheißzigeuner verstohlene Blicke zu, wenn wir erst mit dem Kindermachen anfangen.«

Nicole kicherte. Ich sah sie triumphierend an. Meine Hochstimmung war nicht von Dauer.

»Es ist noch nicht zu spät«, sagte sie. »Wenn Trevor Finch das konnte, kannst du das auch.«

Nicole war mir einfach zu hoch. Ich hätte auf der Stelle um ihre Hand anhalten sollen. Stattdessen wurde ich missmutig und zog mich in mein Schneckenhaus zurück. Ich wusste, dass sie Recht hatte, schaffte es aber nicht, ihr das zu sagen. Es wirkte so herablassend. Als wäre ich ein Scheißkrüppel. Wie der Typ ohne Arme und Beine vor dem Norfolk.

Ich glaube, Nicole dachte, mein Schweigen bedeutete, dass ich an Trevor dächte und ihn zu meinem großen Vorbild machte. Ich dachte schon an ihn, aber eher dergestalt, dass ich mir lieber eine Plastiktüte über den Kopf stülpen und darunter ersticken wollte, bevor Trevor Finch als Katalysator galt, der meinem Leben eine neue Richtung gab. Also wirklich.

Wir waren die beiden letzten Bargäste, und den Blicken des Barkeepers war anzumerken, dass er uns so schnell wie möglich loswerden wollte. Nicole fand, wir sollten Feierabend machen. Ich bot an, sie zu ihrem Zelt zu begleiten, und führte sie bewusst zu meinem. Ich tat mir unendlich Leid und dachte, wenn ich sie vögelte, würde ich mich vielleicht besser fühlen. Ich hoffte, sie war so betrunken, wie sie aussah.

»Das ist nicht mein Zelt«, sagte sie.

»O je. Falsch abgebogen.«

Ich schlug die Klappe zurück. »Kommst du noch mit rein?«

»Nein«, sagte sie entschieden.

»Was ist los? Bin ich dir nicht schön genug?«

»Tut mir Leid, Richard. Ich gehe nicht mit einem Mann ins Bett, den ich erst seit drei Stunden kenne.«
Ich hatte sie im Scherz gefragt, ob ich ihr nicht schön genug sei. Fast. Nicht ganz. Ich stand da und hasste sie. Hasste mich. Sie trat zwei Schritte vor und küsste mich zärtlich auf die Lippen. »Ich war an der High School auch ein Monster«, sagte sie. »Und ich habe mich auch nicht gewehrt.« Dann drehte sie sich um und ging. Mein Hass war verflogen. Jedenfalls der Hass auf sie.
Seit ich wieder in meinem Zelt bin, weine ich. Nicole hat mir etwas von sich erzählt, damit es mir besser geht. Aber ich habe sie nicht verdient. Ich fühle mich wie ein Monster. Ich bin ein Monster. Ich habe meine Hasenscharte verdient. Ich habe den Tod verdient.

Mittwoch, 17. August
9:12 Uhr
Lake Baringo Camp
Zelt 7
Kenia, Afrika

Ich bin auf dieser Reise immer ohne Probleme um sieben aufgewacht. Nur heute nicht. Um halb neun hat Dad mich geweckt. Ich muss geschlafen haben wie ein Stein, denn angeblich hat er von draußen ein paar Mal meinen Namen gerufen. Schließlich ist er reingekommen und hat mich wachgerüttelt. Er nahm an, ich hätte mich gestern Abend betrunken. Stimmt ja auch. Komisch, ich hab keinen Brummschädel. Das eben ist der Liebe Zaubermacht. Im Gehen fragte Dad noch: »Wo hast du denn die Rose her?«
Ich lag da und hatte keine Ahnung, was er meinte. Bis ich

mich auf die Seite drehte, etwas mich in den Knöchel stach und ich sie sah.
Am Fußende vom Bett lag eine rote Rose. Ich hatte sie ein bisschen zerdrückt, aber ansonsten war sie unbeschädigt. Sie duftete fantastisch. Ich sog den Geliebtenduft mit einem Enthusiasmus in die Lunge, der bisher dem Heroin unverbrüchlich die Treue gehalten hatte. Ich hielt die Blume gepackt wie ein Affe. *Rose … schön.* Ich war vom Alkohol so abgestumpft, dass ich fünf Minuten brauchte, bis der Groschen fiel. Diese Verzögerung sollte ich bitter bereuen.
Umständlich wie beim Anreißen eines Streichholzes im Wind hatte ich versucht, dahinter zu kommen, wer die geheime Verehrerin gewesen sein konnte. Aus irgendeinem Grund vermutete ich, jemand vom Personal käme nachts herein und legte den Gästen, die am nächsten Tag abreisten, Rosen hin. Aber wir reisten heute nicht ab. Und dann dachte ich, Beverly, die Managerin, könne sie hingelegt haben. Vielleicht *hatte* sie mich nackt gesehen und wollte mir dafür danken.
Als mir endlich der Gedanke kam, Nicole könne in mein Zelt geschlichen sein und die Rose hingelegt haben, als ich noch schlief, fiel mir noch etwas ein, was sie gestern Abend gesagt hatte – sie reiste heute ab.
Ich rannte ins Camp-Büro. Ich spürte noch die verwirrenden Folgen von zu viel Alk gestern Abend und dem Senkrechtstart aus dem Bett heute Morgen und musste erst an mir runterschauen, um sicherzustellen, dass ich angezogen war. Beverly war da. Ich war so verzweifelt, dass sie glaubte, es wäre etwas passiert. Ich sagte, alles wäre in Ordnung, ich suchte bloß Nicole. Sie kannte keine Nicole. Als ich den Leberfleck erwähnte, wusste sie sofort, wen ich meinte. Danach wurde sie etwas kühler. Ich hatte Recht. Beverly mag mich. Sie war eifersüchtig. Aber ich hatte keine Zeit für ihre Besitzansprüche. Ich musste Ni-

cole finden. Beverly teilte mir mit einer gewissen Schadenfreude mit, Nicole und ihre Eltern könnten noch unten an der Anlegestelle sein, seien jedoch wahrscheinlich schon abgefahren.

Ich rannte, so schnell ich konnte. Mein erster Spurt seit langer Zeit. Ich hatte null Kondition, außerdem war ich möglicherweise verliebt. Als ich an der Anlegestelle ankam, hätte ich fast gekotzt.

Mein Timing hätte nicht schlechter sein können. Die Fähre war hundert Meter weit weg. Es wäre mir lieber gewesen, sie wäre schon gar nicht mehr zu sehen gewesen. Dann hätte ich wenigstens nicht gewusst, dass ich sie allenfalls um eine Minute verpasst hatte.

Ich konnte Nicole, ihre Mom und ihren Dad sehen. Alle sahen in die andere Richtung. Es hatte keinen Sinn zu rufen. Der Motor machte einen solchen Heidenlärm, dass sie mich nicht gehört hätte. Außerdem mach ich mich nicht gern zum Affen, nicht mal, wenn ich bis über beide Ohren verliebt bin. (Außer natürlich, ich gönne der Mutter meines besten Freundes einen Blick auf meinen Freudenspender.)

Ich stand also an der Anlegestelle und betete. Ich hatte niemanden, zu dem ich beten konnte, also richtete ich ein Stoßgebet an Krokodilmann. Ich flehte ihn an, Nicole solle sich umdrehen und mich dastehen sehen. Ich flehte ihn an, weil es für mich die wichtigste Sache der Welt wäre. Und Tatsache! Tusch bitte. Sie drehte sich um. Blinzelte. Und ich sprang auf und ab und winkte wie der letzte Vollidiot. Sie erkannte mich und winkte zurück.

Ich blieb stehen und sah ihr nach, bis die Fähre verschwunden war. Ein solches Hochgefühl hab ich mein ganzes Leben noch nicht gehabt. Okay, das ist übertrieben dramatisch. Ich hatte ein paar Drogenerfahrungen, die das hier um Längen schlagen, aber nüchtern habe ich so etwas noch nie erlebt.

Es ist erstaunlich. Ein kurzer Augenblick verändert plötzlich alles. Plötzlich gibt es Hoffnung in meinem Leben. Plötzlich habe ich das Gefühl, dass nichts unmöglich ist. Für Nicole würde ich alles tun. Für sie würde ich clean und nüchtern werden. Meine Eltern lieben und dafür sorgen, dass sie heil wieder nach Hause kommen. Und wenn sie erst wieder zu Hause sind, mach ich mich auf die Suche nach Nicole. Und wenn ich sie finde, mache ich ihr einen Heiratsantrag.

12:04 Uhr Ich sitze auf einem Felsen, im Dampf verborgen, umgeben von Tausenden von Flamingos. Ich sehe Dad, der hinter Mom herläuft. Sieht so aus, als ob er mit ihr reden will, aber wegen des Tosens der heißen Quellen höre ich nichts. Genau, noch mehr heiße Quellen. Aber keine Höhlen. Und hoffentlich kein Krokodilmann.

Nachdem ich mich heute Morgen verliebt hatte, frühstückte ich rasch mit Mom und Dad. Wir waren spät dran. Das Boot, das uns zu den Flamingos bringen sollte, wartete schon. Dad war in heller Aufregung. Sah immerzu auf die Uhr. Für ihn sind Verspätungen allgemein seltene und verstörende Erfahrungen.

Ich glaube, er war auch verlegen, weil Moms Kratzer in seinem Gesicht immer noch knallrot leuchteten und er sie nicht vertuschen konnte. Man sah, dass er es versucht hatte. Sein Gesicht glänzte noch vom Eincremen.

Ich glänzte auch ein bisschen.

»Was ist denn mit dir los?«, fragte Mom.

»Nichts«, sagte ich.

»Du lächelst.«

»Und?«

Mom hakte nach. »Erzähl mal«, meinte sie.

»Es gibt nichts zu erzählen. Ich bin glücklich.«

»Du hast ein Mädchen kennen gelernt.«

Ich muss diesen typischen »Ach-Quatsch«-Männerblick aufgesetzt haben, denn sie drohte mir mit dem Finger.
»Du hast ein Mädchen kennen gelernt!«
Mein Lächeln verriet ihr, dass sie Recht hatte. Sofort ging ihre Laune in den Keller.
»Ich hoffe, du hast gestern Abend nichts angestellt«, sagte Dad.
Ich schüttelte den Kopf und sah Mom verstohlen an. Sie würdigte mich keines Blickes. Scheiße, Mann, war die eifersüchtig? Mir kam der Verdacht, dass sie mich doch missbraucht haben könnte. Vielleicht war sie deswegen so durch den Wind. Je mehr ich darüber nachdachte, desto ärgerlicher wurde ich und wollte sie provozieren.
»Sie hat mir heute Morgen eine Rose hingelegt.«
Weder Mom noch Dad wollten Einzelheiten über das Mädchen erfahren, das gerade mein Leben verändert hatte.
»Sie heißt Nicole. Sie kommt aus New Hampshire.«
Mom sah weg, und Dad rief den Ober an den Tisch.
»Es ist die schönste Rose, die ich je gesehen habe. Ich werde dieses Mädchen wohl heiraten.«
»Wie heißt sie denn weiter?«, fragte Dad schließlich.
»Weiß ich nicht.«
»Du willst sie heiraten, ohne ihren Nachnamen zu kennen?«
»Das ist es ja gerade. Ich weiß kaum etwas über sie.«
»Hmmm«, machte Dad.
»Welches Mädchen schenkt einem Jungen, den es nicht kennt, denn eine Rose?«, fragte Mom.
»Das Mädchen, das ich heiraten möchte.«
»Du redest dummes Zeug«, sagte Dad.
»Das tut er nicht«, sagte Mom. »Er meint es ernst. Ich bin im Zelt.«
Sie stand auf und ging. Unser Frühstück kam. Dad streute

zwei Teelöffel braunen Zucker über sein Porridge. Ich sah zu, wie er langsam schmolz.
»Könntest du das bitte lassen?«
»Was?«
»Deine Scherze.«
»Das ist kein Scherz. Ich liebe dieses Mädchen. Warum kränkt sie das so? Sie sollte sich freuen.«
Dad aß schmatzend sein Porridge.
»Weißt du, ob sie mich je missbraucht hat?«
In einem B-Movie hätte Dad an dieser Stelle Porridge über den Tisch gespien. Stattdessen griff er seelenruhig nach seiner Serviette und wischte sich den Mund ab.
»Wie bitte?«, fragte er.
»Weißt du, ob sie mich je missbraucht hat?«
Dad wusste nicht, ob ich ihn verarschte oder nicht. Ich kann furztrocken sein.
»Witz, komm raus, du bist umzingelt«, sagte er.
»Das ist kein Witz.«
Er wurde nervös. Sah sich um und versicherte sich, dass uns niemand hören konnte. Sah mich an. Wurde sauer. »Wie zum Teufel kommst du denn auf so eine idiotische Idee?«
»Ich habe zwei gute Gründe.«
»Einer reicht mir.«
»Nein, ich habe zwei. Erstens hat sie sich immer total komisch aufgeführt, wenn es um die Frauen in meinem Leben ging.«
»Ich wüsste nicht, dass es so viele Frauen in deinem Leben gab.«
»Ich hatte in der High School eine Freundin.«
»Wen?«
»Tiffany. Mom hat sie eine Nutte genannt.«
Wir waren nur drei Wochen zusammen gewesen, bevor sie mich abgesägt hatte, aber das musste ich Dad ja nicht auf die Nase binden.

»Und du hast doch selbst gesehen, wie sie eben reagiert hat. Sie kann nicht damit umgehen. Als würde sie auf eine abartige, eifersüchtige Weise an mir hängen.«

»Deine Mutter ist momentan nicht ganz zurechnungsfähig. Du kommst zum Frühstück und verkündest, du willst ein Mädchen heiraten, das du gestern Abend kennen gelernt hast, als du blau warst. Und du bist nicht nur überrascht, wenn sie sich darüber aufregt, was auch jede stabile Mutter tun würde, nein, du setzt auf diese lächerliche Reaktion noch eins drauf und folgerst, sie hätte dich als Kind missbraucht.«

Er hatte natürlich Recht. Er hatte meinen ersten Grund auseinander genommen. Dad kann sehr schlau sein. Ich mag sein logisches Denken. Ohne Witz. Es gefällt mir wirklich.

»Und was war der zweite Grund?«, fragte er.

Ich wollte gerade mit dem anfangen, was Gabriel mir erzählt hatte, da kam der Ober und schenkte Kaffee nach. Was ein Glück war, denn während er das tat, wurde mir klar, dass es alles nur verschlimmern würde, wenn ich Gabriel in die Sache reinzog. Der Ober ging. Ich sagte mir, dass ich trotzdem vorbringen konnte, was ich vorbringen wollte. Ich musste nur die Umstände ändern.

»Ich habe mich auf dieser Reise viel mit Mom unterhalten, weißt du«, sagte ich. »Und sie hat mir einiges von sich erzählt.«

Dad zerbiss einen Apfelschnitz. *Knirsch.*

»Zum Beispiel?«

»Zum Beispiel, dass sie das Gefühl hat, ihr Leben hätte keinen Sinn mehr, seit ihr in Paris seid. Ohne Maggie und mich hat sie niemand mehr, um den sie sich kümmern kann.«

»Und wie kommst du von da zum Missbrauch?«

»Sie sagt immerzu, sie hätte als Mutter bei mir versagt.«

»Sie hat Depressionen.«
»Und sie hat angedeutet, dass es mit mir zu tun hat.«
»Sie leidet an Stoffwechselstörungen, Richard. Du bringst dich um den Verstand, wenn du jedes Wort von ihr auf die Goldwaage legst. Ich weiß, wovon ich rede. Ich hab's nämlich probiert.«
»Nein, das seh ich anders. Ich glaube, dahinter verbirgt sich etwas. Und sie hat Angst, mir davon zu erzählen.«
»Nein, da ist nichts.«
Seine Stimme war kalt und bedrohlich. Erst dachte ich, seine Gereiztheit ginge darauf zurück, dass er unser Gesprächsthema für mehr als schwachsinnig hielt. Aber dafür reagierte er zu heftig. Es bedurfte keiner großen Fantasie meinerseits, um zu sehen, dass da eine Menge war und er wusste, was. Ich sah aber auch, dass es wenig Sinn hatte, mit ihm gemeinsam danach zu suchen.
Der Schlüssel für uns beide liegt bei Mom. Meine Zeit wird knapp. Bald sind wir wieder in Paris, und sie landet sediert in der geschlossenen Anstalt. Nein, ich darf nicht lange fackeln. Muss hier in der Wildnis handeln.
Ich wusste nicht, ob Mom bei unserer morgendlichen Tierschau mitmachen würde, aber sie kam. Warum wir uns ausgerechnet die blöden Flamingos anschauen mussten, weiß ich nicht. Wir fuhren mit dem Boot zu einer neuen Insel, wo wir einen neuen Fahrer und einen neuen Geländewagen bekamen. Dad wünschte sich wahrscheinlich Gabriel zurück, denn der hätte nicht den Fehler begangen, der diesem Schwachkopf unterlief.
»Richard, kann ich eine Zigarette haben?«, fragte Mom, während wir über eine unbefestigte Holperstraße rumpelten. Ich gab ihr eine. Dad studierte die Landkarte, hatte aber vermutlich keine Ahnung, wo wir waren oder hinfuhren. Und dann schaltete sich der Fahrer mit der Nachricht ein, die den Vormittag mit einem Schlag versaute.

»Einer unserer Geländewagen ist letzte Nacht verschwunden«, sagte er.
Dad und ich schrumpften ein wie angestochene Luftballons. Wir mussten uns gar nicht erst ausmalen, was Moms Ängste aus einem verschwundenen Geländewagen machen würden. Sie reagierte blitzschnell.
»Nein, nein, nein«, sagte sie. »Das reicht.«
»Sie werden ihn schon finden«, sagte der Fahrer.
»Mit abgeschlachteten Insassen.«
Der Fahrer drehte den Kopf und warf ihr einen Blick zu. Ich glaube, er wollte sichergehen, dass die Bemerkung, die er gehört zu haben glaubte, wirklich von der Person kam, von der er sie gehört zu haben glaubte. Er warf noch einige Blicke zurück, während Mom panisch aus dem Fenster starrte, den Kopf schüttelte und die Hände verkrampfte.
Er schien amüsiert. »Sagen Sie das nicht«, sagte er. »Sie machen mich ja ganz nervös.« Er lachte und sah Dad an, von dem er wohl ein männliches Nicken als Bestätigung erwartete. Dads Nicken sollte bestätigen, dass die kleine Frau Angst hatte, *die dumme Frau,* aber dass die Männer es besser wussten. Schließlich waren sie Männer. Aber Dad nickte nicht. Seine Augen blitzten nur.
»Es ist meine Schuld«, sagte Mom.
Dad versuchte wegzuhören und sah wieder auf die Landkarte.
»Was ist deine Schuld?«, fragte ich.
»Die Reise war meine Idee. Wenn etwas passiert, ist es alles meine Schuld.«
»Uns passiert schon nichts«, murmelte Dad und klang, als hätte er den Mund voller Murmeln.
»Wir werden alle sterben.«
Dad warf die Landkarte hoch. Sie wurde zurückgeweht und flog mir in den Schoß.
»Janet!«, brüllte er. »Du hast vollkommen Recht. Wir

werden alle sterben. Das ist uns in die Wiege gelegt. Es ist aber nichts, woran wir alle fünf Scheißminuten erinnert werden müssen. Werden wir heute in diesem Geländewagen sterben? Wahrscheinlich nicht. Aber wenn, dann habe ich einen letzten Wunsch. Könntest du bitte, sagen wir, zehn Minuten lang die Schnauze halten, damit wir wenigstens in Frieden sterben können?«

Dad schnipste mit den Fingern, na ja, genau genommen mit Daumen und Mittelfinger. Ich gab Mom die Karte, und sie gab sie ihm.

Mom schwieg ... bis wir einen einbeinigen Jungen sahen. Einen Eingeborenen, der am Straßenrand entlanghumpelte und sich auf eine Krücke aus einem Ast stützte. Unser Fahrer tat, wofür er bezahlt wurde – er klärte uns über Land und Leute auf.

»Der Junge ist von einer Schlange gebissen worden«, sagte er. »Er bekam eine Infektion, und sein Vater musste ihm das Bein mit einer Machete abhacken.«

Mom schüttelte den Kopf und murmelte vor sich hin. Dad steckte die Nase noch tiefer in die Karte. Als seine Stimme ertönte, zitterte sie vor Wut.

»Haben Sie unter Umständen Geschichten auf Lager, in denen es nicht um verschwundene Geländewagen oder Amputationen geht?«, fragte er. »Wie wär's mit dem Wetter? Können wir uns über das Wetter unterhalten?«

Der Fahrer kam zu dem Urteil, dass er Dad nicht besonders mochte. Er hielt die Klappe. *Gut.*

Ich sah den einbeinigen Jungen in der Ferne verschwinden. Als ich sicher war, dass er mich nicht mehr sehen konnte, winkte ich. *Grüß dich, verkrüppelter Bruder. Ich komme als Freund.* Ich erkannte mich in ihm wieder, wie er da amputiert und schikaniert auf einer staubigen Straße durchs Leben humpelte. Ich verfolgte den jämmerlichen Vergleich nicht weiter, weil Dad Mom anschnauzte, sie solle das Gemurmel lassen, und da vergaß ich alles und machte die Schotten dicht.

Der Vormittag war verdorben. Schweigend fuhren wir zu den Flamingos. Schweigen war gut. Jeder hing seinen Gedanken nach. Mom malte sich aus, wie wir drei von einer Schwarzengang hingemetzelt wurden. Dad legte sich die Worte für den Anruf bei Wimpole Tours zurecht, um den nächsten Flug nach Paris zu reservieren. Und ich? Na, ich scharrte mit den Vorderpfoten wie wild im Dreck und versuchte den hässlichen, blinden Wurm auszugraben, der Mom und mich verband.

Wenn Mom mich missbraucht hatte, warum konnte ich mich nicht daran erinnern, verdammt noch mal? Die Psychofritzen sagen, wir verdrängen das. Das ist ein Krampf, wenn man mich fragt. Ich würde mich erinnern. Außer ich war noch zu klein. Aber zu klein würde heißen, fünf und jünger. Was kann eine erwachsene Frau denn mit einem vierjährigen Jungen anfangen? *Vermutlich irgendwas, woran ich mich auch nicht erinnern möchte.*

Nein, wenn sie mich missbraucht hat, muss es später gewesen sein. Vielleicht hatte sie damals auch schon depressive Schübe. Vielleicht war sie gerade krank, als sie es tat. Das ändert aber nichts daran, dass ich mich an nichts erinnern kann. Ich überlegte schon, ob ich's mal mit Hypnose versuchen soll, wenn ich wieder zu Hause bin. Aber der Mist bringt einen ja auch nicht weiter.

Nicoles Rose hatte mir eine kurze Erholungspause beschert. Aber ich landete gleich wieder im Fleischwolf. Ich saß hinten im Geländewagen und sprühte Hass in Richtung Mom. Sie verschwieg mir irgendetwas Wichtiges. Wenn Gabriel bloß nichts gesagt hätte. Langsam wurde das zur fixen Idee. Ich hasste sie abgrundtief und hoffte, sie würde sich umbringen. Genauer gesagt, ich hoffte, sie würde mir erst ihr Geheimnis verraten und sich dann umbringen.

Und dann dachte ich an Gabriel. Was zum Teufel war er? Ein Arzt? Ein Schamane? Nein. Er hatte nie behauptet, Mom würde etwas Besonderes enthüllen. Er hatte nur spekuliert. Ich beruhigte mich langsam. Die ganze Aufregung wegen Gabriels Ahnung. Der Typ verdient sein Geld mit Geländewagenfahren. Genau wie Mom gesagt hat. Warum maß ich seinen Gedanken so beschissen viel Gewicht bei? Das war doch Quatsch. Nachdem ich Gabriel in Stücke gerissen und die Reste verbrannt hatte, fühlte ich mich langsam besser.

Ich saß da und sah Dads Hinterkopf auf und ab wippen wie damals bei unseren Familienurlauben im Kombi. Einmal sind wir damit im Sommer die ganze Strecke nach Kalifornien gefahren. Von der Kombination aus kurvenreichen Straßen und Moms Zigaretten wurde ich ein paar Mal reisekrank. Wir hielten am Straßenrand, damit ich frische Luft von Mutter Natur schöpfen und abgestandene Rüffel von Dad hören konnte. Es machte ihn wahnsinnig. Wenn wir um vier am Motel 6 in Butte, Montana, ankommen sollten, dann hieß das vier und nicht zwanzig nach vier.

Dad nahm immer eine Hand vom Lenkrad und streckte die Finger. Für mich sah das so aus, als sagte er mit der Hand »*Wow*«. Mit den Lippen machte ich dann auch immer »*Wow*«. Erst als ich selbst Autofahren lernte, wurde mir klar, dass er damit seine schweißfeuchte Hand trocknete. *Wow.*

Das Furzen war immer einer der Höhepunkte dieser Urlaube. Das muss ich Dad lassen. Genau wie ich ist er nie ganz erwachsen geworden. Alles war komisch – Fürze, Popel, das Zeug zwischen den Zehen. Bloß kein Menstruationszeugs. Das fand er überhaupt nicht komisch. Ich auch nicht. Bis heute nicht.

Nichts brachte uns mehr zum Lachen als ein gut platzierter Furz im Auto. Maggie regte sich darüber noch mehr auf als Mom. Sie flippte richtig aus. Schrie Dad und mich an, wir wären unreif, und dann versuchte sie die Luft anzuhalten. Aber unsere Fürze waren wie Boas constrictor. Die spürten, wann sie ausatmen mussten, und warteten … geduldig … auf ihr nächstes Einatmen. Dad spielte den ruhigen, Respekt einflößenden Anästhesisten und empfahl ihr, nicht dagegen anzugehen.

Dad behauptete auch, hörbare Fürze würden nicht stinken. Eine schlotternde Familie, die bei zwanzig Grad minus mit runtergekurbelten Fensterscheiben durch die Gegend fuhr, widerlegte seine Theorie.

Die meisten jungen Männer verlassen ihr Elternhaus mit ein paar guten Ratschlägen ihres alten Herrn. *Den Stock über der Schulter. Das Kleiderbündel an den Stock geknotet. Das Gackern der Hühner. Die Landstraße, die sich bis zum Horizont erstreckt. Der Bus hält. Der Vater sagt: »Was zählt, ist nicht die Größe des Hundes im Kampf, mein Sohn. Was zählt, ist die Größe des Kampfes im Hund.«* Oder ein vergleichbarer Kitsch, der ins Schwarze trifft. Keine Spur davon bei mir. Ich verließ mein Elternhaus mit dem Satz: »Hörst du einen, riechst du keinen.«

Maggies von unseren Blähungen provozierte Hysterie brachte uns nur noch mehr zum Lachen. Sie kam nie auf die Idee, dass Dad und ich wahrscheinlich nicht gefurzt hätten, wenn sie nicht darauf reagiert hätte.

Arme Maggie. Da lässt sie sich nun einen Braten in die Röhre schieben und muss sich den ganzen Spaß hier entgehen lassen. Es schien ihr gar nichts auszumachen, dass sie nicht nach Afrika mitkommen konnte. Wie denn auch? Die Geburt steht jeden Tag an. Trotzdem, ich wäre echt sauer gewesen. Aber Maggie ist das anscheinend schnuppe. Ihr gefällt die Vorstellung, Mutter zu werden. Sie wollte eigentlich nie etwas erforschen oder riskieren.

Spielt ja auch keine Rolle. Ich hab beides gemacht und steh trotzdem auf verlorenem Posten.
Ich bin Maggie dankbar, denn sie hat mir zu der Einsicht verholfen, dass Frauen Stuhlgang haben. Wenn Männer unter sich sind und über Frauen diskutieren, kommt eine solche Epiphanie nur selten zur Sprache.
Ich muss damals zwölf oder dreizehn gewesen sein und ging in Maggies und mein gemeinsames Badezimmer. Ich klappte den Deckel hoch, weil ich pinkeln wollte, bevor ich meine Schulsachen anzog, und da sah ich ihn. Den größten Schiss, den ich je gesehen hatte. Maggies. Sie hatte das vollbracht. *Du kriegst die Motten. Mädchen scheißen.*
Ich mag Maggie, kann aber nicht behaupten, wir würden uns sehr nahe stehen. Sie hat ihren Lebenssinn gefunden, ich meinen nicht. Sie wirkt so weit weg von alldem hier, mit ihrem Baby im Bauch und einer genau festgelegten Zukunft. Zum Teil bin ich neidisch. Zum Teil sehne ich mich nach dem Trost der Gleichförmigkeit, den sie gefunden hat.
Maggie mag spiegelblanke Fensterscheiben und eine noch vor dem Frühstück vom Schnee befreite Garagenauffahrt. Sie hat wohl mehr Ähnlichkeiten mit Dad, und ich habe mehr mit Mom. Ob mir damit ein Leben in geistiger Umnachtung bevorsteht? Ich hoffe nicht.
Nach unserer Rückkehr nach Paris muss Dad bei Maggie anrufen und ihr das mit Mom erklären. Da steht ihr ein ziemlicher Schock bevor. Vielleicht sollte Dad damit warten, bis sie ihr Baby hat. Seltsam, vor unserer Abreise aus Paris hat Mom die Schwangerschaft mal erwähnt, aber seit wir hier sind, kein einziges Mal mehr.
Ich glaube, Maggie mag uns nicht besonders. Ich habe sie vor den Kopf gestoßen, weil ich immer so betrunken und so high war, dass sie mir ein Ultimatum gestellt hat, bevor ich nach Paris aufgebrochen bin – entweder reiß ich mich

zusammen, oder sie sagt Dad, dass ich meinen Arsch aus der Eigentumswohnung rausschaffen und mir eine eigene Bleibe suchen soll.
Mom und Dad haben sie vor den Kopf gestoßen, als sie im März nicht zu ihrer Hochzeit gekommen sind. Sie hat eine neue Familie gefunden, nette Leute. Das war wahrscheinlich auch das Klügste. Mom, Dad und ich spinnen. Maggie gehört nicht auf diese Reise. Sie ist normal. Diese Reise ist für Spinner, für Süchtige, Alkis und Verzweifelte. Für werdende Mütter ist sie nichts.
Ich bin immer noch umgeben von Tausenden von Flamingos. Na und? Mir wäre auch eine Million von denen scheißegal. Sie sehen aus wie Plastiktiere in Spießervorgärten. Wann kriegen wir bloß endlich ein paar echte Tiere zu sehen?
Ich sehe Mom weiterstolpern, buchstäblich gelähmt vor Angst. Sie verschwindet im Dampf und taucht wieder auf. Ein apokalyptisches Bild. Sieht aus wie die Hölle auf Erden.
Ich habe nie Angst davor gehabt, nach dem Tod in die Hölle zu kommen. Ich habe noch weniger Angst, seitdem ich Mom im Dampf gesehen habe. Die Hölle ist hier. Nicht da unten (wo immer das ist). Sie ist jetzt. Nicht später. Die Dumpfbacken schnallen das nicht. Die glauben, das Schlimmste liegt noch vor ihnen. Voll die Verpeilung. Es ist längst da, an jedem Scheißtag und für jeden von uns. Wer's nicht glaubt, muss sich bloß mal umschauen. Wenn man keine Dämonen tanzen und keine Feuer lodern sieht, ob nun in Treblinka, Hiroshima oder am Wounded Knee, sollte man vielleicht mal den Kopf aus dem Arsch ziehen und das brennende Fleisch riechen.
Was ich eigentlich sagen wollte: Mom steckt jetzt schon in ihrer Privathölle, und ihr Dilemma gewinnt durch den ganzen Dampf nur optisch an Dramatik. Dad hat gerade

gepfiffen. Wuff, wuff. Das soll wohl heißen, ich soll kommen.

Minuten später Dad hat die Auseinandersetzung mit Gabriel ebenso vergessen wie meine Fragen nach Inzest. Ich glaube, er hat sogar vergessen, auf seiner Tierliste die Flamingos abzuhaken. Er hat nur noch Augen für Mom. Wir gingen ungefähr zehn Meter hinter ihr. Dad holte einen Pfefferminzbonbon aus der Tasche, musterte ihn und ließ die Schultern hängen. Er wickelte den Bonbon aus und steckte ihn in den Mund.
»Was zu viel ist, ist zu viel«, sagte er. »Ich glaube, wir haben den Tiefpunkt erreicht.«
»Sie ist ganz schön weggetreten«, sagte ich, was unschwer zu erkennen war.
»Ich ruf heute Nachmittag bei Wimpole an. Morgen können wir wahrscheinlich in Nairobi sein und am Freitagabend in Paris. Es tut mir Leid, Richard.«
»Wir haben viel gesehen. Nicht so schlimm.«
»Es ist ein Jammer. Schau sie dir an.«
Mom wirkte wie betrunken oder als hätte man ihr die Augen verbunden. Oder wie eine Betrunkene mit verbundenen Augen ... auf einem knarrenden Schiff ... bei bewegter See. Nee. Zu viel. Nur betrunken und mit verbundenen Augen. Ich weiß nicht, was schlimmer war. Dass sie so herumstolperte oder dass Dad und ich ihr dabei zusahen und die Köpfe schüttelten. Jemanden zu bemitleiden ist ein schreckliches Gefühl. Reines Gift.
»Nein«, sagte er, als hätte ich ihm widersprochen. »Das muss ein Ende haben. Sie ist vollkommen übergeschnappt.«
Dad ging schneller und gesellte sich zu Mom. Sie ist übergeschnappt, seit wir aus dem Flugzeug gestiegen sind. Das alles ist nicht neu. Neu ist Mom in dieser Umgebung, und

das hat Dad eine Heidenangst eingejagt. Er hat Angst, es könnte noch was passieren, und er hat die Verantwortung und trägt für den Rest seines Lebens Schuldgefühle mit sich rum. Ich dagegen fühl mich in dem Dampf ganz zu Hause. Ich will hier gar nicht raus.
Dad hat Recht. Je länger wir ihre Rückkehr aufschieben, desto größer ist die Wahrscheinlichkeit, dass es zur Katastrophe kommt. Er winkt mich zum Geländewagen zurück. Ich will nicht weg. Ich bin ganz glücklich hier in der Hölle.

14:52 Uhr Ich bin seit einer halben Stunde wieder in meinem Zelt. Da hab ich nun mein ganzes Naschwerk, und da wird die Reise verkürzt. Was soll ich machen? Versuchen, alles wegzurauchen, bevor wir am Freitag nach Paris fliegen? Alles wegwerfen? Das wäre totale Verschwendung. Also was? Vielleicht kann ich ein paar Fahrern Stoff verkaufen.
Für heute Nachmittag steht nichts auf dem Programm. Ich werd mich auf die faule Haut legen. Hab mir grad einen Joint gedreht. Hab keine Lust rauszugehen. Ich glaub, ich versuch, vor der Abfahrt meinen Stoff zu verbrauchen. Ich will nicht, dass das alles auf den Müll wandert. Das wird eine große Herausforderung.

15:20 Uhr Leck mich fett, ich stoß grad eine tierische Rauchwolke aus, da steckt Dad den Kopf ins Zelt.
»Kann ich dich mal kurz sprechen?«, fragt er, und sein Kopf verschwindet wieder.
Ich hätte fast einen Herzinfarkt bekommen. Das ganze Zelt stank nach Pot. Das musste er doch einfach riechen! Ich drückte den Joint aus und bekämpfte die verräterische Luft mit der Duftnote frischer Orangen, bevor ich nach draußen ging. Er behauptet immer, nichts von Drogen zu verstehen. Ist stolz darauf, dass er noch nie jemanden

kannte, der Marihuana raucht. Angeblich weiß er nicht mal, wie das riecht. Gott sei Dank.
Er wartete draußen auf meiner Veranda. Ich versuchte möglichst weit von ihm wegzubleiben, damit er den Geruch in meinen Sachen nicht mitbekam. Ich hatte keine Lust zu prüfen, wie naiv Dick Tracy nun wirklich war. Meine Augen müssen auf jeden Fall knallrot gewesen sein.
»Unsere Pläne ändern sich vielleicht«, sagte er.
»Schon wieder?«
»Nein, nicht schon wieder«, sagte er gereizt. »Ich habe gerade ein langes Gespräch mit deiner Mutter hinter mir. Ich habe ihr gesagt, dass ich Wimpole Tours anrufen will. Sie hat mich inständig gebeten, das nicht zu tun. Sie möchte die ganze Safari machen. Sie hat versprochen, sich mehr Mühe zu geben.«
»Ich glaube, es geht nicht darum, ob sie sich Mühe gibt. Sie hat doch gar keine Selbstkontrolle mehr.«
Er verschränkte die Arme vor der Brust und schüttelte den Kopf. »Da wäre ich mir nicht so sicher.«
»Glaubst du vielleicht, sie tut nur so?«
»Keineswegs. Aber ich glaube, sie hat mehr Selbstdisziplin, als wir ihr zutrauen. Und sie hat zugegeben, dass sie ihre Tabletten nicht genommen hat. Sie hat versprochen, dass sie sie von jetzt an nimmt. Also, was meinst du?«
Mir drehte sich alles. Hätte ich bloß den Joint nicht geraucht. »Wir sollten zurückfahren.«
Seine Stimme war brüchig vor Wut. »Warum?«
»Du wolltest meine Meinung hören. Was regst du dich jetzt so auf?«
Er setzte eine überraschte Miene auf.
»Ich rege mich nicht auf. Ich möchte bloß wissen, warum wir deiner Meinung nach abreisen sollten. Mehr nicht.«
Mom bog um die Ecke. »Ich möchte nicht zurück. Wir haben die großen Tiere noch nicht gesehen.«

Sie kam näher, und ich wurde nervös. Im Gegensatz zu Dad kennt sie den Geruch von Marihuana.
»Um vier gibt's Tee und Kuchen«, verkündete Dad. »Dann halten wir einen Familienrat ab.«
Er ging. Mom lächelte. Ich wollte ins Zelt zurückgehen.
»Du hast rote Augen.«
»Hab ich nicht.«
»Und du stinkst nach Hasch.«
»Tu ich nicht.«
»Du pfeifst auf dem letzten Loch, Richard. Deine Drogensucht ist mir egal, aber ich nehm es dir übel, dass du mich so zerstörst.«
»Ich bin nicht drogensüchtig.«
Ich hasse solche Beteuerungen. Ich fühlte mich wie beim Nachsitzen in der Schule.
Sie wollte etwas sagen. Ich fiel ihr ins Wort.
»Ich weiß, was du sagen willst. Dass alles deine Schuld ist. Entschuldigen kannst du dich später.«
Damit ging ich wieder rein. Es hätte kein so kalter Abgang werden müssen, aber sie steht mir bis hier. Ich bin seit mindestens einer Viertelstunde wieder im Zelt, aber ich glaube, sie steht immer noch draußen. Was zum Teufel macht sie da bloß? Ich werd mal aus dem Zelt spähen, ob sie wirklich noch da ist.
Ist sie. Steht auf der Veranda. Schaut auf den See hinaus. Und weint. Nicht laut. Aber ich habe gehört, wie sie schnieft, und gesehen, wie ihre Schultern beben. Scheiße! Ich bin total am Arsch. Ich weiß, was ich machen müsste. Ich sollte rausgehen und ihr sagen, dass sie immer für mich da gewesen ist. Ihr sagen, dass ich nicht ihretwegen Drogen nehme. Zugeben, dass ich abhängig bin. Ihr sagen, dass ich aufhören werde.
Schluss mit den Selbstgesprächen, Heldenknabe. Raus mit dir.

Ich bin grad rausgegangen. Sie war weg. Ich hätte ihr nachlaufen können, bin aber ins Zelt zurück. Ich hatte meine Chance. Sie hat auf mich gewartet.

16:02 Uhr Ich bin unterwegs zu Tee und Kuchen im Restaurant unter der Markise. Ich hab's geschafft. Ich hab mein ganzes Naschwerk weggeworfen. Ich hab alles zum See runtergebracht und reingeworfen. Ich habe das Gefühl, eine fantastische Leistung vollbracht zu haben. Das Zeug hat ein Schweinegeld gekostet. Aber es war das einzig Richtige. Ich will nicht, dass Mom noch einmal etwas an mir riecht. Es würde mich bis an mein Lebensende verfolgen, wenn ich mir vorwerfen müsste, meine verkifften Klamotten wären der letzte Anstoß zu ihrem Suizid gewesen.
Nur mein Blech hab ich behalten. Wenn ich erst wieder in Kanada bin, höre ich mit allem auf, aber ich brauche was, um Afrika zu überstehen. Und Blech riecht man nicht. Ich will auch versuchen, ohne Alkohol auszukommen. Mom soll ihren Mann und ihren Sohn nicht im Vollrausch sehen. Die ideale Lösung ist das noch nicht, aber ich bin zu verwundet, um alles auf einmal wegzuwerfen. Jetzt gibt's erst mal Tee. Und Kuchen.

17:08 Uhr Hab mich in Ordnung gebracht, bevor ich zum Familienrat mit Mom und Dad gegangen bin. Hab mir Augentropfen reingemacht und den Hals mit Eau de Cologne benetzt. Ich wollte nicht, dass Mom ausflippt, wenn sie mich sieht. Und ich wollte auch nicht ausflippen, also hab ich ein bisschen Blech geraucht.
Dad war guter Laune. Es war schließlich ein Familienrat – damit kennt er sich aus. Er war entschlossen, ein paar Angelegenheiten zu klären. Als wahrer Diplomat betonte er, es ginge um die Entscheidung, ob wir die Reise als Familie fortsetzen.

»Ich glaube, Janets Meinung ist das Allerwichtigste«, sagte er. »Wenn sie wirklich glaubt, dass sie weiterfahren möchte, dann sollten wir das sorgfältig überlegen. Wenn sie aber definitiv der Meinung ist, wir sollten zurück, brechen wir morgen früh sofort nach Nairobi auf.«

Dad sah Mom an und zog äußerst freundlich die Augenbrauen hoch. Er sah aus wie Paul McCartney, wenn er *Let It Be* singt. »Janet, was möchtest du machen?«

Mom starrte mich an. Anscheinend hörte sie ihn gar nicht.

»Janet?«, fragte Dad.

Mom starrte weiter. Was zum Teufel gab es denn zu starren? Meine Augen waren nicht mehr rot.

»Mom«, sagte ich. »Möchtest du zurück?«

Meine Frage schaffte es, sie aus der Trance zu reißen.

»Ich möchte die Elefanten sehen. Danach können wir fahren.«

»Wie wär's denn mit Folgendem?«, fragte Dad. »Wir fahren weiter, bis wir einen Elefanten sehen, und dann setzen wir uns noch mal zusammen und überlegen uns, wie's weitergeht. Einverstanden?«

Dad sah zwischen Mom und mir hin und her. Ich aß mein drittes Törtchen auf und wischte mir die klebrigen Finger an der Jeans ab. Mom nickte bedächtig und lächelte. Ihr Lächeln hatte etwas Unheimliches. »Einverstanden«, sagte sie.

»Richard?«, fragte Dad.

Die ganze Sache war komplett verrückt. Ich hatte das Gefühl, wir wären Hexen, die über einem blubbernden Kessel einen teuflischen Pakt schließen. »Einverstanden«, sagte ich.

»Die Mehrheit ist dafür«, sagte Dad ohne Hilfe eines Hammers. »Dann wollen wir mal versuchen, aus dem Rest der Safari das Beste zu machen.«

»Was ist mit Gabriel?«, fragte ich.

»Ich habe heute Morgen bei Wimpole Tours angerufen.

Sie schicken uns einen neuen Fahrer, den wir morgen früh auf dem Festland treffen.«
»Was?!«, stieß Mom aus. Ich zischte durch die Zähne, um meine Missbilligung kundzutun.
»Warum stimmen wir darüber ab, ob wir die Safari fortsetzen, aber du entscheidest allein, was aus Gabriel wird?«, fragte Mom.
»Weil ich die Reise bezahle.«
Der große Diplomat war weg, ohne sich verabschiedet zu haben. Der Diktator war zurück, ohne hallo zu sagen. Moms Augen schwammen in Tränen.
»So ein Scheiß«, sagte sie.
»Er hätte dich fast umgebracht, Janet«, sagte Dad. »Es geht nicht nur um uns. Es geht auch um den Schutz anderer Familien. Wer sich so aufführt, darf einfach nicht als Reiseführer arbeiten. Seine Vorgesetzten mussten davon erfahren.«
»Wenn er geht, möchte ich nach Hause«, verkündete Mom.
Sie stand vom Tisch auf und ging.
»Na, wie lange haben Harmonie und Einverständnis gehalten?«, fragte ich und sah auf die Uhr. »Ich hab siebenunddreißig Sekunden gestoppt, und du?«
Ich erwartete ein »Halt die Klappe«, aber er hörte nicht mal zu. Die ganze Angelegenheit ist so sinnlos. Tee und Kuchen und Familienrat. Der Versuch, die Ordnung wiederherzustellen. Als würde man eine Betonveranda fegen, nachdem das Haus abgebrannt ist.
Er wirkte geschlagen wie an den Sonntagabenden, wenn er sich an Wein und Cowboymusik berauscht hatte. Nur war er diesmal nicht betrunken. Sein Runzelkopf sah schwer aus, als würde er gleich vom Hals abbrechen und über den Tisch auf den Boden poltern.
Mir war unbehaglich. Er sagte nichts. Also dachte ich mir einen schnellen Abgang aus.

»Ich seh mal nach, wie's ihr geht.«
Damit machte ich, dass ich wegkam, und überließ ihn seinem Kummer. Das war das Beste. Er wollte so nicht gesehen werden, und ich wollte definitiv nicht rumsitzen und ihn so sehen. Ich wusste, dass er sich gleich einen Scotch bestellen würde.
Der Wind frischte auf, als ich aus dem Restaurant kam. Auf einem Weg traf ich Beverly. Sie trug eine dicke Jacke, und ich konnte ihre Brüste nicht sehen. Sie brauste vorbei.
»Jambo«, sagte sie.
»Jambo.«
»Heute Abend bleibt man lieber drinnen«, sagte sie. »Da braut sich ein ziemlicher Sturm zusammen.«
Endlich mal eine gute Nachricht. Ich liebe Stürme. Ich kam auf eine Lichtung und konnte deutlich sehen, wie sich auf dem See die Wellen türmten und der Wind die Gischt aufschäumte. Aber wirklich aufgeregt wurde ich erst, als ich die riesige schwarze Wolkenfront sah, die sich am Horizont zusammenbraute. Die Vögel flogen vom See herein und suchten Zuflucht in den Bäumen der Insel. Die perfekte Nacht für einen Mord oder einen Suizid.
Ich kam zum Zelt von Mom und Dad. Der Wind heulte jetzt richtig. Die Zeltbahnen klatschten, und die Stangen knarzten.
Sie war nicht da. Ich versuchte, die in mir aufsteigende Panik zu unterdrücken, aber es gibt in diesem Camp nicht viele Orte, wo man sich sonst aufhalten kann. Ich ging zur Toilette hinter ihrem Zelt und klopfte an die Tür.
»Mom? Bist du da drin?«
Ich klopfte noch mal. Keine Reaktion. Vorsichtig öffnete ich die Tür und erwartete eine große, längliche, dunkle Blutlache, eine blitzende Rasierklinge und eine Mom, die ihren Frieden gefunden hatte. Die Toilette war leer.
Ganz in der Nähe wurde etwas vom Wind runtergeschla-

gen. Ich sah nicht, was es war, lief aber einfach davon. Ich rannte blindlings den Weg zum Restaurant zurück. Ich musste Dad Bescheid sagen. Wir mussten eine Suchmannschaft losschicken. Als ich auf die flatternde Markise vom Restaurant zukam, kam mir eine andere Idee, wo sie stecken konnte.

Ich kehrte um und raste zu meinem Zelt. Ich zog eine Zeltklappe zurück, und da war sie, saß mit einer Zigarette in der Hand auf meinem Bett. Eine ihrer Taschen stand neben dem Bett. Sie sah mich gleichmütig an.

»Ich möchte heute Abend nicht bei ihm bleiben«, sagte sie. »Hast du mal Feuer?«

Ich war heilfroh, dass sie am Leben war. Ich hatte aber auch das Gefühl, meine Festung wäre erstürmt worden. Was sollte ich jetzt machen? Sie wegschicken? Ich gab ihr Feuer. Sie umfasste meine Hand mit beiden Händen. Ihre Haut brannte.

Ich sitze auf der Veranda, und sie ist da drinnen. Beklommen sehe ich der Nacht entgegen. Wahrscheinlich bleibt sie nicht im Zelt, aber ich habe Angst. Vor ihrem Wahnsinn? Wahrscheinlich. Der Wind verweht mir die Tagebuchseiten, und ich kann kaum schreiben. Und es hat angefangen zu regnen. Später mehr.

18:02 Uhr Eine kurze Notiz. Dad ist gerade bei mir ins Zelt geplatzt, atemlos und klitschnass vom Regen.

»Deine Mutter ist weg«, stieß er hervor.

Noch bevor ich etwas sagen konnte, sah er sie eingeigelt auf meinem Bett liegen. Er wirkte erst erleichtert und dann verwirrt.

»Was ist denn hier los?«

»Sie möchte heute Nacht hier bleiben.«

»Warum hast du mir nichts gesagt? Ich habe gerade an der Rezeption gemeldet, dass sie verschwunden ist.«

»Du hättest erst herkommen sollen.«
»Wie zum Teufel konnte ich denn ahnen, dass sie in deinem gottverdammten Bett pennt?«
Er war stocksauer, und er war betrunken. Diskussion zwecklos.
»Tut mir Leid, ich hätte zurückkommen und dir Bescheid sagen sollen.«
Er stand da und zitterte, hatte beide Fäuste vor der Hose geballt, als hätte ihm gerade jemand das Knie in die Eier gerammt. »Ich geh zur Rezeption und sag Bescheid, dass sie wieder da ist«, fauchte er.
»Wann treffen wir uns zum Abendessen?«
»Ich hab keinen Hunger.«
Er boxte die Zeltklappe beiseite und verschwand. Wichser. Warum zum Teufel soll ich denn schuld sein? Warum sieht er nicht erst hier nach, bevor er wie ein Bekloppter zur Rezeption rennt? Scheiß drauf. Jetzt freu ich mich, dass sie die Nacht hier bleibt.

19:30 Uhr Ich bin im Restaurant und warte auf zwei Bestellungen, die ich ins Zelt mitnehmen will. Das mit dem Sturm stimmte. Es ist nicht direkt ein Hurrikan, aber der Wind peitscht durchs Camp. Die Götter zürnen. Ein schönes Gefühl, wie das Wasser aus den Haarsträhnen trieft.
Als Dad weg war, drehte sich Mom auf dem Bett um.
»Er ist wahrscheinlich eifersüchtig, weil ich heute Nacht bei dir bleibe«, sagte sie.
Ich ließ die Bemerkung im Raum stehen. Rührte sie nicht an.
»Ich hol uns was zu essen.«
Mom merkte, dass mir nicht wohl war. Vielleicht zuckte meine Lippe. Was weiß ich.
»Ich hab nicht gesagt, er wäre wegen was Sexuellem eifersüchtig.«

»Das hab ich auch nicht behauptet. Das hab ich auch nicht gedacht. Ich geh Essen holen.«

Das Eifersuchtsthema stand mir bis hier. Da wollt ich nicht drüber reden. Aber Mom wollte es unbedingt erklären, damit ich das »nicht in den falschen Hals bekam«.

»Es passt ihm nicht, dass ich heute Nacht woanders bleiben kann. Aber daran gewöhnt er sich lieber. Ich verlasse ihn nämlich. Ich will nicht, dass er weiter mein Leben beherrscht.«

Sie stand vom Bett auf, kam zu mir und umarmte mich.

»Es regt ihn auf, dass wir uns so nahe stehen. Manchmal fragt er danach.«

Ich klopfte ihr auf den Rücken und versuchte mich ihr zu entziehen, ohne sie zu verletzen. Das war mir neu. Ich wusste nicht, dass wir uns nahe standen. Ich hatte den Eindruck, dass sie Psychospielchen mit mir spielte. Die Sache am Kochen hielt. Dad und mich gegeneinander ausspielte. Ich hatte einen Frosch im Hals.

»Ich hol das Essen.«

Ich verfing mich in der Zeltklappe und riss mich los. Der Regen stach mir in die Wangen. Große Tropfen. Rauer Wind. Ich machte mich auf den Weg zum Restaurant. Nach und nach merkte ich, dass ich ganz seltsam ging, so wie damals in der Siebten auf den Fluren, wenn ich mich beim Gehen mit meiner großen schwarzen Mappe schützte, um meinen Ständer zu verdecken.

Ich kam an Dads Zelt vorbei und sah ihn durch die offene Klappe. Er saß auf dem Bett und kehrte mir den Rücken zu. Er führte ein Glas zum Mund. Eine halb leere Scotchflasche lag schräg auf der Matratze.

Hier ist die Hölle los. Ich warte auf zweimal Huhn mit Nudeln. Ich habe null Appetit. Ich könnte auch eine tote Ratte essen.

21:25 Uhr Beim Warten aufs Essen hab ich ein Bier gepichelt. Und ich habe etwas getan, das mir eine ziemliche Last abgenommen hat. Ich bin zu Beverly gegangen und habe sie gebeten, noch ein Feldbett in mein Zelt stellen zu lassen. Ich habe immer das Bedürfnis, den Leuten alles zu erklären, auch wenn das gar nicht nötig ist, also sagte ich ihr, Mom würde heute Nacht bei mir im Zelt schlafen. Geht sie einen feuchten Dreck an, aber ich hab's ihr trotzdem gesagt. Ich hab immer das Gefühl, die Leute würden mir misstrauen. Hintergedanken vermuten. Ich habe keine Hintergedanken. Ich bin stinknormal.

Beverly fragte, ob alles in Ordnung sei. Ich muss ziemlich alarmierend ausgesehen haben. Der Regen. Der Wind. Mein Haar. Mein Verstand. Meine Augen. Ich meinte, alles liefe prima. Sie fragte, wie es Mom gehe. Ich sagte, es gehe ihr gut. *Warum bleibt sie dann heute Nacht nicht bei deinem Vater, junger Mann?*

Anfangs dachte ich nur an das Feldbett und achtete gar nicht auf Beverlys Titten. Sie trug ein himmelblaues Frackhemd und lehnte sich auf den Tresen. Kein BH. Das Hemd drei Knöpfe weit offen. Ein Abgrund von Dekolleté. Ihre Brüste waren fast vollständig zu sehen. Ich konnte sogar die Ansätze der Nippel erkennen. Die Brüste waren riesig, schwollen an und drohten den dünnen Faden des vierten Knopfs zu zerreißen. Die Spannung war unerträglich.

Ich weiß nicht, wie lange ich ihre Brüste angestarrt habe. Mir war es egal und ihr offenbar auch. Sie kam hinter dem Tresen hervor, um jemanden zu suchen, der mir das Feldbett bringen konnte. Ihre Brüste streiften meinen Rücken. Als sie vorbei war, drehte ich mich um. Mehr als genug Platz, um an mir vorbeizukommen, ohne mich mit den Brüsten abzurubbeln.

Beverly bat jemanden im Nachbarraum, mir ein Feldbett zu bringen, und kam zurück. Ihr blaues Hemd wehte über schwarzen Leggings. Klar, ich würde mit den Leggings anfangen. Ihr die sofort ausziehen. Wenn ich ihr erst das Hemd auszöge, würde sie aufgedunsen aussehen, weil der Bauch über den Gummizug hinge und so. Das würde ich vermeiden. Zieh ihr ratz, fatz die Leggings aus und schieb ihr die Hände unters Hemd. Sie trat wieder hinter den Tresen. Diesmal sah ich sie an, und sie traute sich nicht noch mal. Streifte mich nicht.

Ich stellte mir vor, wie sie flüsterte, es wäre zu schade, dass ich nachts schon einen Gast hätte. Dass sie vorgehabt hätte, vorbeizukommen und nach mir zu schauen, sich zu überzeugen, dass ich im Sturm keine Angst hätte. Ich stand da wie taubstumm und träumte weiter. *Du warst ein schlimmer Junge, Richard Clark, den Bademantel abzustreifen und mir deinen jungen, nackten Körper zu zeigen.* Beverly lächelte und verschwand in einem anderen Büro.

Ich weiß nicht, wie lange ich so dastand, vielleicht zehn Minuten, und auf ihre Rückkehr wartete. Ich verfluchte Mom. Warum zum Teufel musste sie unbedingt heute Nacht bei mir bleiben? Ausgerechnet heute Nacht.

Beverly hatte mich nackt gesehen! Ich hatte ihr gefallen. Vielleicht. Sie hatte mir fast ganz ihre Brüste gezeigt. Ja. Sie hatte mir damit den Rücken gekitzelt. Ja. Sie wusste, dass das meine letzte Nacht war. Ja. Ich überlegte krampfhaft, was ich sagen konnte, wenn sie zurückkam. *Hey, du siehst echt nett aus* … nein … *du siehst echt heiß aus* … zu kühn … *hey, wollen wir nachher nicht noch was trinken?* … langweilig … *ich wüsste zu gern mehr über Schottland* …

Beverly kam zurück, aber jetzt waren zwei Camp-Mitarbeiter bei ihr. Die drei unterhielten sich über eine Bestellung Glühbirnen. Beverly war wieder die Managerin. Nicht mehr die glutvolle Verführerin. Mit sachlicher Stimme fragte sie, ob ich noch etwas bräuchte. Ich ent-

schuldigte mich halblaut und verschwand schnell. Ich war kurz vor dem Durchdrehen. Wütend. Geil. Ich stolperte zurück, um das Essen zu holen.
Im Restaurant packte man mir die beiden Gerichte in Plastiktüten, und ich rannte zum Zelt zurück. Mom wischte meinen kleinen Schreibtisch ab, damit wir daran essen konnten. Sie sah total verändert aus. Ihre Augen leuchteten überschwänglich, als hätte sie schon was getrunken, hatte sie aber nicht, glaube ich. Sie hatte sich umgezogen und trug nicht mehr die dreckigen Klamotten, die sie zwei Tage lang angehabt hatte. Sie hatte ein Kleid an. Es war flott, sauber und kurz. Etwas anderes fiel mir erst auf, als wir uns setzten. Sie hatte Make-up aufgetragen. Eyeliner und roten Lippenstift. Und obwohl es im Zelt nach Insektenschutzmittel und Huhn in Knoblauch roch, fiel mir ihr Parfum auf. Ein weiches und angenehmes Parfum.
Mom wollte das Licht ausmachen und im Schein der Laterne essen. Sie irritierte mich. Ich musste an Beverlys Brüste denken. Und daran, dass Mom zwischen mir und diesem ansehnlichen Vorgebirge stand. Ich sagte, ich wolle wenigstens sehen, was ich auf dem Teller hätte, also blieb das Licht an. Sie ließ sich von meiner Laune nicht stören und führte eine Gabel mit Huhn zum Mund.
»Das schmeckt toll«, sagte sie.
Mom verschlang ihr Gericht. Stocherte nicht nur auf dem Teller herum, wie sie es seit unserer Landung getan hatte. Der heutige Abend war anders. Heute Abend war sie hungrig.
»Hab ich dir schon mal gesagt, dass du ein hübscher Junge bist? Das hab ich dir noch nie gesagt. Hätte ich aber tun sollen.«
Ihr Kompliment bereitete mir Unbehagen. Der Regen prasselte auf die Zeltleinwand. Es klang wie Korken, die auf eine große Trommel fielen. Ich wurde rot, griff nach

meinem Bier und trank drei große Schlucke. Ich stellte die Flasche zu fest auf dem Tischchen ab und sah zu, wie der Schaum durch den Hals aufstieg, überlief und an den Seiten hinabrann.
Mom griff in die Tasche und legte zwei kleine Tabletten neben ihre Bierflasche auf das Tischchen. Die eine steckte sie in den Mund und spülte sie mit einem Schluck Bier runter.
»Gegen meine Panikattacken«, sagte sie, ohne meine Frage abzuwarten. Sie nahm die zweite. »Ich hab sie nie genommen. Aber jetzt möchte ich. Ich möchte die Safari zu Ende machen.« Sie schluckte auch die zweite Tablette und lächelte mich an. »Viel besser«, sagte sie.
Ich hatte mein Essen kaum angerührt. Die Geschichte war mir auf den Magen geschlagen. Beverlys Brüste gingen mir nicht aus dem Sinn. Ich habe noch nie verstanden, dass manche Männer in der Mittagspause in eine Stripstube gehen, sich den Bauch mit Steaks voll schlagen und dazu Frauen anschauen können, die sich zu lauter Musik nackt ausziehen. Ich hab das ein Mal gemacht, und das hat mir gereicht. Ich wurde viel zu geil. Ich wäre am liebsten auf der Stelle über das Mädchen hergefallen. Und wenn ich sie schon nicht kriegen konnte, und ich konnte sie natürlich nicht kriegen, wollte ich masturbieren. Aber essen? Nichts zu machen. Wenn ich geil bin, ist das, als hätte ich die Grippe.
Die Mischung aus Geilheit und Moms Parfum wurde mir zu viel. Ich schob meinen Teller weg und zündete mir eine Zigarette an.
»Was ist denn los?«, fragte sie.
»Nichts.«
»Du hast deine Pasta ja nicht mal probiert.«
»Ich hab grad keinen Hunger.«
»Du verschweigst mir etwas.«

»Stimmt. Ich habe einen Bärenhunger. Ich will's bloß nicht zugeben.«
»Ich bin unter anderem zu dir ins Zelt gekommen, weil ich den dämlichen Sprüchen deines Vaters entkommen wollte.«
»Mom, diese Reise ist ein einziger Albtraum. Da werd ich mir doch wohl ein bisschen Sarkasmus erlauben dürfen.«
»Ich möchte doch bloß wissen, was dir auf den Magen geschlagen ist.«
»Du. Im Moment bist du es.«
»Warum?«
»Jetzt geht's dir grade gut. Du hast dich geschminkt und umgezogen, und du hast wieder Appetit.«
»Ist das denn schlimm?«
»Komm mir nicht so. Das hab ich doch gar nicht behauptet. Aber es wirft mich einfach aus der Bahn. Einmal bist du gut drauf, dann bist du schlecht drauf, und dann bist du wieder gut drauf.«
»Was wäre dir denn lieber?«
»Darum geht es nicht.«
»Wusstest du, dass dein Vater und ich seit zehn Jahren nicht mehr miteinander geschlafen haben?«
»Das geht mich nichts an.«
»Zehn Jahre, Richard.«
»Und was soll ich jetzt sagen?«
Mein Mund verschloss sich jedem weiteren Gespräch. Aber mein Verstand musste zugeben, dass zehn Jahre eine verdammt lange Zeit waren. Falls es stimmte. Es musste nicht stimmen. Das hätten die doch nie im Leben zehn Jahre lang durchgehalten.
»Ich erwähne das bloß, weil ich nicht möchte, dass es Nicole und dir genauso geht.«
Die hatte es faustdick hinter den Ohren. Einfach so Nicole zu erwähnen. Ich hatte nicht viel an Nicole gedacht. Aber

auf einmal blitzten und funkelten alle möglichen schönen Bilder vor meinem inneren Auge. Bilder, wie wir uns Briefe schrieben. Meine waren länger, weil ich anderen Leuten nun mal gern mit meinen dämlichen Überzeugungen auf den Wecker falle. Wie sie mich aufzog, weil ich Popcorn im Kino immer Stück für Stück aß. Wie wir überlegten, wo wir leben wollten. Vancouver Island. Prag. New York. Wie ich ihr Pfirsichparfum kaufte. Wie ihre erschauernden Schenkel an meinen Ohren entlangglitten.

»Wobei ich nicht den Sex meine«, sagte sie. »Ich meine Freundschaft, sie in den Arm nehmen und ihr sagen, wie wichtig sie dir immer sein wird.«

»Du klingst wie ein Fünf-Dollar-Ratgeber.«

»Und du klingst wie ein großkotziger Neunzehnjähriger, der nichts als Scheiße im Kopf hat«, giftete sie.

»Wenn ich Probleme habe, mich auf jemanden einzulassen, hat das nichts mit Sex zu tun«, sagte ich und zog mit Daumen und Zeigefinger meine Oberlippe vor. »Es hat hiermit zu tun.«

Ich steckte den Daumen unter die Oberlippe und schob sie vor, was hoffentlich die angestrebte groteske Wirkung hatte.

»Das ist eine billige Ausrede. Die ist doch kaum zu sehen. Das solltest du echt langsam kapiert haben.«

»Ich habe nichts kapiert, und ich hab null Bock, hier rumzusitzen und über Scham und diese Kühltruhe von Herz zu reden, die Dad mir vererbt hat.«

»Von Schämen hab ich nichts gesagt.«

Holla. Dementieren. Gegenangriff. »Hast du wohl.«

»Hab ich nicht. Das bildest du dir bloß ein.«

»Was ich mir einbilde, ist meine Sache! Das geht dich gar nichts an!«

»Du kannst offenbar noch nicht darüber reden. Aber wenn du erst drei Jahre mit Nicole zusammen gewesen

bist und die Leidenschaft langsam abklingt und ihr zu streiten anfangt und euch auseinander lebt, dann …«
»Dann werde ich wissen, dass sie eben nicht die Richtige war.«
»Nein! Nicht wenn du sie liebst.«
»Mom, ich kenne Nicole doch gar nicht. Ich werde sie wahrscheinlich nie wiedersehen. Es ist hirnverbrannt, so von ihr zu reden.«
»Du hast gesagt, du würdest sie heiraten.«
»Sie hat mir eine Scheißrose geschenkt. Das ist alles. Ich bin doch ein totaler Versager. Ihre kleine Aufmerksamkeit hat ausgereicht, mir das Hirngespinst in den Kopf zu setzen, ich würde sie wiedersehen und heiraten. Ein einziger Selbstbetrug. Sie hatte Mitleid mit mir. Mehr nicht.«
Es erschütterte mich, zuzugeben, dass ich Luftschlösser gebaut hatte. Einen Ort, auf den ich Hoffnung setzen konnte. Ich bin ein Zyniker mit schwarzem Herzen, aber im Grunde wünsche ich mir bloß ein Happy End.
»Nicole hatte nicht nur Mitleid mit dir.«
»Alle haben Mitleid mit mir. Ich weiß doch, was sie denken. So ein schlauer Bursche. So starke Hände. So herzensgute Augen. Pause. Eine Schande, das mit der Hasenscharte.«
»Es ist eine Gaumenspalte, und niemand denkt das.«
»Alle denken das.«
Ich wurde von meinem Selbstmitleid überwältigt. Ich bekam feuchte Augen. Vor Mom hatte ich nicht mehr geweint, seit ich mir den Arm gebrochen hatte.
»Bitte reg dich nicht auf.«
»Du bist schuld! Weil du von deinem Sexleben mit Dad angefangen hast. Das geht mich doch gar nichts an!«
»Es tut mir Leid.«
»Du hast das doch gar nicht erwähnt, weil du mir helfen wolltest. Und ich glaube auch nicht, dass du es erwähnt

hast, weil du so entsetzliche Angst hast, ich könne so enden wie Dad.«

»Was soll das heißen?«

»Gar nichts. Ich hol mir einen Kaffee.«

»Sag schon.«

Ich ignorierte sie und ging zur Zeltklappe. Sie schoss vom Stuhl hoch und versperrte mir mit zusammengepressten Lippen den Weg. »Sag sofort, was du damit meinst.«

»Ich sag gar nichts mehr.«

Sie rührte sich nicht vom Fleck. Ich wollte sie nicht beiseite schubsen. Und so, wie sie mich ansah, hätten meine Augen dann Bekanntschaft mit ihren Fingernägeln geschlossen.

»Ich glaube, du verschweigst mir etwas«, sagte ich. »Etwas, das dich deprimiert.«

»Was denn zum Beispiel?«

»Das möchte ich von dir wissen.«

»Wie kann ich dir etwas sagen, wenn ich nicht weiß, was es sein soll?«

»Hast du mich je angefasst, als ich ein Kind war?«

Da. Es war raus. Ich hatte ihr endlich die entscheidende Frage gestellt. Scheiß auf die Folgen. Sie hatte es nicht anders gewollt. Jetzt war es so weit. Volltreffer. Ich dachte, sie würde in Tränen ausbrechen. Aber sie musste lachen. Und in ihrem Lachen sah ich viele Schattierungen. Eine Spur Beschämung. Einen Spritzer Mitleid und eine Prise Erleichterung.

»Hast du das von Gabriel?«, fragte sie argwöhnisch.

»Nein.«

»Was soll das mit dem zu tun haben, was ich von meiner Beziehung zu deinem Vater erzählt habe?«

»Ich glaube, das war nur ein Versuchsballon. Du wolltest sehen, wie ich reagiere. Deshalb hast du von Sex angefangen. Dich in Schale geworfen. Geschminkt und parfümiert. Du wolltest wissen, wie ich darauf reagiere.«

»Worauf?«, fragte sie verwundert.
»Dass du diese Nacht hier schläfst. Auf deine Gefühle für mich. Dass Dad eifersüchtig darauf ist, wie nahe wir uns sind.«
Sie musterte mich. Von Kopf bis Fuß. Inspizierte alle Ecken und Winkel. Und als sie mit der Untersuchung fertig war, stellte sie ihre Diagnose.
»Du bist wahnsinnig. Die Drogen haben dich um den Verstand gebracht.«
»Soll mir recht sein. Ich bin wahnsinnig. Du bist wahnsinnig. Wir alle sind wahnsinnig.«
»Warum hast du eine Erektion bekommen, als ich dich vorhin in den Arm genommen habe?«
»Hab ich gar nicht.«
»Ich hab's doch gespürt.«
Meine Knie wurden weich. Ich wollte nur noch weg.
»Ich musste an Nicole denken.«
Sie setzte ein grausames Lächeln auf. Ein spöttisches Lächeln. Ein »Netter-Versuch«-Lächeln. Und dann fauchte sie wie eine in die Enge getriebene Katze: »Ich habe dich nie angefasst, als du klein warst. Niemals! Es widert mich an, dass du so etwas auch nur denken kannst. Und was den heutigen Abend betrifft, dachte ich, ich würde mich wohler fühlen, wenn ich mal was anderes anziehe. Ich weiß, dass das für deinen perversen Geist alles nur ein Versuch war, dich zu verführen, aber das ist dein Problem. Und zwar ein ernstes, ekelhaftes Problem. Ich bin das nicht. Du bist das. Du brauchst Hilfe, Richard.«
Sie trat beiseite und funkelte mich weiter an. »Es ist nicht deine Lippe, die die Mädchen verscheucht. Sondern dein Geist. Das merken sie. Du tickst nicht richtig.«
Ich floh nach draußen und ging langsam durch den Regen. Ich hatte das Gefühl, dass es aus war. Aus und vorbei. Nur was »es« war, wusste ich nicht.

Ich sitze an der Bar und trinke Kaffee. Ich werde heute Abend keinen Alkohol mehr trinken. Mein Kopf ist leer.

23:37 Uhr Ich blieb in der Bar, bis sie um elf zumachte. Ich sagte mir, dass Mom dadurch Zeit bekam, ihre Sachen zu packen und in ihr eigenes Zelt zurückzukehren. Dad würde schon schlafen. Seinetwegen bräuchte sie sich keine Sorgen zu machen.

Als ich zurückging, regnete es immer noch. Ich freute mich darauf, in mein Bett zu kriechen und das Denken eine Weile auszuschalten. Ich kam zum Zelt. Es war dunkel, aber ich sah, dass Mom nicht gegangen war. Sie schlief in meinem Bett. Wie hatte sie nach allem, was sie gesagt hatte, bloß bleiben können? Und nachdem sie meine Vorwürfe gehört hatte?

Ich war richtig wütend, als ich sie sah. Mein Adrenalinpegel stieg. Sie war nicht ganz zugedeckt. Im Schlaf war die Decke verrutscht. Ein nacktes Bein sah heraus. Ich konnte bis ganz oben zum Schenkel sehen. Ich glaubte, auch den Umriss einer Brust zu erkennen. Ich fragte mich, ob sie wohl ganz nackt war. Ich merkte, dass ich ihre Rundungen anstarrte. Mein Zorn war verraucht. Nur mein Herz klopfte weiter.

Das Feldbett stand gleich innen hinter dem Eingang. Sie mussten es gebracht haben, als ich an der Bar saß. Mom hatte es nicht für mich aufgestellt. Sie hätte es doch wenigstens für mich beziehen können. Aufklappen. Das Laken über die Ecken spannen. Ein Kissen aufschütteln. Wie sich das für eine Mom gehört. Wollte sie mich bestrafen? Ich stellte das Feldbett auf, so leise ich konnte. Ich liege jetzt darauf und schreibe beim Schein der Laterne. Unter der Decke bin ich nackt. Ich habe einen Ständer, aber mit ihr im Zelt kann ich nicht masturbieren. Ich warte bis morgen früh, wenn sie weg ist. Es ist verlockend, weil ich so geil bin. Ich kann nicht schlafen.

3:32 Uhr Irgendetwas ist passiert. Ich schlief auf dem Feldbett. Plötzlich roch ich süßes Babyöl. Ich spürte die kalte Nachtluft an der Brust. Die Decke war bis zu den Hüften runtergerutscht. Eine warme Hand strich an meinem Ständer auf und ab. Ich hatte Angst, die Augen zu öffnen. Ich fühlte, wie ihre Brüste sanft meinen Schenkel berührten. Ich hörte mein Atmen. Aber ich hörte auch ihr Atmen, das lauter war als meins. Und ich hörte eine weiche Stimme flüstern: »Es tut mir Leid, es tut mir so Leid.«
Schließlich öffnete ich die Augen. Ich setzte mich auf und sah, dass Mom genauso dalag wie vorher. Im Bett. In genau derselben Position. Es war ein Traum. Mom hat also Recht. Ich brauche wirklich Hilfe. Solche Träume können nicht normal sein. Aber wenigstens habe ich niemandem wehgetan. Ich habe auch niemals so was gedacht, bis Gabriel mich darauf brachte. Alles wird wieder gut. Es war bloß ein Traum. Ein Traum, den ich niemandem je erzählen kann. Es gibt Schlimmeres. Es gibt Großväter, die Kätzchen in Jutesäcken vergasen, und fettärschige Tanten, die Kleinkinder ersticken.
Als ich aus dem Traum erwachte, setzte ich mich im Feldbett auf. Es hatte aufgehört zu regnen. Das wohltuende Mondlicht umarmte das Zelt. Etwas Warmes rann mir am Schenkel herab. Auf Bauch und Brust hatte ich sämige Tropfen. Im Mondschein glänzten sie wie Quecksilber. Ich hatte immer noch einen Ständer. Ich strich mit dem Daumen daran entlang und spürte die unverkennbare Glitschigkeit von Babyöl.

Donnerstag, 18. August
14:34 Uhr
Maralal Safari Lodge
Hütte 12
Kenia, Afrika

Ich habe schon Baringo für das Paradies gehalten. Aber Maralal ist noch besser. Ich habe eine eigene Hütte. Beim Schreiben sehe ich vielleicht zwanzig Meter vor meinem Fenster Zebras grasen.

Ich habe das Gefühl, als würde die Safari jetzt erst richxtig losgehen. Endlich sehen wir Großwild. Keine Scheißflamingos mehr. Jetzt fängt der beste Teil der Reise an. Ich bin so glücklich hier. Ich bin froh, dass wir den Wahnsinn von Baringo hinter uns haben.

Dad weckte mich heute Morgen um sieben, indem er auf die Zeltbahn schlug und meinen Namen brüllte. Ich schoss hoch und rief, alles in Ordnung. Er brüllte zurück, er wolle nicht wissen, ob alles in Ordnung sei. Ich solle bloß aufstehen. Er fragte, ob etwas nicht stimme. Ich rief, nein, alles in Ordnung. Er grummelte noch etwas und ging.

Ich brauchte eine Weile, um mir den Traum wieder ins Gedächtnis zu rufen. Vielleicht wollte ich ihn vergessen. Ich wusste nicht, wie ich Mom heute Morgen gegenübertreten sollte. Würde sie mir etwas von den Augen ablesen? Würde sie spüren, was ich geträumt hatte? Mir sechs Ohrfeigen verpassen? Drei auf die linke Wange, drei auf die rechte? Ich brauchte mir keine Sorgen zu machen. Das Bett war leer und gemacht. Ihre Tasche war weg. Sie musste früh gegangen sein. Langsam stellte sich ein anderes fürchterliches Gefühl ein. Wenn sie nicht in meinem Zelt war, wo zum Teufel war sie dann? Als Dad mich weckte, musste er doch annehmen, Mom wäre noch bei mir.

Mir fiel ein, dass ich sie beschuldigt hatte, mich missbraucht zu haben. Mein Gott, wenn das einen Menschen nicht in den Selbstmord trieb, was dann? Ich sprang hinaus und raste wie ein Verrückter zum Zelt von Mom und Dad. Völlig aus der Puste kam ich an, und da packte Mom ruhig Sachen in ihre letzte Tasche. Sie drehte sich zu mir um und lächelte lieb. Dad war nicht da.

»Na, gut geschlafen?«, fragte sie.

»Ja«, sagte ich erleichtert. »Du musst ja in aller Herrgottsfrühe aufgestanden sein.«

»Stimmt. Aber ich habe so gut und tief geschlafen wie schon lange nicht mehr. Dein Vater ist schon ins Restaurant gegangen. Wir sollen ihn beim Frühstück treffen.«

Eine kurze Pause entstand, und wir sahen uns an. »Tut mir Leid, dass ich das gestern Abend alles gesagt habe.«

»Was alles?«, fragte sie.

»Du weißt schon.«

»Ich weiß gar nichts.«

»Doch, weißt du, und es tut mir Leid.«

»Richard Clark, ich kann mich nicht entsinnen, dass ich mir gestern Abend von dir oder einem anderen Menschen etwas hätte anhören müssen, das einer Entschuldigung bedürfte. Das einzig Schlimme war, dass du mit den Zähnen geknirscht hast, das solltest du nämlich nicht tun, weil es den Zahnschmelz zerstört.«

Ich verließ ihr Zelt und ging zu meinem zurück. Darauf lief ihre Strategie also hinaus. Leugnen von A bis Z. Betrunken war sie nicht gewesen, also konnte sie auch keinen Filmriss haben. Nein, sie leugnete die ganze Sache. Gut.

Als ich zu meinem Zelt zurückkam, klappte ein Camp-Mitarbeiter gerade das Feldbett zusammen. Ich nahm meine Zigaretten vom Tisch und steckte mir eine an. Der Mitarbeiter lächelte mir zu, als er das Feldbett fortschob.

Ich hörte die Rädchen quietschen, als es über den Schotterweg juckelte. Als das Geräusch verklungen war, breitete sich überwältigende Stille im Zelt aus. Keine verstörende Stille. Eine ruhige Stille. Ich hätte umgehend ausrasten müssen. Aber ich war überrascht, weil ich mich so gut fühlte. Nicht gut. Einfach erleichtert. Das Parfum. Das Feldbett. Die Beweise. Alle weg.

Die letzte Nacht war wild gewesen. Der Sturm. Moms Übernachtung. Die Vorwürfe. Nackt mit ihr in einem Zimmer. Der schräge Traum. Mir hätte übel sein müssen. War mir aber nicht. Ich freute mich einfach auf den Rest der Safari.

Als ich den Schotterweg zum Restaurant hochging, fiel mir endlich der klare blaue Himmel auf. Der Sturm war vorbei und hatte deutliche Abgeklärtheit zurückgelassen. *Willst du damit sagen, dass es draußen echt ruhig war?* Ja. *Ach so.*

Beim Frühstück hatte ich einen Bärenhunger. Ich bestellte alles: Rührei, Schinken, Würstchen, in Tabascosauce ertränkte Kartoffeln, vier Scheiben Toast mit Erdbeermarmelade, einen großen Orangensaft und rund zwei Liter Kaffee. Mom ging's genauso. Sie spachtelte wie ein Scheunendrescher. Dad war das fünfte Rad am Wagen. Er pikste in seiner Grapefruit herum und wirkte zerstreut und angespannt. Und angewidert.

»Wann geht die Fähre?«, fragte ich.

»Um neun«, sagte er.

Das war sein Beitrag zur Frühstückskonversation. Er entschuldigte sich und ging, wahrscheinlich kotzen.

Zwischen Mom und mir gab es null Stress. Keiner hatte Anschuldigungen oder Geständnisse vorzubringen. Eine willkommene Abwechslung nach dem gestrigen Abend. Ich fühlte mich ihr näher als seit Jahren.

»Er ist erstaunlich«, sagte sie und lachte. »Er hat in der

Nacht eine ganze Flasche Scotch getrunken. Da sollte man doch annehmen, dass er geradewegs ins Koma gefallen ist. Aber um sechs war er heute Morgen wieder auf, rasierte sich, summte vor sich hin und trank Kaffee. Du weißt doch, er hat in seinem ganzen Leben keinen einzigen Tag krankgemacht.«

»Hat er mir erzählt. Hundert Mal.«

»Es stimmt. Deswegen ist es so schwer, ihm gegenüber sein Alkoholproblem anzuschneiden.«

»Hat er dich je geschlagen, wenn er betrunken war?«

»Dein Vater hat mich nie geschlagen. Weder betrunken noch nüchtern. Einmal hat er einen Kohlkopf nach mir geworfen.«

Ich hätte ihr um ein Haar von seinem Arm an meiner Kehle und dem Angriff auf den Fettsack erzählt. Bringt nichts, Dad zu verraten oder ihr zusätzliches Material zum Sorgenmachen zu liefern. Lieber entschied ich mich für einen ihr schon bekannten Pfad.

»Er hat mir mal den nackten Hintern gepeitscht.«

»Da war er aber nicht betrunken.«

»Und du hast keinen Ton gesagt. Hast mich nicht verteidigt.«

»Du bist mein Baby. Es zerriss mir das Herz. Ich hasste es, dass du deine Strafe bekamst, aber ich mochte es auch nicht, dass du gelogen hattest. Dein Vater verlangt Ehrlichkeit. Du kannst ihm die große Zehe abschneiden, das hat er dir nach einer Woche vergeben. Lüg ihn an, und du zahlst ein Jahr lang die Zeche.«

Oder ein Leben lang.

»Glaubst du, er ist immer ehrlich?«

»Zu allen außer zu sich selbst.«

»Hast du ihn je belogen?«

Mom überlegte einen Augenblick oder wollte mich glauben machen, dass sie all die Jahre an seiner Seite durch-

ginge und sich an jede Einzelheit erinnerte. Die Antwort kam nach einer Ewigkeit.
»Unser ganzes gemeinsames Leben ist eine Lüge. Diese Safari durch Afrika ist eine Lüge. Wir alle tun so, als wären wir eine große, glückliche Familie im Traumurlaub ihres Lebens.«
»Ich tu überhaupt nicht so. Es ist eine beschissene Katastrophe.«
»Dein Vater tut so, und bitte lass dein Fluchen.« Sie sah auf die Uhr. »Es ist fünf nach neun. Er wird schon unten am Kai sein.«
Mom stand auf und kam zu mir herüber. Sie küsste mich auf die Stirn. »Danke, dass ich letzte Nacht bei dir schlafen konnte. Es wird nicht wieder vorkommen. Ich weiß, dass du Wert auf deine Privatsphäre legst.« Sie ging, und mir wurde ganz mulmig zumute. Was zum Teufel sollte das nun wieder heißen, *es wird nicht wieder vorkommen*? Mich im Schlaf zu masturbieren? Es war ein Traum.
Ich ging zum Zelt und holte mein Gepäck. Ich hätte mich gern noch einmal auf die Veranda gesetzt, eine Zigarette geraucht und ein letztes Mal in aller Ruhe über Baringo nachgedacht. Aber dafür war keine Zeit mehr, und ich fühlte mich auch nicht sicher genug. Ich bückte mich nach meinen Taschen.
»Na, alles wieder in Ordnung?«
Ich musste mich nicht umdrehen, um zu wissen, wer da sprach. Der schottische Akzent genügte.
»Ihr fahrt also ab, ja?«
Beverly trug einen tief ausgeschnittenen roten Sweater mit sechs Knöpfen. Normalerweise merke ich mir Kleidungsstücke nicht so genau, aber Beverly bot genug Inspiration für Einzelheiten. Sie stand am Eingang meines Zelts und stemmte die Hände in die Hüften. Ich warf einen Blick auf ihre Brüste.

»Hat es dir auf der Insel gefallen?«, fragte sie.
Ich antwortete nicht. Ich hatte nichts zu sagen. Mein Herz raste, mein Slip schwoll. Ich ging langsam auf sie zu. Weiß der Geier, wie ich aussah. Verzweifelt? Wahnsinnig? Zuversichtlich? Sie trat einen Schritt zurück. Ich blieb vor ihr stehen.
»Beverly«, sagte ich. »Kann ich deine Brüste sehen?«
Sie runzelte verwirrt die Stirn. »Wie bitte?«, fragte sie.
Meine letzte Gelegenheit, als Feigling zu enden oder die Gunst der Stunde zu nutzen.
»Ich möchte deine Brüste sehen.«
Ich hörte sie fragen: »Jetzt gleich?«
Ich hörte mich bestätigen: »Jetzt gleich.«
Ich sah sie langsam den Sweater aufknöpfen. Eins, zwei, drei, vier, fünf, sechs. Ich sah sie den Sweater von den Schultern schieben. Ich sah sie in einem heidelbeerblauen BH mit tulpenförmigen Körbchen dastehen, die Oberseiten ihrer Brüste vollständig entblößt. Ich hörte sie sagen: »Da sind sie.« Ich sah sie im Rücken den BH-Verschluss lösen. Ich sah ihre strotzenden Brüste wogen. Ich sah, wie ich mich vorbeugte. Ich spürte, wie sich mein Mund um ihren hart gewordenen Nippel schloss.
Ich sah, hörte und spürte all diese wunderbaren Dinge, aber in Wirklichkeit hörte ich Beverly sagen: »Du wirst nichts dergleichen zu sehen bekommen.« Und was ich wirklich sah, war eine entsetzte Frau, die sich umdrehte und davonrannte.
Ich stand da und schwankte ein bisschen, weil mich die Turbulenzen ihres Davonrauschens erfassten. Warum war sie zu meinem Zelt gekommen? Was für ein Spiel spielte sie? Vielleicht hatte sie nachschauen wollen, ob das Feldbett abgeholt worden war. Vielleicht war sie deshalb vorbeigekommen. Vielleicht war weiter nichts dabei. Und ich war auf sie losgestürzt, hatte ausgesehen wie der Würger

von Boston und wollte ihre Titten sehen. Meine Güte. Was war bloß los mit mir? Was hatte ich getan? Rasch schnappte ich mir meine Taschen und lief zum Kai. Wie Gilligan wollte ich nur noch um jeden Preis von der Insel weg.

Allmählich macht mir das Tempo meiner Stimmungswechsel Angst. Ich weiß nicht, was Mom hat, aber es ist ansteckend. Ich hab's. Und Dad hat's auch. Ich sehe das Bild der kleinen, filzbespannten Hämmer in einem Klavier vor mir. Das sind wir. Rauf und runter. Hin und her. Und ich sehe einen Verrückten am Klavier sitzen. Er hat langsam und bedächtig angefangen, und jetzt steigert er das Tempo. Spielt schneller. Und es klingt schrecklich, verstimmt und falsch. Und die kleinen, filzbespannten Hämmer verschwimmen.

Mom und Dad waren schon auf der Fähre, als ich am Kai ankam. Dad war immer noch angespannt und mit den Gedanken sonst wo. Ich glaube, Mom hatte Recht. Wahrscheinlich war er eifersüchtig. *Lass den Scheiß.* Oder sauer, dass sie woanders hingehen konnte. Da war ihm wohl der Schreck in die Glieder gefahren. Was sollte er machen, wenn sie sich endgültig absetzte?

Die Fähre glitt rasch auf den See hinaus. Beim Blick zurück sah ich Beverly am Kai stehen. Musste wohl sichergehen, dass der Würger die Insel verlassen hatte. Ich fragte mich, was Nicole wohl gesehen hatte, als ich dagestanden und wie ein Bekloppter gewinkt hatte. *Der Arme,* muss sie gedacht haben. *Er wird ein nettes Mädchen finden, das selbst entstellt ist, ein Brandmal im Gesicht hat, einen Damenbart oder Überbiss. Irgendwer wird dieses Wesen lieben. Aber kein schöner Mensch wie ich.*

Ich dachte, dass ich meine Hasenscharte für Nicole operieren lassen könnte. Meine Oberlippe in einen schön geschwungenen Kussmund verwandeln. In meiner Kindheit fragte unsere Nachbarin, eine Krankenschwester, Mom einmal, warum sie mich eigentlich nie richtig hätten operieren lassen. Ich hatte meine Zinnsoldaten im Esszimmer aufmarschieren lassen. Bei mir gewannen immer die Deutschen. Die hatten so coole Helme.

Mom reagierte sehr gereizt auf die neugierige Nachbarin. Sie sagte, ich hätte schon vier Operationen hinter mir. An die ersten drei kann ich mich nicht erinnern, da war ich noch zu klein. Die erste fand sofort statt, nachdem ich rausgefallen war. Mann, muss ich scheußlich ausgesehen haben. Die haben sich wahrscheinlich gefragt, ob sie mich nicht lieber in den Müll schmeißen sollen. Deshalb gibt es von mir auch keine Babyfotos. Auf den frühesten Bildern bin ich schon drei und habe die Operationen hinter mir.

An den vierten Eingriff kann ich mich erinnern. Er jagte mir eine Heidenangst ein und tat schweinemäßig weh. Aber ich glaube, mir tat er weniger weh als Mom. Vorher und hinterher hat sie tagelang geweint. Ich dachte, ich hätte etwas falsch gemacht, und sagte ihr, ich wolle keine weiteren Eingriffe. Und das war's. Eigentlich hatte ich noch einen fünften Termin, aber den sagten Mom und ich ab. Sie wirkte erleichtert. Genau wie ich. Natürlich nur, bis der Spott losging. Eine fünfte Operation hätte geholfen, aber dafür habe ich da immer eine kleine Erinnerung. Ich finde es die blanke Ironie, dass der die Nase betreffende Teil der Operation Rhinoplastik genannt wird. *Warum das blanke Ironie ist?* Weil wir in Afrika sind. *Ach so.*

Ein Arbeitskollege hat mich mal gefragt, wann ich das Scheißding richten lassen würde. Ich hab gesagt, er soll sich um seinen eigenen Kram kümmern. In Wirklichkeit wollte ich das Ding gar nicht richten lassen. Wem oder was hätte ich denn dann all meine Probleme in die Schuhe schieben sollen? Ich hasse meine Fresse, aber im Laufe der Zeit hab ich auch ihren Wert schätzen gelernt. Ich fühl

mich damit wie dieser Franzose mit der großen Nase, der bei den Frauen so gut Süßholz raspeln kann. Ich frag mich bloß, wann ich das mit dem Süßholz lerne.
Ich habe mir immer eingeredet, ich würde alles richten lassen, wenn ich eine Frau gefunden hätte, die mich um meiner selbst willen liebte und der mein Gesicht egal wäre. Sollte sich Nicole als diese Frau herausstellen, dann werde ich es für sie tun. Und an dem Tag werde ich kapitulieren und sterben, dann werde ich wie alle anderen Arschgesichter, narbenlos und normal. Ich besorge mir einen Job in einem Büro, und wenn mich am Montag einer fragt, wie's mir geht, schau ich ihn erstaunt an, als wäre das die dümmste Frage, die ich je gehört hätte. *Willst du mir hier auf die Stulle furzen oder was? Heut ist Montag.* Und wir werden einmütig zusammen lachen, weil wir wissen, dass wir unseren Text vom selben Blatt ablesen. Am Mittwoch werde ich Bergfest feiern. Am Freitag werde ich richtig gute Laune haben, und wenn mich der Typ vom Montag am Freitag fragt, wie's mir geht, werde ich sagen, mir geht's prima. Echt prima. *Wir haben Freitag. Wie soll's mir da nicht prima gehen?* Und wir werden von Freiheit reden. Nicht über die Freiheit von Faulheit, Unwissenheit, Gier oder Lügen. Nein nein. Wir werden darüber reden, was wir am Wochenende vorhaben.
Als wir die Spitze der Insel umrundeten, entdeckte ich in einem Baumwipfel einen kleinen Jungen, der uns nachsah. Ich bin nicht ganz sicher, glaube aber, das war Sedekia. Wollte ein letztes Mal die todgeweihte Familie sehen.
Die Überfahrt war für jeden von uns eine einsame Reise. Wir hielten uns voneinander fern. Ich sah eine Familie, die sich über ein Damebrett beugte. Der Vater hatte seinem pausbäckigen Sohn eine Pranke auf die Schulter gelegt. Die Frau und die Tochter gackerten und kasperten herum und versuchten zu mogeln. Eine glückliche Familie beim

Faxenmachen. Sie waren wirklich ausgelassen. Um nicht zu sagen albern. Einen Augenblick lang hätte ich sie ansehen und denken müssen, *warum kann unsere Familie eigentlich nicht so sein?* Stattdessen hasste ich die glückliche Familie.

Um nichts in der Welt würde ich das hergeben, was ich habe. Ich will nicht hier draußen in Afrika sein, rumkaspern und gackern, und ich will auch nicht Dads Hand auf der Schulter haben. Ich will genau das machen, was wir machen. Im Feuer tanzen. Schreien. Weinen. Brennen. Wenn das das Mogeln beim Damespiel nicht um Längen schlägt, was dann?

Wir kamen am Kai an. Gabriel war da und stand neben unserem weißen Geländewagen. Ich freute mich riesig, als ich ihn sah, aber ich lasse mir grundsätzlich nicht anmerken, dass ich mich freue, jemanden zu sehen. Am Lenkrad unseres Geländewagens saß ein anderer Fahrer. Das versetzte mir einen Stich. In der Nähe parkte ein Mercedes. Davor warteten zwei Krawattendjangos, ein Mann und eine Frau. Beide hatten »Wimpole Tours« aufs Revers gestickt.

Ich ging zu Gabriel. Mom wollte nicht mit. Sie ging ans Seeufer, sah aufs Wasser hinaus und hoffte bestimmt auf eine Springflut, die sie in die Tiefe riss. Dad ging zu den Krawattendjangos.

Gabriel und ich schüttelten uns die Hände. Er hatte Tränen in den Augen. »Ich glaube, hier trennen sich unsere Wege.«

»Red doch keinen Scheiß.«

Ich war beeindruckt, dass Gabriel extra hergekommen war, um uns noch einmal zu sehen. Schließlich war er nicht dazu verpflichtet.

»Ich möchte mich von deiner Mutter verabschieden. Ich bin gleich wieder da.«

Gabriel wandte sich ab und näherte sich behutsam Mom unten am See. Ich war neugierig, ob er ihr den Arm um die Schultern legen würde. Nein, tat er nicht. Ich wollte gerade zu Dad gehen und ein letztes Plädoyer halten, als der eine Krawattendjango einen Namen rief. Es klang wie Ernie. Mann, kann auch Bert gewesen sein. Spielt doch keine Rolle. Der Fahrer unseres Geländewagens, eine echte Leiche von Mann, stieg aus und ging zum Mercedes. Der männliche Krawattendjango sagte etwas, er nickte und stieg in ihren Wagen. Dad schüttelte den Wimpole-Fritzen die Hände.

Gabriel ging zu Dad und sah sehr zerknirscht aus. Er hatte den Fahrer nicht in den Mercedes steigen sehen. »Mr. Clark …«, setzte er an.

»Vergessen Sie's«, sagte Dad, entdeckte Mom, die immer noch unten am Wasser stand, und rief: »Janet! Wir fahren.«

Ohne sich zu uns umzudrehen, rief Mom zurück: »Fährt Gabriel?«

»Ja!«, brüllte Dad.

Er war verlegen und verärgert. Verlegen, weil er eine gute Tat vollbracht hatte. Und verärgert, weil er Janets Wünschen nachgegeben hatte. Er stieg in den Geländewagen. Gabriel eilte zum Wagen und holte seinen Matchsack. Er wurde kurz von den Krawattendjangos aufgehalten, die aussahen, als wollten sie ihm noch einmal die Leviten lesen. Mom kam vom See hoch. »Ich wusste, dass er sich das noch mal überlegen würde.«

Gabriel ließ den Motor an, und wir brausten davon. Wahrscheinlich war Dad beim Frühstück deswegen so abwesend gewesen. Er muss die ganze Zeit überlegt haben, was er mit Gabriel anfangen soll. Oder aber Mom hat ihm die Daumenschrauben angelegt. Er mag es nicht, einmal getroffene Entscheidungen revidieren zu müssen. Er hält das für Schwäche.

Während der Fahrt nach Maralal fiel kein einziges Wort. Gabriel hütete sich, Konversation zu machen. Jeder wollte in Ruhe gelassen werden. In puncto Tiere bekamen wir nichts zu sehen. Aber die Landschaft war schön – sanfte Hügel und kühle Luft. Wir kamen wieder an Eingeborenen vorbei, die uns anfunkelten. Wir sind vielleicht verrückt, sehen aber noch immer aus wie reiche weiße Schweine.

Gegen Mittag erreichten wir Maralal, und Mom flippte nicht mal aus, als Gabriel sagte, ein bewaffneter Wachmann würde uns von unseren Hütten zur Lodge bringen (fünfzig Meter). Wir sind im Großwildgebiet. *Survival of the Fittest.* Hier ist das nicht nur eine Redensart. Die Starken überleben, und die Schwachen werden gefressen.

Zu Mittag aßen wir auf einer großen Veranda mit Blick auf ein paar Salzkuhlen. Überall waren Tiere, leckten Salz, putzten sich oder verscheuchten mit den Schwänzen die Fliegen. Unser Ober sagte, ab und zu kämen die Löwen zum Salzlecken und dann verkrümelten sich die anderen Tiere natürlich. Bis auf den Kaffernbüffel. *Das sind Mistviecher und tückisch wie nur was, sagte der Rodeoweltmeister, bohrte die Stiefelspitze in den Staub und hakte einen Daumen in die Jeans.*

Dad war endlich etwas aufgetaut. Er fand Maralal einfach sensationell. Mom anscheinend auch. Sie beobachtete die Tiere beim Salzlecken mit jener begeisterten Miene, die sich für Afrika gehört. Wir redeten nicht viel, aber die Stimmung war einfach gemütlich, behaglich.

Ein Hotelwachmann brachte uns zu den verschiedenen Hütten. Mom sagte, sie wolle einen Mittagsschlaf machen. Dad hat mich gerade nach draußen gerufen, um mir Tausende von Treiberameisen zu zeigen, die sich in Formation bewegen. Große Ameisen. Prima Sache. Jippieh! Um fünf holt uns Gabriel ab und will uns einen Leoparden zeigen.

Hier wird es mir gefallen. Aber wir bleiben nur eine Nacht. Mist. Ich bin überrascht, dass wir es so weit geschafft haben. Ich hatte erwartet, jetzt längst wieder in Nairobi zu sein.

Beim Mittagessen hab ich gesehen, wie ein Vater seine jugendliche Tochter auf den Mund küsste. Hmmm. Musste an Missbrauch und Inzest denken. Als ich sah, wie sich die rehäugige Tochter hinterher den Mund abwischte, sagte ich mir, dass es nicht die Vorfälle sind, die Probleme auslösen, sondern die Folgen. Stellen wir uns vor, ein Eisverkäufer lockt einen Siebenjährigen hinter einen Zaun und masturbiert vor ihm. Die Eltern finden das heraus. Die Mutter weint. Der Vater schreit, er bringt den Eisverkäufer um. Ich glaube, diese Reaktionen fügen dem Jungen viel größere Schäden zu als der eigentliche Vorfall. Die Eltern sollten dem Jungen deswegen noch lange nicht erzählen, was der Eisverkäufer getan habe, sei doch nett, denn das ist es nicht. Aber das Ausflippen sollten sie im stillen Kämmerlein erledigen. Der Junge soll sich dadurch nicht noch schlechter fühlen als sowieso schon. So läuft das nämlich meistens. Die hysterischen Reaktionen der Leute richten mehr Schaden an als der Vorfall selbst.

Hysteriker kann ich echt nicht ausstehen. In den Nachrichten sieht man die ja ständig. Meistens bei Katastrophen, Urteilsverkündungen oder politischen Demonstrationen. Dann brüllen und kreischen sie. Ich finde ja, solche Leute haben in Gesellschaft nichts zu suchen, die sollte man in ein Boot setzen und auf eine ferne Insel bringen. Das wäre für alle besser. Die leisten doch gar keinen Beitrag. Manche Menschen träumen von einer Welt ohne Hunger oder ohne Krieg. Ich träume von einer Welt ruhiger Menschen, die auf Krisen mit stillen, salzigen Tränen und ein bisschen Schniefen reagieren.

Nicht Ereignisse fügen den Menschen Schäden zu, son-

dern hysterische Reaktionen. Eines Tages werde ich darüber einen Aufsatz schreiben. Nicht für jemanden oder etwas. Einfach nur, um einen Aufsatz zu schreiben. Kommt man sich doch gleich wichtig vor.
Es ist langsam eine fixe Idee geworden, dass Mom mich als kleines Kind missbraucht hat. Ich suche eine billige Lösung für meine Probleme. Wie ein Idiot will ich eine einfache Erklärung, aber ich fürchte, es gibt keine. Wir werden nicht von einem einzigen tragischen Ereignis in unserer Kindheit definiert. Ich brauche etwas Neues, um meinen Geist zu wetzen.

18:13 Uhr Vor dem Leoparden musste ich noch etwas Zeit totschlagen … korrigiere … das ist Dads Standardspruch. Ich will mich nicht so anhören wie er. Er redet ständig davon, die Zeit totzuschlagen. Schlagt Wilderer und Propheten tot, aber nicht die Zeit. Sie ist zu kostbar. Ich rede gequirlte Kacke. Ich schlage ständig die Zeit tot. Genau wie er. Ich ramm sie ungespitzt in den Boden. Wann werde ich endlich aufwachen und den Zauber der Zeitlosigkeit spüren, die Wonnen der Ewigkeit? In ekstatischen Augenblicken habe ich sie erfahren, aber sie waren zu selten und lagen zu weit auseinander, um zu zählen. Noch bin ich ein Sklave der Zeit.
Also noch mal von vorn. Ich hatte noch Zeit, bevor wir zum Leoparden wollten, konnte aber nicht viel damit anfangen. Ich hatte Lust auf ein Bier im Restaurant, war aber zu faul, um an der Rezeption den bewaffneten Wachmann anzufordern, also ließ ich es bleiben.
Neben dem Kamin in meinem Zimmer war Feuerholz aufgestapelt. Ich hatte nicht genug Zeit für ein Feuer, aber heute Abend werde ich eins anmachen. Ich mag den Geruch von brennendem Holz. Er erinnert mich daran, wie ich als Kind an kalten Winterabenden durch unser altes

Wohnviertel nach Hause ging. Ich hatte immer Angst, irgendwelche Monster würden vom Himmel herabstoßen und mich in die Schwärze entführen, hinter die Sterne, an einen Ort, der noch kälter wäre, einen Ort, wo ich schlottern und sterben würde. Aber solange ich den Rauch roch, blieb ich ruhig. Und wenn abends mal nirgends ein Feuer brannte, stellte ich mir vor, in einem heißen Bad zu sitzen. Heißes Wasser, das sanft den Körper umspielt und eine Gänsehaut erzeugt, hat etwas, das vom Himmel herabstoßende Monster vertreibt.

Gefangen in meiner Hütte und ohne etwas Richtiges tun zu können, beschloss ich, mir die Schamhaare zu stutzen. Die meisten Männer verschwenden daran kaum einen Gedanken und auch Frauen wohl nur selten. Eine der Köchinnen vom Ölfeld hatte einen ungeheuren Busch. Hat mich total abgeturnt.

Mit wuchernden Schamhaaren wirkt mein Schwanz immer so klein. Ich hab's folgendermaßen gemacht. Ich holte eine Nagelschere aus dem Kulturbeutel und ging unter die Dusche. Auf einer blanken weißen Fläche sehen abgeschnittene Schamhaare widerlich aus. Wie ein Spinnenschwarm. Schamhaare sind so steif und drahtig. Warum zum Teufel können die nicht seidiger sein? Wenn es einen Himmel gäbe, wären derlei Dinge besser eingerichtet. Schamhaare wären weich und angenehm anzufassen.

Wenn ich mit dem Stutzen fertig bin, macht mich der Anblick meines Klöppels immer richtig an. Sieht dann gar nicht mehr wie mein langweiliger Schwanz aus. Er sieht aus, als hätte ich ihn durch ein anderes, kräftigeres Exemplar ersetzt. Aber diesmal keine Spur einer Erektion. Ich werde mir doch nichts geholt haben?

Ich zog mich an, *and we were off to see the leopard, the wonderful leopard of Oz, because, because, because, because, becaaaause, because of the wonderful things he does.* Ein bewaffneter Wachmann brachte mich zum Geländewagen. Ich ließ mich gern so beschützen. Kam ich mir gleich wichtig vor, wie Jasir Arafat oder Michael Jackson oder sonst wer, den die Leute gern umbringen würden.

Die Fahrt zum Leoparden ging schnell – gleich um die Ecke von der Lodge, aber noch schneller lief die Sache aus dem Ruder. Auf dem Gipfel eines kleinen Hügels stand eine kleine Beobachtungshütte. Eigentlich sollten wir dorthin laufen, aber Mom war nicht aus dem Geländewagen zu kriegen. Gabriel hatte einen bewaffneten Park-Ranger mitgebracht. Das machte Mom nur noch nervöser. Sie wollte wissen, wofür er das Gewehr brauchte. Gabriel erklärte, das sei nur eine Vorsichtsmaßnahme. Das kaufte sie ihm nicht ab. Sie erklärte uns alle für verrückt – der Leopard würde sich anschleichen, und wir hätten keine Chance.

Gabriel, der Park-Ranger und ich gingen ein Stück weiter, während Dad in den Geländewagen stieg, um Mom gut zuzureden. Ich konnte nichts hören, aber nach seinem Gesichtsausdruck zu schließen, bemühte er sich nach Kräften um Geduld und Verständnis.

»Ich freue mich, dass du wieder da bist«, sagte ich.

»Dein Vater hat mich überrascht«, sagte Gabriel lächelnd. »Aber ich bin froh über seine Entscheidung. Ich hätte ein schlechtes Gewissen gehabt, wenn es in dieser Missstimmung geendet hätte.«

Gabriel und ich sahen zu, wie Dad mit Mom verhandelte, um sie zum Verlassen des Geländewagens zu bewegen.

»Nicht dass es wichtig wäre«, sagte er, »aber ich habe das Gefühl, dass ihr euch sowieso bald nach Hause aufmacht.«

»Ich habe mit ihr über einiges gesprochen, was du mir erzählt hast. Wahrscheinlich war das falsch. Aber ich konnte nicht anders. Nur damit du weißt, warum sie vielleicht etwas kühl auf dich reagiert.«

Gabriel schwieg. Aber ich merkte, dass er bestürzt war. Das kotzte mich an. Er war kein Familienangehöriger. Das waren unsere Geheimnisse. Nicht seine. Er hatte kein Recht, bestürzt zu sein.

»Wie hat sie reagiert?«

»Sie hat jede derartige Beziehung zwischen uns abgestritten. Ich hab ihr quasi vorgeworfen, sie hätte mich missbraucht. Und das war ein Fehler.«

»Quasi?«, fragte er und schnaubte ungeduldig. »Entweder hast du ihr das vorgeworfen oder nicht. Und wenn ja, hast du das bestimmt nicht von mir, denn ich habe nichts dergleichen gesagt. Deine Verwirrung beruht vermutlich eher auf deinen Gefühlen für sie. Und nicht umgekehrt.«

Ich kann's nicht ab, wenn man so herablassend mit mir spricht. Ich sprach ruhig, hätte ihm aber am liebsten mit der Stirn das Nasenbein gebrochen.

»Ich habe nie behauptet, *du* hättest mir das erzählt. Ich habe ihr gegenüber nur erwähnt, du hättest quasi das Gefühl, es gäbe einen Zusammenhang zwischen mir und ihrer Depression. Mehr nicht.«

Er nickte mir zu, als wäre er ein König und ich ein Bettler. »Gewöhn dir mal dieses ›quasi‹ ab. Westliche Kids benutzen das gern, weil es so wischiwaschi und nichts sagend ist. Steh zu dem, was du sagst, Richard, dann bedeuten deine Worte vielleicht auch etwas.«

Gabriel ließ mich stehen und unterhielt sich auf Suaheli mit dem Park-Ranger. Ich war gekränkt. Er nannte mich ein Kid. Er nannte meine Ausdrucksweise wischiwaschi. Er unterstellte mir heimliche Gefühle für meine eigene Mutter. Dieses Arschloch erteilte mir gute Ratschläge.

Ich hasste ihn. Er war sauer auf mich, weil ich Mom gesagt hatte, was er mir gesagt hatte. Er fühlte sich verraten.

Hatte er denn nicht *quasi* Mom verraten, indem er mit mir gesprochen hatte? Verfickter Heuchler. *Steh zu dem, was du sagst, dann bedeuten deine Worte vielleicht auch etwas*. Für wen hielt sich der Arsch eigentlich? Für den Scheiß-Dalai-Lama?

Dad schaffte es endlich, Mom aus dem Geländewagen zu kriegen. Er legte ihr die Hand an den Rücken, und wir gingen den kleinen Hügel zur Beobachtungshütte hoch. Der Park-Ranger hatte das Gewehr über die Schulter geschlungen. Mom fragte ihn drei Mal, ob er das Gewehr nicht lieber in der Hand tragen solle, um jederzeit schießen zu können. Er sprach kein Englisch und reagierte nicht.

Innen erinnerte die Beobachtungshütte an den Geschützturm einer alten Festung. Sie hatte schmale Sehschlitze, gerade groß genug, um einen Gewehrlauf hindurchzuschieben. Gabriel führte uns zu einer Bank hinter den Sehschlitzen.

»Sehen Sie den Baum dort?«, sagte er und zeigte ihn uns. »Dort kommt er hin. Hoffentlich.«

Dad und ich spähten durch die Sehschlitze. Mom weigerte sich. Sie saß stocksteif da, starrte ihre Hände an und pulte an den Fingernägeln. Wahrscheinlich glaubte sie, wenn sie die Nase auch nur in die Nähe der winzigen Öffnung brächte, würde eine riesige Klaue erscheinen und ihr das Gesicht vom Schädel fetzen. Nicht weit von der Hütte stand ein großer Baum. In einer Astgabel lag ein großer Fleischbatzen.

Gabriel erläuterte, einen Leoparden bekäme man nur selten zu sehen. Wir sollten wissen, dass das hier eine echt große Sache war. Dad hatte seine Checkliste auf den Knien und saß mit gezücktem Stift da. Gabriel gab noch mehr Wissenswertes über Leoparden von sich, aber das hab ich alles vergessen. Nach seinen gönnerhaften Kommentaren hatte ich zwar eine Saulaune, musste aber zugeben, dass meine Aufregung stieg. Es war zwar ein bisschen geschummelt, die gefleckte Katze mit Fleischbrocken anzulocken, aber das war mir egal.

»Was machst du denn da?«, fragte Dad Mom. »Du solltest lieber nach dem Leoparden Ausschau halten.«

»Das reicht«, sagte Mom.

»Nicht schon wieder«, sagte Dad.

»Wir sind hier drin nicht sicher.«

»Wir sind in einer Hütte. Er kann hier nicht rein. Und selbst wenn, der Mann hat ein Gewehr.«

»Das tut nichts zur Sache.«

»Er kann uns nicht kriegen, Mom«, sagte ich und ließ den Baum nicht aus den Augen.

»Er wird uns alle zerfleischen.«

Mom stand auf und stellte sich an die Tür. Ich glaube, Dad hatte Angst, sie könne versuchen, zum Geländewagen zu rennen.

»Setz dich hin!«, schnauzte er sie an.

»Ich riskiere doch nicht das Leben meiner Familie. Wir haben hier nichts verloren!«

»Wir sind hier, weil du es wolltest! Die ganze Reise war deine Idee! Du magst Tiere! Wir sind hier, um Tiere zu sehen! Und jetzt setz dich hin!«

»Nein! Wir müssen hier raus, bevor es zu spät ist.«

Dad stand von der Bank auf. Er sah aus wie ein geprügelter Hund, wie ein Torwart, der vier von sechs Schüssen kassiert hat, sich auswechseln lässt, zu seinem Trainer geht und murmelt: »Heute pack ich's einfach nicht.« Er brauchte sich keine Vorwürfe zu machen. Gegen Moms Wahnsinn ist kein Kraut gewachsen. Das ist, als würde man einen fünfzehnjährigen Torwart aufs Eis schicken und gegen die Montreal Canadiens antreten lassen … als die noch Guy Lafleur hatten.

Dad tippte mir auf die Schulter. Wir mussten los.

Schweigend fuhren wir zur Lodge zurück. Ich saß hinter Mom und hätte sie erwürgen können. Ich war stocksauer. Ich bin jetzt noch wütend. Und nicht nur auf sie. Auch auf Gabriel. Der ist doch schuld an dem ganzen Missbrauchsverhör. Im Moment geht alles den Bach runter. Den Leoparden hätte ich wirklich gern gesehen.
Mir bleibt nur eine Hoffnung, und das ist Nicole. Wenn ich an sie denke, lässt der Sturm nach. Hätte ich sie doch bloß fotografiert. Die Rose hab ich noch. Sie liegt neben mir auf dem Tisch. Sie verwelkt. Ich werde sie nie wegwerfen. Ich werde Nicole finden. Ich werde nach New Hampshire reisen und herausfinden, ob es Liebe oder Mitleid war.
Dad steht vor der Tür und ruft mich zum Abendessen. Scheiß drauf. Ich baue Luftschlösser für mein Mädchen und mich.

20:52 Uhr Ich sitze auf der Veranda mit Blick auf die Salzkuhlen. Da unten gibt ein Vogel seltsame Geräusche von sich. Der Wind säuselt. Es ist dunkel, aber indirekte Lichtquellen erhellen das Gelände. Ein paar Zebras sind da und jede Menge Gazellen. Ein großer Büffel steht reglos in der Ferne. Schläft der? Ob schon mal wer versucht hat, so einen umzuschubsen?
Mit mir sind noch ein paar Leute hier draußen. Wenn die bloß mal gehen würden. Ich will die Veranda für mich haben. Die sehen alle doof aus und nerven. In dieser Laune fälle ich vernichtende Urteile. Ich schau die Leute an und stell mir vor, was sich unter all dem Scheiß befindet. Knochen. Ich stell sie mir als Skelette vor, die sitzen, trinken, lachen und rumlaufen. Das ist nicht gruselig. Das ist eine Erleichterung. Es nimmt den Dingen die Schärfe. In hundert Jahren ist keiner von denen mehr da. Dann sind die alle tot. In alle Winde verwehte Asche. Saure Leichen in

Kisten. Nichts, was sie heute Abend sagen, spielt dann noch eine Rolle. Dafür sorgen schon die Würmer und der Wind.
Wenn ich mal von den irdischen Banden abgeschnitten bin, soll meine Leiche eingeäschert werden, das weiß ich jetzt schon. Es wollte mir noch nie in den Kopf, dass es Menschen gibt, die in einer Kiste begraben werden wollen. Die Vorstellung meiner langsam verrottenden Leiche widert mich an. Von mir soll nur Asche übrig bleiben. Oder aber ich kehre nach Afrika zurück und präsentiere meinen gebrechlichen Körper einem Leoparden oder einem Löwenrudel. Sollen die mich doch töten und fressen. Wenn sie mit den großen Stücken fertig sind, können sich die Hyänen über die kleinen hermachen. Die Vögel kriegen die ganz kleinen, und die Insekten verputzen dann die Reste. Nichts wird verschwendet. Mein Körper wird in Stücke gerissen und findet seine Ruhe in den Bäuchen dieser majestätischen und Aas fressenden Raubtiere. Welch edler Tod.
Ich kann mir so hehre Gedanken leisten. Mein Körper ist jung und gesund. Mal sehen, wie tapfer ich bin, wenn ich alt bin und im Sterben liege. Wahrscheinlich hat man mich dann bis an die Kiemen mit Morphium voll gepumpt, ich liege zusammengerollt wie ein Embryo in einer Urinlache und wimmere, dass das Leben so grausam ist. Aber nicht heute Abend. Heute Abend bin ich der Größte.
Das Abendessen war heikel. Ich war noch böse auf Mom, weil sie mir den Leoparden verpatzt hatte. Ich war verdutzt, sie vor meiner Hütte zu sehen, als Dad mich abholte. Ich hätte schwören können, dass er ihr Stubenarrest erteilt hat. Aber da stand sie. Und hielt trotz unseres äußerst kompetenten und bewaffneten Wachmanns nervös Ausschau nach einem heranstürmenden Büffel.
Die Scherereien fingen an, als ich vom Essen aufstand,

weil ich pissen musste. Manche Leute brauchen dafür ewig. Bei mir geht das ruck, zuck. Pinkeln, Hände waschen, abtrocknen, fertig. Rein, raus. Ich war vielleicht eine Minute weg. Höchstens. Als ich ins Restaurant zurückkam, stand Mom neben dem Tisch und umklammerte eine Serviette. Dad hielt sie am Ellenbogen fest.

»Setz dich hin«, schäumte er.

Mom sah mich auf den Tisch zukommen, und ihre Augen füllten sich mit Tränen. Sie umarmte mich heftig, was ich regungslos über mich ergehen ließ.

»Du hast es geschafft«, sagte sie.

»Was geschafft?«, fragte ich halb verwirrt und halb genervt.

»Du hast es zurückgeschafft.«

Sie zeigte das glückliche Lächeln einer Mutter, deren Sohn nach drei Jahren Senfgas, Nahkampf, lausigen Rationen, Ratten, Schlamm und Stellungskrieg zurückkehrt. Ihr Lächeln sagte mir, dass sie mich liebte, dass sie sich Sorgen um mich machte, dass sie die Hoffnung nahezu begraben und nicht mehr gewusst hatte, ob sie mich je wiedersehen würde.

Der Ober brachte Dad noch einen Scotch. Nachdem ihr Sohn heil und gesund in den Schoß der Familie heimgekehrt war, konnte Mom ihre diversen und reichlichen Sorgen auf ihren Mann richten.

»Ich glaube, du hast genug«, sagte sie.

»Glaubst du? Ich fang gerade erst an.«

Etwas braute sich zusammen. Ich wollte etwas Positives sagen, etwas über die Zukunft, etwas über mich, um uns von verlorenen Söhnen, Alkohol und Provokationen abzulenken.

»Ich freu mich inzwischen richtig drauf, wieder die Schulbank zu drücken«, verkündete ich. »Ich glaube, ich fänd's toll, an der University of Victoria zu studieren.«

Dad zuckte nicht mit der Wimper. »Na, dann freu dich man weiter, Sohnemann, noch ist nämlich nichts entschieden.«

»Was soll das heißen?«, fragte ich.

»Da muss noch einiges geklärt werden, bevor ich so viel Geld in dich investiere. Haben wir uns verstanden?«

Dass er echt pissig drauf war, merkte ich an dem abschließenden »Haben wir uns verstanden?«. Dieses ansteigende Finale. Ein »Ende-der-Debatte-ich-hab-Recht-du-irrst-dich,-damit-hat-sich's-halt-die-Klappe«-Abschluss des Satzes. Ich hatte keine Lust zu streiten. Er hatte schon gesagt, er würde mir das Studium finanzieren, außerdem war er betrunken. Es war sinnlos. Aber es nervte mich trotzdem.

»Was muss sich noch klären?«

»Darüber reden wir ein andermal. Geh du mal auf dein Ölfeld zurück, und dann sehen wir weiter.«

»Du hast es ihm versprochen, Ted«, sagte Mom. »Ich hab's selbst gehört.«

»Du hast einen Dachschaden. Was du gehört hast, zählt nicht mehr.«

Mom spürte das Brennen von Dads Lederpeitsche, und das gefiel ihr gar nicht. Sie zog eine Grimasse. »Ich werde jedenfalls nicht dasitzen und zusehen, wie du dich betrinkst«, sagte sie und stand auf.

»Aber du willst, dass Richard und ich dasitzen und zusehen, wie du immer mehr durchdrehst und unsere Familie kaputtmachst?«

»Du bist betrunken.«

»Lauter. Am Nebentisch haben sie dich ja gar nicht gehört.«

Dad wandte sich an die Familie am Nebentisch. Nervös hantierte man dort mit Speisekarten, Gabeln, allem, was man in die Finger kriegen konnte. »Haben Sie gehört?«, rief er. »Sie hat mich einen Trinker genannt.«

Was streng genommen nicht stimmte. Sie hatte nur festgestellt, er sei betrunken. Sie hatte nicht gesagt, er sei ein Trinker. Er machte sich grundlos zum Affen. Mich elektrisierte das.

Die Familie hatte zwei kleine Kinder, die ziemlich verängstigt aussahen. Korrigiere: Die ganze Familie hatte Angst. Ma, Pa und die beiden Kurzen.

Dad wurde lauter.

»Sag es allen, Janet. Mach schon. Steh auf. Schrei es heraus. Ich bin der Grund, warum du nicht alle Murmeln im Glas hast. Du bist verrückt, weil ich zu viel trinke.«

Ich weiß nicht, warum sie nicht einfach ging. Hätte sie machen können. Aber sie stand nur da, anscheinend wie gelähmt von seinem Ausbruch in der Öffentlichkeit.

»Das kannst du nicht, stimmt's? Und zwar nicht etwa, weil du Angst hast, vor allen Leuten eine Szene zu machen. Sondern weil es nicht stimmt. Du weißt, warum du plemplem bist. Warum sagst du es uns nicht? Sag's Richard. Sag's ihm.«

Mom schoss auf Dads Gesicht zu. Er zuckte zurück. »Du Drecksau«, zischte sie.

»Warum tust du's nicht einfach?«, flüsterte er ihr zu. »Warum bringst du's nicht hinter dich? Du tust dir selbst und uns einen Gefallen.«

Sie waren nur Zentimeter auseinander. Ich dachte, sie würde ihm die Nase abbeißen und sie mit einer Blutfontäne in die Luft spucken. Aber nein. Sie lachte verächtlich. Sie lachte ihm ins Gesicht, drehte sich um und rauschte aus dem Restaurant.

»Musstest du unbedingt so grausam zu ihr sein?«, fragte ich.

»Du hast keine Ahnung, wovon du redest«, sagte er und hielt Ausschau nach unserem Ober.

Ich ging und fand Mom an der Rezeption, wo sie auf einen

Wachmann wartete, der sie zu ihrer Hütte zurückbrachte.
»Alles in Ordnung?«, fragte ich.
»Glaub ihm nicht, Richard. Glaub ihm kein Wort. Er ist ein Lügner.«
Der Wachmann kam mit seinem Gewehr.
»Soll ich mitkommen?«, fragte ich.
»Nein.«
»Wenn du möchtest, kannst du heute Nacht in meiner Hütte schlafen.«
Sie sah mir in die Augen. Mein Adrenalinpegel schoss in die Höhe. Sie schien nach Luft zu schnappen. Dann schritt sie hinaus. Sie sah so verletzlich aus, wie sie da von einem Mann mit einem Gewehr den schmalen Pfad hinabgeführt wurde. Aber wenigstens wurde sie beschützt. Sie hatte ihren Leibwächter. Ich überlegte, wie viel es wohl kosten würde, sie ihr Leben lang von diesem Mann beschützen zu lassen. Vor Leoparden und Kaffernbüffeln. Und kaputten Tankanzeigen. Und Horden schwarzer Kinder. Und grausamen Ehemännern. Und feigen Söhnen.
Ich ging auf die Veranda und bestellte den ersten Kaffee. Ich dachte kurz an Whiskey, aber es gab schon genug Sprengstoff, der den Abend bedrohte. Da musste ich nicht noch meine zehn Dollar auf den Tisch knallen, den Hahn von der Zapfsäule reißen und mich voll laufen lassen.
Dad wird mit Fortschreiten der Reise immer schlimmer. Heute Abend hat er vollkommen die Beherrschung verloren. Ich glaube, Mom war genauso geschockt wie ich, als er so laut und grotesk wurde. Ich glaube, sie hatte Angst. Auf jeden Fall hatte ich Angst. Er ist eindeutig mit seinem Latein am Ende. Er muss den Rest der Reise abblasen. Blödsinn. Das sage ich jeden Tag, und wir sind immer noch hier. Heia Safari. Ich werde sein Geld ablehnen, selbst wenn er mir das Studium finanzieren will. Ich will ihm nichts schuldig sein. Ich werde mich um ein Stipendium bewerben.

Dabei weiß ich ganz genau, wie es laufen wird. Er wird es sich anders überlegen, mir anbieten, mich studieren zu lassen, und ich werde es akzeptieren. Ich bin ein Held in diesem Tagebuch, aber ein Schisser, wenn's ans Eingemachte geht.
Ich nehm's ihm nicht übel, dass er zu Mom gesagt hat, sie soll sich umbringen. Das hab ich auch schon gedacht. Nur hat sie mich noch nie so zur Weißglut getrieben, dass ich's ihr auch ins Gesicht gesagt hätte. Vielleicht wäre das aber genau das Richtige für sie. Jetzt kann sie's einfach nicht mehr tun. Schon aus Trotz nicht.
Mom und Gabriel sind gerade auf die Veranda gekommen. Sie haben mich gesehen.

23:37 Uhr Ich bin wieder in meiner Hütte. Ich habe eine halbe Stunde lang versucht, im Kamin Feuer zu machen. Setzte alles daran. Hab's aber nicht geschafft. Ich kann nicht mal ein Scheißfeuer machen. Was für ein Versager. Ich hab sogar ein paar von meinen mitgebrachten Büchern angezündet, aber das beschissene Holz wollte einfach nicht brennen. Ich sollte hier vor einem gemütlich knackenden Kaminfeuer sitzen und schreiben, aber nein. Der Kamin ist kalt und dunkel. Ich hab versucht, mein Tagebuch anzuzünden, und das hat sofort geklappt. Gott sei Dank hab ich's sofort wieder gelöscht. Wenn ich meine Heilige Schrift verbrenne, bin ich echt am Arsch. Ich bin so schon total weggetreten. Ich müsste spazieren gehen, aber das geht nicht wegen der Büffel. Ich sitze in der Falle.

1:12 Uhr Ich hab eine Stunde lang im Bett gelegen. Ein bisschen Blech geraucht. Hatte eigentlich gar keine Lust, aber ich konnte nicht anders. Entweder das, oder ich zünde mir die Haare an.
Draußen ist es totenstill. Ich glaube, im Umkreis von ein

paar hundert Meilen bin ich der einzige Mensch, der wach ist.
Mom und Gabriel kamen an meinen Tisch. Mom musste geweint haben. Ihre Augen waren rot und geschwollen. Als sie mich an der Rezeption stehen ließ, dachte ich, sie wollte zu ihrer Hütte zurück, aber sie war zu Gabriel gegangen.
Mom setzte sich neben mich. Gabriel blieb stehen. Ich zog ihm einen Stuhl heran.
»Lieber nicht«, sagte er. »Dein Vater könnte glauben, ich wollte mich wieder einmischen.«
Ich wandte mich an Mom. »Wie geht es dir?«
»Nicht besonders gut.«
»Ich lass euch beide allein«, sagte Gabriel.
Ich holte ihn am Ende der Veranda ein. »Was ist denn los?«
»Sie saß einfach in meinem Zimmer. Da kann sie nicht bleiben. Ich hab sie zur Rezeption gebracht und gefragt, ob noch Hütten frei sind. Es gibt aber keine mehr.«
»Sie kann bei mir schlafen.«
»Will sie aber nicht.«
»Hat sie gesagt, warum? Hat das irgendwas mit mir zu tun?«
Gabriel schien fürchterliche Angst zu haben. Er schüttelte den Kopf und sah immer wieder zu Mom hinüber.
»Was zum Teufel ist denn bloß los mit dir?«, fragte ich. »Was hat sie gesagt?«
»Während ich mich mit deiner Mutter unterhalten habe, ist ein Vogel gegen meine Tür geflogen und hat sich das Genick gebrochen. Er ist in meinen Händen gestorben.«
»Und?«
Gabriel packte mich an den Schultern und sah mich grimmig an. »Richard! Du darfst ab sofort nur noch ein Ziel haben: Bring sie nach Hause. Und damit meine ich nicht

Paris. Bring sie nach Kanada. Versprich mir das. Versprich mir, dass du sie nach Hause bringst.«
Sein Gefühlsausbruch schockierte mich.
»Warum zum Teufel geht dir das so nahe?«
Er packte mich noch einmal. »Bring sie nach Hause.«
Dann ließ er mich los und ging. Ich sah ihm nach, wie er sich zwischen den Restauranttischen hindurchschlängelte. In zwei Tagen waren wir wahrscheinlich verschwunden, und seine Beziehung zu uns wäre zu Ende. Warum sich noch den Kopf zerbrechen? Und warum plötzlich diese Eile, Mom nach Hause zu bringen? Scheiße, Mann, ich kann's nicht ab, dass die beiden hinter meinem Rücken die Köpfe zusammenstecken.
Ich kehrte an den Tisch zurück. Mom beobachtete die Zebras in den Salzkuhlen.
»Möchtest du was trinken?«, fragte ich.
Sie dachte nach. »Ein Glas Wasser vielleicht.«
Ich bestellte ihr ein Wasser und mir noch einen Kaffee. Mir war eher nach einem Whiskey, aber ich war fest entschlossen, nicht vor ihr zu trinken. Ihr Wasser kam, und sie stürzte es hinunter, bevor der Ober mir auch nur meinen Kaffee hinstellen konnte. Er fragte, ob er ihr noch eines bringen solle. Sie schüttelte den Kopf.
»Gabriel hat mir von dem Vogel erzählt.«
»Welchem Vogel?«
»Dem, der gegen seine Tür geflogen ist.«
»Wovon redest du eigentlich?«
»Er hat's mir eben gerade erzählt.«
Mom schüttelte traurig den Kopf. »Er ist ein lieber und rücksichtsvoller Mensch, aber er spinnt.«
Ich wusste nicht, was ich dazu sagen sollte. Sie kam mir so weit weg vor. Ich hatte Angst, sie noch weiter wegzutreiben.
»Möchtest du nach Hause?«, fragte ich.

»Rede doch nicht mit mir, als wäre ich ein Kind.«
»Tu ich gar nicht.«
»Doch, im Ton.«
»Wie bitte?«
»Möchtest du nach Hause?«, sagte sie und ahmte eine Elternstimme nach, die ein Baby anspricht, oder einen Mann, der seinem Hündchen schmeicheln will.
»Ich hab doch bloß gefragt, Herrgott noch mal.«
Sie legte mir den Zeigefinger an die Lippen. »Psssssssst, sitz einfach nur bei mir.«
Es war genau der richtige Abend, um nichts zu sagen oder alles zu sagen. Es spielte keine Rolle. Wenn ich der Grund für ihre Depressionen bin, war das der richtige Zeitpunkt, es mir zu sagen. Aber ich würde sie nicht drängen. Das Wasser war spiegelglatt. Ich wollte nichts hineinwerfen, das Wellen schlagen konnte. Weder Kieselsteine noch Felsbrocken.
Sie machte mich so traurig. Sie hatte das alles nicht mit Absicht gemacht. Ich bedauerte den ganzen Zorn, mit dem ich sie in den letzten Tagen überschüttet hatte, wenn auch hauptsächlich in meinem Kopf. *Sie kann nichts dafür.* Ich sagte mir, dass ich das nie vergessen durfte. *Sie kann nichts dafür.*
Und da saßen wir beide nun. Weniger wie Mutter und Sohn. Eher wie gefolterte Kameraden. Was uns verband, war das Leiden. Sprechen konnten wir darüber nicht. Also saßen wir da, schwiegen, und ich glaube, der einzige Trost war unsere körperliche Nähe.
Wir betrachteten die Zebras, deren Schwänze zuckten und nach Fliegen schlugen. Wir lauschten den dumpfen Hufschlägen im Staub. Alles unter dem schwarzen Baldachin der afrikanischen Nacht. Unser Garten zu Hause war so weit weg. Wo wir auf Matratzen gelegen und die Sterne am selben Himmel betrachtet hatten, in einer anderen

Zeit, aber am selben Himmel. Unser kleiner Garten mit den getrimmten Kanten und dem Holzapfelbaum.
Vielleicht hatte Gabriel Recht. Vielleicht musste sie nach dieser Safari dorthin zurück. Das Haus war vermietet, aber den Mietern konnte man ja binnen Monatsfrist kündigen. Sie konnte zurückziehen. Sie konnte Dad verlassen. Zur Ruhe kommen. Ich würde ihr helfen. Ich würde sie nach Hause bringen.
Nach und nach verließen die anderen Leute die Veranda, gingen in ihre Hütten, und wir waren allein. Der Kellner sagte, die Bar würde schließen, aber wir könnten ruhig bleiben. Ich unterschrieb die Rechnung. Er ging. Als alle weg waren, machte Mom endlich den Mund auf.
»Hab ich dir mal von dem Tag erzählt, an dem du zur Welt gekommen bist?«, fragte sie.
»Nein.«
»Du lügst. Ich erzähle dir an jedem Geburtstag davon.«
Das stimmte. Sie erzählte mir an jedem Geburtstag davon. Ich hatte bloß nie zugehört. Es war mir scheißegal.
»Es war eine sehr schwere Geburt. Fast die ganze Schwangerschaft über war mir schlecht. In der Woche vor deiner Geburt regnete es pausenlos. Es war so düster. Ich wollte es nur noch hinter mir haben. Die Entbindung war leicht. Darüber war ich heilfroh. Als ich wieder in meinem Zimmer lag, wurdest du mir gebracht, in eine kleine Decke gewickelt. Und wurdest mir an die Brust gelegt.«
Mit den Fingern zog ich meine Oberlippe hoch und drückte sie an die Nasenspitze. »Und dann hast du das hier gesehen und losgeschrien.«
»Lass das!«, fauchte sie.
Sie zitterte. Ich legte ihr eine Hand auf die Schulter. »Entschuldige.«
Sie musste sich erst beruhigen, dann sah sie auf die Salzkuhlen hinaus und nahm den Faden wieder auf: »Ich weiß,

für dich hört es sich sentimental an, aber kaum hatte die Krankenschwester dich auf meine Brust gelegt, drang die Sonne durch die Wolken und schien zum Fenster herein. Da wusste ich, dass du etwas Besonderes warst. Die Schwester machte das Fenster auf, und ich knuddelte dich den ganzen Nachmittag, hörte die Rotkehlchen und sah dich an. Und seit diesem Tag sind die Rotkehlchen meine Lieblingsvögel. Und mir fehlen nicht die Rotkehlchen, sondern das Gefühl, das ich an jenem Nachmittag hatte.«

Ich dachte, sie müsste weinen, aber das tat sie nicht. Ihre Augen hatten etwas Verwegenes. Sie sah mich an.

»Ich möchte, dass du mir etwas versprichst.«

Ich wartete.

»Versprich mir, dass du aufhörst, dich mit Drogen kaputtzumachen.«

Eine hoch angesetzte Gerade, die genau ans Kinn traf. Ich war nicht darauf vorbereitet. Ich hatte keine Zeit, mir eine Lüge auszudenken. »Wann?«

»Bald. Versprochen?«

Ich nahm den Augenblick nicht auf die leichte Schulter. Er hatte etwas Todernstes. Ich wusste, wenn ich ihr das versprach, musste ich mich daran halten.

»Versprochen«, sagte ich.

Sie nickte und widmete sich wieder den Tieren in den Salzkuhlen. Ich wollte die friedliche, unbeschwerte Stimmung zwischen uns nutzen. Ich hatte sie eben schon gefragt, aber diesmal versuchte ich, nicht zu klingen, als spräche ich zu einem Baby.

»Möchtest du zurück … nicht nach Paris … nach Kanada?«

Sie reagierte nicht. Erst dachte ich, sie dächte darüber nach.

»Was meinst du?«, fragte ich.

Sie war abgelenkt worden. Ich folgte ihrem Blick. Und

sah, warum sie nicht geantwortet hatte. Ein Sturm zog auf. In der Ferne bewegten sich einige weibliche Löwen durchs Gras, die Bäuche an den Boden gedrückt.
Streng genommen ist ein weiblicher Löwe eine Löwin. Nur die Männchen heißen Löwen. Hat mir Gabriel erklärt. Aber das finde ich albern. Wer sagt denn Löwin, wenn es um mehr als eine geht? Vom Schreiben ganz zu schweigen. Löwinnen. Was zum Teufel soll denn das sein? Also, ich nenne sie Löwen, und ich weiß, dass es Weibchen sind. Wenn ich ein Männchen sehe, nenn ich ihn nicht Löwe, sondern Löwenmännchen. Und vielleicht erwähn ich seine Mähne. Vielleicht auch nicht. Aber bei den Salzkuhlen waren keine Löwenmännchen. Nur Löwen (die Weibchen).
Einige Zebras und Gazellen waren auch noch da. Ich hatte genug Tierfilme gesehen, um zu wissen, dass Löwen sich nicht anschleichen, um ein bisschen Salz zu lecken. Ich stand auf.
»Komm, wir gehen«, sagte ich.
»Ich sehe sie.«
»Komm, das müssen wir nicht mit ansehen.«
Aber sie rührte sich nicht von der Stelle. Sie saß da und sah gespannt zu. Ich sah auch zu. Es roch nach Gefahr. Es roch nach Franzbranntwein. Den Geruch kann kein Fernseher vermitteln.
Vom Adrenalinstoß bekam ich weiche Knie. Etwas würde getötet werden. Bald. Sehr bald. Ich wollte den Tieren in den Salzkuhlen eine Warnung zurufen. Ich war drauf und dran. Wie ein erschrockenes Vorstadtkind aus Kanada, das zwei ineinander verbissene Hunde auseinander bringen will.
Plötzlich rannte ein Löwe los. Die Zebras und Gazellen sprengten auseinander. Ein Zebra war zu langsam. Der Löwe sprang auf seinen Rücken und schlug ihm die Klauen ins Fleisch. Das Zebra wollte ihn abschütteln, aber

die Klauen waren zu lang und zu tief eingedrungen. Es wankte unter dem Gewicht.

Mom stand auf und trat ans Verandageländer, um besser sehen zu können. Ich blieb, wo ich war. Das Zebra brach zusammen. Die anderen Löwen kamen näher. Der angreifende Löwe legte die mächtigen Kiefer um die Kehle des Zebras und biss zu. Meistens brechen sie ihrer Beute das Genick, aber wenn das nicht geht, verlegen sie sich aufs Ersticken. Der Genickbruch ist schnell und tödlich. Das hier dauerte lange und war hässlich. Das Zebra trat um sich. Es lebte noch, als die anderen Löwen an ihm zu zerren anfingen. Es lebte noch, als die Löwen ein rot glänzendes Organ herausrissen und zu fressen anfingen. Es trat immer noch um sich. Das Blut strömte den Löwen über die Pfoten und bildete Lachen im festgetretenen Sand. Und immer noch lebte das Mistding.

»Ich kann das nicht mit ansehen«, sagte ich und ging, so gut ich konnte, zur Rezeption. Ich hatte Pudding in den Knien. Ich wartete auf sie. Sie blieb bis zum bitteren Ende. Vielleicht sah sie die Augen starr werden und die Tritte ersterben. Nach ein paar Minuten kam sie auch. Sie wirkte völlig entspannt, als hätte sie gerade einem Rotkehlchen beim Herumplantschen im Vogelbad zugesehen.

Wir bekamen einen Wachmann, und ich brachte sie zu ihrer Hütte.

»Willst du wirklich hier nächtigen?«

»Er schläft. Kein Problem.«

Sie beugte sich vor und küsste mich auf die Wange. »Du bist ein hübscher Junge, vergiss das nicht.«

Sie drehte sich um und betrat die dunkle Hütte. Ich blieb einen Augenblick stehen, um sicherzugehen, dass alles in Ordnung war. Ich weiß nicht, was ich erwartete. Schüsse? Schreie? Dann ging ich beruhigt mit dem Wachmann zu meiner eigenen Hütte.

Jetzt ist alles still. Ich wüsste gern, ob die Geier schon über das tote Zebra hergefallen sind. Vielleicht sind auch noch die Löwen am Fressen. Was die Drogen angeht, werde ich mein Versprechen Mom gegenüber halten. Bald.
Ich muss aufhören, mir etwas vorzumachen. Das zerfrisst mich noch. Ich muss es keinem anderen sagen, aber zumindest mir selbst muss ich die Wahrheit eingestehen.
Ich habe letzte Nacht das Babyöl gesehen. Ich habe es gespürt. War das ein Traum? Ich weiß es nicht. Aber es wäre verlogen, es abzustreiten. Ich hasse Lügner.
Jetzt, wo ich's schwarz auf weiß geschrieben habe, kann ich sie für den Rest der Safari nur noch Janet nennen.
Warum ist das bloß geschehen? Ist ja auch egal. Aber Gabriel hat Unrecht. Nicht ich empfinde etwas für sie.
Scheiß auf Gabriel.
Und scheiß auf normale Familien.
Scheiß auf die ganze Welt.

Freitag, 19. August
13:14 Uhr
Shaba Camp
Zelt 3
Kenia, Afrika

Bin um sieben mit rasenden Kopfschmerzen aufgewacht. Ich wache jeden Morgen zur selben Zeit auf. Genau wie Dad. Das ist nicht gut. Bald fang ich noch an, Pfefferminzbonbons in der Hosentasche zu horten. Ich hatte kein Aspirin in der Hütte und musste bis zum Frühstück warten, bevor es besser wurde. Das einzige Gesprächsthema in der Lodge war das tote Zebra. Alle waren enttäuscht, dass sie es verpasst hatten. Glaubt mir, liebe Mittouristen, das war nicht mit einer Hauskatze zu vergleichen, die nach einer Motte hascht. Ich hätte mich sogar gefreut, wenn sie es gesehen hätten. Die meisten hätten sich wahrscheinlich beim Management beschwert und die Amerikaner darüber hinaus Klage erhoben.

Ich trat auf die Veranda, um eine Zigarette zu rauchen, und das Zebra war verschwunden. Die Park-Rangers hatten den Kadaver weit weggeschleift. Der Gestank von verwesendem Fleisch verträgt sich wohl nicht mit Grapefruits und Rührei. Aber wie hatten sie es bloß geschafft, die Löwen zu vertreiben?

Ich hasste die ganze Welt, als ich auf der Veranda stand und rauchte, was die Kopfschmerzen nur verschlimmerte. Nicht der Hass. Die Zigarette. Ich überlegte, ob ich masturbieren sollte, um die Anspannung zu lindern, aber sogar dafür war der Kopfschmerz zu stark. Er fing im linken Schulterblatt an, zog wie eine Verwerfungslinie durch die Schulter, den Nacken hoch, kurvte ums Ohr und schoss in den linken Augapfel. Bestimmte Arten von Kopfschmerz können die Angst vor dem Tod mindern. Man freut sich geradezu darauf, weil das Hämmern dann aufhört. Solche Kopfschmerzen waren das. Die Tiere an den Salzkuhlen waren besonders vorsichtig. Der Tod hing noch in der Luft.

Wir drei frühstückten zusammen. Diese kleinen Rituale entspringen dem halbherzigen Bemühen um Normalität. Ich sehe das Bild vor mir, wie wir drei am Tisch eines Kreuzfahrtschiffs sitzen. Es kollidiert frontal mit einer riesigen Welle. Die Welle hebt den Bug an, bis das Schiff fast lotrecht steht. Es findet nicht in die Horizontale zurück. Das schwere Heck zieht es in die Tiefe. Der Bug steigt erst in den schwarzen Himmel empor und versinkt dann in den eisigen Wassern. Wasser, das so kalt ist, dass es sich wie

Feuer anfühlt und den Körper mit winzigen Speeren nadelt.
Ohrenbetäubendes Brüllen ertönt, als das Wasser an den Bullaugen vorbeirauscht. Gläser zerschellen und Stühle brechen zusammen. Alles stürzt. Aber wir essen seelenruhig weiter. Das Schiff ist vollständig untergegangen und schießt mit dem Heck dem Meeresboden entgegen. Meine Ohren platzen vom zunehmenden Druck beim Sinken. Dann treten meine Augäpfel aus den Höhlen und baumeln über die Wangen, während ich mich an Dad wende und ihn bitte, mir die Butter zu reichen.
Niemand verlor ein Wort über eine Rückkehr nach Nairobi. Der reine Wahnwitz, unser gleich bleibender Tagesablauf. Morgens sind wir immer friedlich und voller Hoffnung, uns durchzuwursteln. Im Laufe des Tages schmieren wir ab, und am Abend ist der Teufel los. Dann sage ich mir, das war's ja wohl, jetzt wird die Reise garantiert abgebrochen. Aber am nächsten Morgen sitzen wir wieder zusammen am Frühstückstisch. Und der Wahnsinn der Nacht wird in Ahornsirupströmen ertränkt. (Ich übertreibe. Pfannkuchen gab es in Wirklichkeit nur ein Mal.)
Dad sagte, das Camp, in das wir heute fahren, liegt an einem Fluss. Er fragte Janet, ob sie Lust hätte, es noch einen Tag zu probieren. Sie nickte und hielt das für eine gute Idee. Ich wurde nicht gefragt. Nicht dass ich gefragt werden wollte. Die Kopfschmerzen waren zu schlimm.
Heute Vormittag hat Dad versucht, Maggie anzurufen, ist aber nicht durchgekommen. Vielleicht ist sie schon in der Klinik. Janet sagte nichts dazu. Ein gewisses Interesse könnte man doch erwarten. An einem Scheißenkelkind. Dem ersten.
Neben uns saß eine Familie von Fettsäcken. Also im Prinzip habe ich ja nichts gegen Dicke. Ehrlich nicht. Aber Faulenzer bringen mich auf die Palme. Und ich habe die

Erfahrung gemacht, dass viele, wenn auch nicht alle Dicken verdammt faul sind. Ich habe von der Hypophyse gehört. Ich kenne die Argumente. Ich weiß auch, dass manche Menschen dick sind und nichts dafür können. Aber es gibt eben auch welche, die sich einfach nicht genug bewegen. Lenny war das beste Beispiel.
Lenny und ich haben eine Zeit lang auf dem Ölfeld zusammen gearbeitet, und manchmal haben wir auch unsere freien Tage zusammen verbracht. Er fing immer an zu schwitzen, wenn wir Feierabend hatten und zurückflogen. Das lag aber nicht an seinem Wanst, sondern an seiner Nervosität. Er musste einen Bus kriegen. Genauer gesagt, musste er zwei Busse kriegen. Einen am Flughafen und dann noch einen Anschlussbus. Jedes Mal dieselbe Geschichte; er war in heller Aufregung, den Anschlussbus zu verpassen, weil der nur bis zu einer bestimmten Zeit fuhr. Die Kollegen tranken am Flughafen immer noch ein Bier, bevor sie nach Hause fuhren. Lenny nie. Er musste seinen Bus kriegen. Wenn wir aus irgendwelchen Gründen verspätet landeten, was oft genug vorkam, nahm er ein Taxi. Lenny wohnte weit weg vom Flughafen. Die Taxifahrt nach Hause kostete ihn vierzig Schleifen. Das ist ganz schön teuer, von daher verstand ich seinen Wahn, den Anschlussbus zu kriegen. Bis ich mich eines Tages genauer nach den Verbindungen erkundigte und die Wahrheit erfuhr.
Wie sich herausstellte, lag die Haltestelle des Anschlussbusses nach seinen eigenen Angaben zwei oder drei Autominuten von seinem Haus entfernt. Das ergab keinen Sinn. Wen schert dann ein Anschlussbus? Dann fährt eben keiner mehr. Zwei bis drei Autominuten sind vielleicht eine Viertelstunde zu Fuß. Mehr oder weniger. *Trink noch ein Bier. Den ersten Bus kriegst du locker. Cool bleiben. Und wenn du den Anschlussbus verpasst? Dann gehst du*

eben zu Fuß. Einmal schlug ich ihm das vor, als er wusste, dass der Anschlussbus schon nicht mehr fuhr. Er zuckte bloß die Schultern und sagte, er würde ein Taxi nehmen. Ich fiel aus allen Wolken. Er warf vierzig Schleifen für ein Taxi aus dem Fenster, um einen zehnminütigen Spaziergang zu vermeiden. Ich dachte, *das ist ein verdammt kurzer Weg, Lenny, und du könntest die Bewegung verdammt gut brauchen.* Faulheit. Ich hatte einen solchen Brass, dass ich von da an nicht mehr mit ihm redete. Ich sah immer nur vor mir, wie er sich mit seiner Wabbelwampe ins Taxi fallen ließ und wie der Taxameter ins Rotieren kam. So eine Verschwendung. So ein Lahmarsch. Und wahrscheinlich hat er die Taxikosten auch noch als Spesen abgerechnet. Verdammter Betrüger.

Wenn wir zwei Dinge aus der Welt schaffen könnten, würden wir im Paradies leben. Faulheit und Ignoranz. Ist man die los, gibt es keine Kriege mehr, keine schwarze Gewalt, keine weiße Gewalt, kein Fernsehen und keine Kirchen, und sehr viel mehr schlanke Leute würden nach Hause gehen und Taxikosten sparen.

Wir verteilten uns auf unsere Hütten und packten. Ich sah den Kamin voller Holzscheite und musste daran denken, was für ein Versager ich am Vorabend gewesen war. Über hundert abgebrannte Streichhölzer lagen im Kamin. Irgendetwas ist faul, wenn man es mit hundert Versuchen nicht schafft, Feuer zu machen.

Wir sind heute mit Gabriel etwa vier Stunden gefahren. Die Straßen waren sehr schlecht. Das Geholper besiegte meine Kopfschmerzen. Rüttelte mein Schulterblatt dermaßen durch, dass das Pochen im Augapfel aufhörte. Dabei hatten mir die Kopfschmerzen eine nette Atempause vom Aufruhr der Gefühle beschert, der mit dem Nachlassen der Schmerzen sofort zurückkehrte. Mir kann man's eben nie recht machen.

Als wir heute Morgen Maralal verließen, überholten wir einige Stammesangehörige auf dem Heimweg aus der Stadt. Sie baten darum, mitgenommen zu werden, indem sie mit der flachen rechten Hand auf den Boden wiesen. Gabriel erklärte, sie gingen zu Fuß, weil sie all ihr Geld, das sie mit dem Verkauf von Fleisch oder Feldfrüchten in der Stadt verdient hatten, für Bier ausgegeben hatten und sich kein Taxi mehr leisten konnten. Die Sammeltaxis heißen übersetzt »glückliche Taxis«, und meistens stecken ungefähr vierzehn Leute in einem Auto, das kaum größer ist als ein VW-Käfer. Ein Kleinbus mit dreißig Sitzplätzen hat sogar sechzig Passagiere, darunter einige auf dem Dach. Ihr Motto lautet: »Einer geht immer noch rein.« Lenny würde das gefallen.

Ich ging am Straßenrand pissen. Janet sagte, ich solle mich beeilen, und Dad sagte, sie solle die Klappe halten.

Keine Musik mehr für den Rest der Reise. Ich habe die Kabel aus den Kopfhörern meines Kassettenrekorders gerissen, weil er leierte und ich einen Wutanfall bekam. Ich werde meine Musik im Wind hören müssen. Oder bis zum Ende der Safari schmollen, dass meine schlechte Laune eine willkommene Fluchtroute gesprengt hat.

Dad erwähnte, dass wir bei der für den Nachmittag geplanten Wildtour von einem Park-Ranger begleitet würden.

»Ich glaube, das können wir uns nicht leisten«, sagte Janet.

»Was?«, fragte Dad kurz und tonlos.

»Den Park-Ranger.«

»Der ist inbegriffen. Weißt du doch.«

»Und was ist mit Baringo?«

»Ich rede nicht mit dir.«

»Du hast gesagt, unser Budget beträgt dreihundert Schilling pro Tag. Wir haben pro Tag allein zweitausend Schilling für Alkohol ausgegeben. Was ist, wenn unser Geld alle ist? Dann sitzen wir hier fest.«

»Zweitausend Schilling am Tag? Für Alkohol?«

Janet sagte nichts. Dad zerknüllte langsam die Landkarte, die er studiert hatte.

»Was haben wir in Baringo getrunken?«, fragte er.

»Woher soll ich denn das wissen?«

»Bier. Wie viel hat ein Bier gekostet?«

»Ich habe keine Ahnung.«

»Zehn Schilling. Kannst du zweitausend durch zehn dividieren?«

»Keine Lust.«

Dad geriet zunehmend in Rage. Er fuchtelte mit der Landkarte herum und wurde immer lauter.

»Dann werde ich es für dich tun. Zweitausend dividiert durch zehn ist gleich zweihundert. Zweihundert Bier, Janet. Pro Tag. Willst du mir erzählen, wir hätten als Familie pro Tag zweihundert Bier getrunken? Ja!?«

Er knüllte die Karte zu einem Ball zusammen. Ich dachte, er wollte sie aus dem Fenster werfen.

Janet blieb von seiner Tirade völlig unbeeindruckt. Ich glaube, ich sah sogar den Anflug eines Lächelns. Ich glaube nicht, dass sie sich wegen des Budgets wirklich so große Sorgen macht. Es sind grausame Spielchen, die wir miteinander spielen.

Ich betrachtete Dad, nachdem er sich wieder beruhigt hatte. Er sah so ernst und professionell aus. Wie ein Agent vom Geheimdienst. Es ist so lange her, dass wir uns mal in den Arm genommen haben. Manche Väter können sich das mit ihren Söhnen wahrscheinlich bewahren. Umarmungen und so. Als ich in Paris aus dem Flugzeug stieg, begrüßte er mich per Handschlag, und wenn ich abfliege, wird er mich per Handschlag verabschieden. Manchmal glaube ich, wir würden uns besser verstehen, wenn er mich

mal in den Arm nähme. Blödsinn. Das wäre uns beiden unangenehm, und nichts würde sich ändern.
Ich bin ganz froh, dass wir eine bestimmte Form von Körperkontakt, die wir früher hatten, aufgegeben haben. Das Zehennägelschneiden. Für den Schmutz zwischen den Zehen hatte er eine eigene Bezeichnung. Wenn ich ihm die Nägel schnitt, sagte er: »Pass auf, dass dir kein Knies entgeht.« Ich passte auch auf. Er benutzte das Wort für alle krümelgroßen Dinge, die irgendwo nichts zu suchen hatten. Alle naselang bückte er sich, pickte Knies vom Boden auf und warf ihn in den Müll. Wir durften auch nie im Auto essen. »Nicht!«, rief er. »Das gibt bloß Knies.« Er hat das Wort schon lange nicht mehr benutzt. Es fehlt mir.
Die restliche Fahrt verlief ereignislos. Wir sahen keine Tiere. Es war im Wesentlichen nur eine Fahrt, die uns von Maralal nach Shaba bringen sollte. Gabriel gab ununterbrochen Anekdoten und Histörchen von sich. Das Einzige, was ich mitbekam, war, dass man am Vortag auf einen Wilderer geschossen hatte. Ihn erschossen hatte. Gut. Wilderer haben in Kenia nichts verloren. Warum brechen sie diesen Dödeln nicht die Zähne aus und verkaufen sie an irgendwelche Pfeffersäcke? Ob ihnen das gefallen würde? *Aber dann sind sie doch schon tot.* Dann eben, bevor sie erschossen werden. *Wusstest du, dass Dödel Knastslang für eine Haschischpfeife ist?* Nein, das ist mir neu. *Jetzt weißt du's, also pass in Zukunft auf, wen du so nennst.*
Wir erreichten Shaba und bekamen unsere jeweiligen Zelte gezeigt. Meins steht direkt neben ihrem. Viel zu nah für meinen Geschmack. Strom gibt es nicht. Gabriel hat gesagt, sie mussten die ganzen Camp-Transporter und Generatoren loswerden, weil die Eingeborenen immer die Drähte klauten und daraus Halsketten machten. Voll krass.
Ich ging in mein Zelt und warf meine Taschen aufs Bett.

Auf einem Tischchen stand eine Gaslaterne. Normalerweise hätte ich die Vorhänge vorgezogen und masturbiert, zumal ich's mir heute Morgen verkniffen hatte. Aber ich war nicht geil. Überhaupt nicht. Bin ich auch jetzt nicht, obwohl ich eigentlich immer geil bin, wenn ich zu lange im Auto gesessen habe, und heute Vormittag sind wir immerhin vier Stunden gefahren. Ich habe mich kurz gestreichelt; Nullwachstum. Na, tut mir wahrscheinlich ganz gut, wenn ich meinen Pimmel mal eine Weile in Ruhe lasse.
Ich konnte von meinem Zelt aus Wasser fließen hören. Die Umgebung ist dicht bewachsen mit Büschen und Bäumen. Ich orientierte mich akustisch, bis ich eine Lichtung fand und auf einen Strom stieß. Hübsch und breit. Ich überlege schon, ob ich es wagen soll, hinüberzuschwimmen, eine Zigarette zu rauchen und zurückzuschwimmen. Aber am Ufer gegenüber lagen überall Krokodile und sonnten sich.
Wir brechen bald zu unserer Wildtour auf. Gabriel hat gesagt, dass wir eigentlich heute Nachmittag ein paar Löwen sehen müssten. Hipp hipp hurra.

16:12 Uhr Ich bin im Geländewagen. Wir sind ungefähr eine Stunde lang durch die Gegend gefahren. Haben Geier und Elefanten gesehen. Korrigiere: Wir haben einen Elefanten gesehen, der vor uns die unbefestigte Straße überquerte. Aber auch das war ganz schön beeindruckend. Ich fragte mich (von wegen Familienrat), ob wir jetzt, wo Janet einen Elefanten gesehen hat, zurückfahren. Ich hab aber lieber nicht laut gefragt. Auf seiner Liste hat Dad den Elefanten mit Schmackes abgehakt. Jetzt kennt er kein Halten mehr.
Janet ist bemerkenswert ruhig geblieben. Sie steht wirklich auf Elefanten. Sie war sogar ein bisschen aufgeregt, als wir den hier gesehen haben. Und sie hatte keine Angst mehr.
Im Moment halten wir neben einem Löwenrudel, das an

einer toten Giraffe frisst. Dad ist sauer, weil ich nicht filme. Kurz nach der Mittagspause hat er mich überredet, meinen Videoboykott aufzugeben. Als wir zu den Löwen kamen, hab ich auch eine Weile gefilmt. Aber vor ungefähr fünf Minuten aufgehört.

Das mit den Löwen ist kein Problem. Die sind klasse. Die Giraffe muss schon etwa drei Tage tot sein. Der Geruch nach verrottendem Fleisch ist voll die Härte. Gabriel sagt, heute ist wahrscheinlich der letzte Tag, an dem sich die Löwen von der Giraffe ernähren. Löwen fressen halb verfaultes, aber kein ganz verfaultes Fleisch. Im Bauch sind bestimmt fünfzehn Löwen. Alles Weibchen und Junge. Die einen fressen, die anderen schlafen, direkt im Bauch. Die Jungen sind blutbedeckt. An denen ist beim besten Willen kein gelbes oder orangefarbenes Haar mehr zu finden.

Zehn Meter von der toten Giraffe entfernt ruht ein großes Löwenmännchen. Ein Prachtexemplar. Er muss schon gefressen haben. Er sieht jedenfalls satt aus. An der Seite vom Gesicht hat er eine hässliche Narbe. Gabriel sagt, dass er wahrscheinlich von einem Zebra getreten worden ist. Woher will der denn das wissen? War er vielleicht dabei?

Jedenfalls eine klassische Afrikaszene: Die Löwen fressen, die Giraffe gammelt. Überall Blut. Es stinkt nach fauligem Fleisch. Sogar das prachtvolle Löwenmännchen ist da. Perfekt.

Es gab aber etwas noch Widerlicheres als das faulige Fleisch, das alles verdarb. Zwölf Safari-Tourenwagen, unseren nicht mitgezählt. Ich hätte kotzen können. Gleich zwölf! Ich hab sie gezählt. Die Touristen in den anderen Geländewagen trugen dämliche Safaritracht und »drehten« die Löwen für ihre blöden Nachbarn zu Hause mit teuren High-Tech-Spielzeugen, die surrten und klackten und summten. Zwei von ihnen trugen sogar Tropenhelme.

Ich hätte am liebsten eine Vene geöffnet. Nicht um mich umzubringen. Oh, nein. Ich wollte den Tropenhelmen eine Bluttransfusion anbieten. Ich wollte sie die Scham spüren lassen, die ich an ihrer Stelle empfunden hätte. *Hier, nehmen Sie mal. Und jetzt betrachten Sie sich mal im Frisierspiegel. Nur zu. Der ist da drüben unter der Sonnenblende. So ist's brav. Und, was sehen Sie? Keine Angst. Nicht zusammenzucken, nicht die Augen schließen. Einfach nur die Scheißhelme abnehmen.*

Ich hatte das Gefühl, als stünde ich in einer Warteschlange in Disneyland. Diese ganzen übergewichtigen, teigigen weißen Witzfiguren, die die Löwen einkreisen, schnipsen, zeigen, gackern, keuchen und rülpsen. Was sind wir doch für eine lahme Spezies. Wir finden einen Impfstoff gegen Kinderlähmung, aber wenn wir auf Löwen beim Fressen stoßen, führen wir uns auf wie die letzten Arschlöcher. Dad kann dasitzen und nach Herzenslust drauflosfilmen. Was Janet und ich in Maralal gesehen haben, war rein – das hier ist eine Schande.

Dad hat mich gerade beim Schreiben gestört.

»Richard, er sieht dich an«, sagte er.

Ich sah nicht auf.

»Wer?«, fragte ich.

»Der Löwe.«

Ich sah hinüber, und es stimmte. Ich bekam von seinem Starren eine Gänsehaut. »Der sieht sich bloß um. Er hat ein großes Mittagessen gehabt. Das muss er erst mal verdauen.«

»Nein. Er starrt dich an«, sagte Janet.

»Woher willst du wissen, dass er nicht dich anstarrt?«, fragte ich.

»Das sehe ich einfach«, sagte Janet und stockte. »Seltsam.«

Ich wurde zunehmend gereizt. Vor allem, weil es stimmte;

der Löwe starrte mich an, und mir war nicht ganz wohl in meiner Haut. Gabriel fragte den Park-Ranger etwas in seiner Muttersprache. Beide lachten.
»Das Urteil ist einstimmig«, verkündete Gabriel. »Unser Freund hier hat bestätigt, dass der Löwe Richard anstarrt.«
Der Park-Ranger lachte, drehte sich um und lächelte mich an, ein breites Grinsen voller Zahnlücken.
»Das juckt doch keine Sau«, rief ich lauter als beabsichtigt.
Alle schwiegen.
»Menschenskind, Richard«, sagte Dad. »Reg dich ab. Wir machen doch nur Spaß.«
Ich fühlte mich wegen meiner Überreaktion wie der letzte Depp, und seitdem hab ich keinen Ton mehr von mir gegeben. Wir stehen immer noch neben der toten Giraffe. Dad möchte *das alles auf sich wirken lassen.* Ich hab ein paar Mal hochgesehen, und das Löwenmännchen starrt mich immer noch an. Ich hab ihm grad den Stinkefinger gezeigt.
Wir fahren endlich wieder. Gott sei Dank. Ich wollte schon –

17:05 Uhr Wir sind stehen geblieben und schauen Äffchen zu, die herumtoben und Fangen spielen. Gute Gelegenheit für eine Aktualisierung. Als wir bei den Löwen gerade abfahren wollten, sah ich hoch und erkannte Nicole in einem der anderen Safariwagen. Aufgeregter hätte ich auch nicht reagieren können, wenn ich beim Zelten plötzlich einen Sasquatch im Bach gesehen hätte. Wenn ich nicht in dem Scheißteil hier geschrieben hätte, wäre sie mir viel früher aufgefallen.
»Anhalten!«, brüllte ich. »Da ist Nicole!«
Die anderen fuhren zusammen vor Schreck. Gabriel ging voll in die Eisen. Ich steckte den Kopf zum Fenster raus

und brüllte ihren Namen. *Und ich dachte, du machst dich nicht gern zum Affen.* Sie wandte mir den Rücken zu, und die Fenster ihres Geländewagens waren alle zu.

»Gabriel! Hup mal!«

»Herrgott noch mal, Richard«, sagte Dad. »Tickst du noch ganz richtig?«

Immer wieder schrie ich ihren Namen und musste dann entsetzt mit ansehen, dass auch ihr Geländewagen sich in Bewegung setzte. »Hup doch endlich!«, forderte ich.

»Das kann ich nicht«, sagte Gabriel. »Das könnte …«

»Hup endlich!«

Er hupte. Das bewirkte zweierlei. Nicole und die anderen in ihrem Geländewagen sahen zurück, waren dummerweise aber schon zu weit weg, als dass sie mich hätte erkennen können. Außerdem schreckte der Lärm die Löwen auf. Sie verließen den Bauch der Giraffe und zerstreuten sich in alle Richtungen. Es versteht sich von selbst, dass die zuletzt angekommenen Safariwagen darüber nicht sehr glücklich waren. Gabriel breitete vor den voll besetzten Wagen die Hände als Geste der Entschuldigung aus.

»Du musst noch viel lernen, Richard«, sagte Dad.

Nicoles Geländewagen hatte die Straße erreicht und wirbelte Staub auf.

»Gabriel! Kannst du ihnen nachfahren?«

»Nichts da«, sagte Dad.

»Ich brauch doch bloß ihre Telefonnummer!«

Dad konnte meine Verzweiflung sehen. Ich muss fast geheult haben.

»Müssen wir in dieselbe Richtung?«, fragte er Gabriel.

»Das nicht gerade«, sagte Gabriel. »Aber es dauert nicht lange, bis wir wieder wenden können.«

»Nein, nein, kein Bedarf«, sagte Dad. »Wir sind nicht hergekommen, um Mädchen nachzuhecheln. Wir sind hier auf Safari.«

Dad war nicht fies. Er war einfach so. Auf dem Programm für heute stand nichts von der Verfolgung eines anderen Safariwagens, nur damit sein Sohn seine zukünftige Frau um ihre Telefonnummer bitten konnte. Das wäre ein Umweg gewesen. Ein unnötiger.

Dad faltete seine Karte auseinander und studierte sie. Gabriel zögerte kurz. Wir sahen uns im Rückspiegel an. Er machte eine »Was-soll-ich-denn-machen?«-Miene. Ich zuckte die Achseln. Halb so wild. Also kutschierte er uns weiter. Von Nicole weg.

Einmal drehte ich mich um und sah ihren Geländewagen verschwinden, als wir einen Hügel hinabfuhren.

»Leb wohl«, flüsterte ich.

Alles passte zusammen. Nicole, die aufstieg wie der Ballon, dessen Schnur mir vor all den Jahren durch die winzige Hand geglitten war. Die Höllenfahrt der Clarks war noch nicht vorbei; für uns ging es wieder hinab, und wir setzten unsere erbärmliche Reise fort.

»Du wirst sie wiedersehen«, sagte Janet und schenkte mir ihr patentiertes »Kopf-hoch«-Lächeln.

»Spiel jetzt nur nicht die beleidigte Leberwurst«, sagte Dad, die Nase in der Karte vergraben.

Ich spielte nicht die beleidigte Leberwurst. Die Phase hatte ich längst hinter mir. Ich war am Boden zerstört. Und das bin ich immer noch. Wie groß war die Chance gewesen, sie nach Baringo wiederzusehen? Und doch hatte ich sie wiedergesehen. Vor einer Stunde. Nur ein paar Meter neben mir. Aber ich konnte nicht mit ihr reden. Es war einfach grausam.

Die Wahrheit ist jedoch, wenn ich allen Ernstes mit ihr hätte reden wollen, hätte ich solchen Stunk machen können, dass Dad keine andere Wahl gehabt hätte. Ich hätte aus dem Geländewagen springen und ihr zu Fuß nachlaufen können. Ein echter Romantiker hätte das getan. Aber

Dads Entscheidung war mir altem Masochisten gerade recht. Sie passte.

Mein Achselzucken für Gabriel im Rückspiegel entsprach nicht meinen wahren Gefühlen für Nicole. Das war keine »Ist-doch-total-Banane«-Reaktion gewesen. Mein Achselzucken und das nachfolgende Schweigen resultierten ganz im Gegenteil aus der Tatsache, dass mein verzweifelter Wunsch, sie wiederzusehen, von der Einsicht platt gemacht wurde, dass es wohl nie dazu kommen würde.

Bisweilen bestätige ich mir gern, dass ich mein ganzes Leben lang zwei Meter vor der Endzone stolpern werde. Irgendwie brauche ich die Bestätigung, dass ich den Geschmack des Sieges niemals kennen lernen werde. Ich werde zeitlebens der Typ sein, der von der Sprungschanze fällt.

Ich bin wie einer von diesen Griechen, die sich ewig nach dem zurückweichenden Trinkwasser bücken oder nach den Trauben recken, die immer etwas zu hoch hängen. Bis in alle Ewigkeit. Ich werde allem immer nur nahe kommen, aber nichts je erreichen. Das ist mein Schicksal. Ich habe es nicht anders verdient.

Dad macht mich zur Sau, weil ich von den Affen nichts wissen will und die Nase ständig nur in das Tagebuch hier stecke. Tja, Schicksal. Im Moment interessier ich mich eben nicht für Affen. Ich werde Nicole nie wiedersehen. Heute akzeptiere ich die Tatsache, dass ich ein Versager bin und einen Menschen wie sie nicht verdient habe. Aber bald werde ich Gift und Galle spucken, und es wird mich innerlich zerreißen, dass ich mich nicht mehr dahinter geklemmt habe, zu ihr zu kommen. Das Bild ihres in einer Staubwolke verschwindenden Geländewagens wird mich nicht loslassen. Noch mit fünfundvierzig werde ich in einsamen Nächten wach liegen und den Geländewagen verschwinden sehen.

18:37 Uhr Bin vor einer Weile in mein Zelt zurückgekommen. Ich war nicht geil, hab aber trotzdem zu masturbieren versucht. Mein blöder Pillermann gab kein Lebenszeichen von sich. Das ist mir im ganzen Leben noch nicht passiert. Meine Psyche geht echt am Stock. Ich habe entdeckt, dass ich am linken Zeigefinger eine Warze habe, an der Seite, gleich neben dem Knöchel. Die muss neu sein. War mir noch gar nicht aufgefallen. Toll, jetzt wächst schon Scheiße auf mir. Irgendwo steckt der Wurm drin. Ich sitze nackt da und seh auf meinen jämmerlichen Schwanz runter. Ich hab ihm grad eins übergebraten. Nutzloses Scheißding.
Heute Abend ist mir ein schrecklicher Gedanke gekommen. Was ist, wenn ich die Rose gar nicht von Nicole bekommen habe? Ich meine, ich bin schließlich nicht hundertprozentig sicher. Was ist, wenn sie von Janet stammt? Wie soll ich das je rauskriegen? Ich möchte mir wehtun. Ich möchte schreckliche Dinge anstellen. Wenn ich ein Messer hätte, würde ich mir den Schwanz abschneiden. Mein Schädel explodiert.

18:53 Uhr Nur kurz, bevor ich zum Abendessen mit den Eltern gehe. Mein Blech wird nicht bis zum Ende der Reise reichen. (Falls wir die Reise zu Ende führen.) Ich habe gerade kräftig was geraucht, und es ist nicht mehr viel übrig. Scheiße, wenn ich den ganzen anderen Kram bloß nicht weggeworfen hätte.
Als wir die Affen hinter uns hatten, fuhren wir zurück. Keine Ahnung, warum wir so lange dagestanden und die Scheißteile angeglotzt haben. Bei Gorillas würd ich das ja noch verstehen. Aber bei kleinen, kaum dreißig Zentimeter großen Affen? Die gehen mir doch am Arsch vorbei.
Auf der Rückfahrt ist was voll Schräges passiert. Dad und Janet haben sich unterhalten. Nicht viel, aber weit mehr

als sonst. Mein Brüten hat sie zusammengebracht. Die beiden haben mich vollständig ignoriert und wie eine müffelnde Pflaume hinten im Geländewagen schmoren lassen. Sie haben sage und schreibe Erinnerungen an ihre Flitterwochen ausgetauscht. Vielleicht ist es genau das, was ihnen fehlt – dass ich schmolle und den Rest der Reise kein Wort mehr sage. Vielleicht wäre dann Friede, Freude, Eierkuchen.

Und das galt nicht nur für Dad und Janet. Auch Gabriel wurde angesteckt. Und sogar der Park-Ranger lachte. Je fröhlicher die vier wurden, desto untröstlicher war ich. Wenn nur ein anderer Mensch um mich ist, während ich eingeschnappt bin, krieg ich das meistens gebacken. Aber kaum bin ich in einer Gruppe, werde ich zum schrägen Vogel, der abseits in der Ecke steht.

Ich werde deswegen oft aufgezogen, besonders auf Feten. Kratzt mich nicht weiter. Klar fühle ich mich isoliert, aber ich fühle mich auch gepanzert und mächtig. Es ist, als wäre ich nach jahrhundertelangem Schlaf plötzlich aus der Geheimkammer einer Pyramide gestiegen. Die Kreaturen um mich herum wirken unbedeutend und fremd. Ich stehe höher. Ich bin ein Gott. Aber ich bin kein barmherziger Gott. Ich beobachte sie, wie ein Wachtposten Häftlinge beim Hofgang beobachtet.

Mein Problem im Geländewagen war, dass ich mich nicht gottgleich fühlte. Ich hatte vielmehr Angst, dass mir wie Janet ein Leben im Wahnsinn bevorstünde.

Ist mein Blut wirklich von dieser furchtbaren Saat des Irrsinns angesteckt? Es ist eines, schräg, isoliert und ein Gott zu sein. Es ist etwas anderes, in eine Zelle gesperrt und mit so vielen Tabletten zugedröhnt zu werden, dass einem die Augen tränen und die Finger zittern. Ich komm zu spät zum Essen.

19:58 Uhr Ich stehe an der Bar und gönne mir einen Whiskey und ein Bier. Also, der Whiskey ist schon alle. Ein doppelter. Ich spüre ihn schon. Dieses angenehme Summen. Wie eine summende Neonröhre. Das Bier ist noch mein erstes. Hinter der Bar hängt ein Poster, auf dem zwei Mönche mit Transparenten zu sehen sind. Auf dem einen steht: »Liebe deine Feinde.« Auf dem anderen steht: »Der Alkohol ist dein Feind.« Blöde Idee, so was in einer Bar aufzuhängen. Alkoholiker daran zu erinnern, dass Alkohol ihr Feind ist. Die muss man doch ermuntern, wie Budweiser das macht, aber ihnen kein schlechtes Gewissen einreden. Das soll wohl komisch sein. Ist mir aber zu hoch.

Einmal bin ich zu den Anonymen Alkoholikern gegangen. Ein Gutmensch bei der Arbeit glaubte, ich hätte ein Alkoholproblem, und hat mich mitgenommen. Ich hab mitgespielt, weil ich mir gesagt hab, wer seinen Schwanz in eine Shampooflasche steckt, sollte auch alles andere mal ausprobieren. Aber die waren mir alle viel zu nett. Sie hörten, ich sei ein »Neuling«, und drängten sich um mich, als wäre ich Bobby Hull bei der Autogrammstunde. Der Teil gefiel mir.

Die können sich meinetwegen den Mund fusselig reden von wegen, sie wären keine religiöse Gemeinschaft. Gequirlte Kacke. Für den Lattengustl am Kreuz hatten sie den Tarnnamen »höhere Macht«, aber ich lass mich doch nicht für dumm verkaufen. Jesus war überall im Raum zu spüren. Ein paar von den Leuten mochte ich, aber die meisten hatten dieses glasige »Ich-bin-in-einer-Sekte-und-weiß-es-nicht-mal«-Starren. Sie hatten *den Weg* gefunden. Mit Leuten, die *den Weg* gefunden haben, komm ich nie besonders gut klar. Korrigiere. Ich kann Leute nicht ab, die irgendwem nachlaufen und das als eigenen Weg ausgeben.

Ich habe nie ein böses Wort gegen Jesus gesagt. Im ganzen

Leben nicht. Aber ich kann seine Anhänger nicht ab. Ich kann überhaupt keine Anhänger ab, außer die von Fußballmannschaften.

Wir sind eine Gesellschaft von Feiglingen. Wie viele Christen würden wohl in die Wüste gehen und es vierzig Tage und Nächte dort aushalten – wo sich das Trinkwasser auf morgendliche Tautropfen auf den Blättern beschränkt und die Nahrung auf Insekten und ab und zu mal eine bittere Pflanzenwurzel, wo man weder Schutz vor der brennenden Sonne am Tag noch vor der bitteren Kälte in der Nacht hat und außerdem kein Klopapier? Wie viele würden das aushalten? Neun vielleicht. Neun von den Millionen angeblichen Christen.

Es erfordert Knochenarbeit, ein Kapitän der Ewigkeit zu werden. Jesus hat sich bei seiner Bewährungsprobe echt gut geschlagen. Ganz allein! Ohne Schummeln. Aber heute schauen ihm Millionen von Menschen über die Schulter und klauen ihm die Antworten. Warum? Weil sie sie nicht selbst suchen wollen. Das ist etwas anderes als das Abschreiben bei einer Mathearbeit – Antworten, die für den einen Menschen gültig sind, haben für den anderen keinen Sinn. Man kann Sinnantworten nicht klauen und als die eigenen ausgeben. Genauso gut könnte man die Unterwäsche anderer Leute anziehen.

Die Kapitäne der Ewigkeit kennen das Geheimnis. Man muss seinen eigenen Weg finden. Egal wie schrecklich es dabei zugeht, wie einsam, verstört oder verrückt man sich fühlt, man muss sich einen eigenen Weg bahnen. Es gibt keine Abkürzungen zum Seelenheil. Sobald man sich in eine Rotte anderer Faulpelze und Ignoranten einreiht und jemandem nachläuft, ist es aus und vorbei.

Die Schlangen der Anhänger erstrecken sich, so weit das Auge reicht, und jeder Einzelne in der Schlange ist auch noch verdammt stolz darauf. Die Juden halten sich für das auserwählte Volk, die Buddhisten sind erleuchtet, die Christen erlöst, die Hindus reinkarniert und die Muslims treu ergeben.

Und wir anderen? Die wir einsam des Weges ziehen? Wir haben nicht die geringste Chance. Stimmt's? Ach i wo! Es gibt so viele Wege ins Paradies wie Menschen auf diesem Planeten. Halleluja. Wir alle sind Kapitäne der Ewigkeit, Baby. Scheiß auf die langen Schlangen. Geh weiter. Halt die Ohren steif.

Ich kam zu spät zum Essen und hatte Angst, Janet würde wieder ein Affentheater aufführen und glauben, ich wäre zum Fluss runtergegangen und von den Krokodilen ins Wasser geschleift worden.

»Wir machen hier Ferien, um alles in der Welt«, sagte Dad, schüttelte Janets wegen den Kopf und merkte gar nicht, dass ich mich gerade gesetzt hatte. »Jetzt lass doch mal die Seele baumeln und amüsier dich.«

»Setz mich nicht so unter Druck«, sagte sie.

»Ich setz dich nicht unter Druck, ich möchte nur –«

Janets Stimme fiel um mehrere Oktaven. Sie war stark. Eine Bassstimme. Sie klang gar nicht wie sie selbst. »Du setzt mich unter Druck. Das hast du schon immer gemacht. Ich hab's satt. Ich hab dich satt.«

Ein Camp-Angestellter kam mit einem Tablett voller Biergläser vorbei. Janet hätte ihn fast umgerannt, als sie davonrauschte. Dad lächelte säuerlich.

»Ihre Scheißvorwürfe stehen mir bis hier«, sagte er. »Ich habe nie auch nur einen einzigen Tag krankgefeiert.«

Ich schwieg. Er kochte. Man hatte sich nicht um ihn zu sorgen. Man hatte sich einzig und allein um Janet zu sorgen. Nur dann konnte er sich auf ewig dem Tanz mit seinen Dämonen entziehen.

An einem anderen Tisch saß ein einzelner Mann, der mich die ganze Zeit ansah. Er erinnerte mich an den Irren, von

dem ich immer wieder träume – dasselbe tote Gesicht, derselbe schief gelegte Kopf, derselbe grausame, zu einer scheußlichen Grimasse verzogene Mund.
Im Traum trägt der Irre zerlumpte Kleider und läuft auf dem Fußweg vor unserem Haus auf und ab. Ich beobachte ihn durch einen schmalen Spalt in der Gardine, und er wirft dem Haus wütende Blicke zu. Janet und Dad sitzen ruhig im Wohnzimmer, Glen Campbell besingt den *Wichita Lineman.* Der Irre eilt unsere Auffahrt herauf. Ich renne so schnell ich kann und sehe im Milchglasfenster neben der Haustür noch kurz sein verzerrtes Grinsen. Ich muss ums Verrecken vor ihm an der Tür sein, sie zuknallen und absperren. Ich wache grundsätzlich auf, bevor ich sie erreiche, sage mir aber in der Dunkelheit und im nass geschwitzten Bett, dass ich's geschafft hätte, den Riegel vorzuschieben, bevor der Irre reingekommen wäre.
Das Abendessen war Gott sei Dank kurz. Die Gemüsesuppe mit Rindfleisch war total lecker. Dad wollte danach nicht mal einen Kaffee. Er sagte, wir sähen uns am Morgen, und war verschwunden.
Ich blieb noch eine Weile sitzen und trank meinen Kaffee aus. Der Mann mit dem leblosen Gesicht sah mich immer noch an. Er war allein. Wo zum Geier war seine Familie? Wer geht denn allein auf Safari? Das macht doch nur ein beschissener Geisteskranker.
Ich versuchte ihn zu ignorieren, aber von seinem Starren bekam ich einen Krampf im Nacken, und mein Kopf fing an zu zittern. Das war mir peinlich, und ich hoffte, dass mich niemand so sah. Ich hasste ihn inständig. Er machte mich kirre. Jedes Mal, wenn ich hochsah, starrte er mich an.
Irgendwann hatte ich den Kanal voll. Ich musste mir einen Ruck geben, hochsehen und sein Starren erwidern, bis er sich abwandte. Und wenn nicht, würde ich zu seinem

Tisch gehen und ihn mit tiefem, bedrohlichem Knurren fragen, *Hast du ein Problem, Alter?* oder vielleicht *Gibt's Probleme?* oder *Wo liegt das Problem?* oder *Was liegt an?* oder *Du hast da ein Problem, Alter.*
Das war's. So würde ich das machen. Ich holte tief Luft und straffte den Hals. Ich würde den Arsch niederstarren. Ich sah hoch, und natürlich starrte er mich an. Der Schweiß lief mir den Rücken runter. Aber ich ließ nicht locker. Ich starrte. Und starrte. Und versuchte, fies auszusehen. Das ging eine ganze Weile so.
Ich wollte gerade aufstehen und rübergehen, da fiel es mir wie Schuppen von den Augen. Der erste Hinweis war der Rahmen um ihn herum. Dann legte ich den Kopf auf die Seite. Und streckte die Zunge raus. Und da wusste ich Bescheid. Die plötzliche Erkenntnis raubte mir den Atem. Ich hatte mich die ganze Zeit selbst angestarrt, in einem Spiegel am anderen Ende des Restaurants. *Jedes Mal, wenn ich hochsah, starrte er mich an.* Natürlich. Heilige Mutter Gottes. Ich war so erleichtert. Ich war das. Ich musste lachen. Nicht richtig, aber mir war danach.
Ich trank meinen Kaffee aus und ging an die Bar. Ich hatte das Gefühl, in meinem Oberstübchen hätte ein Großputz stattgefunden. Es gibt keine Monster unter dem Bett, keine Irren, die durch die Haustür stürmen wollen, keine Vampire, keinen schwarzen Mann, keine ekligen, stinkenden Kobolde. Es gibt bloß mich. Bloß mich.
Ich bin nicht der Erste, der das sagt. Ich habe dem Feind ins Auge geschaut. Und der Feind bin ich. Das klingt sogar beim Schreiben schwülstig, aber die Erfahrung zittert immer noch in mir nach. Heute Abend ist etwas Bedeutendes geschehen. Ich habe eine sehr wichtige Erfahrung gemacht. Entweder das, oder ich bin einfach wahnsinnig, und die Spiegelillusion bestätigt das nur.

21:20 Uhr Eine kurze Notiz, bevor ich ins Bett gehe. Ich war grade mit meiner Laterne draußen und habe schnell geduscht.
Bei schräger Beleuchtung kriege ich immer einen Ständer. Kerzenlicht, Morgensonne durchs Fenster. So was. Alles, was mein Glied anders aussehen lässt. Aber jetzt nicht die leiseste Spur einer Erektion. Versuche, mir deshalb keine Gedanken zu machen.
Normalerweise hätte ich mich in der Dusche gegruselt. Nacht. Schatten. Ich hätte mir ausmalen können, dass alle möglichen Sachen schief gehen. Dass riesige Kakerlaken am Duschkopf runterkrabbeln. Dass eine Fledermaus vorbeihuschen will, vom Wasserstrahl erfasst wird, in Panik gerät und mir beim Fluchtversuch die Kopfhaut aufreißt. Dass mir widerliche, glibberige Dinger über die bloßen Füße kriechen. Aber ich malte mir gar nichts aus. Ich bin stolz auf mich. Ich hab mir drei Bier aus der Bar mitgebracht, die trink ich noch aus, rauch ein paar Zigaretten, geh pissen und dann ins Bett.
Ich schreibe bei Laternenlicht. Das mag ich. Mein Schreiben wird dadurch tiefgründiger. Ich werde dadurch tiefgründiger. Ich stelle mir vor, wie die Menschen an meinem Zelt vorbeigehen und mich über mein Tagebuch gebeugt dasitzen sehen. »Schau nur«, sagen sie, »er geht ganz darin auf.« Ich würde sie ignorieren. Weil ich ganz vom Schreiben erfüllt wäre. Ganz darin aufginge.
Leuchtkäfer schwirren durchs Zelt. Ich finde die faszinierend. Ich frage mich, wie es zu ihrem Glühen kommt. Eigentlich sollte ich Maggie mal eine Postkarte schreiben. Ich habe mich noch gar nicht bei ihr gemeldet. Sie ist mit Briefen und so immer sehr gewissenhaft. Ich denke immer nur an mich. Das ist wahrscheinlich schlecht. Lange Pause des Nachdenkens. Und warum tut es mir dann nicht Leid? Dad und Janet unterhalten sich in ihrem Zelt. Unsere

Zelte stehen nebeneinander, aber ich hätte nicht gedacht, dass ich sie tatsächlich hören kann.

»Du kannst es einfach nicht lassen, was?«

»Du bist ein Alkoholiker.«

»Quatsch!«

»Glaubst du, ich will dir mit leuchtendem Beispiel vorangehen? Darum geht es nicht. Ich hatte heute Abend bloß keine Lust auf Bier. Das ist alles.«

Dad lachte. »Dass du dich mit meinen so genannten Problemen beschäftigen kannst, wo du doch nun wirklich genug am Hals hast, will mir einfach nicht in den Kopf.«

»Ich behaupte ja nicht, dass ich keine Probleme habe. Aber du hast auch welche. Und Richard auch.«

»Nicht so große. Kein Vergleich.«

»Ich wusste gar nicht, dass es ein Messinstrument für die Größe von Problemen gibt.«

»Doch, gibt es. Es heißt gesunder Menschenverstand.«

»Du kotzt mich einfach an!«

»Dann lass dich doch scheiden.«

Er provoziert sie, sich scheiden zu lassen. Das ist die Gelegenheit für sie.

Moment mal. Da weint wer.

»Janet, noch einen Selbstmordversuch verkrafte ich nicht.«

Das ist Dad! Ach du Scheiße. Dad weint. Von ihr ist nichts zu hören. Kein Wort des Trostes. Kein Versprechen, dass sie das nie wieder macht. Mann, ist ja widerlich, ihn so zu hören. Wenn jetzt direkt neben mir ein Oberschenkelknochen bräche, könnte mich das auch nicht mehr überraschen.

Ich hab ihn noch nie weinen gehört. Das ist gefährlich. Er entwickelt nicht plötzlich Gefühle, er dreht durch. Und wenn er durchdreht, verlieren wir unseren Skipper, und die gute Clark kommt nie wieder von der Sandbank los.

Ich fühle mich wie ein schmieriger Spanner. Weiß er denn nicht, wie dicht unsere Zelte nebeneinander stehen? Wenn er das wüsste, würde er sich zusammenreißen. Sein Schluchzen verebbt. Gott sei Dank. Er hat sich grad die Nase geputzt.

»Danke«, sagt er.

Sie muss ihm ein Taschentuch gegeben haben. Also sitzt sie wenigstens nicht völlig gefühllos neben ihm. Ob sie auch so entsetzt ist wie ich? Vielleicht ist sie einfach sprachlos. Dad hat sich grad geräuspert. »Ich will dich nicht noch mal verlieren, der Arzt kam raus, als sie mit der Wiederbelebung angefangen haben, und … ich dachte, du wärst tot.«

Dad schluchzt wieder. Langsam reicht's!

»Wenn sie mich nur nicht zurückgeholt hätten.«

»Das meinst du nicht ernst. Du hast zwei wunderbare Kinder, und das ganze Leben liegt noch vor dir.«

Unbedingt merken: Wenn ich auf dem Dach von dem vierzigstöckigen Hotel stehe und springen will, hat Dad Zutrittsverbot. Mit Kalenderweisheiten à la »Das ganze Leben liegt noch vor dir« ist es nicht getan. Erste Lektion in Suizidprävention: Suizid wird nur einmal im Leben begangen. Will man ihn jemandem ausreden, muss man originell sein.

»Ich habe einen drogensüchtigen Sohn, der in fünf Jahren tot sein wird, und eine schwangere Tochter, die von dieser Familie nichts mehr wissen will. Und das einzige Leben, das noch vor mir liegt, besteht darin, dir Steaks zu braten und mir deine Beschimpfungen anzuhören.«

»Was ist aus deinen Träumen geworden? Du hattest doch noch so viel vor. Jetzt, wo die Kinder aus dem Haus sind, kannst du das alles verwirklichen.«

»Ich wollte zum Ballett gehen. Ich wollte, dass Maggie Examen macht. Ich wollte, dass Richard ein anständiger

Junge wird. Ich wollte einen Mann, der in der Öffentlichkeit meine Hand hält.«
»Du bist nur deprimiert. Das kriegen wir wieder hin.«
»Ich gehe nicht noch mal ins Krankenhaus.«
»Allein schaffst du es nicht. Du brauchst Hilfe.«
»Du auch.«
»Ich will dich nicht verlieren.«
Mann, er gibt sich ja echt Mühe. Muss ich ihm lassen. Trotz seiner Klischees hat er echt Mumm, wie ein Soldat, der ein MG-Nest angreift. Janet hat den Patronengurt über die Schulter gelegt und den Finger am Abzug. Patronenhülsen sirren durch die Luft. Aber Dad hat Befehl, den Feind zurückzubringen – lebend. Also rennt er heldenmütig und ohne Gewehr.
Vielleicht führen sie solche Gespräche auch ständig. Vielleicht ist er gar nicht das kaltblütige Arschloch, das ich in ihm sehe.
Ich bin völlig aus der Spur. Ich habe noch nie ein intimes Gespräch zwischen den beiden belauscht. Am liebsten würde ich nackt in ihr Zelt rennen und Flaschen zerschmeißen.
Habe ich das alles wirklich gehört? Sie fängt an zu stöhnen.
Ich brauch meine Kopfhörer, verdammt noch mal! Dass sie miteinander schlafen, ist noch nicht das Schlimmste; das Schlimmste ist, dass die Geräusche nicht zu der tiefen Kluft zwischen ihnen passen. Wie zwei verirrte Bergsteiger schreien sie sich über den Abgrund hinweg etwas zu. Gut, zu meiner übertrieben dramatischen Beschreibung kommt natürlich hinzu, dass die wenigsten Kinder, egal wie verstört sie sind, ihre Eltern gern beim Sex belauschen.
Die Geräusche werden lauter, während ich schreibe. Ich sitze in der Falle. Ich kann nicht mal spazieren gehen. Es ist stockfinster draußen. Da gibt es Tiere, die mich fressen

werden. Aber ich halt das nicht mehr aus. Lieber lass ich mich von einem Geparden fressen, als das länger mit anzuhören. Ich bin weg hier.

23:17 Uhr Ich bin wieder da, und alles ist ruhig. Der Herr sei gelobt. Ich rauch noch eine und dann nichts wie ins Bett. Ich bin völlig erschossen.
Als ich aus dem Zelt lief, hatte ich nur Shorts und ein T-Shirt an und torkelte zur Bar. Ich hatte gar nicht gemerkt, wie viel ich getrunken hatte. Und ich hatte die Taschenlampe nicht dabei. Es war spät, und es hat mir gerade noch gefehlt, dass man sich von einem Blödmann erzählt, der mit einer Taschenlampe durchs Camp läuft. Es war dunkel genug, um mich zu bewegen, ohne gesehen zu werden, gleichzeitig gab der Mond ausreichend Licht ab, so dass ich sehen konnte, wo ich hinging. Wurzelknoten auf dem Weg ließen mich immer wieder stolpern. Einmal stürzte ich und ratschte mir den Ellenbogen auf. Er blutet immer noch.
Die Bar war geschlossen, als ich ankam, und ich blieb stehen und überlegte, wo ich hingehen könnte. Ich dachte an das Büro vom Camp. Aber ich wusste nicht, wo das lag. Ich fand einen Busch neben dem Weg und versteckte mich dahinter. Ich weiß nicht, warum, wahrscheinlich sagte ich mir einfach, ich könnte mir dort die Zeit vertreiben. Diese Scheißgegend war ja alles andere als Rom. Ich meine, ich konnte schlecht auf die nächstbeste Piazza gehen, mich ins hell erleuchtete Café an der Ecke setzen und einen Espresso bestellen. Also hockte ich mich hinter den Busch. Ich kam gar nicht darauf, dass ich viel verdächtiger aussah, wenn ich mich hinter einen Busch kauerte, als wenn ich wie ein Einfaltspinsel vor der Bar stand.
Ich musste an einen Winterabend in der achten Klasse denken. An den von einem Freund geworfenen Schneeball. An

die in einem vorbeifahrenden Bus zersplitternde Scheibe. Einen wütenden Busfahrer, der eine Vollbremsung hinlegte. Fünf junge Typen, darunter ich, die in eine Gasse rannten. Spatzenhirn, der sich mit seinem feuerroten Haarschopf hinter einem blattlosen Busch versteckte. Und vom wild dreinblickenden Fahrer sofort gesehen wurde.
Wie wir kurz darauf zurückgingen und Spatzenhirn im Schnee liegen und sich von einem Kinnhaken berappeln sahen. Wie wir uns vor Lachen bepissten. Wütender Busfahrer. Rote Haare. Blattloser Busch. Leuchtfeuer. Rums! Dämliches Spatzenhirn.
Ich hielt mich geraume Zeit hinter dem Busch versteckt. Und es waren nicht die Erinnerungen an Spatzenhirn, die mich forttrieben. Es war das Jucken an Füßen und Knöcheln. Erst kratzte ich mich einfach und schob es auf trockene Haut. Aber dann dachte ich, trockene Haut krabbelt doch nicht.
Ich sprang hinter dem Busch hervor und musterte im Mondlicht meine Beine. Überall krabbelte es. Braunes, haariges Gewimmel. Wuselndes, braunes, haariges Gewimmel. Spinnen. Kleine, braune, wütende Scheißspinnen. Babyspinnen, Taranteln, irgendwas. Schwärmten über meine Knöchel und Waden. Die Ärsche bissen mich. Scheiße aber auch.
Ich rannte los. So sehr die Bisse schmerzten, so wenig wollte ich sie anfassen. Trotz meines aufsteigenden Ekels konnte ich ein Stück vorausdenken. Ich wusste, dass die Dusche nicht in Frage kam. Der Wasserkessel hatte immer nur Wasser für eine Dusche, und das hatte ich schon verbraucht. Ich wäre in die Dusche gesprungen, hätte in der Erwartung sofortiger Erleichterung an der Schnur gezogen, und der leere Wasserkessel wäre mir auf den Kopf gedonnert. Dann hätte ich angefangen zu schreien. Im ganzen Camp wären Laternen angegangen. Die Leute wären

dem Geschrei zur Dusche gefolgt und hätten mich in der Ecke kauernd gefunden. Die Spinnen wären längst verschwunden gewesen. Man hätte es auf die Drogen geschoben. Mich sofort nach Kanada ausgeflogen. Direkt in die Entzugsklinik. Mich überzeugt, ich hätte nie Spinnen an den Beinen gehabt.

Ich hätte an Sitzungen der Anonymen Drogensüchtigen teilgenommen und die Geschichte jenes schrecklichen Abends erzählt, der Nacht meines Tiefpunkts. Man hätte teilnahmsvoll genickt. Mich in den Arm genommen. Eine Neulingsplakette.

Ich wusste, dass ich eigentlich nur eine Wahl hatte. Den Fluss. Ich rannte durch das Labyrinth der Wege. Ich lief in den Fluss und watete hinaus, bis mir das Wasser bis zur Hüfte reichte. Ich rieb mir die Beine ab und verfluchte die Spinnen.

»Ihr blöden kleinen Scheißdinger«, zischte ich.

Bevor ich ins Wasser kam, hatte ich sie nicht beschimpfen wollen, um sie nicht noch wütender zu machen. Wahrscheinlich war ich alle Spinnen nach zehn Sekunden los, aber ich rieb und schrubbte und fluchte bestimmt eine Minute lang weiter.

Ich verließ den Fluss nicht gleich wieder. Ich stand regungslos im kühlen Wasser. Sah zum anderen Ufer hinüber. Ein schon bekanntes Feuer der Verlockung loderte auf. Ich konnte es schaffen. So weit war es nicht. Aber der Fluss war breit. Wenn er mich nun mitriss? So schnell strömte er anscheinend nicht. Was war mit den Krokodilen, die ich in der Sonne liegen gesehen hatte? Die schliefen bestimmt. Oder waren weitergezogen.

Ich würde ganz leise sein. Ganz schnell schwimmen. Das andere Ufer nur berühren. Nein, ich würde aus dem Wasser steigen und mich aufrichten. Nur zehn Sekunden lang. Und dann würde ich sofort zurückkommen. In weniger als zwei Minuten wäre alles vorbei. Ich sagte mir, dass ich in drei Minuten wieder zu meinem Zelt zurückgehen konnte, mit nassen Haaren und dem Gefühl, etwas geleistet zu haben. Wenn ich morgen Depressionen bekam, konnte ich an heute Nacht zurückdenken und mich daran erinnern, dass ich durch den Fluss geschwommen war.

Ich wollte ja nicht aus dem Stand zehn Meter springen oder ein 90-Kilo-Ölfass über den Kopf stemmen. Das hier war möglich. Natürlich war es gefährlich. Aber es war nicht zu gefährlich. Viele andere Dinge im Leben waren viel gefährlicher. In einem Kajak über den Lake Superior zu paddeln, wenn die Novemberstürme herrschten mit ihren Windgeschwindigkeiten von 130 Kilometern in der Stunde und zehn Meter hohen Wellen. Aber der Fluss war gefährlich genug, um eine echte Herausforderung abzugeben. Eine gute Herausforderung. Niemand würde es erfahren. Es wäre mein ganz privater Sieg. Und den brauchte ich jetzt.

Seit mir der Gedanke gekommen war, wusste ich, dass ich mich als Versager fühlen würde, wenn ich ihn nicht umsetzte. Ich hätte mich in den Hintern beißen können. Warum war ich bloß auf diese Idee gekommen? Jetzt blieb mir praktisch nichts anderes übrig. Nicht wegen morgiger Depressionen. Sondern wegen der, die ich sonst heute Nacht bekäme.

Ich durfte nicht länger darüber nachdenken. Ich musste los. Der Fluss floss viel schneller, als ich erwartet hatte. Ich wurde mitgerissen. Ich versuchte, nicht zu viel herumzuplanschen, wollte die schlafenden Krokos nicht wecken – im Nachhinein eine lächerliche Überlegung, schließlich war ich fast am Ertrinken. Als ich die Flussmitte erreicht hatte, geriet ich in Panik. *Das war eine Schnapsidee.* Meine Arme waren schwach, und die Strömung war sehr, sehr stark. *Schwimm weiter. Das schaffst du doch mit links.* Aber ich machte mir etwas vor. Ich schaffte es nicht mit links. Ich war nicht stark genug, um es bis ans andere Ufer zu schaffen. Mir klangen die Ohren. Ich hustete und spuckte schlammiges Wasser. Das andere Flussufer zog in hässlichen schwarzen Umrissen vorbei. Ich musste diese Umrisse erreichen. Sie mussten mein größtes Lebensziel werden. Alle Kraft wanderte in meine stoßenden, wild schlagenden Arme. In mein Überleben. Ich brauchte dieses Gefühl: *Das ist es. Schwimm oder stirb.*

Ich erreichte die andere Seite, wankte das Ufer hoch und dachte an die Krokodile, die mir unmittelbar auf den Fersen sein mussten. Ich stand da und zählte bis zehn. Das hatte ich ja mit mir ausgemacht. Zehn Sekunden auf der anderen Seite. Gar nicht erst an die Gefahren beim Zurückschwimmen denken. Während ich zählte, packte ich einen neben mir liegenden Zweig. Zweig klingt eher schwächlich, aber was hätte ich denn sonst tun sollen? Einen Baum fällen und ihn, zwischen die Zähne geklemmt, ans andere Ufer ziehen? Ein Zweig war genau das Richtige. Den konnte ich als Souvenir mitnehmen. Ich hätte auch einen Stein suchen können, aber ich zählte ja nur bis zehn, nicht bis dreißig.

Bei sieben hörte ich etwas winseln. Es klang wie ein greinendes, gieriges Kind im Einkaufswagen im Lebensmittelladen. Ich sah mich um. Erst erkannte ich es nicht. Es sah aus wie ein Pitbull. Ein ausgemergelter Pitbull mit einem echt langen Hals. Mit Flecken und einem großen, hässlichen, offen stehenden Maul. Grinsend. Instinktiv schnalzte ich leise mit der Zunge, wie immer, wenn ich eine Katze oder einen Hund sehe. Ich schwör's! Doktor-Doolittle-Scheiß.

Es war eine Hyäne. Ich hatte noch nie leibhaftig eine gesehen. Nicht mal im Zoo. Mann, die sind ja potthässlich. Kein Wunder, dass sie hier draußen der einzige Feind des

Löwen sind. Das Teil sah wirklich aus wie eine Kreatur der Hölle, die hochgeschickt worden war, um mich erst einzuschüchtern und dann wie einen Tafelspitz in Stücke zu reißen. Aber es war allein. Und ich hatte es aufgescheucht. Es stand da und starrte mich aggressiv an. Und winselte, wie gesagt. Ich weiß, dass es immer heißt, Hyänen lachen. Aber es war kein Lachen. Es war ein Winseln. Ein gruseliges Winseln. Ich wollte mich nicht zu hektisch bewegen. Aus meinen Tierfilmen wusste ich noch, dass sie unglaublich starke Kiefer haben. Sie können mit einem einzigen Biss einen Zebraknochen knacken. Wäre mein Zweig doch bloß ein Ast gewesen. Nein, ein Schwert. Nein, ein Gewehr. Eine Automatik.

Ich wich langsam zurück und rieb meinen Zweig, als wäre er ein Talisman. Eine Information über Hyänen hatte ich vergessen – wo eine ist, sind noch mehr.

Erst sahen sie aus wie herumhuschende kleine Taschenlampen, die langsam näher kamen. Dann bekamen die kleinen Phantomlichter Körper. Das Rudel war gekommen und verstärkte das fürchterliche Winseln. Sie winselten nicht aus Angst oder vor Schmerz. Sie winselten vor Aufregung, wie hyperaktive Kinder auf einer Geburtstagsfeier bei McDonald's. Ich wartete nicht, bis ich sie zählen konnte.

Ich rannte ins Wasser und planschte und trat um mich, so sehr ich konnte. Sollten mich doch die Krokodile fressen. Lieber wurde ich von einem Krokodil ertränkt als von Hyänen zerrissen.

Den Rückweg schaffte ich in Rekordzeit, was einzig und allein meiner panischen Angst zu verdanken war. Ich torkelte aus dem Wasser und merkte, dass ich keine Ahnung hatte, wo ich war. Aber das war mir egal. Ich war den Hyänen entwischt. Nur das zählte. Triumphierend umklammerte ich meinen Zweig. Er war mein Beweis, dass ich auf der anderen Seite gewesen war. Auf die andere Seite

hatte Krokodilmann Janet bringen wollen. Nur dass er sich wohl auf die Geisterwelt bezogen hatte. Nicht auf einen Fluss. Zumindest keinen echten Fluss.
Ich möchte die Begegnung mit den Hyänen nicht hochspielen. Sie waren mir nahe gekommen, aber so nahe nun auch wieder nicht. Ich war ihnen nicht nur um Haaresbreite entkommen. Ich hatte direkt am Fluss gestanden. Ich war nie in großer Gefahr gewesen. Außerdem haben Hyänen ein ausgeprägtes Territorialverhalten. Sie wollten mich nur aus ihrem Revier vertreiben. Sie waren nichts als Hunde. Wilde Hunde. Mit großen Zähnen. Und Kiefern, die wie Stahl zuschnappten. Mann, du Vollidiot.
Dann tat ich etwas Kluges. Ich guckte, in welche Richtung der Fluss floss, und schlug die entgegengesetzte Richtung ein. Sonst wäre ich irgendwann in Tansania gelandet.
Als ich mich dem Camp näherte, kam jemand unter den Bäumen hervorgeschossen und hätte mich fast über den Haufen gerannt. Ich bekam einen Riesenschreck. Es war Gabriel.
»Herrgott, Mann«, rief er. »Was machst du denn hier?«
Mit aller Arroganz, die ich aufbringen konnte, schüttelte ich den Kopf. Er hätte es nicht verstanden. Er sagte, einer der anderen Führer hätte einen verrückten Jugendlichen über den Fluss schwimmen sehen. Toll. Alles war voll korrekt gelaufen. Und jetzt musste ich in ein in Aufruhr geratenes Camp zurück. Janet hatte garantiert einen hysterischen Anfall. Und Dad würde mir das nie verzeihen.
Gabriel und ich liefen zu seiner Unterkunft. Eigentlich nur ein alter Schuppen. Er versicherte dem anderen Führer, dass mir nichts fehlte. Natürlich fehlte mir nichts. Ich stand doch vor ihnen, oder? Dann stellte sich heraus, dass der Typ im restlichen Camp nichts hatte verlauten lassen. Ein Segen.
Jemand gab mir ein Handtuch. Ich wollte mich gar nicht

abtrocknen. Ich wollte meine nassen Sachen noch eine Weile tragen wie eine Medaille.
Ich war entsetzt, als ich sah, wie beengt Gabriel wohnte. Man hatte drei Etagenbetten in den Schuppen gezwängt. Gabriel mitgezählt, schliefen dort acht Führer. Sechs in den Betten und zwei auf dem Boden. Es sah aus wie auf einem Sklavenschiff. Den Führern schien es nichts auszumachen. Jedenfalls im Moment nicht. Sie waren vollauf damit beschäftigt, mich anzulächeln und Sachen zu sagen, die ich nicht verstand. Einige lachten mich aus (nicht an). Einer ließ den Finger an der Schläfe kreisen. Eine Geste, die auf der ganzen Welt verstanden wird.
Gabriel brachte mich zu meinem Zelt zurück. Ich wollte ihm sagen, dass ich es widerlich fand, dass die ganzen Führer in einen so winzigen Raum gesteckt wurden. Aber ich hatte Angst, das könnte herablassend klingen. Sonst fiel mir nichts ein, also gingen wir schweigend.
Wir erreichten mein Zelt, und ich drehte mich um, um ihm eine gute Nacht zu wünschen. Er sah mich an, wie Dad und ich Janet ansehen. Wie ich Spinner ansehe, die an der Straßenecke vor sich hin murmeln. Ich wollte nicht, dass er so über mich dachte.
»Ich wollte mich nicht ... du weißt schon. Ich würd's dir ja erklären, aber du würdest es nicht verstehen.«
»Das hab ich doch auch gar nicht behauptet.«
Doch, hatte er. Mit den Augen. Mit seiner Stimme. Ich kann wohlmeinende, nachsichtige Anteilnahme riechen. Sie verströmt einen Schweißgestank. Ein Windstoß traf die Kerze, die ich gerade angezündet hatte. Sie flackerte und drohte zu erlöschen, wonach mir nur der Geruch nach verbranntem Wachs und ein Rauchfädchen bleiben würden.
»Es ist doch bloß ein Fluss. Ich war eben schwimmen.«
Gabriel nickte. Er lächelte und nahm mich in den Arm. »Geh ins Bett.«

Er drehte sich um und ging. Die Umarmung war das Schlimmste am ganzen Abend. Ich muss mir immer wieder sagen, dass er mich schließlich nicht kennt. Ich kenne mich. Und ich weiß, was ich getan habe. Und ich weiß, warum ich es getan habe – um mich so zu fühlen, wie ich mich jetzt fühle. Wenn er das anders sieht, ist das sein Problem. Soll er mich doch auf die Liste seiner Sorgenkinder schreiben. Er teilt sich einen Schuppen mit sieben weiteren Männern. Weil er weniger schlau ist, als er glaubt. Ein gewitzterer Bursche wäre nicht dort. Aber er ist dort. Und ich bin hier. Ich habe meinen Zweig. Und er liegt in einem Zimmer mit vierzehn Käsefüßen. Da kann er denken, was er will.

Ich hab's geschafft. Ich bin über meinen Schatten gesprungen. Und diesmal musste Gabriel mich nicht retten. Ich habe den Fluss durchquert, bis zehn gezählt und bin zurückgekommen. Ich habe den Höllenhunden widerstanden. Sie haben geknurrt und geschnappt und Feuer gespuckt, aber sie konnten mir nichts anhaben. Ich habe meinen Sieg errungen wie ein griechischer Held. Ich habe den Höllenhunden den goldenen Spross gestohlen. Goldener Spross klingt viel besser als goldener Zweig. Mehr Mutproben will ich mir auf dieser Reise nicht auferlegen. Meine Sachen tropfen, während ich schreibe.

Ich habe mich noch nie so am Leben gefühlt.

Samstag, 20. August
8:07 Uhr
Shaba Camp
Zelt 3
Kenia, Afrika

Ich bin um halb sieben aufgewacht, von letzter Nacht noch ganz aufgeregt. Bin ich auch jetzt noch. Ich hatte gehofft, die Aufregung würde auch meinen Freudenspender mitreißen, aber da herrschte leider Gottes auch heute Morgen wieder Nullwachstum. Langsam mach ich mir Sorgen. Ich kann Ströme durchqueren und Hyänen ihr Gold stehlen, aber einen Soloquickie krieg ich nicht hin.
Das Gute an einer Afrikasafari ist unter anderem, dass Samstage sich nicht wie Samstage anfühlen. Man hört keine Rasenmäher. Niemand wäscht den Wagen. Keine Flohmärkte im Vorgarten.
Ich hab in den Klamotten geschlafen, die ich gestern Abend anhatte. Ich wollte das Wasser bis in die Knochen einwirken lassen. Ich mache gerade eine wichtige Zeit durch. Allem haftet so etwas Drängendes an. Es hat seinen Grund, dass das Schicksal uns vier zusammengebracht hat. Und für uns gilt dieselbe Spielregel wie für das Land: Nur die Starken werden überleben. Dad könnte die Reise wohlgemerkt heute abblasen, dann wäre Schluss mit meinem tapferen Gerede.
Heute zieh ich keine Shorts an. Meine Beine sind übersät mit roten Striemen und Ausschlag. Die Spinnen haben ganze Arbeit geleistet. Ich muss Gabriel mal fragen, ob er mir etwas Salbe organisieren kann. (Hab keine Lust, dass Dad oder Janet wegen letzter Nacht dumme Fragen stellen.) Das Jucken treibt einen die Wände hoch. Mein Ellenbogen blutet nicht mehr. Pocht nur noch ein bisschen.
Ob davon eine Narbe bleibt? Hoffentlich nicht. Eine

Narbe von der Flussdurchquerung wäre mir ja egal. Wenn mich beispielsweise eine Hyäne gebissen hätte – das wäre doch was. Aber ich möchte keine Narbe haben, die daher rührt, dass ich besoffen durch die Dunkelheit getorkelt bin.

Gabriel soll bloß nicht damit anfangen, lieb und leise mit mir zu reden. Und mich zu umarmen. Das muss für Janet doch das Schlimmste sein. Ich muss Gabriel zeigen, dass bei mir keine Schraube locker ist. Ich weiß, dass ich nicht suizidgefährdet bin, und nur das zählt. Ich mach verrückte Sachen. Aber das hab ich schon immer gemacht.

Mir stinken Leute, die alles, was sie machen, immer gleich begründen müssen. Begründungen, Erklärungen, Rechtfertigungen: Scheiße und Scheiße zum Quadrat. Wer zum Teufel weiß denn schon, warum er etwas tut? Keiner von uns ist schlau genug, um jedes Mal triftige Gründe angeben zu können, warum er etwas tut. *Ich schlage mein Kind, weil mein Vater mich geschlagen hat.* Verpiss dich. *Ich hab den Hund vergiftet, weil meine Mutter eine Prostituierte war.* Leck mich am Arsch.

Ich könnte vierzehn hieb- und stichfeste Gründe aufzählen, warum ich letzte Nacht durch den Fluss geschwommen bin. Aber wenn ich ehrlich bin, muss ich letztlich zugeben, dass ich gar keinen Grund hatte. Der Typ, der den Everest bestiegen hat, hätte nicht sagen sollen, dass er ihn nur bestiegen hat, *weil er da war.* (Falls er das überhaupt gesagt hat.) Es wäre viel besser gewesen, wenn er gesagt hätte, *ich habe ihn ohne jeden Grund bestiegen.* Oder der Typ, der in ein Fast-Food-Restaurant reinmarschiert und zwölf Leute mit einer Halbautomatik umlegt. *Warum haben Sie das getan?*, fragen die Reporter, die ihn umschwärmen, als er mit einer Jacke über dem Kopf aus dem Gefängnis zum Häftlingstransporter der Polizei gebracht wird. Nichts als ein Schulterzucken. *Ohne jeden Grund.*

Ich habe über Selbstmord nachgedacht. Aber ich würde mich nur umbringen, wenn ich sicher sein könnte, dass die Sache wirklich so läuft, wie ich es will – dass ich noch herumsumme wie eine Schmeißfliege und mir die Trauer und die Tränen der Verwandten und Freunde anschaue. Meinen eigenen Trauergottesdienst sehe, einen Saal voller Leute, für die es nur noch Stehplätze gibt. Höre, wie nette und außerordentliche Sachen über mich gesagt werden.
Aber in meinen Suizid-/Trauergottesdienstfantasien hänge ich immer zu lange herum. Ich hänge herum, bis die Leute nicht mehr über mich reden und in ihren Alltag zurückkehren. Bis ich nur noch eine blasse Erinnerung bin, die winzige Ursache kurzer Nachdenklichkeit, mehr nicht. Und deswegen werde ich mich nicht umbringen. Es lohnt sich nicht für zwei Wochen Aufmerksamkeit, die ich vielleicht nicht mal mitkriege.
Ich traf mich mit den Alten zum Frühstück, nachdem ich einen letzten frustrierenden Versuch unternommen hatte, meinen Baumelmann aus dem Winterschlaf zu wecken. Nichts zu machen. Ich semmelte ihm eine mit dem Handrücken und verstaute ihn. Ich hab auch meine Warze untersucht. Scheißding. Vermehren die sich eigentlich? Erst über die Hände, dann die Arme hoch, den Hals entlang, bis sie schließlich das ganze Gesicht bedecken? Das wär doch was! Dann würde man die Hasenscharte nicht mehr sehen.
Die beiden saßen schon am Tisch, als ich ins Restaurant kam.
Da sie letzte Nacht miteinander geschlafen hatten, erwartete ich, sie bei bester Laune anzutreffen.
Dad sah Janet an, die in den Schoß blickte. Sie pulte an den Fingernägeln herum. Ihre Augen hatten wieder den gehetzten Ausdruck. Dad wandte sich an mich.
»Sieht schlimm aus«, sagte er nur.

Sofort verschwanden die Ängste, die sich um meine Warzen und meinen streikenden Penis drehten. Nichts steigert die Laune so wie der Anblick eines Menschen, dem es noch dreckiger geht als einem selbst. Aber als ich mich dann setzte, musste ich zugeben, dass unklar war, wer von uns dreien kaputter war. Das ist wie bei der Tour de France. Das gelbe Trikot wechselt immerzu den Besitzer.
Janet blieb nur eine Viertelstunde lang am Tisch. Sie flüsterte immerzu denselben Satz vor sich hin: »Es wird wieder besser.«
Sie sah kein einziges Mal hoch. Hielt den Kopf die ganze Zeit gesenkt. Sie sah so alt aus. Ich versuchte mich daran zu erinnern, wie ihr Gesicht ausgesehen hatte, bevor die beiden nach Paris gezogen waren, aber es gelang mir nicht. Es scheint so lange her zu sein.
Dad kam nach dem Frühstück vorbei und schleppte noch mehr Selbstmordutensilien an. Diesmal brachte er seine Sachen, meistens Dinge aus seinem Kulturbeutel. Vier Wechselköpfe von seinem Nassrasierer. (Keine Ahnung, wie sie sich mit den Scheißdingern schneiden soll.) Ein Fläschchen von seinem Eau de Cologne. (Wahrscheinlich hat er Angst, sie könnte das Fläschchen zerschlagen und sich mit einer Scherbe die Adern aufschlitzen. Ich hätte ihm fast gesagt, dass sie sich dafür auch ein Glas aus dem Restaurant holen kann. Ich hätte ihn auch gern gefragt, wo seine Scotchflasche aus Glas abgeblieben ist.) Ein Plastikfläschchen Schmerztabletten. (Das war plausibel. Aber auch nur das.)
Wenn sie sich wirklich umbringen will, bietet Afrika tausenderlei Möglichkeiten, und keine davon findet sich in Dads Kulturbeutel. Es war edelmütig gemeint, aber unüberlegt. Er ist echt durch den Wind. Aber seine Besorgnis muss ich ihm hoch anrechnen. Er war dabei, als sie sich zum ersten Mal umbringen wollte. Vielleicht sieht er heute Morgen dieselben Anzeichen.

Dad meint, dass wir morgen vielleicht nach Nairobi zurückfahren. Soll mir recht sein. Wir haben gesehen, was wir sehen wollten. Janet ist bald wieder in Paris, in einem sauberen Zimmer mit frischen Blumen, einem Fernsehgerät und einem Fenster, das sich nur zehn Zentimeter weit öffnen lässt.
Wir wollten heute Vormittag eigentlich zu den großen Tieren rausfahren, aber Janet sagte, sie sei dem nicht gewachsen. Dad hat gemeint, das Risiko, sie allein zu lassen, sei zu groß und Gabriel und ich sollen allein fahren.

11:26 Uhr Ich bin wieder in meinem Zelt. Waren nicht lange draußen. Gabriel und ich haben uns kurz nach neun am Geländewagen getroffen. Dad hat uns tschüss gesagt. Er schien guter Dinge zu sein. Alle Achtung. Mir hätte es schwer im Magen gelegen, wenn ich nicht mitgekonnt hätte.
Ich war überrascht, dass Janet nicht aus dem Zelt gefegt kam und mich anflehte, hier zu bleiben. Dad sagte, sie schliefe. Blödsinn. Ihre Augen waren vielleicht zu, aber sie schlief nicht. Außer natürlich, ihre Ängste sind verflogen und die Depression ist über ihre Felder gewalzt wie eine große, brennende Sonne, die alles versengt. Vielleicht war Dad heute Morgen deshalb so besorgt. Er hat schon mal gesagt, Sorgen mache er sich nicht wegen ihrer Panikattacken. Angst macht ihm die Depression.
Es war traurig, wegzufahren und zu sehen, wie er dastand und winkte. Ich hab zurückgewinkt und war ehrlich berührt. Er hat das nicht verdient. Ich hab das nicht verdient. Und am allerwenigsten hat das Janet verdient.
Gabriel war erst sehr schweigsam. Wir sahen Familien von Warzenschweinen und ein paar Gazellen. Ich war erleichtert, das Chaos mal hinter mir lassen zu können. Ich hatte den Eindruck, es könnte klappen, die Safari auf diese

Weise zu beenden; Dad und ich passten abwechselnd auf Janet auf, und der jeweils andere unternahm allein etwas mit Gabriel.

Nach und nach machte mich Gabriels Schweigen allerdings nervös. Normalerweise redete er, erklärte etwas und wies auf Sachen hin. Ein paar Mal stellte ich dumme Fragen nach den Tieren. Er antwortete einsilbig. Anscheinend hatte er langsam genug vom Clark-Clan. Er hoffte wahrscheinlich, wir würden die Reise abbrechen und vorzeitig nach Nairobi zurückkehren.

Wir hielten auf dem Seitenstreifen einer staubigen Straße und beobachteten eine Giraffenherde. Auch wenn ich die verschiedenen Tiere gern sehe, muss ich doch zugeben, dass mir die Fleischfresser am besten gefallen. Die Giraffen sind beeindruckend, aber sie fesseln mich nicht so wie die Löwen, Leoparden oder gar die Hyänen. Schurken fand ich schon immer spannender.

Lange nachdem die Giraffen verschwunden waren, saßen Gabriel und ich noch immer schweigend da. Schließlich hielt ich es nicht mehr aus.

»Was zum Teufel ist los mit uns?«, fragte ich.

»Glaubst du, du könntest genauso verrückt sein wie deine Mutter?«

Daran hatte er sich also insgeheim die ganze Zeit aufgegeilt. Ich musste lachen. Ich lachte zu laut und zu lange, ein irres, nervöses Lachen.

»Magst du Bücher?«, fragte er.

Ich hörte langsam auf zu lachen, grinste aber weiter. »Ob ich Bücher mag? Was ist denn das für eine dämliche Frage?«

»Wie viele hast du schätzungsweise gelesen?«

»Fünf.«

»Deine Mutter sagt, seit du dreizehn geworden bist, hätte sie dich kaum noch gesehen. Sie sagt, du hättest dich wie ein Mönch in deinem Zimmer abgekapselt. Und gelesen. Immerzu gelesen.«

»So ein Quatsch. Ich war nie ein Stubenhocker. Ich hatte Freunde und hab in der Eishockeymannschaft gespielt.«

»Die Bücher waren aber wichtig. Oder nicht?«

»Nö, nicht sehr.«

»Du musstest einen hohen Baum hochklettern, um der Sache zu entkommen.«

»Welcher Sache?«

»Der Sache, die dich zur Strecke bringen wollte. Die deine Mutter zur Strecke gebracht hat.«

»Pass auf, ich weiß nicht, worauf du hinauswillst, aber wenn du glaubst, mir ginge es genauso wie ihr, dann irrst du dich. Ich habe gestern Abend nicht versucht mich umzubringen.«

»Ich meine nicht nur den Fluss. Ich meine die Drogen, mit denen du dich Tag für Tag vergiftest.«

Gabriel saß seelenruhig da. Er sah aus, als hätte er noch einen ganzen Sack voll mit Ratschlägen. Ich hätte stur den Mund halten können. Aber er hatte die Wagenschlüssel. Er war imstande, uns bis zum Sonnenuntergang da draußen festzuhalten.

»Wer sagt denn, dass ich ein Drogenproblem habe?«

»Deine Mutter.«

»Die spinnt.«

Gabriel sah mich unverwandt an. Sein Blick übte eine starke Wirkung aus. Ich kam mir sofort klein und schwach vor.

»Du hast dich in eine gefährliche Sackgasse manövriert, Richard. Du glaubst, du weißt alles und hast schon alles gesehen. Niemand soll sich einmischen, dir wehtun, dich berühren oder dir helfen. Das bedeutet, du stehst ganz allein da und musst mit deinen Problemen klarkommen. Nur liegt dir anscheinend nicht genug daran.«

»Und dir liegt viel zu viel an Leuten, denen du scheißegal bist, sobald sie wieder weg sind«, schrie ich ihn fast an.
»Für deine Mutter besteht kaum noch Hoffnung. Das letzte bisschen Hoffnung setzen wir auf dich.«
»Wow, jetzt bitte laut die Klaviermusik einblenden.«
Gabriel ließ sich nicht aus der Ruhe bringen und sah auf die wogende Savanne hinaus. »Du glaubst gar nicht, wie viel Einfluss du auf sie hast. Du zerstörst nicht nur dich selbst, du zerstörst auch sie.«
»Und deshalb glaubst du, wenn du mich retten kannst, kannst du sie retten?«
»Ja.«
Ich war beeindruckt. Die meisten wandelnden Seelentröster hätten irgendeinen Tiefsinn abgesondert von wegen, sie könnten niemanden retten, *du musst dich selbst retten.* Ich nahm eine Zigarette aus dem Päckchen. Gabriel hielt mir die Hand hin. Ich wusste nicht, ob er um eine Zigarette bat oder Händchen halten wollte. Ich hatte keine Lust auf Händchenhalten, also legte ich ihm die du Maurier in die Handfläche. Er steckte sie zwischen die Lippen und zündete sie an, als rauchte er zwei Päckchen am Tag, was seltsam war, denn bei unserer letzten gemeinsamen Zigarette hatte er unbeholfen gewirkt. Ich schnappte mir auch eine Zigarette und gab mir Feuer.
»Stehst du im Moment unter irgendwelchen Drogen?«
»Ich bin vom Leben bedröhnt, Baby«, sagte ich und stieß ein Rauchwölkchen durch die Nase aus.
»Wenn du nicht aufhörst, den wahren Richard mit Drogen zu verstecken, ist dieses Gespräch so überflüssig wie ein Kropf. Dann kannst du mit deinem verfickten Leben so weitermachen und glauben, du wüsstest alles besser. Dann ist mir das scheißegal.«
»Meine Güte, du fluchst ja. Muss ja richtig ernst sein.«

Gabriel beäugte die Asche am Ende seiner Zigarette. Seine Miene blieb unverändert.
»Glaubst du, deine Mutter leidet an Stoffwechselstörungen?«
Ich brauchte einen Augenblick. Ich war noch bei meinem »verfickten Leben«.
»Ich glaube, ihre Probleme kommen teilweise daher.«
»Aber nicht ganz?«
»Keine Ahnung.«
»Weißt du, deine Mutter glaubt nämlich langsam an solche Stoffwechselstörungen. Und das könnte für sie der Anfang vom Ende sein. Jeder launische Mensch hat ab und zu negative Gedanken. Deine Mutter hat den ganzen Tag, rund um die Uhr negative Gedanken. Glaubst du vielleicht, dass ihr sichere und friedliche Gedanken durch den Kopf gehen, wenn sie darüber nachsinnt, ob wir genug Benzin im Tank haben?«
Die Frage war so was von dämlich, ich hätte schreien können. Vorsichtig schnippte er einen guten Zentimeter Asche aus dem Fenster und fuhr fort.
»Wir könnten bis Sonnenaufgang darüber diskutieren, ob die Gedanken die Stoffwechselstörungen verursachen oder die Stoffwechselstörungen die Gedanken.«
»Ich weiß ja nicht, wie's dir geht, aber ich wäre ganz gern früher zurück.«
»Wir haben so wenig Kontrolle über unser Leben. Aber zu den heiligen Kräften, die wir haben, zählt die Kontrolle unserer Wahrnehmung. Sie kann uns einkerkern, aber auch befreien. Die Wahrnehmung können selbst Seelensachverständige nicht ändern. Sie behelfen sich mit dem Verschreiben von Pillen. Jemanden in ein Krankenhaus zu stecken ist einfacher. Dann kann jeder, die ganze Familie, glauben, er hätte alles getan, was er konnte.«
»Was ist, wenn du dich irrst? Was ist, wenn die Stoffwech-

selstörungen die negativen Gedanken verursachen? Was ist denn so schlimm daran, jemanden medizinisch zu behandeln, wenn man damit wenigstens an ihn rankommt und ihn vielleicht sogar heilt?«

»Gar nichts. Wenn man den Anruf nicht entgegennehmen will.«

Klingeling. Hallo?

»Welchen Anruf?«

»Den, der zum Wandel aufruft. Wo dein Vater eine Geisteskrankheit sieht, sehe ich einen Aufruf zum Wandel. Was ist Schizophrenie? Was ist eine manisch-depressive Erkrankung? Das sind Kategorien. In den letzten hundert Jahren entstandene Kategorien, erfunden und verteilt von engstirnigen Dealern rezeptpflichtiger Drogen, Ärzten und Wissenschaftlern ohne jedes Gespür für das Geflecht, das Verstand, Herz und Seele zusammenhält.

Die wedeln mit einer Liste von Symptomen, und wenn dein Verhalten seine Entsprechung auf der Liste findet, hängen sie dir ein Etikett an. Schenkst du ihnen ein Mal Glauben, ist das Kind in den Brunnen gefallen. Dann hängt dir das Etikett um den Hals wie eine Kuhglocke.

Du zum Beispiel hältst deine Mutter für verrückt und behandelst sie entsprechend. Das spürt sie. Und Schritt für Schritt hält sie sich ebenfalls für verrückt.

Diese Etikettenmasche ist unglaublich destruktiv. Ich sehe das andauernd. Leute aus der ganzen Welt, Schweden, Russen, Amerikaner, Australier, alle kommen her, um die Tiere zu beobachten. Kluge und anständige Leute. Aber sie kommen alle mit derselben Einstellung her. Sie beobachten und analysieren und sedieren und sortieren und beschildern und etikettieren, und am Ende weiß keiner von ihnen auch nur das Geringste über diese Tiere.«

»Wenn sie keine Stoffwechselstörungen hat, was zum Teufel ist dann los mit ihr?«

»Sie hat eine Seelenkrise. Du übrigens auch. Und auch dein Vater wird bald eine haben. Nur sind Krankenhäuser oder Pillen dafür keine Lösung.«

»Sie muss sich also bloß mental zusammennehmen, und schon ist sie wieder putzmunter?«

»Das ist keine Lösung, aber ein Schritt in die richtige Richtung. Und dieser Schritt ist alles andere als einfach. Ihre Seele führt einen verzweifelten Kampf.

Ich habe sie gebeten, mir zu erzählen, was sie vor sich sieht, wenn sie deprimiert ist oder Angst hat. Sie hat gesagt, es ist ein Gefühl, als würde sie über einem bodenlosen Abgrund hängen und sich mit den Fingerspitzen festhalten. Dort hängt sie, wenn du ihr irrationales Verhalten siehst. Über dem Abgrund. Es gibt aber Augenblicke, da kann sie sich hochziehen. Wenn auch nur für kurze Zeit. Und bald hängt sie wieder da und hält sich mit den Fingerspitzen fest.

Sie sieht nicht ein, dass eine Lösung darin bestände, das Gegenteil vom dem zu tun, was sie für das Richtige hält. Sie glaubt, ihre geistige Gesundheit zurückzubekommen, wenn sie den Abgrund hinter sich lässt. Dein Vater und du, ihr klopft ihr auf den Rücken und redet ihr ein, dass sie dort nichts zu suchen hat. Sie klettert immer wieder hoch, weil sie Angst hat. Aber ihre Vorstellungen sind falsch, das sind von der Angst gemalte Bilder.

Sie stürzt nicht in einen entsetzlichen, bodenlosen Abgrund. Ich habe ihr zu erklären versucht, dass es eher mit dem Sich-fallen-Lassen bei einem Menschen zu vergleichen ist, dem man blindlings vertraut. Dass sie an das Hochgefühl denken solle, das gleichzeitig etwas Furchteinflößendes hat. Es ist ein Sturz in die Freiheit.

Statt wieder und wieder hochzuklettern, dem Leiden von eigener Hand ein Ende zu machen oder von Ärzten und Pillen hochgezogen zu werden, muss sie loslassen, sie muss

sich fallen lassen. Genau wie du. Du hast dich von deinen Ursprüngen gelöst und entfernt, und zu ihnen musst du zurück, wenn du nur den Mut aufbringst, dich zu ergeben.«
»Wem?«
Gabriel saß einen Augenblick da. Er hatte mich weit gebracht, weiter, als ich mich je zuvor hatte bringen lassen, und ich wartete auf das große Finale, ich wartete auf die Erlösung. Ich wusste, dass er meine Frage gehört hatte, also wiederholte ich sie nicht. Wir saßen zehn Minuten lang schweigend nebeneinander. Ich übertreibe nicht. Das ist eine lange Zeit für schweigendes Dasitzen. Ich wollte ihm Zeit lassen. Für mich war das eine große Sache. Ich hatte das Gefühl, er war auf etwas gestoßen. Vielleicht nicht den Kern. Aber sehr nah dran.
Ich glaubte, er überlege und suche nach den richtigen Worten. Dann bewegte er sich. Aber er sagte nichts. Er drehte den Zündschlüssel und startete den Wagen. Und wir fuhren weiter. Und über Etiketten, bodenlose Abgründe oder Stürze in den Frieden fiel kein Wort mehr.
Gabriel kehrte zu seiner Rolle als Safariführer zurück. Er machte sein Schweigen während der ersten Etappe unseres Ausflugs mehr als wett. Auf dem Rückweg nach Shaba war er ungeheuer lebhaft. Am Straßenrand erblickte er ein paar Affen und lieferte eine Schnellfeuerzusammenfassung ihrer Paarungs- und Ernährungsgewohnheiten. Wir kamen an einem Baum vorbei, zu dem ihm allerlei einfiel. Sogar zu ein paar blöden Felsen am Straßenrand sonderte er einen Kommentar ab. So sehr hat ihn Afrika noch nie erregt.
Ich hatte Schwierigkeiten, mich auf die Tiere zu konzentrieren. Ich wusste, was er im Sinn hatte. Wenn er es schaffte, dass ich mich meiner Krise stellte, würde sich Janet vielleicht erholen. Zwei Fliegen. Eine Klappe. Nur reißt die eine Fliege, um die es hier geht, selbst gern die Klappe auf.

Gabriel ist entweder der größte Labersack, den ich je gesehen habe, oder aber etwas echt Besonderes. Was genau, muss ich noch rauskriegen.
Ich geh lieber zum Mittagessen, ich glaube nämlich, die Elefanten wollen unser Camp überfallen. Wir haben sie auf dem Rückweg gesehen. Gabriel sagt, sie wollen zum Fluss, der ungefähr fünfzig Meter von meinem Zelt weg ist. Es ist wie eine Kumuluswolke, die an einem heißen Sommernachmittag über den Himmel zieht. Der Camp-Manager hat Angst, die Elefanten könnten erschrecken und durchgehen. Er hat uns gebeten, besonders vorsichtig zu sein und laute Geräusche zu vermeiden. Es wäre nicht das erste Mal. Ganze Camps sind auf diese Weise schon zerstört und Menschen verletzt worden. Ich hoffe, Janet schläft noch.
Dad steht vor dem Zelt und ruft mich. Das Mittagessen wird serviert. Ich muss los.

13:34 Uhr Dad und ich waren allein beim Mittagessen. Janet hat noch geschlafen. Er war froh, dass ich wieder da war. Froh, jemanden zu haben, mit dem er reden konnte. Ich hab ihm von dem Ausflug erzählt. Hab erzählt, dass er nichts Weltbewegendes verpasst hat. Wir haben ein paar Tiere gesehen, aber keine, die er auf seiner Liste nicht schon abgehakt hat. Bis auf die Warzenschweine. Er sagte, die Warzenschweine können ihm gestohlen bleiben. Er sagte, dass er sich auf die nächste Tour mit Gabriel freut. Er muss hier mal raus.
Wir waren beide ganz aufgeregt, weil es möglicherweise zur Stampede der Elefanten kommen würde. Dad brachte Janet etwas zu essen, und ich machte mich auf den Rückweg zu meinem Zelt. Unterwegs sah ich ein paar Paviane am Rand vom Camp.
Ich rannte zu ihrem Zelt, wo Dad gerade leise den Teller

neben Janets Bett abstellte. Sie schlief tatsächlich. Und nach dem Speichelfleck auf dem Kissen zu urteilen, schlief sie tief und fest. Sie sah so ruhig aus. Ich dachte, vielleicht ist sie tot. Ich konnte sie echt nicht atmen sehen. Vielleicht hatte sie ein ganzes Fläschchen Pillen geschluckt, und Dad hatte den ganzen Vormittag neben einer Leiche gewacht. Ich wollte nichts sagen. Er wäre bloß sauer geworden. Als ob er so dämlich wäre. Als ob er nicht gemerkt hätte, wenn sie tot gewesen wäre.

Ich wartete vor dem Zelt auf ihn. »Paviane am Rand vom Camp«, sagte ich. »Komm.«

»Geht nicht. Deine Mutter.«

»Der geht's gut. Es dauert nur fünf Minuten. Du hast sie doch auch zum Mittagessen allein gelassen.«

»Stimmt auch wieder.«

Ich ging vor ihm den Pfad entlang, den ich gekommen war. Wir waren wie zwei Jungen, die sich zu einem Abenteuer wegschleichen. Er sagte ein paar Mal, ich solle nicht so schnell gehen. Ich kam an die Stelle, wo ich vorher die Paviane gesehen hatte, aber sie waren weg. Er sagte, es machte nichts. Er hatte sie auf seiner Liste schon auf dem Weg von Naivasha nach Baringo abgehakt. Ich ging weiter.

»Gehen wir lieber zurück«, sagte er.

»Die Elefanten sind schon am Fluss. Komm.«

Ich ging weiter den Pfad entlang.

»Richard, bleib sofort stehen.«

Sein Tonfall brachte mich zum Halten. Ein Segen. Keine zwanzig Meter vor mir stand ein Elefantenbulle. Stand einfach da. Er muss Blätter gefressen haben. Aber er fraß nicht mehr. Er starrte uns an. Und er sah echt stinkig aus. Seine angeschlagenen weißen Stoßzähne waren so lang, dass sie fast bis auf den Boden reichten. Seine Ohren breiteten sich aus wie riesige Flügel. Nur war das kein Dumbo.

Das war ein fieser, hinterhältiger Bulle. Die Furchen in seinem Rüssel waren so tief, dass ein Kind daran Halt finden und wie auf einen Baum hätte hochklettern können. Um dann getötet zu werden.
Er sah alt aus. Sehr alt. Alt und wahnsinnig. Ein verrückter, alter Elefant. Und groß. Mann, war der groß. Er hätte uns total fertig machen können. Nicht auszudenken, was er alles hätte machen können. Ein Stoßzahn durch die Magengrube. Ein Rüsselschlag. Auch das hätte er machen können. Hätte einen von uns packen und gegen einen Baum schmettern können. Durch die Gegend schleudern. Die Schädel einschlagen und dann mit den Leichen rumspielen. Aber wahrscheinlich hätte er sich mit dem guten, alten Zerstampfen begnügt und unsere Knochen in rund dreißig Sekunden pulverisiert. Und dann hätten sie uns wie Sandsäcke aufgesammelt und auf die Ladefläche ihrer Lastwagen gewuppt.
»Was machen wir jetzt?«, flüsterte ich.
»Wir gehen hübsch langsam zurück.«
Ich glaube, Dad hatte er gar nicht angesehen. Aber als ich einen kleinen Schritt zurückwich, legte er die riesigen Ohren an. Damals wusste ich es noch nicht, aber das bedeutet, dass ein Elefant bereit ist, auf einen loszugehen. Und er ging auf uns los. Und er war kein langsamer, schwerfälliger Riese. Er ging auf mich los wie ein Stein aus einer Schleuder.
Dad und ich ließen allen Mannesmut fahren und brüllten wie am Spieß.
Wir rannten blindlings den Pfad zurück. Keiner sah zurück. Wir rannten und rannten, bis wir schließlich an meinem Zelt ankamen und uns umzusehen wagten. Er war uns nicht gefolgt. Wir sahen aus wie zwei blasse, zitternde Albinoratten.
Dad musste lachen. Mann, war er gut drauf. Er hob sogar

die Hand, damit ich einschlagen konnte. Es war fürchterlich blöd, aber ich machte mit. Ich konnte nicht anders. Die Aufregung riss mich einfach weg. Sofort meldete sich meine Befangenheit, und ich hoffte, dass uns keiner gesehen hatte. Obwohl ich mich in Grund und Boden schämte, war ich auch überglücklich. Es war schön, ihn so fröhlich zu sehen.

Später erfuhren wir, dass der Elefant vom Pfad abgekommen war und ein Zelt zerstört hatte. Der Camp-Manager sagte, es sei ein Wunder, dass es gerade leer gewesen sei. Es hätte schlimmer kommen können. Die Herde hätte dem Bullen folgen können. Dann wäre womöglich das ganze Camp in Schutt und Asche gelegt worden.

Dad muss das Zelt vielleicht bezahlen. Und das ist bestimmt nicht billig. Das sind hier keine kleinen Schutzzelte. Eher schon Hütten. Ich hoffe, er muss keinen roten Heller löhnen. Wir sind in Afrika. Da kommt das vor. Wir haben es hier schließlich mit wilden Tieren zu tun.

14:34 Uhr
Wasserfälle beim Camp

Ich habe eine Senke gefunden. Nicht gerade ein bodenloser Abgrund, aber man kann nicht alles haben. Ein Wasserfall ergießt sich herein. Das Wasser fließt im Halbkreis am Rand der Senke entlang und dann durch einen Kanal zum Fluss. Ich sitze auf einem Stuhl in der Mitte der Senke. Ich höre nichts als die Wasserkaskaden. Wohltuend.

Dad hatte ein echt schlechtes Gewissen wegen dem zerstörten Zelt und bot an, für den Schaden aufzukommen. Er hätte sich fast in die Hose gemacht, als er hörte, dass so ein Zelt dreitausend Dollar kostet. Aber es ist noch mal gut gegangen. Der Camp-Manager wusste Dads Angebot zu schätzen, sagte aber, sie seien gegen solche Schäden versichert. Gut, der Mann. Große Erleichterung für Dad. Und für mich. Es wäre schade gewesen, wenn unsere Flucht vor dem Elefanten für immer und ewig damit verbunden gewesen wäre, dass Dad Geld verloren hat. So aber können wir die Geschichte noch vierzig Jahre lang unterm Weihnachtsbaum erzählen. Mehr oder weniger.

Um drei fährt Dad mit Gabriel weg. Ich passe auf Janet auf. Dad sagt, dass wir übermorgen nach Nairobi zurückfahren. So der Plan.

Dad steht über mir am oberen Ende vom Wasserfall. Er glaubt, ich wüsste nicht, dass er dort steht. Ich werd paranoid, wenn er mich beobachtet.

Was sieht er wohl, wenn er auf seinen missratenen Sohn hinabschaut? Vielleicht fragt er sich nervös, was ich hier immerzu schreibe. Ob er was entziffern kann? Nee, dafür ist er zu weit weg.

Wahrscheinlich sieht er eine gestrandete Existenz. Einen Gammler. Einen desillusionierten, geknickten Ölarbeiter. Und ich bin nicht einmal ein echter Ölarbeiter. An die gefährlichen Maschinen lassen die mich gar nicht ran. Die sind nur was für echte Männer. Ich krabble wie ein Krebs über das Ölfeld, sammle Müll und buddle Dränagegräben.

Er muss daran glauben, dass ich eine Zukunft habe. Sei sie auch noch so klein. Sonst würde er nicht anbieten, mir das Studium zu finanzieren. Es ist ihm zu wichtig, dass ich einen Abschluss mache und eine Evolution aus dem Urschlamm der Ölarbeit erlebe.

Wenn Dad heute Nachmittag weg ist, geht's bei Janet an die Krisenberatung. Ich verstehe langsam, warum Menschen, die eine Krise durchmachen, am Ende religiös werden oder Sekten beitreten. Die halten sich wahrscheinlich

auch nur noch mit den Fingerspitzen fest. Nur haben sie vor dem Loslassen nicht lange überlegt, wem oder was sie sich da ergeben. Ich müsste ewig überlegen.
Ich meine, so eine Ergebung ist doch eine große Sache. Darum dreht sich doch das Ganze. Wem zum Teufel soll ich mich denn ergeben? Ich trau doch nicht mal Gerüchten, irgendein Eishockeyspieler würde den Verein wechseln, ganz zu schweigen also von jahrtausendealten Worten und Seelenzeugs. Echt jetzt, muss man so was nicht aus erster Quelle erfahren? Muss man dem Betreffenden nicht in die Augen schauen? Sich eine eigene Meinung bilden? Sich fragen: »Will der mich verarschen oder nicht?« Was sind das denn für Leute, die behaupten, Jesus ist ihr Freund? Haben die ihn je getroffen? Ich hab keine Lust, loszulassen und wohl oder übel irgendeinem Moses, Jesus, Wischnu, Buddha oder Mohammed in die Hände zu fallen. *Pardauz!* Klar, Millionen haben das gemacht, also müssen die Typen ziemlich gute Fangreflexe haben. Aber ich hätte total Schiss, am Ende glasige Augen zu haben und von allem überzeugt zu sein. Wem oder was ergibt man sich also, wenn man keine Lust hat, am Ende als totales Arschloch dazustehen? Wenn man keine Lust hat, einem Verein beizutreten, in dem haufenweise hirntote Torfköppe rumlaufen? Kann man sich denn nichts Eigenem ergeben? Nicht irgendwas, wovon so ein strunzdummer Sendbote einem weismachen will, das sei vor zweitausend Jahren passiert. Darum geht es mir. Ich möchte mich etwas ergeben, das ich mein Eigen nennen kann. Etwas so Privatem und Tiefgründigem, dass ich es niemandem sagen könnte. Das wäre dann die geheime Spielregel. Sobald ich es jemandem erzählte, würde ich es verlieren.
Dad steht immer noch da oben und starrt mich an. Ich hab schon eine Gänsehaut. Ich geh ins Zelt zurück und trink Bier.

18:01 Uhr Dad konnte dann doch keine Tiere besichtigen, weil Janet dagegen war. Begründet hat sie es nicht. Dad hat den ganzen Tag auf sie aufgepasst. Das macht ihm anscheinend nichts aus. Ich hab gehört, wie sie sich in ihrem Zelt unterhalten haben. Er hat sie ganz nett gefragt, ob er ihr etwas holen soll. Sie wollte ein Glas Wasser. Sie hat nach mir gefragt. Er hat gesagt, ich würde vielleicht im Pool baden. Sie hat gesagt, das soll ich nicht, weil ich mir davon die Flussblindheit holen kann. Ich hätte fast rübergeschrien, dass man sich die Flussblindheit in Flüssen holt, nicht in so blöden Pools. Dann hätte sie zurückgeschrien, dass sie das Wasser ja irgendwo herkriegen müssen. Und damit hätte sie Recht gehabt. Dad hat gesagt, ich würde nicht schwimmen gehen. Ihre Sorgen in puncto Flussblindheit äußerte sie nicht mit der hysterischen Stimme, die ich schon kannte. Nein, jetzt klang sie distanziert und gleichgültiger.
Dann wurde es etwas abgefahren.
»Hast du es ihm gesagt?«, fragte sie.
»Ich habe ihm nichts gesagt«, sagte er.
»Du darfst es ihm nicht sagen.«
»Das ist mir klar.«
»Das war so abgemacht.«
»Ich weiß.«
Die Fantasie ging mit mir durch, bis ich merkte, dass sie wahrscheinlich ihren Suizidversuch meinte. Mann, war er verlogen. Es war gut, so eine aalglatte Lüge von ihm zu hören. Machte ihn fast schon menschlich. Ich war ziemlich sicher, dass ich schon wusste, was ich nie erfahren sollte. Aber dann bekam ich Zweifel. Was war, wenn sie nicht den Suizidversuch meinte? Schon trampte ich wieder über die alte Inzestautobahn. Verdammt noch mal, was sollte man denn sonst abmachen? Sie hörten sich an wie Adolf Hitler und Eva Braun. Oder wie die Kennedymörder beim konspirativen Tuscheln.

Ich löste Dad für eine Stunde oder so auf seinem Posten ab, damit er an der Bar ein Bier trinken konnte. Ich setzte mich auf einen Stuhl an Janets Bett. Ich sah ihr ins Gesicht. Sie hatte die Augen geschlossen. Sie sah so winzig aus, wie sie so dalag. Ich fragte mich, wann ich wohl aufhören würde, das Kind zu sein, und die Elternrolle übernehmen musste. Ob sie es schaffen würde, sechzig zu werden? Ich zündete mir eine Zigarette an.

»Kann ich auch eine haben?«, fragte sie.

Ihre Stimme erschreckte mich. Ihre Augen waren immer noch geschlossen. Langsam öffnete sie sie, und ich öffnete mein Päckchen du Maurier. Sie nahm mir das Päckchen aus der Hand und musterte es. Wahrscheinlich hatte sie die neuen Warnungen noch nicht gesehen, die Health Canada jetzt so groß, dreist und Furcht einflößend draufdrucken lässt.

Die Warnung auf dem Päckchen war ziemlich unverblümt. Sie lautete: »Rauchen Kann Sie Umbringen«. Ich sah zu, wie Janet das las. Ich halte die Warnung für blanken Unsinn. Die müssen die ändern. So eine Anmaßung. »Rauchen Kann Sie Umbringen«. Wie können die es wagen, mir eine Seele abzusprechen? Da sollte stehen: »Rauchen Kann Ihren Körper Umbringen«. Ich war schon genervt, wenn ich den blöden Slogan nur sah. Zu unterstellen, wir bestünden alle bloß aus organischer Materie. Arschlöcher.

Ich glaube nicht, dass es Janet gefallen würde, den Tod ihres Körpers zu überleben, weil ihr Wahnsinn kein Ende finden würde, wenn ihr Herz zu schlagen aufhörte. In Zeitlupe nahm sie sich eine Zigarette und gab mir das Päckchen zurück.

»Du Mauriers fehlen mir«, sagte sie und zündete die Zigarette an.

Ich schob ihr den Ascher hin.

»Du gehst nicht schwimmen, oder?«

»Ich setz keinen Fuß in den Pool. Krieg ich ja Flussblindheit von.«
»Mach dich nicht lustig über mich.«
Sie drückte die gerade erst angezündete Zigarette aus und legte sich wieder hin. Plötzlich fiel ihr etwas auf.
»Wo hast du das gehört?«
»Was?«
»Dass ich etwas über Flussblindheit gesagt habe. Hast du uns belauscht?«
»Nein.«
Mist, erwischt. Schnell, eine Ausrede.
»Was hast du sonst noch gehört?«
»Gar nichts. Ich hab euch nicht belauscht. Dad hat's mir erzählt.«
»Was hat er dir erzählt?«
»Dass du glaubst, dass ich Flussblindheit kriegen kann, wenn ich im Pool schwimmen geh.«
Anscheinend glaubte sie mir, aber es war auch egal. Sie wollte nichts mehr mit mir zu tun haben.
»Du musst nicht bei mir bleiben. Mir geht's gut.«
Mann, war ich ein Idiot. Warum zum Teufel hatte ich nur die Flussblindheit erwähnt? Das war voll blöd. Ich wollte doch nur ein bisschen für gute Laune sorgen. Ich hatte ihr helfen wollen und es sofort vermasselt. Ich saß einen Augenblick da und sah sie an.
»Lass los«, flüsterte ich.
»Wie bitte?«
»Lass los.«
Sie schlug die Augen auf. »Wie meinst du das?«
»Hast du das Gefühl, dich mit den Fingerspitzen festzuhalten?«
»Nein.«
»Doch.«
»Nein, hab ich nicht.«

»Musst du aber.«
Sie sah mich völlig verwirrt an, als wäre ich der Durchgeknallte. Dann entspannten sich ihre Gesichtszüge, und sie lächelte.
»Du hast dich wieder mit Gabriel unterhalten.«
»Er hat mir eher Vorträge gehalten. Er glaubt, ich muss mein Leben ändern.«
»Wenn seine Ideen so gut wären, würde er nicht für fünf Dollar die Stunde Leute in einem Geländewagen rumkarren. Dann wäre er Chefarzt oder würde Seminare abhalten.«
»Vielleicht muss man das andersrum sehen. Die, die Seminare für zweihundertfünfzig Dollar abhalten, sind die Hochstapler.«
»Ich brauche ärztliche Hilfe, Richard. Nicht Gabriels anfallsartiges Geschwätz über irgendwelche Eingebungen.«
»Du hast dich aufgegeben.«
»Ich habe ein medizinisches Problem.«
»Du hast ein seelisches Problem.«
»Du hast keine Ahnung, was ich habe. Ich muss an einen sicheren Ort und von Experten behandelt werden, die wissen, womit sie es bei mir zu tun haben.«
Ihre Stimme war tonlos. Ich glaubte ihr kein Wort. Sie hatte sich an den Gedanken gewöhnt, dass sie in Paris in eine Nervenheilanstalt kommen würde.
»Du hast eine Chance. Die bekommt man nicht alle Tage. Dein Haus brennt ab, aber du hast die Chance, ein neues zu bauen.«
»Ich will kein neues.«
»Doch, willst du. Tief in dir drin.«
»Ich bin müde. Und ich habe keine Ahnung, was brennende Häuser mit der ganzen Sache zu tun haben sollen.«
»Du musst loslassen und dich ergeben.«
»Hab ich schon. Ich habe die Illusion losgelassen, dass ich

das allein schaffe, und ich habe mich in mein Schicksal ergeben, dass ich ärztliche Hilfe brauche und vielleicht auch Elektroschocktherapie, um wieder normal zu werden.«
»Seit wann ist denn von Schockbehandlung die Rede?«
»Seit nichts anderes mehr zu helfen scheint.«
»Das reden sie dir doch bloß ein.«
Ihre Rüstung bekam Risse. Ihre Gesichtszüge entspannten sich und begannen zu zittern. Tränen stiegen ihr in die Augen. »Lass mich einfach in Ruhe.«
»Das darf er dir nicht antun.«
»Das habe ich mir selbst angetan.« Ich wollte nach ihrer Hand greifen, aber sie zog sie weg. »Außerdem geht dich das nichts mehr an.«
»Wir können das schaffen. Du und ich. Wir können ins Haus zurückziehen. Du hast die Chance, wieder dein eigenes Leben zu leben. Ich kann clean werden.«
Sie reichte mir die Hand. Ich nahm sie. Sie lächelte. »Und du könntest mich endlich vögeln, ja?«
Ich wollte meine Hand zurückreißen, aber sie hielt sie fest. »Das willst du doch, oder?«
Sprachlos starrte ich sie an. Sie schob meine Hand weg.
»Schau mich nicht so an«, flehte sie. »Red mir nicht so was ein. Red gar nicht mit mir. Und komm hier nicht rein wie ein Scheißmissionar, der mich retten will.«
Sie wurde langsam hysterisch. Ich hatte es nicht eilig zu gehen. Ich griff nach meinen Zigaretten.
»Bitte! Hör auf, mich zu foltern!«
»Ich lass dir bloß ein paar Zigaretten da.«
Ich legte ihr drei Zigaretten neben den Ascher. Sie legte sich auf die Seite und fing an zu schluchzen. Ich wollte ihr den Rücken streicheln, hatte aber Angst, sie würde loskreischen. Also nahm ich leise meinen Stuhl und setzte mich draußen vors Zelt.
Was zum Geier hatte ich eigentlich mit ihrer Rettung zu

schaffen? Gabriel hatte es versucht und war gescheitert. Ich hatte es eben versucht. Aber ich hatte es nicht mit meinen eigenen Worten versucht. Ich hatte Gabriels genommen. Wollte bei Dingen mitreden, von denen ich nichts verstand. Das hörte sie meiner Stimme an. Der Stimme eines Papageis. Eines Missionarspapageis. Ich war gescheitert. Sie war manipuliert worden, nach Paris zurückzufliegen und ins Krankenhaus zu gehen. Dad musste sie ganz schön in die Mangel genommen haben.
Mir dröhnte noch die Neuigkeit von den Elektroschocks in den Ohren. Anscheinend sogar lauter als ihr wütender Vorwurf, ich wollte sie aus niederen Motiven nach Kanada zurückholen, ein Vorwurf, den ich wegschob wie eine heiße Bratpfanne.
Ich saß noch eine halbe Stunde vor dem Zelt, bis Dad mit einem gefühlsduseligen, betrunkenen Grinsen den Pfad hochgetorkelt kam.
»Wie geht's ihr?«, fragte er.
»Sie schläft.«
Er zog mich vom Zelt weg. »Hast du je erwähnt, dass du von ihrem Suizidversuch weißt?«, flüsterte er.
»Nein.«
»Mach das ja nicht!«, sagte er so laut, dass ich zusammenzuckte. »Jetzt nicht. Es würde sie nur verletzen.«
Er ging.
»Sie hat gesagt, dass sie in Paris eine Elektroschocktherapie anfangen könnte.« Meine Stimme verriet meine Missbilligung.
Er blieb stehen und drehte sich um. »Es wäre eine Möglichkeit. Hast du was dagegen?«
»Ich kenn das ausm Fernsehen und aus Filmen. Es sieht nach einer ganz schön drastischen Maßnahme aus.«
»Drastisch?« Er kam auf mich zu. Ich hielt mir die Arme vor die Kehle. Ganz automatisch.

»Wäre es dir lieber, wenn sie stirbt?«
»Nein, aber ich hoffe, zu den Elektroschocks kommt es erst, wenn alle Stricke reißen.«
»Darauf kannst du dich verlassen.«
»Aber ihr habt offenbar darüber gesprochen.«
»Und es könnte auch dazu kommen. Aber wenn du das für eine schlechte Idee hältst und eine brillante Alternative kennst, bin ich ganz Ohr.«
Was zum Teufel sollte ich denn sagen? Ich glaubte das, was Gabriel mir erzählt hatte. Ich hatte bloß keine eigenen Worte dafür. Und selbst wenn ich sie gehabt hätte, wäre Dad das falsche Publikum für eine Diskussion über das Thema Ergebung gewesen. Ich verstummte und stand nur da wie der letzte Depp.
»Dacht ich mir«, sagte er.
Er verschwand im Zelt. Ich weiß nicht, warum ich ihn überhaupt provoziert hatte. Er will nur tun, was er unter den gegebenen Umständen für das Beste hält. Wahrscheinlich war ich sauer, weil er schlussendlich ihren Mut gebrochen hatte.
Ich ging in mein Zelt zurück und rauchte zwei Lines. Sie wirkten nicht, also rauchte ich noch zwei. Und dann noch zwei. Jetzt ist nur noch eine Prise übrig. Reicht bestenfalls für den Rückflug nach Paris. Bis dahin muss ich mit Bier und Whiskey auskommen.
Eine Auswirkung hatten die Lines aber doch. Ich bekam einen Ständer. Ich war so aus dem Häuschen, dass ich ihn tatsächlich auf den Tisch knallte. Meine Eier waren kurz vor dem Explodieren. Normalerweise werden sie dreimal täglich geleert. Sie explodierten dann auch. Ich brauchte an niemanden zu denken, obwohl mir ein paar flüchtige Bilder von Nicole durch den Kopf huschten. Der mechanische Rhythmus reichte.
Ich brauche keine Drogen, sondern das Masturbieren.

Nehmt mir mein Naschwerk, nehmt mir den Alkohol, aber hackt mir nicht die rechte Hand ab. Sonst krieg ich unter Garantie ein Delirium tremens (wahlweise lerne ich den Umgang mit der linken Hand). Im Nachhinein kann ich zugeben, dass ich ehrlich dachte, ich würde nie wieder einen hochkriegen. Diese Angst habe ich bezwungen. Jetzt bin ich zu allem bereit.

Ich höre, wie Dad versucht, Janet zur Teilnahme am Abendessen zu überreden. Sie sagt, sie ist zu müde. Es hört sich so an, als würde er langsam die Geduld verlieren. Liegt wahrscheinlich am Alkohol.

Ich darf mir um Janet und Dad keine Sorgen mehr machen. Ich muss an mich denken. Janet ist entschlossen, Dad auf der schmalen Landstraße ins Land der normalen Menschen zu folgen. Ich werde nicht mitgehen.

Mit einem hat Gabriel Recht. Die Leute fliehen vor Krisen. Janet flieht. Und Dad auch. Wie Kühe, die beim Gewitter unter Bäumen Schutz suchen. Wir sollten nicht fliehen. Wir sollten uns nicht verstecken. Wir sollten feiern. Hurra. Krise. Die Gelegenheit für Veränderungen. Die Gelegenheit, die alte Haut abzustreifen und ein neues Leben zu beginnen. Danke. Gotte segne dich. Mach was aus der Scheißkrise.

Dad fragt sie nicht mehr, ob sie zum Abendessen mitkommen möchte. Jetzt ordnet er es an. Sie sagt, sie kann nicht. Er sagt, sie kann und sie wird. Sie weint.

Ich bereite mich lieber vor. Hoffentlich sehe ich nicht so stoned aus. Unsere Zeit in Afrika geht zu Ende. Schade. Es gefällt mir hier. Ich mag zwar die Safaribusse, das wütende Starren und die Armut nicht. Aber es hat was. Etwas Mächtiges. Etwas, das mit dem Ursprung der ganzen Scheißsache zu tun hat. Das wird mir fehlen.

Dad steht vor dem Zelt und ruft mich. Ich höre, dass Janet bei ihm ist. Dann werden wir wohl wieder mal den Familienzirkus aufführen. Eins muss man uns lassen, wir strengen uns an. Viele Familien hätten Teller und Servietten längst eingepackt und wären weitergezogen. Wir nicht. Wir versuchen es wieder und wieder. Wär doch gelacht, wenn wir aus einer gemeinsamen Mahlzeit nicht das Beste rausholen können. Uns amüsieren. Geschichten erzählen. Große Reden schwingen. Uns fühlen wie am ersten Weihnachtstag.

20:59 Uhr Dad hätte Mom nie im Leben zum Essen mitbringen sollen. Schon als ich aus dem Zelt trat, wusste ich, dass die Sache schief gehen musste. Sie sah aus wie ein herrenloser Hund an der Ecke einer viel befahrenen Kreuzung – das Gehupe, die vorbeiwischenden Stoßstangen, die Verwirrung, die Ratlosigkeit, ob die Straße überquert werden kann. Und das Traurigste war, dass sie sich so heldenhaft bemühte, normal zu wirken.

»Bist du so weit?«, fragte sie so vorsichtig, als wollten wir im Jahre 1965 über die Berliner Mauer fliehen.

Zu dritt machten wir uns auf den Weg ins Restaurant. Dad hatte im Zelt erkennbar weitergetrunken, denn er stolperte zwei Mal. Ich erzählte vom Elefanten, der durchs Camp gestürmt war. Mom tat, als hörte sie zu. Ich sah immer wieder Dad an, wurde aber nicht schlau aus ihm. Er hatte diesen abwesenden, tadelnden Blick. Als wäre er imstande, jedes unserer Worte zu zerkauen und auszuspucken.

Wir hatten uns kaum gesetzt, da merkte ich, wie wir die Blicke auf uns zogen. Die Leute an den anderen Tischen warfen Mom verstohlene Blicke zu. Ein kleines Kind in einem Pu-der-Bär-Hemd gaffte sie so lange an, dass seine Mutter es ihm verbieten musste. Wir waren ein Zirkus, und Mom war die Hauptattraktion. Dad trank noch einen Scotch und hatte dermaßen einen sitzen, dass er nichts mitbekam. Ich war von den Lines voll in Schwung und

hatte die Antennen ausgefahren, verbogen, aber nicht abgebrochen.
Dem ungeschulten Auge konnte nichts Dramatisches auffallen. Mom hatte dieselbe gehetzte Miene, die sie schon die ganze Reise zeigte. Sie verkrampfte krallenhaft die Finger oder pulte an den Nägeln. Aber das alles sahen die Speisenden nicht zum ersten Mal.
Nein, sie reagierten nicht auf ihre körperliche Verfassung. Die Leute wussten Bescheid. Das ganze Restaurant konnte Moms Seele weinen sehen. Man spürte unvorstellbare Verzweiflung an einem Ort, wo Genie und Wahnsinn tanzten und wirbelten, an einem Ort, wo Mom entweder vom Feuer geläutert und als Göttin wiederauferstehen oder zu Asche verbrennen und zu einer schmerzlichen Erinnerung ihrer Verwandten und Freunde werden würde. Eine andere Wahl gab es nicht. Göttin oder Asche.
Ich glaube nicht, dass sich irgendjemand bewusst machte, warum er die Augen nicht von dieser attraktiven Frau in den besten Jahren wenden konnte. Sie war konservativ gekleidet, trug Jeans und eine helle Bluse mit Knöpfen. Sie hatte sich die Haare gekämmt. Sie aß ihr Essen wie die anderen auch. Sie schlürfte ihre Suppe nicht mit der Gabel und aß den Kartoffelbrei nicht mit den Fingern. Und doch starrten alle sie an. Und Mom war sich der Aufmerksamkeit schmerzhaft bewusst.
Ich musste an Jackie Kennedy denken, die in ihrem blutbespritzten Kleid heldenhaft Haltung wahrte und die aufdringlichen Augen um sich herum ignorierte, die sie anflehten, sich umzuziehen.
Mom sagte, die kühlen afrikanischen Abende seien so schön. Sie sagte, der Salat sei ausgezeichnet. Sie bemerkte, die Brötchen sähen frisch und lecker aus. Dad hüllte sich in achtloses, betrunkenes Schweigen. Er merkte nichts mehr.
»Erinnerst du dich daran, wie du dich mit zwei Jahren um-

bringen wolltest?«, fragte Mom mich, während sie ihr Brötchen mit Butter bestrich.
Wenn sie eine Sicherheitsleine brauchte, hatte sie sich ein seltsames Thema ausgesucht. Aber ich würde nicht loslassen.
»Nein, das weiß ich nicht mehr.«
»Ich war am Staubsaugen, und das Telefon klingelte. Während ich dran war, hast du dir irgendwie das Kabel um den Hals gewickelt. Als ich zurückkam, warst du ans andere Ende vom Wohnzimmer gekrabbelt und hattest den Staubsauger hinter dir hergezogen. Du warst blau angelaufen. Ich dachte, du müsstest sterben.«
Noch vor zwei Jahren hätten wir darüber alle laut gelacht. Okay, wir hätten geschmunzelt. Unter den jetzigen Umständen löste ihre Anekdote betretenes Schweigen aus. Mir machte es nicht viel aus, aber Dad wollte garantiert nicht, dass sich das Thema Selbstmord wie ein lauernder Geier auf einem Stuhl bei uns am Tisch niederließ.
»Das ist ja komisch«, sagte ich.
So weit weggetreten war sie noch nicht, um zu überhören, wie hohl ich klang.
»Findest du doch überhaupt nicht.«
»Klar.«
»Du findest Selbstmord komisch?«
Verdrehte Spielchen. Eine Sicherheitsleine taugt nur dann was, wenn sich beide daran festhalten.
»Nein, Selbstmord finde ich nicht komisch. Aber deine Geschichte ist komisch.«
Ich hielt mich mit aller Kraft an dem Scheißding fest, aber sie löste ihren Karabinerhaken.
»Inwiefern?«, fragte sie.
»Inwiefern? Weil es gar kein Selbstmordversuch war. Ein Zweijähriger kann sich nicht bewusst umbringen. Das ist absurd. Und darum ist es komisch.«

»Woher willst du wissen, dass du dich nicht umbringen wolltest?«
Dad hatte weggehört. Jetzt schaltete er sich wieder ein. »Themawechsel«, nuschelte er.
»Wieso?«, fragte sie in aller Unschuld.
Dad kam schwankend hoch und packte sie am Arm. »Gehen wir«, sagte er. »Ab ins Zelt.«
»Bin ich euch peinlich? Dann sage ich kein Wort mehr.«
»Gehen wir.«
»Ich habe noch nicht aufgegessen.«
Er zog sie wieder am Arm.
»Lass mich los«, sagte sie und schien mir einen Hilfe suchenden Blick zuzuwerfen. Ich rührte mich nicht. Natürlich nicht.
Trotz seiner Betrunkenheit wollte Dad eine kleine Szene nicht zu einer großen Szene eskalieren lassen. Er drehte sich einfach um, schwankte davon und sorgte doch noch für eine große Szene.
Er hatte nicht gesehen, dass das kleine Kind im Pu-der-Bär-Hemd direkt hinter ihm stand. Dad stieß das Kind mit dem Knie zu Boden, natürlich nicht mit Absicht. Aber Absichten sind einem Kind egal, wenn es mit dem Kinn auf den Boden knallt. Es brüllte los. Jetzt hatten wir die ungeteilte Aufmerksamkeit des ganzen Restaurants. Und zwar nicht mehr aus unsichtbaren, psychischen Gründen. Normalerweise wäre Dad zerknirscht gewesen, hätte sich gebückt, dem Kind aufgeholfen und sich tausend Mal bei den Eltern entschuldigt. Na gut, ein Mal. Stattdessen fluchte er. Ich glaube, er sagte: »Geh zum Teufel« (zu Mom? zum Kind?), und schlingerte weiter. Einfach so. Stolperte weiter, und das Kind musste von der entsetzten Mutter getröstet werden. Sie warf mir einen wütenden Blick zu.
»Sehen Sie mich nicht so an«, sagte ich. »Ich war's nicht.«
Ich war sauer. Ich weiß, ich hätte der Frau etwas sagen sol-

len, aber das fehlte noch, dass ich mich für Dads Verhalten entschuldigte. Außerdem war es nicht der Rede wert. Das Kind war umgestoßen worden. Es war nicht verletzt. Dad hätte sich entschuldigen sollen. Hatte er aber nicht. Das sagte ich mir. In Wahrheit war ich genauso angewidert wie die Mutter. Ich wollte bloß nicht, dass sie oder jemand anders im Restaurant das merkte.
So blieb es an Mom hängen, den guten Ruf der Familie Clark zu beschützen. Sie bat um Entschuldigung. Ihre Entschuldigung stieß auf taube Ohren. Die Familie starrte sie bloß an, als hätte sie Scheiße an den Fingern. Sie tat alles, was in ihrer Macht stand, verdammt noch mal. Ich ging zu ihnen.
»Sie hat gesagt, es tut uns Leid. Dabei musste sie das gar nicht. Sie hat Ihr Kind doch nicht umgestoßen. Kann da vielleicht mal wer nicken? Kann vielleicht mal wer sagen, ist okay? Irgendwer?«
Alle sahen weg. Die ganze Scheißfamilie. Sie wollten mit mir, mit Mom oder Dad nichts zu tun haben. Die Welt kehrte uns den Rücken zu. Der Stamm verbannte uns.
Ich hätte die Familie in Stücke reißen können. Jeden Einzelnen von ihnen. Angesichts ihrer strahlenden, gesunden, glücklichen Gesichter fühlte ich mich wieder wie hinter dem Busch, als mir die Spinnen die Beine hochliefen.
Plötzlich war alles wie verhext. Ich wusste nicht mehr, was ich vor mir hatte. Nur eins konnte ich erkennen. Die glücklichen Gesichter am Tisch waren schaurig geworden. Sie hatten Todesangst. Von ihrer Angst wurde mir übel, und Zorn stieg in mir auf. Jemand zog mich am Ärmel.
»Komm, Richard, wir gehen«, sagte Mom.
Sie nahm mich am Arm und lotste mich aus dem Restaurant.
Sie führte mich den Pfad hinab, brachte mich sicher ins Zelt und sagte, alles würde wieder gut. Mein Verstand war

wie eingefroren. Ich bin nicht der mit den Problemen, sondern sie. Und Dad vielleicht. Aber diese kurze, schwarze Zeitspanne lang war ich es, der Hilfe brauchte, um ins Zelt zu kommen. Plötzlich trug ich das Krankenhaushemdchen.

Mom ging. Seitdem habe ich auf dem Bett gelegen, die Wand angestarrt, geplagt von Gedanken und Worten, die mir fremd vorkommen. Im Zelt von Mom und Dad herrscht Schweigen. Es wäre mir lieber, ich könnte hören, wie sie sich anschreien. Dann könnte ich mir sagen, *siehst du? Sie sind es. Mit dir ist alles in Ordnung, Richard. Du bist nicht verrückt.*

Mom sagt, ich hätte am Tisch von Pu der Bär nach einem Messer gegriffen. Sie lügt. Ich hatte kein Messer in der Hand. Das wüsste ich. Sie will die Aufmerksamkeit auf mich lenken. Wenn das klappt, glaubt sie, muss sie nicht ins Krankenhaus. Ich hab der Familie doch bloß die Meinung gegeigt. Ich kann gar kein Messer in der Hand gehabt haben.

Es ist da drüben so verdammt leise. Ich hyperventiliere. Nichts ergibt Sinn. Die Wörter funktionieren nicht mehr. Ich habe mit dem Daumen den Rand eines Glases umkreist. Mit dem Glas die Wand am Bett angetippt. Mir Gedanken gemacht. Freiheit.

Sonntag, 21. August
6:35 Uhr
Shaba Camp
Zelt 3
Kenia, Afrika

Wachte heute Morgen um fünf auf, von Furcht gepackt. Ich hatte das Gefühl, dass die Dinge haufenweise im Argen lägen, aber ich konnte mich nicht genau erinnern, welche. Allmählich zeichneten sich in der Dunkelheit Konturen ab. Als Erstes fiel mir das Messer wieder ein. Das war schlecht. Dann das Glas. Ich dachte, ich würde mich besser fühlen, wenn mir konkrete Gegenstände durch den Kopf gingen. Von wegen. Mit der unbestimmten Angst, die ich beim Aufwachen gespürt hatte, war ich besser dran.
Ich lag im Bett und bemühte mich, die Sache aufzudröseln. Das Messer musste warten. Das mit dem Glas bekam ich auf die Reihe. Ich hatte nichts getan. Das war das Wichtigste. Viele Menschen sind schon bei dem Versuch gescheitert, sich umzubringen. Ich war nicht mal ernsthaft in Versuchung gewesen. Ich habe bloß das blöde Glas genommen. Eine kurze, flüchtige Anwandlung. Ich habe es schließlich nicht zerschmissen und mir eine Scherbe an die Pulsader gehalten. Ich habe es nur genommen, angesehen, kurz daran gedacht und dann an was anderes. Irgendwann im Leben macht das doch jeder mal. Wenn's weiter nichts ist.
Der Wahnsinn, der mich überkam, bevor ich nach dem Glas griff, war schon eher was. Noch nie sind die Gedanken so mit mir durchgegangen. Das macht mir Angst. Vielleicht war es eine verzögerte Reaktion auf die Lines. Ich habe mehr als sonst vom Blech gezogen.
Gestern Abend habe ich einige neue Erfahrungen gemacht.

Ich habe zum ersten Mal unschuldige Menschen mit einer Waffe bedroht. Ich habe zum ersten Mal die Selbstkontrolle verloren. Und ich hatte zum ersten Mal ein Glas in der Hand, ohne daraus trinken zu wollen.

Die Nacht war übel, aber dieser Morgen war auch kein Zuckerschlecken. Trotz des kurzen Aufenthalts am Rande des bodenlosen Abgrunds konnte ich gestern Abend noch masturbieren. Ich machte mich mit einem Kleenex sauber und ließ es einfach neben das Bett fallen. Als ich heute Morgen nach dem Aufwachen meinen Verstand zusammentackerte, bekam ich wieder einen Ständer.

Danach griff ich nach dem Kleenex und wischte mir den Bauch ab. Es war noch dunkel, deswegen sah ich nicht, was dann folgte. Aber ich konnte es spüren. Auf meinem ganzen Bauch breitete sich ein Kribbeln aus wie ein wütender, nervöser Fleck.

Ich sprang aus dem Bett, schnappte mir die Taschenlampe und leuchtete mir auf den Bauch. Ameisen! Auf der Brust, auf den Schenkeln, in den Schamhaaren, auf meinem Scheißschwanz! Ich dachte, ich werd nicht mehr.

Nachdem ich die Ameisen wie verrückt abgewischt hatte, ging mir auf, dass sich die kleinen Scheißer die ganze Nacht über von meinem Kleenex ernährt hatten und mit den Bäuchen voll mit meinem Saft in ihren Bau zurückgekehrt waren. Ich überlege noch, ob das symbolisch zu verstehen ist. Aber vielleicht lässt man gewisse Dinge im Reich der Tiere lieber unerforscht.

Ich habe noch ein ungeöffnetes Bier gefunden. Es ist warm. Ich trinke es trotzdem. Die Ameisen bin ich los, jetzt muss ich nur noch die Tassen in den Schrank zurückstellen.

8:15 Uhr Kurz nach sieben bin ich frühstücken gegangen. Mom war nicht da. Sie schlief noch. Dad war kalt und ab-

weisend. So früh am Morgen ist er selten schon so launisch, selbst wenn die Nacht brutal gewesen ist. Ich merkte aber, dass er noch nichts von dem Messer wusste. Das hätte er sonst sofort gesagt. Schön zu wissen, dass Mom trotz ihres Wahnsinns noch loyal ist.
Bevor ich den ersten Schluck Kaffee trinken konnte, um den bitteren Nachgeschmack vom Bier runterzuspülen, kam der Camp-Manager mit zwei Assistenten ins Restaurant.
Ich fühlte mich wie Lee Harvey Oswald, als die Polizei von Dallas im Texas-Theater auftauchte. Und genau wie er wollte ich rufen: »Jetzt reicht's«, und vom Tisch aufspringen. Aber Afrika wäre für einen Flüchtling eine einsame und gefährliche Gegend.
Der Manager trat an unseren Tisch und bat uns nach draußen. Dad war bass erstaunt, aber ungerührt. Wahrscheinlich dachte er, es ginge um das zerstörte Zelt. Mann, der würde Bauklötze staunen.
Wir blieben neben einem stählernen Müllcontainer hinter dem Restaurant stehen. Es stank nach verfaultem Essen.
»Die Carpenters sehen davon ab, Sie anzuzeigen«, sagte der Manager zu mir. »In Anbetracht der Umstände muss ich Sie alle aber bitten abzureisen … unverzüglich.«
Als ich das Geschehene bestätigt bekam, war ich wie benebelt. Teilweise hatte ich mich bis zuletzt an die Möglichkeit geklammert, dass sich Mom alles nur eingebildet hatte. Jetzt wünschte ich mir nur noch, Kurt und Alex wären da und könnten dem Rektor sagen, ich hätte nichts mit der Sache zu tun.
»Was?!«, sagte Dad, nun nicht mehr ungerührt. »Wer zum Teufel sind die Carpenters?«
Ich hätte am liebsten gesagt, das seien Bruder und Schwester, die gemeinsam *I'm on top of the world looking down on creation* sängen, und der blöde Camp-Manager hätte alles durcheinander bekommen.

»Sie wurden gestern Abend von Ihrem Sohn bedroht.«
In dem Moment stahl ich mich weg. Ich hatte keine Lust, mit anzusehen, wie Dads Gesicht von Verwirrung zu Zorn wechselte oder schlimmer noch … Enttäuschung.
»Wo willst du hin?«, fragte Dad.
»Ich bin im Zelt.«
Auf dem Rückweg hatte ich dasselbe schreckliche Gefühl wie damals vor dem Auspeitschen. Nur kniff ich mich diesmal nicht in den Po.
Schlimm war nicht, dass ich die Carpenters mit einem Messer bedroht hatte. Schlimm war, dass ich mich nicht daran erinnern konnte. Ich erinnerte mich daran, dass ich sie aufgefordert hatte, Mom für ihre Entschuldigung zu danken. Aber nicht daran, dass ich nach dem Scheißmesser gegriffen hatte. Deswegen hatte ich Schiss. Sich so zu vergessen, einen Filmriss zu haben, eine fünfzehn Sekunden lange Lücke zu haben, wo etwas anderes, etwas Gewalttätiges übernommen hatte.
Was passiert wohl nächstes Mal? »Vergesse« ich mich wieder und finde dann, »bei Besinnung«, Mom und Dad in Stücke gehackt zu meinen Füßen? Werde ich hinabschauen und feststellen, dass ich eine Machete in der Hand habe, von der das Blut tropft? Werde ich den Rest meines Lebens im Gefängnis verbringen, verurteilt für ein Verbrechen, an das ich mich nicht erinnern kann? Das war doch ein fürchterlicher Albtraum. Aber ich konnte mir natürlich einen guten Verteidiger besorgen und auf vorübergehende geistige Umnachtung plädieren. Du egoistisches Arschloch. Zerstückelst Mom und Dad und überlegst dir schon die beste Verteidigungsstrategie.
Ich setzte mich aufs Bett und wartete auf Dad. Ich starrte die Zeltwand an und versuchte mich zu beruhigen. Alles in Ordnung. Es würde wieder besser.
Zu Hause wäre ich jetzt laufen gegangen. Aber hier

konnte ich nirgends hinlaufen. Ich überlegte, mich umzubringen; wenn Dad dann zu mir ins Zelt kam, um mich zur Sau zu machen, baumelte ich an der Decke. Das würde ihm eine Lehre sein, mich immer so anzuschreien. Ich sagte mir, dass ich das nicht ernst meinte. Das war bloß dummes Zeug, das mir durch den Kopf ging. Ich sagte mir, dieses dumme Zeug sollte ich langsam lassen. Auch die Witze darüber. Immer ging ich zu weit. Es war zu riskant. Und dann bekam ich Angst bei dem Gedanken, dass ich es zu riskant fand.

Das alles ist langsam nicht mehr lustig. Die Aufregung und das Drama um Moms Wahnsinn sind futsch. Jetzt bin ich es, der fiebert.

Ich saß auf dem Bett und versuchte mich zu ergeben. Gabriel hat es mit dem Gefühl verglichen, wenn man jemandem blindlings vertraut. Das ist Stuss. Es fühlte sich an, als würde ich vom Dach eines Wolkenkratzers stürzen. Der flache und harte Fußweg raste mir entgegen. Meine Füße prallten auf den Asphalt. Meine Hüftgelenke wurden ausgekugelt und hochgedrückt, zerschmetterten mir das Becken, schossen durch die Rippen hoch, knackten sie wie Stangensellerie und trafen schließlich meine Schulterblätter. *Tag auch*. Ein einstmals stattlicher junger Eins-achtzig-Mann war nur noch eins zwanzig groß. Sehr schmerzhaft. Und das alles ging mir langsam durch den Kopf. Immer wieder. Keine schöne Vorstellung.

Mir brach der Schweiß aus. Er tropfte mir von der Stirn und bildete zu meinen Füßen winzige Pfützen.

Ich dachte, gut, schwitz ich's aus. Den ganzen Müll, den ich im Kopf habe. Die ganzen Scheußlichkeiten. Hatte ich alles erst ausgeschwitzt, war ich es los. Alles zog sich zusammen. Ich klammerte mich mit aller Kraft fest. Ich versuchte mir, so gut ich konnte, ins Gedächtnis zu rufen, wo ich war. Das war kein Problem. Ich saß auf einem Bett in einem Zelt in Afrika. Ich versuchte mir ins Gedächtnis zu rufen, wer ich war. Das war ein Problem. Ich zog eine Niete. Eine große, schreckliche Niete. Ich fühlte mich wie ein achtzigjähriger hirngeschädigter Boxer; mein Altenpfleger fragte mich, ob ich mich an den Namen meiner Mutter erinnern könne. Ich musste meine Beine ansehen, um mich daran zu erinnern, dass ich noch in einem Körper steckte. Ich hörte jemanden über den Kies näher kommen.

Ohne ein Wort zu sagen, kam Dad ins Zelt. Er setzte sich und starrte mich an. »Kannst du mir vielleicht mal verraten, was zum Teufel hier los ist?«

»Nichts.«

»Gestern Abend war nicht nichts. Der Manager sagt, du hättest die Familie bedroht. Er sagt, du hättest mit einem großen Löffel vor ihnen herumgefuchtelt.«

»Mit einem großen Löffel?«

»Das hat er gesagt.«

Kurze Erleichterung. Mom irrte sich. Es war also kein Messer gewesen. Ein Löffel? Ich hatte mit einem Scheißlöffel herumgefuchtelt? Natürlich hatte ich keine Lust, Dad von meiner Befürchtung zu erzählen, es sei ein Messer gewesen. Das hätte die Sache nur noch schlimmer gemacht.

Ich brauchte schnell eine Ausrede, um meine Überraschung zu erklären. Das hatte mir gerade noch gefehlt, dass seine Luftaufklärung das »Hast-du-das-vergessen?«-Terrain fotografierte. Bei einem normalen Dad hätte ich nicht ablenken müssen. Aber das hier war kein normaler Dad. Das hier war Dick Tracy. Bei dem musste man seine Spuren verwischen.

»Es war kein großer Löffel«, sagte ich. »Es war ein Suppenlöffel.«

»Meinetwegen kann's ein Scheißteelöffel gewesen sein. Du hast sie bedroht.«

»Ich hab dich verteidigt. Ich hab Mom verteidigt. Ich bin nur rüber, um ihnen was zu sagen, nachdem sie sich entschuldigt hat und die sie gemein behandelt haben.«
»Was redest du da für einen Scheiß? Wofür entschuldigt?«
Lange Erleichterung. Er erinnerte sich nicht daran, das Kind umgestoßen zu haben. Wie der Vater, so der Sohn. Filmriss. Gott segne den Scotch. Ich war frei. Die Sonne schien. Jetzt saß ich am längeren Hebel.
»Hast du das vergessen?«
»Verarschen kann ich mich allein. Was ist passiert?«
»Du bist aufgestanden, hast ihr Kind umgestoßen, das hat gebrüllt, Mom wollte sich entschuldigen, sie wurden gemein, ich wurde sauer, hab mit dem Löffel rumgefuchtelt und damit basta.«
Jetzt sah er verwirrt und verängstigt aus. Er zerbrach sich den Kopf und versuchte sich daran zu erinnern. Ging nicht. Er regte sich zunehmend auf. Das Wort »Filmriss« stolzierte durchs Zelt, und der Kaiser war nicht nur nackt, er schwenkte seinen Schwanz vor Dads Nase. Alkoholiker hatten Filmrisse. Dad war kein Alkoholiker, also konnte er keinen Filmriss haben.
»Ich erinnere mich nicht daran, das Kind umgestoßen zu haben«, sagte er. »Also v-v-v-v-v-vergessen wir die ganze Angelegenheit.«
Ich hatte ihn in seinem Zelt weinen gehört. Aber ihn stottern zu hören. Und dabei zu sein. Mein Gott. Ich wusste nicht, was ich machen sollte. Wenn ich darauf einging, wurde alles nur noch schlimmer. Also ließ ich es bleiben. Wir saßen beide einfach da. Er grinste wie ein Honigkuchenpferd. Ich wollte das Grinsen erwidern, bekam aber nur eine Grimasse hin. Keine Ahnung, warum zum Teufel er so grinste. Vielleicht hatte er seine Miene nicht unter Kontrolle. Oder er kämpfte gerade mit aller Macht darum, die Kontrolle zu behalten. Und wie bei den Dorf-

deppen früher endete der Kampf mit einem Grinsen, einem Dauergrinsen, das andere Menschen vielleicht mit Glück verwechselt hätten.

Warum ich eine Grimasse zog, weiß ich. Ich wollte mich seinem Gesichtsausdruck anpassen wie ein Spiegel, weil ich hoffte, das würde ihn irgendwie vor dem Absturz retten. Ich wollte ihn wirklich nicht abstürzen sehen, nicht da und nicht in dem Moment. Nicht so kurz nachdem ich Ameisen gefunden hatte, wo sie nicht hingehörten, nicht so kurz nachdem ich aus dem Vakuum aufgetaucht war, mich nicht erinnern zu können, wer ich war. Nein. Von solchen Meilensteinen musste man sich erst erholen.

Es war schrecklich. Keiner sprach. Wir saßen beide einfach bloß da, in diesem furchtbaren Augenblick eingefroren. Grinsten. Grimassierten. Anscheinend hatte er Angst, den Mund aufzumachen, als könnte er wieder stottern. Ich hatte Angst, den Mund aufzumachen. Ich wusste nicht, was ich sagen sollte.

Ich glaube, Dads Labilität ist mir vorher gar nicht klar gewesen. Er ist kein Mann, der so was zeigt. Aber als ich da in meinem Zelt saß und seine erschrockenen Augen sah, wusste ich Bescheid. Ich konnte es sehen. Und er wusste auch Bescheid. Labil ist man nicht nur, wenn man in einer Gasse steht, Hundekot frisst und über eine vom Wind herumgewirbelte schwarze Mülltüte lacht. Man kann auch ruhig in einem Zelt in Afrika sitzen und die Hände zu Fäusten geballt auf den Knien liegen haben. Die Augen sind es. Augen lügen nicht.

Nach seinem »Vergessen wir die ganze Angelegenheit« sagte Dad nichts mehr. Irgendwann holte er einen Pfefferminzbonbon aus der Tasche. Sah ihn an. Ich sah geknickte Niedergeschlagenheit, aber Dad schüttelte sie ab, wickelte den Bonbon aus und steckte ihn in den Mund.

Als er endlich etwas sagte, sprach er über unsere nächste

Station, die Meru Mulika Lodge. Er fand, wir sollten ruhig versuchen, noch einen Tag aus der Safari rauszuholen. Ich wollte ihm die Chance geben, sich auszusprechen, falls er wollte.
»Wie geht's dir jetzt?«, fragte ich.
Er sah mich an, als hätte ich ihn gefragt, ob er Ted heiße.
»Gut«, sagte er. »Aber bitte bedroh keine Leute mehr.«
Ich nickte. Dann gaben wir uns die Hand. Warum? Weiß ich nicht.
»Wir schaffen das schon.«
Er wartete auf mein Nicken. Meine Zustimmung. Ich nickte nicht. Ich konnte nicht.
»Dann woll'n wir mal packen«, sagte er und ging.
Die Tatsache, dass ich nach einem Löffel und keinem Messer gegriffen hatte, hatte mich zunächst sehr erleichtert. Dabei kommt es aufs selbe raus. In jedem Fall habe ich nach etwas gegriffen und kann mich nicht daran erinnern. Es hätte genauso gut ein Steakmesser sein können. Ich fühlte mich wie eine wandelnde Zeitbombe.
Ich hätte erleichtert sein können, weil Dad seine eigene verborgene Schlacht ausfocht und keine Kraft für Anschisse und grausame oder sarkastische Sprüche aufbrachte. Obwohl mir das lieber gewesen wäre, glaube ich. Es wäre vertraut gewesen. Ich hoffe, dass das, was ich da gerade bei Dad gesehen habe, eine einmalige Sache ist und nicht der erste Sprung in einer Fensterscheibe, die bald zersplittern wird.

14:20 Uhr
Meru Mulika Lodge
Zimmer 65
Kenia, Afrika

Um halb zehn trafen wir uns alle am Geländewagen. Gabriel spürte, dass sich die Lage weiter verschlechtert hatte, nicht nur bei Mom, sondern auch bei Dad und mir. Mom und Dad trugen Sonnenbrillen.

Ich hasse Leute mit Sonnenbrillen. Und Leute, die sie drinnen tragen? Die sollte man nach draußen bringen und – verprügeln. Ich setz nicht mal an den hellsten und sonnigsten Tagen eine Sonnenbrille auf. Mir doch egal, wenn ich die ganze Zeit blinzeln muss. Mir doch egal, wenn ich wie Ho Chi Minh aussehe. Die Augen verraten am meisten. Selbst die Augen geübter Lügner können die Täuschung nicht verbergen. Leuten mit Sonnenbrille trau ich nicht. Ich habe immer das Gefühl, dass sie etwas verstecken oder cool wirken wollen. Und ich hasse Leute, die etwas verstecken oder sich als etwas ausgeben, was sie nicht sind.

Ich verzieh Mom und Dad die Sonnenbrillen. Hätte ich eine dabeigehabt, hätte ich sie vielleicht auch aufgesetzt. So empfindlich war ich. Waren wir wohl alle. Gabriel muss das gemerkt haben. Er war einsilbig, nervös, abwesend und vorsichtig. Er sah uns drei in den Geländewagen steigen, als hätte man uns den Marsch geblasen, alle rot, aufgewühlt und abstoßend.

Ich war heilfroh, aus Shaba wegzukommen. Noch lieber wäre ich zwar nach Nairobi zurückgefahren, und ich glaube, wenn ich bei Dad eine entsprechende Andeutung gemacht und ein kleines bisschen Druck ausgeübt hätte, hätte er grünes Licht gegeben. Aber ich wollte nicht der Erste sein, der durchdrehte und losschrie, er hätte die Schnauze voll von der Reise. Also knallte Gabriel den

Gang rein, und wir fuhren los, nicht nach Nairobi, sondern nach Meru Mulika. Ich warf einen Blick durch die Heckscheibe und sah den Camp-Manager dastehen. Wahrscheinlich wollte er sichergehen, dass wir auch wirklich fuhren. Ich winkte ihm zu. Er winkte nicht zurück.

Heute Vormittag haben wir ein sehr grünes, waldiges Gebiet durchquert. Es roch nach Kirschen. Die Fahrt war ungeheuer beruhigend. Das Auf und Ab. Das vertraute Quietschen der mitgenommenen Stoßdämpfer des Geländewagens.

Dad hatte den Kopf leicht nach rechts gedreht, und deshalb hätte ich fast nicht mitbekommen, was dann passierte. Gabriel erklärte die Bäume um uns herum. Mom hat sich früher viel für Pflanzen und so interessiert und hörte selbst jetzt noch ein bisschen zu. Mir war das armselige Geblühe schon immer egal, also hörte ich nicht hin und behielt Dad im Auge.

Erst hielt ich es für einen Schweißtropfen, merkte aber schnell, dass es keiner war. Unter der Fassung seiner Sonnenbrille kullerte eine Träne hervor wie ein frisch gebadetes nacktes Baby, das aus einer Kohlengrube kriecht. Sie erinnerte mich an einen kleinen roten Vogel, den ich in Maralal auf einem riesigen Büffel hatte sitzen sehen. Sie passte da nicht hin. Als sähe man ein weißes Kaninchen, das in den Schützengräben des Ersten Weltkriegs über die toten Soldaten hoppelt. Als sähe man eine Blume in einen Gewehrlauf rutschen. Als fände man auf einem Berg in fünftausend Meter Höhe einen Frosch.

Es war ein prächtiger Anblick. Die Träne verletzte sein ernstes, strenges Gesicht, die aufeinander gepressten Kiefer und die Schultern, die so angespannt waren, dass sie die Ohrläppchen berührten. Irgendwie war sie dem Gefängnis entkommen. Die Wachen mussten geschlafen haben. Die Träne rann bis zum Mundwinkel hinab, bevor ich wegsah. Ich wusste, er würde sich umdrehen, um zu kontrollieren, ob jemand sie gesehen hatte. Prompt sah ich aus dem Augenwinkel, dass er mir leicht den Kopf zudrehte. Ich blickte nach draußen. Als ich ihn wieder ansah, war die Träne verschwunden. Was hatte sie auf den Weg gebracht?

Egal worum es ging, egal wo er in Gedanken gewesen war, er blieb nicht lange dort. Er nahm die Sonnenbrille ab, rieb sich die Augen, als wäre er müde, und unterhielt sich mit Gabriel über London. Ich beugte mich vor und tippte Mom auf die Schulter. Sie zuckte zusammen.

»Entschuldigung«, sagte ich.

»Was machst du denn da?«, fragte sie.

»Ich tippe dir auf die Schulter.«

»Warum?«

»Weil ich fragen wollte, wie's so läuft.«

Sie hatte anscheinend Angst vor mir. Mir fiel ein, dass wir seit dem Vorfall mit den Carpenters kein Wort mehr gewechselt hatten. Ich neigte mich zu ihr, damit sie mich trotz des zum Fenster hereinpfeifenden Windes verstehen konnte. *Ich neige zu Tragödien.*

»Und?«, fragte ich.

»Und was?«

»Wie läuft es?«

»Ganz gut.«

»Es war übrigens kein Messer.«

Mom drehte sich zu mir und runzelte die Stirn. Sie hatte keinen Schimmer, wovon ich redete. Ich bin manchmal ein totaler Knallkopf. Ich gehe immer davon aus, dass ich für alle anderen der Mittelpunkt der Welt bin. Ich gehe davon aus, dass sie sich ständig Sorgen um mich machen. Tun sie aber nie.

»Gestern Abend. Es war kein Messer.«

Mom riss sich vom Anblick der Bäume draußen los. Ich sah ihren Augen an, dass es ihr wieder einfiel.

»Wer sagt das?«
»Der Manager.«
»Der war nicht dabei.«
»Nein, aber die Familie hat es ihm erzählt. Es war ein Löffel.«
»Ich hab ein Messer gesehen.«
»Sie nicht.«
»Man kann jemandem auch mit einem Löffel wehtun.«
»Nicht so doll.«
»Du brauchst Hilfe.«
»Du auch.«
»Lass mich in Ruhe.«
»Okay.«
Einmal hielt Gabriel an, weil er pinkeln musste. Ich stieg ebenfalls aus. Wir öffneten die Reißverschlüsse und legten los. Oder er legte los. Ich kann nicht pinkeln, wenn jemand neben mir steht.
»Was ist los?«, fragte Gabriel.
»Alles bricht zusammen«, sagte ich.
Gabriel zog die Augenbrauen hoch. »Es bricht doch schon alles zusammen, seit ihr in Afrika angekommen seid.«
»Ich weiß. Aber jetzt stehen wir echt kurz davor.«
»Wovor?«
»Weiß ich nicht. Irgendwas Schlimmes.«
»Vielleicht was Gutes.«
Gabriel zog den Reißverschluss hoch. Hoffentlich ging er bald, damit ich endlich pinkeln konnte.
»Dein Dad wirkt beunruhigt«, sagte Gabriel. »Bleib ihm fern, wenn er heute Abend trinkt.«
»Was? Wieso?«
»Ich bin da, falls du mich brauchst.«
Er klopfte mir auf die Schulter und ging zum Wagen zurück. Rätselhafter Arsch. *Ich bin da, falls du mich brauchst,* als wäre ich zerbrechlich oder so. Mich vor Dad

zu warnen. Ich versuchte zu pinkeln, konnte aber nicht. Dad rief vom Geländewagen aus, ich solle endlich zu Potte kommen. Da konnte ich erst recht nicht. Pinkeln fiel aus. Ich stieg wieder in den Wagen, und meine Blase brannte.
Der Schmerz erinnerte mich daran, was für ein Versager ich war. Was für ein totaler und absoluter Flop. Ich sah mein Spiegelbild im Seitenfenster. Ich war hässlich. Ich hatte nichts als Scheiße im Kopf. Ich war rechthaberisch. Ich glaubte, ich wäre allen anderen himmelweit überlegen. Ich hatte meine schmerzende Blase verdient. Ich würde Nicole niemals wiedersehen. Ich würde niemals einen Zwanzigdollarschein auf dem Fußweg finden. Ich würde niemals meinen Namen bei einer Verlosung hören.
Meine Verzweiflung steigerte sich zu geistiger Raserei. Ich wollte etwas machen. Irgendetwas, um sie zu lindern. Ich holte mein Feuerzeug heraus und hielt den Finger in die Flamme. Ich hatte doch diese Warze an der Seite vom Zeigefinger. Jetzt habe ich sie nicht mehr. Ich habe die Flamme drangehalten und zugesehen, wie die Haut wegkokelte. Es tat höllisch weh, aber ich hielt die Flamme ruhig, bis ich die ganze Warze abgefackelt hatte. Ich hielt die Flamme noch weiter an meine Haut, spürte aber keinen Schmerz mehr. Ich glaube, ich habe sogar die Nerven versengt. Schmerz hat seine Grenzen. Das hier war ein Trost. Auch meine Blase schmerzte nicht mehr. Ich hatte mir in die Hose gepinkelt.
»Was stinkt denn da so?«, fragte Dad.
Mom drehte sich mit gerümpfter Nase um.
Ich wollte sie beruhigen. Es roch doch bloß nach Urin und nach verbranntem Fleisch.
»Weiß ich nicht«, sagte ich und kurbelte mein Fenster runter.
»Rauchst du da hinten Marihuana?«, fragte Dad.
»Nein, Sir«, sagte ich und zündete mir eine Zigarette an.

Die verbrannte Hand zuckte unkontrolliert. Ich inspizierte die Seite meines pochenden Zeigefingers. Schwarz und Rosa. Gute Farben. Ich brauchte keine Angst mehr zu haben, dass ich am Ellenbogen eine schlappe Narbe behalten könnte. Das hier hinterließ definitiv eine Narbe. Eine hässliche.
Während der restlichen Fahrt wurde ich zum Kettenraucher, um den Uringeruch zu verbergen. Als ich in Meru Mulika in mein Zimmer kam, musste ich kotzen. Zu viele Zigaretten. Im Badezimmer hielt ich die Hand unter den Kaltwasserhahn. Die Verbrennung sah böse aus, aber ich konnte sie mit zwei Heftpflastern bedecken, die ich mir an der Rezeption holte.
Meru Mulika Lodge lohnt die ganzen Scherereien der Herfahrt. Die Unterkünfte sind fantastisch. Man hat einen prachtvollen Ausblick auf die Landschaft. In die offene Weite. Es gibt Elefanten, bestimmt fünfzig oder sechzig Stück grasen vielleicht fünfhundert Meter von meinem Zimmer entfernt. Wen will ich hier eigentlich auf den Arm nehmen? Fantastisch? Prachtvoll? Wer sondert hier denn solche Jubelscheiße ab? Doch wohl kaum der Typ, der sich gerade verstümmelt und in die Hose gepisst hat. Ich benehm mich ja wie ein Soldat, der in Dieppe aus der Brandung stürmt und erst mal stehen bleibt, um eine besonders schöne Muschel im Sand zu bewundern.
Wir betraten die Lodge und gingen direkt in unsere Zimmer. Mom und Dad schlafen im Nachbarzimmer. Schon wieder! Ich konnte hören, wie sie hin und her gingen, aber sie sagten nichts. Ich habe meine Jeans und Unterhose im Waschbecken eingeweicht.
Beim Mittagessen hielten wir die Fassade mit Small-Talk aufrecht. Die Sollbruchstelle liegt anscheinend längst hinter uns. Wir sind längst gebrochen. Wir müssten kriechen, könnten die Safari aber zu Ende bringen und es nach Nai-

robi zurückschaffen. Wir müssten nur dafür sorgen, dass die Gesprächsthemen einfach und oberflächlich bleiben. Selbst ich, der Inbegriff geistiger Höhenflüge, beschränkte mich nur zu gern darauf, Moms Tipps zu lauschen, wie man bei einem dicken Wollhemd einen Knopf annäht.
Mom erkundigte sich nach meinem verpflasterten Finger. Ich sagte, ich hätte mich geschnitten. Sie wollte den Schnitt sehen. Ich hab sie nicht gelassen. Sie wusste, dass ich log. Mütter wissen immer, wenn man lügt.
Heute Nachmittag fahren wir mit Gabriel auf Großwildbesichtigung. Er sagt, dass wir Nashörner zu sehen kriegen.

19:10 Uhr Ich sitze in meinem Zimmer und trinke Kaffee. Nach dem Mittagessen sind wir rausgefahren. Mein Finger pochte so sehr, dass ich etwas Aspirin genommen habe. Die Wunde hat zu eitern angefangen. Hoffentlich ist das Scheißding nicht entzündet.
Es war ein gutes Gefühl, eine trockene Unterhose anzuhaben, aber der Sitz stank immer noch nach Urin. Ich kurbelte sofort das Fenster runter. Wenn Dad etwas sagen würde, wollte ich behaupten, dass ein Tier hereingeschlichen sein und in den Geländewagen gepisst haben müsse.
Wir kamen in ein Wäldchen, wo schon ein paar Tourbusse hielten. Ich wollte mich schon ärgern, aber dann fiel mir ein, dass Nicole in einem davon sitzen konnte. Wir stiegen aus und gingen zu einer Lichtung. Erst jetzt fällt mir auf, dass Mom dabei keine Spur von Beklommenheit zeigte. Diesmal wirkte seltsamerweise Dad ängstlich. Er trödelte hinterher. Ich sah mich bei den anderen Geländewagen um. Keine Nicole.
Bei Gabriels Ankündigung der Nashörner hatte ich gedacht, wir würden sie uns vom Geländewagen aus anschauen. Dem war aber nicht so. Da waren sie mit ihren

imposanten Hörnern, standen reglos da, und die Touristen umschwärmten sie. Ich überhäufte Gabriel mit Vorwürfen, aber er behauptete hartnäckig, sie seien nicht sediert. Meine Vorstellung, das Nashorn sei ein gefährliches Tier, verflüchtigte sich. Warum spießten sie uns nicht auf? Gabriel sagte, dass nicht alle Nashörner so seien, aber die hier hätten sich längst an Menschen gewöhnt. Wetten, dass sie von den anderen Tieren ausgelacht werden, sobald die Touristen weg sind?

Normalerweise wäre ich enttäuscht gewesen. So nah kommt man Tieren auch in Gefängnissen wie dem San Diego Zoo. Trotzdem war es irgendwie aufregend, einem wilden Tier so nahe zu kommen. Ich war genauso nervös wie Dad. Ich dachte die ganze Zeit, ein Nashorn würde plötzlich sagen: *Ätschibätschi! Reingefallen,* zum Angriff übergehen und uns wie Rodeoclowns auseinander stieben lassen.

Wir konnten die Nashörner sogar anfassen. Dabei übernahm Mom die Führung. Sie streckte die Hand aus und fuhr über die Haut. Niemand hatte ihr gesagt, dass das okay sei. Ihre Finger strichen über den Hals des Tieres und dann das Horn hoch. Sie streichelte es regelrecht.

Wenn ich meine Beschreibung noch einmal durchlese, finde ich sie natürlich sexuell. Moms Gesten hatten aber nichts Sexuelles. Für mich hat weiß Gott fast alles eine sexuelle Bedeutung. Aber das hier war kein heidnisches Ritual mit einem Phallussymbol.

Sie strich über das Horn, wie ein Ritter mit der Hand bewundernd den Schwertschaft entlanggleiten mag, bevor er in die Schlacht galoppiert. Oder wie ein Henker die Klinge seiner Axt prüft, bevor er sie auf das Genick des Verräters niedersausen lässt. In ihren Augen stand Entschlossenheit. Finstere Entschlossenheit. Ich fragte mich, ob sie so ausgesehen hatte, als sie nach dem Fläschchen mit den Tabletten griff und sie sich in die Handfläche schüttete. Ach, weiß der Kuckuck. Sie kann genauso gut geweint haben, als sie die Tabletten nahm. Ich weiß bloß, dass Dad sich Sorgen machte. Er ließ sie nicht aus den Augen. Es gefiel ihm nicht, was er da sah. Ich schwöre bei Gott, ich habe das Nashorn beim Abtasten durch Moms Hände und Blicke stöhnen hören.

Dann war ich an der Reihe, die Lederhaut des Nashorns zu berühren. Ich glaube, man hätte dem gehörnten Tier einen zolllangen Nagel in die Seite treiben können, und es hätte nichts gespürt. Am Ende fuhren wir alle drei mit den Händen auf der Haut hin und her.

Das erinnert mich an die indische Geschichte von den Blinden, die verschiedene Teile eines Elefanten berühren und ihre Eindrücke beschreiben. Jeder von ihnen, auch der Idiot, der sich vor einer Wand wähnt, glaubt zu wissen, was er fühlt. Ich glaube, wenn Mom, Dad und ich unsere Augenbinden abnehmen und das Chaos unserer Familie auf uns wirken lassen könnten, hätten wir eine Chance. Oder auch nicht.

Ich halte nicht viel von »persönlichen Energien« und dem ganzen New-Age-Scheiß, aber ich glaube, wenn Menschen wirklich Energie übertragen können, hat das arme Nashorn von den sechs Händen der Familie Clark eine fürchterliche Dosis abbekommen. Sie müsste ausreichen, um eine Arterie platzen zu lassen oder ihm eine Rippe zu brechen.

Für die Dauer einer kurzen Minute wurde das Nashorn unser Prüfstein, es verband uns miteinander. Wahrscheinlich passte es wie die Faust aufs Auge, dass unser Tier kein wunderschönes Pony oder so war. Nein, die gemeinsame Basis der Familie Clark war ein Nashorn mit einer so rauen Lederhaut, dass man damit einen Esszimmertisch hätte abschmirgeln können. *Mensch, Richard, soll das hei-*

ßen, das Nashorn hatte eine Haut so rau wie Sandpapier? Allerdings. *Das ist aber echt rau.* Jou.

So hässlich, rau und bräsig das Nashorn auch war, ich werde es nie vergessen. Es brachte uns näher zusammen. Bevor wir gingen, stellte sich Mom genau neben sein massives Haupt. Ich dachte, sie wollte ihm etwas zuflüstern. Aber sie beugte sich vor und küsste es sanft hinters Ohr.

»So etwas hat er bestimmt noch nie gefühlt«, sagte sie.

Sie lächelte Dad und mir zu und ging. Das Nashorn hat gut getan. Uns allen. Die Sonnenbrillen wurden weggesteckt, und die Feuer, die uns zu verzehren drohten, sind zumindest vorläufig unter Kontrolle. Wäre diese Safari ein Spielfilm aus Hollywood, würde er mit der Szene enden, wie wir das Nashorn verlassen. Die wiedervereinigte Familie. Einer von uns macht einen albernen Witz. Wir lachen, legen einander die Arme um die Schultern und schlendern zum Geländewagen. Im Soundtrack hört man einen letzten triumphierenden Akkord. Die Schlusseinstellung zeigt unseren getreuen Führer Gabriel mit einem Lächeln im Gesicht und vielleicht einer Träne im Auge. Abspann.

Auf dem Rückweg schwatzten wir im Geländewagen wie die Spatzen. Dad hakte auf seiner Liste das Nashorn ab und schien sich darüber richtig zu freuen. Ich vergaß die Brandwunde und den Urin, Moms Blick und Dads Träne, den Geruch nach Babyöl, den bodenlosen Abgrund, die Schwimmpartie durch den Fluss, Ergebung, Wahnsinn und Veränderung. Wenn jemand *Ninety-Nine Bottles of Beer on the Wall* angestimmt hätte, wären die anderen bestimmt eingefallen.

Wir lächelten und lachten, aber ein Gesicht im Geländewagen war nicht glücklich. Gabriels. Er wirkte finster. Ich sah ihn von der Seite. Er hatte die Kiefer so stark aufeinander gepresst, dass seine Schläfenader hervortrat.

Dad fragte ihn ein paar Mal nach den Zielen des nächsten Tages, bekam aber nur einsilbige Antworten. Vielleicht hat gar nicht das Nashorn unsere negative Energieinjektion abbekommen, sondern Gabriel. Direkt zwischen die Augen.

Ich hoffte, ihm lag etwas anderes als die Clarks auf der Seele. Vielleicht dachte er an seinen Kontostand oder an eine Exfreundin, die ihm mal das Herz gebrochen hat. Ich wollte nicht wahrhaben, dass er die Fröhlichkeit im Geländewagen unecht fand. Er sah uns lachen und Geschichten erzählen und bekam Angst. Anscheinend mehr Angst, als wenn wir uns gegenseitig voll gekotzt oder in Sprachen angeschrien hätten, die niemand beherrschte. Seine Furcht lähmte meine fröhliche Zunge, und die restliche Fahrt über saß ich schweigend da.

Als wir in Meru Mulika ankamen, war die Sonne gerade untergegangen. Über der Lodge ging ein glänzender Vollmond auf. Er sah groß genug aus, um die Erde zu verschlingen.

Mom und Dad gingen vor Gabriel und mir her. Ich versuchte ihn zum Reden zu bringen. Seine Stimmung beschäftigte mich.

»Nicht jetzt«, sagte er und eilte fort, als verließe er einen Strand, an dem eine Flutwellenwarnung ausgegeben worden war. Keine Panik. Kein gehetzter Spurt. Am Horizont war ja noch keine Flutwelle zu sehen. Einfach ein schneller, nüchterner Abgang.

Mom und Dad verschwanden in ihrem Zimmer, ohne noch etwas zu sagen, und ich hatte keine Ahnung, wann wir uns zum Essen treffen wollten. Jetzt bin ich ganz hibbelig. Ich habe keinen Appetit und keine Lust, Mom und Dad zu sehen. Ich werde Dad sagen, dass ich mich nicht wohl fühle. Das ist ein schlimmer Abend. Ein Abend, an dem wir alle drinnen bleiben sollten. Ich habe mein Blech unter der

schmutzigen Wäsche hervorgekramt und überlege, ob ich eine Line rauchen soll. Aber ich kenn mich doch; wenn ich eine rauche, mach ich auch den Rest alle.
Ich hatte mich so sehr eingeigelt, dass ich eben erst gemerkt habe, dass ich Mom nicht mehr Janet nenne. Jetzt, wo es mir aufgefallen ist, will ich nicht mehr umschalten. Sie ist meine Mom. Nicht Janet.
Aus dem Zimmer von Mom und Dad ist nichts zu hören. Wohin ist das Geplauder aus dem Geländewagen verschwunden? Es liegt also nicht nur an mir. Auch sie spüren es. Ob nun bewusst oder nicht. Der Strand ist evakuiert worden. Etwas braut sich zusammen. Gabriel fühlt es. Er will heute Abend nichts mit uns zu tun haben.
Jetzt hat es gerade geklopft. Dad steht draußen. Wenn er bloß wegginge. Er klopft wieder.
Die Fledermäuse schießen vor meinem Fenster vorbei. An den Mauern vom Gebäude huschen Eidechsen umher. Nein, ich halluziniere nicht und meine das auch nicht im übertragenen Sinn. Sie sind da und sie sind echt. Als ich mir einen Kaffee geholt und ins Zimmer mitgenommen habe, musste ich immerzu Fledermäusen ausweichen, und allein auf meiner Tür saßen mindestens fünf Eidechsen. Eine Spuknacht. Eine Nacht für Fledermäuse und Eidechsen. Eine Nacht, in der man im Haus bleiben und sich Geschichten von Gespenstern und Kobolden zuraunen oder zumindest ihre Existänz einräumen sollte.

20:35 Uhr Dad kam herein und sah mich abschätzig an. »Was ist los?«, fragte er.
»Ich fühl mich nicht wohl«, sagte ich. »Vielleicht hab ich mich erkältet.«
Er schien sich nicht die Bohne für meine Antwort zu interessieren und ging zum Tisch, wo mein aufgeschlagenes Tagebuch lag.

»Führst du das Mistding immer noch?«
»Manchmal. Dann mach ich keine Dummheiten.«
Er sah auf die Seite hinab.
»›Existenz‹ schreibt sich nicht mit ›ä‹«, sagte er.
Ich kam zum Tisch und schlug das Buch zu. Er grunzte und wandte sich ab. *Klugscheißer. Arschloch.*
»Nur noch fünf Tage, dann sind wir zu Hause und frei.«
Er wollte definitiv in der Scheiße wühlen. So weit plante er sonst nie voraus. Seit das mit Moms Problemen losgegangen war, hatte er nie mehr als einen Tag auf einmal angehen können. Und jetzt sprach er von fünf. Ich wusste nicht mal, ob ich einen einzigen schaffen konnte. Er machte mich nervös. Mit seinem Auf-und-Abgehen.
»Glaubst du, wir schaffen noch fünf Tage?«, fragte ich.
»Wenn deine Mutter dem gewachsen ist. Ich auf jeden Fall. Und du?«
Er wollte Streit vom Zaun brechen. Ich sagte nichts, setzte mich wieder an den Tisch und tat, als wollte ich weiterschreiben.
»Es gibt hier eine Waschküche«, sagte er. »Warum wäschst du nicht mal eine Maschine? Deine Klamotten stinken.«
»Das ist eine gute Idee«, sagte ich, ohne hochzusehen. Ich wollte nicht mit ihm zusammenrasseln und war entschlossen, allem zuzustimmen, was er sagte. Lange Pause. Ich hoffte, als Nächstes würde ich die Tür hinter ihm ins Schloss fallen hören. Oder knallen. Mir doch egal. Pech gehabt. Nicht an diesem Abend der Fledermäuse und Eidechsen.
»Was ist das?«, fragte er.
Ich drehte mich langsam um. Er stand neben meinem Koffer und hielt den Beutel mit Blech in der Hand. Dick Tracy hatte meinen Stoff gefunden.
»Was schnüffelst du eigentlich in meinem Koffer rum?«
»Ich schnüffel überhaupt nicht rum. Dein Koffer war offen, und das lag obendrauf. Was ist das?«

Er hielt den Klarsichtbeutel ins Licht wie ein Lepidopterologe, der gerade ein Exemplar einer seltenen Schmetterlingsart gefunden hat. Ich musste schnell etwas sagen. Schon eine Pause zum Nachdenken hätte mich belastet. Außerdem hatte ich es mit Tracy zu tun. Der ließ nichts unversucht. Ich antwortete schnell. Aber nicht zu schnell. Das hätte Argwohn erregt. Die Antwort war gut.

»Das ist Fußpuder.«

»Wogegen?«

»Fußpilz.«

»Wann warst du denn das letzte Mal Pilze sammeln?«

Er öffnete den Klarsichtbeutel und schnupperte daran.

»Warum bewahrst du den in einem Klarsichtbeutel auf?«

»Die Dose ist kaputtgegangen.«

Das war schlagfertig. Ich überraschte mich selbst. Ich hielt dem Druck stand. Ich sagte mir, ein unschuldiger Mann würde dämliche Fragen genau so kommentieren. Also tat ich das.

»Das ist doch lächerlich«, sagte ich.

Ich ging zu ihm und griff nach dem Beutel. Er zog ihn weg.

»Ist das Kokain?«

»Ich hab doch grad gesagt, das ist Fußpuder.«

»Haschisch?«

»Rauch's doch, wenn du's genau wissen willst. Wenn es Rauschgift ist, bist du zwei Stunden lang schön high, und wenn du wieder runterkommst, kannst du die Polizei rufen. Wenn es Fußpuder ist, läufst du rot an, der Schaum tritt dir aus der Nase, du kriegst einen Herzinfarkt, und ich ruf einen Krankenwagen.«

»Ich hab eine bessere Idee«, sagte er, drehte sich um und verschwand mit dem Klarsichtbeutel.

Normalerweise wäre ich in Panik geraten, aber mein heroischer Trip auf dieser Reise erlaubte es mir, das etwaige Nachspiel seiner Entdeckung auszublenden. Ich sagte mir,

dass ein Kapitän der Ewigkeit sich wegen solcher Irrungen und Wirrungen keine Sorgen machen konnte, bloß weil sein Vater sein Heroin entdeckt hatte und ihm den Hintern versohlen oder ihm die Daumenschrauben ansetzen wollte.
Er war ganz schön lange weg. Ich hatte keine Angst davor, was er mir antun würde. Ich hatte nur Angst, er könnte es Mom erzählen. Das konnte der Tropfen sein, der das Fass zum Überlaufen brachte. Haschöl zu finden war vielleicht nicht schön, aber das hier war Heroin. Das große H. Das würde sie niemals verstehen. Ich hätte mich in den Hintern beißen können, weil ich das Blech oben auf den Klamotten liegen gelassen hatte. Hirnverbrannt.
Es hätte mir nichts ausgemacht, wenn er sie zum Selbstmord getrieben hätte, ich hatte allerdings verdammt viel dagegen, dass ich derjenige wäre. Dann hätte ich den Rest meines Lebens lange Spaziergänge gemacht und an leeren Stränden gestanden und aufs Meer hinausgeschaut. Es gibt gewisse Familienangelegenheiten, über die man nie hinwegkommt. Das Umbringen der eigenen Mom gehört dazu.
Als Nicole und ich zusammen waren, hatte sie von einem Vater erzählt, der mit seinen beiden halbwüchsigen Söhnen fischen gefahren war. Die beiden Jungen redeten ihm zu viel, und er sagte, wenn sie nicht die Klappe hielten, würde er anhalten und ihnen am Straßenrand den Kopf abhacken. Seine Söhne hielten das für einen dämlichen Spruch und quatschten weiter. Das freute den Vater aber gar nicht. Er stellte den Wagen ab und hackte dem Älteren den Kopf ab. Der Jüngere, etwa dreizehn, sah zu. Er überlebte, weil vorbeikommende Autofahrer ihn retteten. Aber was hilft das? So was sollte man in keinem Alter mit anschauen müssen, aber in der Pubertät? Zwischen den Beinen wächst das Gebüsch, man hat Pickel im Gesicht, und

dann sieht man mit an, wie der Vater am Straßenrand auf dem Weg zum Fischen dem Bruder den Kopf abhackt? Wirklich nicht. Scheiß auf die Therapie. Fahr in einen abgelegenen Park, verbinde den Auspuff mit dem Wageninneren, stell im Radio einen schönen Song ein, dreh den Sitz runter, entspann dich und atme tief durch.

Fast wäre ich rausgegangen und hätte ihn gesucht. Ich wollte rauskriegen, was zum Geier er vorhatte. Aber ich hatte zu viel Angst, um das Zimmer zu verlassen. Was nichts mit Dads Detektivarbeit zu tun hatte. Bloß meldete sich der dumme alte Wahnsinn wieder. Genau, ich hab wieder das Gefühl, verrückt zu sein. Wahrscheinlich gibt's morgen Regen.

Dad kam zurück. Klopfte nicht. Kam einfach rein. Er tat ganz geschäftsmäßig, war kein bisschen sauer. Den Klarsichtbeutel hatte er nicht mehr dabei. Wir nahmen den Gesprächsfaden an derselben Stelle wieder auf.

»Es war Heroin«, sagte er.

»Fußpuder«, sagte ich.

»Ich habe im Salon jemanden getroffen, der sich mit so was auskennt. Er sagt, es war Heroin.«

»Und wer war das? Keith Richards?«

»Ein Apotheker.«

Keith Richards hätte ich ihm eher abgekauft. »Was hat denn ein Apotheker in dieser gottverlassenen Gegend zu suchen?«

»Er ist auf Safari.«

»Und woher wusstest du, dass er Apotheker ist? Wie bist du darauf gekommen, ihn zu fragen?«

»Ich habe mehrere Leute gefragt. Er war zufällig dabei.«

»Ich glaub dir kein Wort.«

»Kannst ihn ja fragen. Ich hab gerade ein Bier mit ihm getrunken. Er ist bestimmt noch da. Grauer Bart. Blaues Hemd. Netter Kerl.«

»Und wie hast du's angestellt? Bist du mit meinem Klarsichtbeutel durch den Salon gelaufen und hast die Leute gefragt, was da drin ist?«

»Was ich getan habe, spielt keine Rolle. Wichtig ist, ich weiß, dass es kein Fußpuder ist. Es ist Heroin. Du bist heroinabhängig.«

Er stand da und sah mich an, stille Befriedigung in den Augen, das Verbrechen aufgeklärt, der Täter geschnappt. Mein Kampfgeist war erloschen. Ich hätte zur Bar gehen und mir den Typ anschauen sollen, aber er konnte mir den Buckel runterrutschen. Außerdem konnte ich mir nur zu gut vorstellen, wie Dad vorgegangen war. Er hatte nicht mit dem Klarsichtbeutel herumgefuchtelt, sondern sich hinter vorgehaltener Hand erkundigt, ob jemand wüsste, wie Heroin aussähe. Und er hatte Schwein gehabt. War auf einen Apotheker auf Safari gestoßen. So ungewöhnlich war das nicht. Er hätte einen Bullen oder einen drogenabhängigen Jazzmusiker treffen können.

Ihn beschäftigte nicht mein Wohlergehen, meine Zukunft oder auch nur die Tatsache, dass ich ihn belogen hatte. Nein. Seine erste Sorge galt wie immer nur einem. Dem Geld.

»Ich finanziere dir im Herbst kein Studium. Aber ich bezahle das Entzugsprogramm im Krankenhaus oder wie man das nennt. Du kannst es dir aussuchen.«

Damit drehte er sich um und ging, ließ die Tür aber offen stehen. Eine symbolische Geste? Ich schloss sie. Wahrscheinlich sollte ich erleichtert sein. Mein Geheimnis ist gelüftet. Aber im Grunde ist mir scheißegal, was er weiß. Ich gehe in keine blöde Entzugsklinik. Ich will das allein schaffen.

Ich lag auf dem Bett und versetzte mich im Geist an einen hohen Ort. Keine Hochhäuser. Ich malte mir eine Brücke aus. Eine sehr hohe Brücke. Eine alte Brücke. Eine goti-

sche alte Brücke. Und ich stellte mir vor, wie ich mich mit den Händen festhielt. Dann ließ ich los. Und stürzte. Und sah nach unten und sah die Felsen auf mich zurasen. Ich riss die Augen auf. Panik.
Eine Vollmondnacht ist perfekt, um sich zu ergeben, aber ich habe nichts, dem ich mich ergeben möchte. Scheißikonen. Scheißidole. Scheißkreuze und -tempel und -symbole und Scheiße, Scheiße, Scheiße. Ich bin noch nicht so weit, mich zu ergeben. Es klopft. Vielleicht Dad mit der afrikanischen Polizei. *Es ist nur zu deinem Besten, mein Sohn. Du wirst auch mit einer Hand klarkommen.*

20:45 Uhr Mom stand vor der Tür, nicht Dad mit der Polizei. Sie strahlte. Und sie trug wieder das kurze Kleid, das sie in der Babyölnacht angehabt hatte. Wahrscheinlich wollte sie den Vollmond begehen.
»Bist du so weit?«, fragte sie.
»Wofür?«
»Abendessen.«
»Ich fühl mich nicht wohl.«
»Ich möchte nicht allein essen.«
»Wo ist Dad?«
»Im Salon. Hat schlechte Laune. Wie seh ich aus?«
»Atemberaubend.«
Ich trat nach draußen. Die Eidechsen waren nicht mehr nur auf den Wänden. Sie hatten sich auf dem Gehweg ausgebreitet. Behutsam ging ich um sie herum, wollte kein Zermatschen hören. Mom hatte keine Zeit für Behutsamkeiten. Sie stöckelte vor mir her.
In meinem Gehirn sind viele Bilder eingebrannt, die ich bis ins hohe Alter nicht vergessen werde. Aber dieses dürfte es unter die ersten drei schaffen. Da war sie, umspielt vom stahlblauen Licht des Mondes, klackte den Zementweg entlang und wackelte unter ihrem Kleid mit dem Arsch in

einem Rhythmus, der eher zu einer High-School-Torte gepasst hätte – Eidechsen zur Linken, Eidechsen zur Rechten, Eidechsen, die wegflitzten, um ihren hochhackigen Absätzen zu entkommen, und umherhuschende Fledermäuse über sich.

Während der ganzen Mahlzeit plapperte sie aufgeregt. Ich habe kein Wort behalten. Ich würgte ein paar Bissen hinunter. Wenn ich nichts aß, würde ich bestimmt abheben, und ich hatte Angst, nicht wieder auf den Boden zu kommen. Nach dem Essen rauchten wir eine Zigarette und tranken Kaffee.

»Weißt du, was ihn so runtergezogen haben könnte?«, fragte sie.

»Nein.«

»Komm, wir trinken den Kaffee im Salon.«

»Ich bin hundemüde. Ich hau mich lieber aufs Ohr.«

»Komm, wir setzen uns ein bisschen zu ihm. Wir sollten ihn nicht im Stich lassen. Nicht an so einem Abend.«

Was sollte das denn nun wieder heißen, *nicht an so einem Abend?* Viel zu ominös. Da lief's mir ja kalt den Rücken runter. Ich wollte da nicht hin. Ich wusste, dass er sich betrank.

»Für mich?«, fragte sie. Ihre Augen glänzten.

Ich folgte ihr in den Salon. Wir kamen an einem grauhaarigen Mann mit Bart vorbei, der ein blaues Hemd trug. Ich hätte ihn am liebsten gefragt, ob er Apotheker sei. Aber Mom stand neben mir. Und wenn er der Apotheker war, hatte ich keine Lust auf die Antwort: »Ja. Bist du der heroinsüchtige Junge?«

Mom und ich nahmen uns zwei Stühle und setzten uns zu Dad. Er starrte in ein knisterndes Feuer, das mitten im Salon in einer Grube flackerte. Über dem Feuer hing ein geschwärzter stählerner Kamin und lenkte den Rauch nach draußen. Wäre Dad Buddhist gewesen, hätte ich angenommen, dass er meditierte. Aber er war bloß knülle und trank Scotch. Er ließ sich nicht anmerken, dass er unser Kommen bemerkt hatte. Mom setzte sich hinter ihn und massierte ihm den Nacken. Das hatte ich nicht mehr gesehen, seit wir im Kombi zu Custer's Last Stand in Montana unterwegs gewesen waren.

Um das Klümpchen Zurechnungsfähigkeit nicht zu verlieren, das ich wie einen schmelzenden Eiswürfel gepackt hatte, entschied ich mich, vom heutigen Abend gar nichts mehr zu erwarten. Mich auf das Unerwartete einzustellen.

Mom massierte ihm weiter den Nacken. Ich dachte, er würde ihre Hand abschütteln, aber das tat er nicht.

»Deine Familie macht sich Sorgen um dich«, sagte sie. »Sie findet, du solltest mal abschalten.«

Endlich machte Dad den Mund auf. »Hast du ihr was erzählt?«, nuschelte er.

Ich konnte es nicht fassen. Er wollte seine große Detektivarbeit enthüllen.

»Dad«, sagte ich und warf ihm einen warnenden Blick zu.

»Was soll er mir denn erzählt haben?«, fragte Mom.

»Richard geht nicht an die Universität.«

Der grausame Mistkerl wollte es in die Länge ziehen. Am Schluss anfangen und sich von dort zum Koffer mit der Schmutzwäsche zurückarbeiten.

»Gut, genug der Spielchen«, sagte ich. »Ich soll es ihr erzählen, ja? Dann erzähl ich's ihr eben. Dad hat in meinem Koffer rumgeschnüffelt …«

»Und da habe ich ein Päckchen Zigaretten gefunden«, sagte Dad blitzschnell.

Was für ein Idiot. Für einen gerissenen Dick Tracy war das aber ganz schön dämlich. Es war schnell. Aber es war voll blöd. Fußpuder war schnell und schlagfertig gewesen. Zigaretten waren dämlich. Das fand Mom auch.

»Ja und?«, fragte sie.

»Ja und? Glaubst du, ich will, dass mein Kind raucht?« Mom nahm die Hand von Dads Nacken. Sie sah äußerst misstrauisch aus. »Er raucht doch schon die ganze Reise. Und jetzt spielst du den Überraschten?«

Mom sah mich fragend an. Ich setzte eine nichts sagende Miene auf. »Was ist denn los mit euch?«, fragte sie.

»Richard und ich hatten heute Abend ein ernstes Gespräch. Stimmt's, Richard? Du meintest, ich würde lediglich zehntausend Dollar im Jahr zum Fenster rausschmeißen, solange du nicht sicher bist, was du eigentlich machen willst.«

Ich hätte schreien können. Jetzt merkte ich, worauf er hinauswollte. Er wollte mich direkt vor Mom platt machen, ohne den K.-o.-Schlag anzubringen, weil er genau wusste, dass auch sie davon zu Boden gehen würde.

»Stimmt«, sagte ich.

»Er muss nämlich noch allerlei auf die Reihe kriegen, bevor er studiert. Hab ich nicht Recht, Richard?«

»Doch.«

Dad stand auf und zog den Heroinbeutel heraus. Mom konnte das nicht sehen. Dafür sorgte er schon. Aber er sorgte auch dafür, dass ich es sah.

»Sonst« – Dad ging mit dem Beutel zum Kamin und warf ihn ins Feuer – »geht alles in Rauch auf.« Dad wankte an uns vorbei. »Ich muss ins Bett.«

Weg war er. Ich wischte mir den Schweiß von der Lippe. Eine beachtliche Vorstellung des alten Herrn. Aber er hielt sich für schlauer, als er war. Tun Betrunkene immer.

»Was war in dem Beutel?«, fragte Mom.

»Welchem Beutel?«

»Dem, den dein Vater gerade verbrannt hat.«

»Ich hab keinen Beutel gesehen.«

Ich ging. Als ich wieder in meinem Zimmer war, musste ich weinen. Bekam einen richtigen Weinkrampf. Ich weinte so stark, dass ich Angst hatte, einen Nabelbruch zu bekommen. Ich hatte im Gehen noch einen Blick über die Schulter geworfen und sie in ihrem schönen Kleid dasitzen sehen. Sie sah so klein aus, so verloren, ohne Antworten und ohne einen Menschen, der für sie da war. Und ich ließ sie sitzen. Weil das unter diesen Umständen das Schonendste war. Ich konnte nicht länger dasitzen und sie belügen.

22:29 Uhr Die Eidechsen, die Fledermäuse und der Vollmond haben ihren Tribut gefordert. Ich habe nicht viel Zeit zum Schreiben. Wir fahren nach Nairobi zurück. Heute Nacht. Das ist ein Notfall. Meine Unkenrufe haben sich bestätigt. Auf dem Schild, das das Stehaufmännchen vor dem Norfolk mit den Zähnen weiterzog, stand: *Ihr werdet die Wahrheit erkennen, und die Wahrheit wird euch frei machen.* Die Wahrheit ist ans Licht gekommen.
Ich weiß nicht, wie lange ich wieder in meinem Zimmer war, als nebenan das Geschrei losging. Mom war zurückgekehrt, und Dad drehte durch. Die ruhige Fassade, das leise Gefasel von der Entzugsklinik, die nüchterne Reaktion auf die Entdeckung des Heroins. Alles in Rauch aufgegangen. Er explodierte.
»Ich habe heute Abend Heroin bei ihm im Zimmer gefunden!«, schrie er. »Du hast ihn ruiniert!«
»Dachtest du vielleicht, das wüsste ich nicht?«, weinte sie, am Boden zerstört.
Ich wusste, dass Dad gerade erst anfing. Und ich hatte genug gehört. Ich rannte aus dem Zimmer. Die Eidechsen erschraken und flitzten durcheinander. Ich riss ihre Tür auf. Mom hatte sich auf dem Bett zusammengekrümmt und schützte sich mit erhobenen Händen, nicht vor seinen Fäusten, sondern vor seinen Worten. Dad hatte sich über ihr aufgebaut und schwankte leicht.
»Hör auf!«, schrie ich.

Dad erschrak kurz, als er meine Stimme hörte, erholte sich aber schnell wieder und wandte mir den Rücken zu.
»Verschwinde und halt dich da raus.«
»Lass sie in Ruhe.«
Ich lief zu ihm. Alles verschwamm in einem primitiven Chaos instinktiver Reaktionen. Er war betrunken, verlor die Balance, als ich ihn wegstieß, stolperte zurück und sackte auf einen Stuhl. Ich hoffte, er würde da sitzen bleiben, zu blau, um wieder aufzustehen. Anscheinend wurde er aber sehr schnell nüchtern. Ich holte mit meinem mageren Arm aus und ballte die Faust. Es muss wie ein großer Pfirsich an einem dünnen Ast ausgesehen haben.
»Bleib, wo du bist.«
Er stand auf und winkelte die Fäuste an. Sein Vater hatte ihm Boxtechniken beigebracht, aber er hatte sie mir nicht weitergegeben. Jetzt bekam ich wohl die erste Lektion. Er umkreiste mich tänzelnd und torkelnd. Ich hob die Fäuste.
»Jetzt bist du dran, Bürschchen«, sagte er. »Los geht's.«
»Nein!«, kreischte Mom.
»Komm schon, du Held. Versuch's mit einem Schwinger. Mal sehen, was du zu bieten hast.«
Seine Hand schnellte vor und traf mich voll ins Gesicht. *Schwebe wie ein Schmetterling, stich wie eine gottverdammte Biene.* Schlagartig wurde mir klar, warum ich mich nie gern geprügelt hatte. Es tut richtig weh.
»Aufhören!«, kreischte Mom.
Mein Gesicht war von dem Schlag wie betäubt. Meine Kampflust war weg. Gut, ich hatte die Fäuste noch oben – um mich zu decken. Gut, er war betrunken, und Betrunkene sind angeblich langsam und täppisch. Aber er war weder noch. Und ich hatte null Ahnung vom Kämpfen.
Aber mich hielt noch etwas anderes zurück. Wenn ich konterte, wo würde das enden? Würden wir einander töten? Würde ein Zahn ausgeschlagen? Ein Nasenbein ge-

brochen? Wo würden wir ärztliche Versorgung finden? Sollte Mom das wirklich mit ansehen? Dad störten solche Fragen nicht, weder praktische noch ethische. Spielend überwand er meine Deckung und verpasste mir den nächsten Hieb. Ich hätte heulen und aus dem Zimmer rennen können. Aber er schlug wieder zu. Und der dritte Schlag löste den Bann.

Ich brachte endlich einen Aufwärtshaken an. Er traf ihn sauber an der Wange. Er musste wehgetan haben, denn er brach mir fast die Hand. Ich war geschockt. Aber längst nicht so geschockt wie er. Ich dachte, das war's dann. Ich hatte ihn noch nie geschlagen. Jetzt würde er doch wohl klein beigeben. Es war nicht der Schlag, der ihn aus dem Zimmer schicken würde, sondern das, was mitschwang – die Tatsache, dass sein Sohn endlich zurückgeschlagen hatte. Und an diesem Abend, unter dem Vollmond, genau in diesem Augenblick würde er einsehen, dass sein Sohn ein Recht hatte zurückzuschlagen. Aber Dad hatte noch nie ein Gespür für Schwingungen.

Er explodierte. Er packte mich wie eine Strohpuppe und schleuderte mich gegen die Wand. Ich weiß nicht, wie oft er mich geschlagen hat. Ich konnte nicht mitzählen, weil mir beim ersten Schlag die Luft wegblieb und ich jedes Gefühl verlor. Er muss mich aber weiter in den Magen geboxt haben, weil ich spürte, wie mein Rücken gegen die Wand gepresst wurde. Aber kein Schmerz mehr. Wie bei der Warze. Es gibt eine Grenze.

Mein Kragen rutschte ihm aus der Hand. Ich sackte weg, einer seiner Leberhaken ging daneben, traf mich am Mund, und das Blut strömte mir über das Hemd. Mom eilte herbei, drückte ihn weg und deckte mich mit ihrem Körper.

»Lass ihn in Ruhe!«

Dad ragte über uns auf, die Augen funkelnd, die Fäuste geballt, jederzeit bereit weiterzumachen. Mom muss geglaubt haben, ich läge im Sterben. Ich glaubte, ich läge im Sterben. Ich bekam keine Luft.

»Ach nee, jetzt willst du ihn«, höhnte Dad. »Ab jetzt passt du auf ihn auf.«

»Lass uns in Ruhe«, sagte Mom leise.

»Ein Jammer, dass du ihn nicht so mütterlich behütet hast, als du schwanger warst.«

»Nicht jetzt.«

»Hey, Richard, hast du dich schon mal gefragt, wo du deine Gaumenspalte herhast?«

»Lass mich!«

»Schon mal überlegt, was das verursacht haben könnte?«

Mom sprang ihn an und wollte ihm das Gesicht zerkratzen. Aber er kannte ihre Fingernägel schon. Diesmal war er darauf gefasst. Er wehrte sie ab und schleuderte sie aufs Bett.

»Frag sie«, sagte Dad und ging zur Tür. »Frag sie, was sie getan hat, als sie dich austrug. Frag sie nach den Flaschen mit Sedativa und Tranquilizern, die auf dem Boden verstreut lagen, als ich mittags nach Hause kam. Frag sie, was die Ärzte ihr über Tranquilizer und Geburtsfehler gesagt haben.«

Er sauste davon. Mom tauchte neben mir auf. Ich japste immer noch nach Luft. Sie nahm mich in die Arme und tupfte mir mit einer Serviette die blutende Lippe ab.

»Es tut mir Leid«, flüsterte sie. »Es tut mir so Leid.«

Ich schwieg, bis sich mein Atem wieder beruhigt hatte. Die Blutung war so weit gestillt, dass sie aufhören konnte zu tupfen. Als mein Keuchen verklang, breitete sich die Stille aus, und ich lag mit dem Kopf in ihrem Schoß da. Ich fragte, was niemals hätte gefragt werden dürfen. Ich hätte uns mehr Zeit lassen sollen. Ich hätte mir einfach Stirn und Schläfen streicheln, mich erquicken und trösten lassen sollen.

»Stimmt das?«, krächzte ich.
»Ich wusste nicht, dass ich schwanger war«, flüsterte sie.
Ihre Finger verharrten, dann lösten sie sich von meinem Gesicht. Langsam zog sie sich zurück, stand auf und ging zu einem Stuhl am Fenster. Sie setzte sich und starrte zu den umherschießenden Fledermäusen hinaus, die die vom Licht angelockten Insekten jagten.
Ich blieb lange auf dem Boden liegen. Ich war nie darauf gekommen, dass sie ihren Selbstmordversuch unternommen haben könnte, als ich in ihrem Bauch war. Dad hatte bloß gesagt, sie hätte nach Maggies Geburt versucht, sich umzubringen. Und Maggie und ich sind achtzehn Monate auseinander. Ich war immer davon ausgegangen, das sei in den Monaten vor meiner Zeugung geschehen.
Ich hasste sie nicht. Sie hatte mich ja nicht absichtlich entstellt. Sie hatte sich das Leben nehmen wollen. Dad war nach Hause gekommen. Das war nicht vorgesehen gewesen. Ich ging zu ihr, wollte, dass sie mich ansah. Ich kniete mich vor sie und legte ihr die Hände auf die Schultern.
»Ich glaube dir, dass du nichts von der Schwangerschaft wusstest.«
Sanft umfuhr sie mit den Fingern meine Nase und meine Lippe bis hin zum Kinn.
»Du hättest es nicht getan, wenn du es gewusst hättest.«
»Ändert das denn irgendetwas?«
Sie sah durch mich hindurch, an mir vorbei in die Dunkelheit. Ich roch wieder den Franzbranntwein. Diesen fürchterlichen Geruch, der mir in die Nase gestiegen war, bevor an den Salzkuhlen das Zebra gerissen worden war. Von dem Geruch wurde mein Kopf klar. Ich wusste, was ich zu tun hatte.
»Warte hier«, sagte ich. »Wir fahren nach Hause.«
Ich eilte in den Salon und fand Dad, der allein über einem Drink hockte.

»Wir fahren heute Nacht.«
Ich nahm ihm das Glas aus der Hand und knallte es neben ihm auf den Tisch. Ich packte ihn am Ellenbogen und zog ihn hoch.
»Du passt auf sie auf.«
Dad stand verwirrt da. Seine Kraft war weg.
»Lass sie ja nicht allein!«, brüllte ich.
Er schlingerte davon. Ich rannte zur Rezeption und fragte, wo die Fahrer schliefen. Ich fand den winzigen Verschlag an der Rückseite der Lodge. Ich rief Gabriels Namen. Einige Männer hatten schon geschlafen und beschimpften mich. Sie sagten, der sei spazieren. *Um diese Zeit?* Ich bat sie, ihm zu sagen, er solle nach seiner Rückkehr zu meinem Zimmer kommen.
Ich bin wieder in meinem Zimmer. Meine Sachen sind gepackt. Ich warte auf Gabriel. Wo zum Teufel bleibt er bloß?

23:20 Uhr
Auf dem Weg von Meru Mulika nach Nairobi

Ich sitze hinten im Geländewagen. Ich habe ein kleines Deckenlicht wie im Flugzeug. Die Straße ist furchtbar holprig. Gabriel kam endlich doch zu meinem Zimmer. Er sagte, es sei besser, bis zum Morgen zu warten. Nachts zu fahren sei zu gefährlich. Ich sagte, das sei mir egal. Moms Leben sei in Gefahr. Wir würden sofort fahren.
Ich war von etwas Starkem erfüllt. Keine Ahnung, was, aber ich hätte es gern auf Flaschen gezogen. Alle hörten auf mich. Dad protestierte erst, gab dann aber nach. Gabriel genauso. Ich hatte Oberwasser. Ich saß am Drücker.

Gabriel fragte, was passiert sei. Ich sagte, ich könne jetzt nicht darüber reden. Aber ich verriet ihm, dass die verborgene Verbindung ans Licht gekommen sei. Er fragte nach meiner Lippe. Ich sagte, die hätte ich von den Tranquilizern. Da sah er richtig verwirrt aus. Erst jetzt wird mir klar, dass er sich nach meiner Lippe erkundigte, weil sie von Dads Schlag blutig und angeschwollen war.

Gabriel brachte mein Gepäck zum Geländewagen. Ich klopfte bei Mom und Dad an die Tür. Dad machte auf. Er sagte nichts. Er packte. Ich könnte mir denken, dass er ansatzweise ein schlechtes Gewissen bekommen hat, weil er die Leiche im Keller der Familie so brutal aufgedeckt hat.

Mom saß immer noch in ihrem Kleid am Fenster. Ich ging zu ihr und kniete mich neben sie.

»Hey, wir fahren jetzt. Okay?«

Nichts. Ich hörte, wie Dad ins Badezimmer ging und die Toilettenartikel einpackte, die er nicht bei mir gelassen hatte. Ich hatte nie viel darüber nachgedacht, was Mom mit meiner Lippe zu tun haben könnte. Jetzt dachte ich darüber nach und studierte ihre Gesichtszüge bis ins Detail.

All die Jahre. Jeden Tag. Meine Lippe. Ihre Erinnerung. Hätte irgendjemand damit leben können? Such dir einen beliebigen Tag aus. Einen beliebigen Augenblick. Ich mit fünf. Warum nicht. Komme runter und möchte ein Schälchen Shreddies. Sie sieht auf. »Guten Morgen, Spätzchen.« Ich esse und schlürfe. Ihre Augen bleiben zerstreut an meiner Lippe hängen. Und schon wird der gezackte Holzsplitter, der sich unter ihren Fingernagel gegraben hat, wieder angezündet.

Dann die Operationen. Meine Tränen. Warum meine Tränen ihre Tränen hervorgerufen hatten. Warum mein Widerstand gegen die Schmerzen einer fünften Operation von ihr so begeistert aufgenommen und unterstützt worden war.

Ich war nicht ihr Sohn. Ich war ihr Fluch. Ihr täglicher, stündlicher und minütlicher Fluch. Vielleicht wäre sie richtig zufrieden und glücklich gewesen. Aber immer kam ich dazwischen und zerstörte ihren Frieden. Tauchte aus dem Keller auf. Kam aus der Schule nach Hause. Ließ mich neben sie aufs Sofa fallen, wenn sie abends ein Buch las. Unterm Strich wurde ich ihre Nemesis, Schlangen züngelten aus meinem Haupt auf und verwandelten ihr Herz zu Stein.

Wie schön wäre es gewesen, als Blume geboren zu werden. Eine wunderschöne, stolze, süß duftende Rose, die den Menschen ein Lächeln aufs Gesicht zauberte und sie auf angenehme Gedanken brachte. Stattdessen war ich ein entstelltes Monster. Ich habe keinen Buckel, keine Kralle, wo eine Hand sein sollte, keinen Stumpf, wo ein Bein hingehört. Trotzdem bin ich ein Monster. Im Rückblick schlimmer als ein Monster.

Wie sollte ich in Dads Herz auch je etwas anderes als Zorn entfachen, wenn seine Augen nie mich, sondern durch mich hindurch Mom sahen. Wie ein Prisma, das das Licht bricht. Und wenn Moms Blicke mich streiften, kämpfte ihr Herz um die Liebe, die sie ihrem Sohn ganz natürlich hätte entgegenbringen sollen. Aber wie Opas Katze vergeblich ihre Jungen suchte, fand sie nichts. Mom fand keine Liebe. Nur Schuld.

Ein Zornprisma für Dad und ein Schuldzünder für Mom. Nicht gerade die Zutaten, aus denen man starke, gesunde Kinder macht.

Und trotzdem, trotzdem konnte ich nichts finden, als ich zu ihren Füßen kniete und den Hass in meinem Herzen suchte. Ein einziger Gedanke beherrschte mich: Welch eine entsetzliche Bürde hatte sie all die Jahre getragen. Vielleicht hätte es sie sogar erleichtert, hysterische Verwünschungen zu hören.

Endlich war die Wahrheit geboren. Aber alles war verkorkst, weil sie nicht auf natürliche Weise zur Welt gekommen war. Die Wahrheit war von zornigen Händen aus dem Schoß gerissen worden. Es war zu früh für die Niederkunft gewesen. Aber da war sie nun. Zu ihren Füßen. Weinend. Blutbesudelt. Grässlich. Dad drehte im Badezimmer die Wasserhähne auf, um mein Schluchzen zu übertönen.
Es war alles so verkehrt. Ich hätte nicht vor ihr flennen dürfen. Ich machte alles nur noch schlimmer. Dass ich weinen musste, hätte mich weniger gestört, wenn sie mich irgendwie zur Kenntnis genommen hätte. Mir den Kopf getätschelt hätte. Gehustet. Egal was. Aber sie starrte nur weiter die Fledermäuse draußen vor dem Fenster an.
Wahrscheinlich hatte es ihr gerade noch gefehlt, dass ich daraus so eine große Sache machte. Ich meine, es war ja auch eine große Sache, aber ich hätte stärker sein müssen. Es hatte ihr gerade noch gefehlt, dass ich vor ihr zusammenklappte. Ich glaube, ich habe sie noch weiter fortgestoßen. Ich hätte ihr gern irgendwie gesagt, dass ich um sie weinte. Nicht um mich.
»Möchtest du etwas?«, fragte ich endlich. »Ein Glas Wasser?«
Ihre Unterlippe zitterte. Endlich. Eine Reaktion. Lange Pause. »Ich möchte nur los«, sagte sie so leise, dass ich mich vorbeugen musste, um sie zu hören.
»Gut. Wir fahren sofort.«
Ich stand auf und wischte mir die Nase am Ärmel ab. Dad ließ im Badezimmer immer noch das Wasser laufen. Es kratzte mich nicht, dass ihm mein Gefühlsausbruch ungelegen kam. Er hatte ihn verursacht. Er musste ihn verkraften. Und wenn er das nicht konnte, musste er eben das Wasser laufen lassen.
Ich ging zu einem Stuhl, auf dem er säuberlich einen Teil

seiner Kleidung aufgestapelt hatte. Oben auf dem Stapel lag seine Tierliste. Der Leopard war abgehakt, aber das Häkchen wieder durchgestrichen. Typisch Dad. Ein Trauerspiel.

»Bist du so weit?«, rief ich.

Er drehte das Wasser ab und kam mit dem Kulturbeutel unter dem Arm heraus, die Augen niedergeschlagen. Wir machten einen weiten Bogen umeinander, als ich an ihm vorbei ins Badezimmer ging. Beim Pinkeln sah ich das Waschbecken an. Er hatte es trockengewischt.

Das machte Mom zu Hause immer rasend. Sie spülte etwas im Waschbecken und ging. Keine dreißig Sekunden später tauchte er aus irgendeinem Winkel des Hauses auf. Spazierte in die Küche, schnappte sich beiläufig das vor dem Backofen hängende Küchentuch und wischte das Becken trocken. Wegen der Scheißtropfen. Die hasste er fast so sehr wie Knies. Wenn er fertig war, ließ sie manchmal extra wieder Wasser laufen, einfach nur um ihn zu ärgern. Einmal haben sie sich deswegen richtig gestritten, aber ich glaube, Mom hat gemerkt, wie idiotisch das war. Er hätte es doch nicht gelassen.

Der Anblick des fleckenlosen Waschbeckens war sogar ein kleiner Trost. Trotz der Splitterbombe, die gerade im Hotelzimmer explodiert war, gab es noch Dinge, die sich nie ändern würden.

Dad packte den Kulturbeutel in seinen Koffer und griff in die Tasche. Als ich ihn wieder ansah, stand er mit hängenden Schultern da und starrte seine Hand an. Nach seinem Gesicht zu urteilen, musste er eine tote Maus aus der Tasche gezogen haben.

»Ich versteh das nicht«, sagte er.

»Was?«, fragte ich.

Er hatte einen in Zellophan verpackten, kleinen weißen Bonbon mit grünen Spiralen in der Hand.

»Ich habe immer drei Bonbons in der Tasche. Zweimal Zimt, einmal Pfefferminz. Jedes Mal, wenn ich einen raushole, krieg ich Pfefferminz. Das ergibt keinen Sinn. Zimt müsste ich doch öfter bekommen als Pfefferminz. Ich mag die Zimtbonbons. Deswegen habe ich davon ja immer zwei.«
Er sah verzweifelt aus. Er holte zwei rote Zimtbonbons aus derselben Tasche und hielt sie mir hin.
»Siehst du? Zwei Zimt- und einen Pfefferminzbonbon. Aber immer krieg ich Pfefferminz. Ich schwöre bei Gott, ich kann's einen Monat lang probieren und kriege als Erstes nie einen Zimtbonbon.«
»Warum steckst du nicht einfach nur Zimtbonbons in die Tasche?«
»Pfefferminz mag ich ja auch. Nur nicht so gern wie Zimt.«
»Dann steck die Zimtbonbons in die eine Tasche und die Pfefferminzbonbons in die andere.«
»In der anderen hab ich meine Schlüssel.«
»Ach so.«
Etwas Besseres fiel mir nicht ein. Wie soll man jemandem sagen, dass nichts dagegen spricht, Bonbons und Schlüssel in derselben Hosentasche aufzubewahren? Man sagt es nicht. Man sagt: »Ach so.«
»Es ist kein Weltuntergang«, sagte er. »Und es wirkt jetzt albern. Aber seltsam ist es schon.«
Er wollte den Reißverschluss des Koffers zuziehen, und der verhakte sich. Ich kannte seinen Jähzorn und wusste, was ein verhakter Reißverschluss zur Folge haben konnte. Erst beherrschte er sich und zog einfach weiter am Reißverschluss.
»Nein, es beweist nur, dass die Dinge manchmal nicht so laufen wie geplant. Komm, lass mich mal«, sagte ich.
Er hörte mich nicht. Er konzentrierte sich nur noch auf

den Reißverschluss. Ich trat einen Schritt zurück, weil ich wusste, was uns bevorstand, als er ein letztes Mal wild am Reißverschluss riss.
»Scheißding!! Verfluchte Scheiße! Verfluchtes, beschissenes Scheißding!!«
Er riss den Reißverschluss ab, zerriss den Stoff und schmiss den Koffer an die Wand. Ich sah zu Mom hinüber. Sie saß stoisch am Fenster. Er schlug auf den Koffer ein.
»Nichts klappt! Nie klappt mal was!«
Er verpasste dem Koffer einen letzten Hieb und stampfte türenschlagend hinaus. Ich versuchte mich an dieses eine Sprichwort zu erinnern. Das von dem Apfel (Sohn), der vom Baum (Vater) fällt und sich nicht weit vom Stamm entfernt. Oder so ähnlich. *Nie klappt mal was.* Es war zu viel. Viel zu viel Scheiße.
Mom ließ sich von Dads Wutanfall nicht beeindrucken. Sie blieb bei ihrer Wache am Fenster.
»Alles klar?«, fragte ich.
Unbewegte Miene. Ich sah ihr Kleid. »Möchtest du dich noch umziehen? Die Fahrt wird lang.«
Dieselbe unbewegte Miene. Okay, das reichte an Fragen. Der zerfetzte Reißverschluss war ein Problem. Ich konnte das ganze Gepäck nicht auf einmal zum Geländewagen bringen. Den kaputten Koffer musste ich extra tragen. Ich wollte sie nicht zweimal allein lassen. Und ich wollte ihr nicht sagen, wo ich hinging, weil sie sonst womöglich gefunden hätte, sie könne Dummheiten machen.
Also sagte ich nichts. Ich hob den kaputten Koffer hoch wie einen gefallenen Soldaten und verließ den Raum. Ich lief so schnell ich konnte zum Geländewagen. Dad saß schon auf dem Beifahrersitz. Gabriel wartete am Kofferraum. Wir verstauten den Koffer.
»Soll ich dir beim Rest helfen?«, fragte er.
Ich wollte erst Nein sagen, aber dann merkte ich, dass er

mir helfen konnte, Mom zum Geländewagen zu bringen. Gabriel kam mit ins Zimmer zurück. Der Stuhl am Fenster war leer. Natürlich. In dieser Nacht der Fledermäuse und Eidechsen musste das ja so kommen.

Die Badezimmertür war zu. Ich drückte auf die Klinke. Abgeschlossen. Ich schlug mit der Faust an die Tür.

»Mom! Mach die Tür auf!«

Keine Antwort. Gabriel trat hinter mich. »Ich sag dem Manager Bescheid, er soll einen Schlüssel bringen.«

Ich sah auf den Türgriff. »Draußen ist kein Schlüsselloch. Mom! Mach sofort auf, oder ich schlag die Tür ein. Hörst du mich? Ich mein's ernst.«

Ich wartete. Nichts. Ich trat einen Schritt zurück und warf mich mit der Schulter gegen die Tür. Sie gab keinen Deut nach, dafür erschütterte es meinen Körper von Kopf bis Fuß. Ich versetzte der Tür mit aller Kraft einen Tritt. Das Schloss erbebte, mehr nicht. Da drinnen lag Mom mit geöffneten Venen, das Blut spritzte auf die Fliesen, und ich konnte nicht mal eine beschissene Tür aufbrechen. Ich fühlte mich wie eingeweichtes Weißbrot. Diese Filme, wo die Helden immer Türen eintraten, waren für den Arsch.

Ich wollte Anlauf nehmen und mich mit meinem ganzen Gewicht gegen die Tür werfen. Ich ging ans andere Ende des Zimmers und rannte gegen die Tür, so schnell ich konnte. Ich prallte von ihr ab wie eine Biene von der Windschutzscheibe. Ich sackte in mich zusammen und war sicher, dass ich mir das Schlüsselbein gebrochen hatte. Gabriel sah mitfühlend auf mich herab. »Noch alles heil?«, fragte er.

Wir hörten die Spülung. Die Tür ging auf, Mom kam mit ihrer Handtasche heraus und würdigte mich keines Blickes. Ging einfach zu ihrem Stuhl zurück, setzte sich und sah wieder aus dem Fenster.

Ich rappelte mich auf und ging zu ihr. Gabriel bedeutete

ich, das restliche Gepäck auf dem Bett mitzunehmen. Das tat er und verschwand.
»Wir fahren jetzt«, sagte ich leise. »Wenn du gehen kannst, super. Wenn nicht, macht das auch nichts. Wir brechen in jedem Fall auf.«
Sie starrte weiter aus dem Fenster.
»Ich heb dich jetzt hoch und trag dich. Okay?«
Ich wartete kurz, damit sie meine Worte verarbeiten konnte. Den einen Arm legte ich ihr auf den Rücken und drückte die Hand in ihre Achselhöhle. Sie war feucht. Mom hatte also doch Angst. Den anderen Arm schob ich ihr unter die Knie und hob sie vom Stuhl hoch. Ich dachte, sie würde sich wehren und sagen, das sei doch albern und sie könne sehr wohl allein zum Geländewagen gehen, das fehlte schließlich noch. Aber sie sagte kein Wort.
Wir traten über die Schwelle in die Nacht hinaus wie gespenstische Frischvermählte, Mom in ihrem schönen Kleid und ich, der sich einen Weg zwischen den Eidechsen hindurchbahnte, während die Fledermäuse uns um die Köpfe schwirrten und wir dem Mondschein preisgegeben waren.
Ich trug sie den ganzen Weg bis zum Geländewagen, sie hatte mir die Arme um den Hals geschlungen, und ihre Handtasche stupste mich ins Kreuz. Sie war viel leichter, als ich gedacht hatte. Gabriel hatte die Tür vom Geländewagen geöffnet, und ich hob sie hinein. Dann schob ich mich auf die Rückbank. Gabriel knallte die Schiebetür zu wie ein Gefängniswärter, stieg ein, ließ den Motor an, und wir fuhren los.
Endlich kann ich aufatmen. Wir sitzen alle sicher im Geländewagen, und in ein paar Stunden, wahrscheinlich gegen Sonnenaufgang, müssten wir in Nairobi im Norfolk Hotel sein.
Mom kommt in Paris wohl in eine Nervenheilanstalt. Dad

wird kaum zulassen, dass ich sie sofort nach Kanada bringe. Ich bleib noch ein bisschen in Paris, vielleicht eine Woche, und wenn's ihr gut geht, schau ich mal, ob sich nicht doch eine gemeinsame Rückkehr einrichten lässt.
Ich freue mich richtig darauf, wenn ich endlich wieder in Kanada bin. Mit meinen Afrikageschichten bin ich bei den Jungs vom Ölfeld bestimmt der Größte.
Ich war so aufgeregt ob der bevorstehenden Rückkehr, dass ich zu singen anfing. Ich schmetterte *Ninety-Nine Bottles of Beer.* Das war das letzte Mal, dass wir alle zusammen im Geländewagen saßen. Mir doch egal, dass das Timing völlig daneben war. Es versteht sich von selbst, dass niemand mitsang, aber es sagte auch niemand, ich solle die Klappe halten. Ich bekam zweiunddreißig Bierflaschen von der Wand runter, bevor ich aufhörte. Eigentlich wollte ich das ganze Lager räumen, aber es war entmutigend, wie meine Grabesstimme durch die dunkle afrikanische Nacht drang.
Dad hat seine Zimtbonbondepression überwunden und durchwühlt seine Reisetasche nach den Papieren. In den letzten Stunden habe ich die Familie getragen, und meine Schultern tun weh. Wird Zeit, den Sextanten zurückzugeben.
»Meinst du, wir schaffen den Flug morgen Abend?«, fragte ich.
»Ich werd's versuchen«, sagte er. »Ich hoffe nur, dass sie deine Mutter an Bord lassen.«
Du liebe Zeit, daran habe ich gar nicht gedacht. Deshalb ist er der Skipper. Was zum Teufel machen wir, wenn wir sie nicht mitnehmen können? Psychiatrie in Nairobi? Ach du Scheiße.
Ich weiß, dass Dad die Adresse der Fluggesellschaft in Nairobi sucht. Dazu wäre noch genug Zeit, wenn wir im Hotel sind. Aber er will vorbereitet sein. Er will jetzt schon

ganz genau wissen, wo sie liegt, damit er später ganz genau weiß, wo wir hinmüssen. Sonst flippt er auf der Stelle aus.

1:20 Uhr Kurz nach meiner letzten Eintragung begannen kleine Nebelschwaden über die Straße zu wehen. In den Scheinwerfern vom Geländewagen sahen sie aus wie tanzende Gespenster. Im großen Seitenspiegel konnte ich Gabriels sorgenvolles Gesicht sehen.
Die Schwaden wurden dichter, bis die Straße eine einzige Waschküche war. Gabriel bremste stark ab. Er konnte nichts mehr sehen und schaltete die Scheibenwischer ein, um das Kondenswasser von der Scheibe zu bekommen.
Dad hob eine Kleenex-Rolle vom Boden des Geländewagens, beugte sich vor und heftete die Augen auf die Straße, als könne das Gabriel etwas nützen. Dann riss er ein Kleenex ab und wischte an der Innenseite der Windschutzscheibe herum. Nach ein paar kreisförmigen Wischbewegungen merkte er, dass das nichts half.
Mom störte der Nebel nicht weiter. Sie starrte nach wie vor aus dem Fenster. Es spielte keine Rolle, was die Elemente machten. Wären wir von Flammen eingeschlossen gewesen, hätte sie auch keine Miene verzogen.
Ich machte mir ausnahmsweise keine Sorgen. Ich fand Nebel schon immer toll. Auf dem Ölfeld gefallen mir die Nebelmorgen am besten. Wenn ich das Foto einer Küste im Nebel sehe, finde ich Frieden. Vom Fleck weg.
Wahrscheinlich mag ich das Geheimnisvolle von Dunst und Nebel. Wenn die Welt sonnig und klar ist, ist sie auch eindeutig und langweilig, so wie Menschen, die man sofort durchschaut, obwohl man sie gerade erst kennen gelernt hat. In Dunst und Nebel verbergen sich dagegen große Geheimnisse.
Im Nebel fühle ich mich dem Übernatürlichen näher. Als ob

sich irgendwo etwas Schönes und Mächtiges in den Dunst hüllt. Dann erreiche ich wohl die größte Nähe zu Gott. Sollte es wirklich eine Geisterwelt geben, so habe ich schon immer vermutet, kommt sie mir am nächsten, wenn sich die Elemente verschleiern. Wenn die Dinge da sind und doch nicht da sind. Hier und doch nicht hier. Dazwischen.
Ich öffnete die Beobachtungsluke im Dach und streckte den Kopf hinaus. Mein Gesicht wurde sofort feucht. Es hatte etwas Befreiendes. Etwas Beruhigendes. Ich schloss die Augen und ließ mich vom Nebel liebkosen. Er küsste meine Lider und füllte meine Lunge. Hoffnung hämmerte mir in der Brust. Ich wusste, dass alles gut werden würde.
Ich schlug die Augen auf und sah die Scheinwerfer unseres Geländewagens den Nebel durchschneiden. Einmal wäre Gabriel fast in eine Ziegenherde gefahren. Er hielt an und ließ sie die Straße überqueren. Wir überholten einige Kenianer, die die Straße entlanggingen. Wie Phantome tauchten sie aus dem Nebel auf und wurden hinter uns von ihm verschluckt.
Ich sagte mir, wenn ich irgendwo leben könnte, wo 365 Tage im Jahr Nebel herrscht, wäre ich ein Kapitän der Ewigkeit. Ich ließe die Menschen zu meiner Höhle aufsteigen und erklärte ihnen die Welt. Sie würden nicken und mich einen großen Mann nennen. Ich würde antworten, die Komplimente könnten sie sich sparen, sie sollten mir lieber Geld in den Topf werfen. Ein paar von ihnen würde ich vielleicht zum Spielen dabehalten.
Endlich hob sich der Nebel. Gabriel und Dad waren erleichtert. Mom war es scheißegal. Ich war enttäuscht. Als der Nebel verwehte, war auch mein Seelenfriede dahin.
Plötzlich trat Gabriel auf die Bremse. Ich hatte nicht auf die Straße geachtet und wusste nicht, was los war. Der Geländewagen prallte auf etwas Schweres, ein markerschütternder Schrei ertönte und erstarb sofort. Ich wurde gegen

den Vorderrand der Beobachtungsluke geschleudert und fiel dann auf meinen Sitz zurück.
»Herrgott noch mal!«, rief ich. »Was zum Teufel war denn das?«
»Irgendjemand verletzt?«, fragte Gabriel und schnellte, gefolgt von Dad, aus dem Geländewagen.
Ich griff nach meinem Tagebuch und sprang ebenfalls hinaus. (Ich hatte Angst, Mom würde es nehmen und lesen, obwohl sie definitiv nicht in Schnüffellaune ist.)
Dad und Gabriel standen vor dem Geländewagen und sahen auf etwas hinab, das keinen Meter von der Stoßstange entfernt auf der Straße lag.
»Welch ein Jammer«, sagte Dad.
»Ich hab ihn nicht gesehen«, sagte Gabriel, fast grün im Gesicht.
Es war ein Babyelefant. Tot. Die inneren Organe von unserem Geländewagen gequetscht. Ich war froh, dass Mom nicht ausgestiegen war. Es war zwar kein Blut oder so zu sehen, aber es war immerhin ein Babyelefant. So was überfährt man nicht alle Tage. Einmal war ich so stoned, dass ich einen Hund überfahren habe. Hab im Rückspiegel noch gesehen, wie er aufs Pflaster prallte. Ich wusste sogar, wem er gehörte. Einem Mädchen aus der Schule. Aber das war nichts im Vergleich. Das hier war ein Scheißbabyelefant.
Es war schwer genug, diese Tiere vor Wilderern zu schützen, da mussten nicht noch wir Touristen kommen und sie überfahren. Ich glaube, uns allen war bewusst, was für eine Ungeheuerlichkeit das war. Gabriel am meisten. Er stand unter Schock. Ich klopfte ihm auf die Schulter.
»Es ist nicht deine Schuld. Du konntest nichts dafür.«
Gabriel spürte es als Erster. Sein Kopf fuhr herum. Dad und ich spürten es ein paar Sekunden später. Der Erdboden. Er zitterte. Und das Zittern wurde ein Beben.
»Steigt ein!«, brüllte Gabriel.

Gabriel rannte zur Tür vom Geländewagen und hechtete hinein. Dad und ich folgten ihm leicht verwirrt, und Gabriel versuchte den Wagen zu starten. Er wollte nicht anspringen. Gabriel versuchte es noch einmal, dann packte er seine Tasche und sprang hinaus.
»Schafft sie raus!«
Dad und ich saßen da wie die Vollidioten. Wir hatten beide keinen blassen Schimmer, was da los war. Gabriel brüllte wieder.
»Schafft sie aus dem Wagen und rennt!«
Dad und ich zerrten Mom aus dem Geländewagen. Der Boden erbebte immer stärker. Ich hatte noch nie ein Erdbeben erlebt. Und ich verstand einfach nicht, warum wir den Wagen im Stich lassen mussten. Aber wahrscheinlich machte man das bei einem Erdbeben einfach so. Man stieg so schnell wie möglich aus dem Auto und rannte um sein Leben. Dad schleifte Mom mit, und in dem Augenblick sah ich, dass es kein Erdbeben war. Es war schlimmer.
Der erste Elefant tauchte auf, ein großer Bulle. Mit der Wucht eines Lastwagens rammte er die Seite vom Geländewagen. Es reichte, um ihn umkippen zu lassen. Der Rest der Herde traf ein. Sie zerknickten und zerstampften den Geländewagen. Er wurde flach wie eine Bierdose. Die Elefanten scherten sich nicht um uns. Sie zertrümmerten das Vieh, das ihr Baby ermordet hatte.
Nach wenigen Minuten war der Geländewagen platt. Er stöhnte und zischte, leistete aber kaum Widerstand. Wo einst ein Meter achtzig stolzer, solider Stahl gestanden hatten, lagen jetzt dreißig Zentimeter besiegten Metalls. Gott sei Dank hatte Gabriel uns da rausgeholt.
Vorläufig war es uns egal, dass es Nacht war, dass wir am Ende der Welt saßen und kein Transportmittel mehr hatten. Voller Ehrfurcht besahen wir das Werk der Elefanten. Besonders Mom. Sie verfiel fast einem Freudentaumel.

Die Elefanten scharten sich um das tote Baby. Ihre Rüssel strichen liebevoll über seinen reglosen Körper. Von dem verbogenen Metallhaufen stieg Dampf auf. Hätten wir Hüte getragen, hätten wir sie abgenommen. Ich wusste, dass sich Elefanten den Gebeinen ihres Clans mit Ehrfurcht nähern, aber mit eigenen Augen zu sehen, wie sie ihr Baby liebkosten, war zu viel. Gabriel weinte. Ich hatte Tränen in den Augen. Dad war versteinert. Und Mom lächelte. Kein Lächeln des Mitgefühls. Auch kein verrücktes Lächeln. Oder ein Ist-das-nicht-erstaunlich?-Lächeln. Ich weiß nicht, was das für ein Lächeln war.

Gabriel ging auf die Savanne hinaus und sagte, wir sollten ihm folgen.

»Warum bleiben wir nicht auf der Straße?«, fragte Dad. »Da kommt doch garantiert jemand vorbei und nimmt uns mit.«

»Wir müssen von den Elefanten weg«, erklärte Gabriel.

»Und warum können wir dafür nicht die Straße langgehen?«

»Weil sie unsere Richtung blockieren. Wir gehen ein Stück weiter vorn zur Straße zurück. Aber ich würde mir nicht zu viel Hoffnung machen, dass uns jemand mitnimmt. Nachts ist hier kaum jemand mit dem Auto unterwegs. Es ist zu gefährlich.«

Dad warf mir einen Blick zu, als wäre das meine Schuld. Als hätte ich Panik bekommen und alle Welt angestachelt, mit einem Affenzahn aus Meru Mulika zu verschwinden. Ich konnte nicht mal was dagegen sagen, weil er ja Recht hatte. Ich hatte einen furchtbaren Fehler gemacht, und das wusste ich auch. Wir hätten bis zum Morgen warten können. Mom litt schließlich nicht an Leberversagen. Ein in Panik geratener Mensch sollte keine wichtigen Entscheidungen treffen, die andere Menschen in Mitleidenschaft ziehen.

Das Schiff war in den kritischen Stunden ohne Skipper gewesen, und ich hatte das Steuerrad übernommen. Aber statt die Clarks in ruhigeres, sichereres Fahrwasser zu bringen, hatte ich uns mitten in Afrika auf Sand gesetzt, mitten in der Nacht, ohne Geschütze und nur mit unseren Füßen als Fortbewegungsmittel.
Jede weitere Diskussion darüber, ob es gut war, die Straße zu verlassen, wurde im Keim erstickt. Ein Bulle hatte uns erblickt, legte die Ohren an und ging auf uns los. Er hatte eindeutig das Gefühl, wir hätten bei der Bestattung des Babyelefanten nichts zu suchen. Gabriel, Dad und ich folgten dem Gebot unseres Instinkts. Überleben. Wir rannten los und vergaßen, dass Moms Überlebensdrüsen nicht sekretierten. Sie blieb stehen, wie angewurzelt.
Ich drehte mich im Lauf um und sah den Elefanten vielleicht sieben Meter von ihr entfernt stehen bleiben. Er wurde immer aufgeregter, und seine Ohren wedelten hin und her. Andere Elefanten folgten ihm, und das ermutigte ihn anscheinend. Er ging wieder auf sie los. Und diesmal machte er nicht den Eindruck, stehen bleiben zu wollen.
Gabriel hatte das mit angesehen und war im Halbkreis zurückgelaufen. Er warf sich Mom über die Schulter und rannte. Seine Stärke war echt beeindruckend. Wir rannten, bis er müde wurde. Was ganz schön lange dauerte. So lange, dass keiner mehr die leiseste Ahnung hatte, wo die Straße war. Gabriel sagte, es wäre das Beste, ein Lager aufzuschlagen und die Straße erst am Morgen zu suchen. Mom wollte nicht mehr getragen werden und bat darum, abgesetzt zu werden.
Wir gingen etwa zwanzig Minuten weiter, bis Gabriel eine Stelle gefunden hatte, die ihm zusagte. Eine kleine Baumgruppe. Als Erstes kontrollierte er die Äste; wahrscheinlich um sicherzugehen, dass da oben keine Löwen schliefen. Wir sammelten Zweige für ein Feuer. Selbst Mom

machte mit. Als wir genug Holz hatten, machte Gabriel ein Feuer. Ein Glück, dass er dabei war. Ohne ihn als Führer wären wir verloren gewesen. Andererseits war er schuld, dass wir die Straße verloren hatten. Na gut, der angreifende Elefant hatte auch damit zu tun. Nach ein paar Minuten flackerte ein anständiges Feuer.
Trotz des Feuers war es verdammt kalt. In der Tasche, die Gabriel noch aus dem Geländewagen hatte retten können, waren ein paar Sachen, die uns helfen mussten, die Nacht zu überstehen. Er hatte zum Beispiel eine Thermodecke. Sie erinnerte eher an eine riesige Rolle Alufolie als an eine Decke. Mom weigerte sich, damit zugedeckt zu werden. Sie fand es lächerlich und sagte, darunter würde sie sich fühlen wie eine in der Schale gebackene Kartoffel. In der Tasche war auch eine Wasserflasche, die herumging und aus der alle tranken. Bis auf Mom. Die wollte nichts. Und Schokoriegel. Davon hab ich einen gegessen.
Unruhig war ich nicht etwa wegen herumstreifender Raubkatzen oder Hyänen, sondern weil ich mein Päckchen Zigaretten herausgeholt und festgestellt hatte, dass nur noch drei übrig waren. Das war ernst. Ich musste mich einschränken. Ich wollte nicht vor Mom rauchen, weil sie sonst eine abhaben wollte. Ich hätte alles mit ihr geteilt, aber ich dachte nicht im Traum daran, ihr eine Zigarette abzugeben. Schließlich zündete ich mir dann doch eine an. Aber ich setzte mich ein Stück von ihr weg und drehte ihr den Rücken zu. Nehmt mir die Klamotten. Nehmt mir die Schuhe. Nehmt mir den letzten Tropfen Wasser. Aber bittet mich nicht, eine Zigarette abzugeben, wenn ich nur noch drei habe.
Kaum hatte ich den Stummel ausgedrückt, sah ich sie auf mich zukommen. Sie beugte sich über mich und strich sich eine Haarsträhne aus den Augen.
»Kannst du mir Feuer geben?«, fragte sie.

Sie zog ein Päckchen Zigaretten aus der Handtasche. Sie hatte ihre eigenen. Damit kamen wir beide bis nach Nairobi. Sofort besserte sich meine Laune. Ich gab ihr mein Feuerzeug.
Sie zündete sich die Zigarette an und setzte sich zu mir. Sie gab sich keine Mühe, die Knie zusammenzuhalten. Ich sah, dass sie einen weißen Slip trug. Ich versuchte, nicht noch einmal hinzusehen. Ihre nackten Füße waren schmutzig. Ihr Gesicht war durchfurcht und verhärmt wie das einer Bäuerin nach einem Sandsturm.
»Weißt du, welchen Fehler ich gemacht habe?«, fragte sie, als sie mir das Feuerzeug zurückgab.
»Indem du nicht vor dem Elefanten weggelaufen bist?«
»Indem ich mir von dir das Leben habe zerstören lassen.«
»Danke.«
»Als ich herausfand, dass ich mit dir schwanger war, hatte ich das Gefühl, gerettet zu sein. Es war ein Wunder. Dann kam dein Vater. Er sagte, die Ärzte meinten, du könntest einen Geburtsfehler haben, einen Hirnschaden oder so. Ich sollte über eine Abtreibung nachdenken. Gerade hatte ich einen Grund gefunden weiterzuleben, da wollte er, dass ich diesen Grund beseitige.«
Der Rauch wirbelte ihr aus dem Mund und blies ihr durchs Haar. Sie sah fast beängstigend ernst aus. »Du darfst nie einen anderen Menschen zum Grund machen weiterzuleben.«
Ich sah zu Gabriel hinüber, der am Feuer saß. Ich dachte, er beobachtete uns. Tat er aber gar nicht. Er hielt die Hände ans Feuer. *Wärme, Trost, Schutz, Mutter.* Ich hatte einen Kloß in der Kehle.
»Ich verzeihe dir die Überdosis.«
»Nein, tust du nicht.«
»Sag du mir nicht, was ich tue oder nicht!«, zischte ich. »Ich verzeihe dir, verdammt noch mal.«

Sie sah mich zärtlich und liebevoll an. Ihre Stimme war leise und besänftigend.
»Das kannst du nicht. Nicht jetzt. Nicht heute Nacht.«
Sie stand auf und küsste mich auf die Stirn.
»Du warst mir nie eine Bürde, Richard.«
Sie ging zum Feuer zurück. Als ich allein dasaß, schoss mir plötzlich eine lange verschüttete Erinnerung durch den Kopf – Dad hatte seinen Boss und dessen Frau zum Essen eingeladen. Ein gerahmtes Bild von mir, das neben anderen Familienfotos über dem Kamin hing, wurde zur Wand gedreht. Ich war da vielleicht acht, aber das Foto musste aufgenommen worden sein, als ich sechs war. Meine Nase war ganz flach, und an der Oberlippe sah man noch haufenweise Narben. Ich war stolz auf das Bild. Ich wusste, dass ich anders aussah als andere Kinder, aber auf diesem Bild sah ich tapfer und mutig aus, als könnte ich es mit allem aufnehmen. Ich dachte, es wäre aus Versehen umgedreht worden.
Als ich Mom am Feuer sitzen sah, wurde mir klar, wer das Bild umgedreht hatte. Mein Blut fing an zu kochen. Ich stand auf und ging hin und her. Bilder fielen mir wieder ein, Augenblicke und Worte aus meiner Kindheit; nicht dass ich sie alle vergessen hätte, aber ich sah sie plötzlich von einer anderen Warte.
Ich ging zu Gabriel, der unter einem Baum stand und in die Sterne sah.
»Einer von uns muss wach bleiben.«
»Ich weiß«, sagte Gabriel und sah zu Mom zurück. Er spürte, dass ich kurz vor dem Explodieren war.
»Setz dich hin und ruh dich ein bisschen aus. Es passiert schon nichts.«
»Ich kann nicht abschalten.«
Dad hatte gesehen, dass wir uns unterhielten. Er kam zu uns. »Was erzählst du ihm?«

»Alles.«
Mir war nach Terz. Schob mich durch die verrauchte Bar und suchte Streit.
»Das geht ihn nichts an.«
»Du hättest ihn heute Nacht fast umgebracht. Da sollte er doch wissen, warum.«
Gabriel hob beschwichtigend die Hände. »Er hat mir nicht erzählt, was vorgefallen ist. Er möchte, dass einer von uns wach bleibt.« Er wandte sich an mich. »Mehr hast du nicht gesagt. Also lass das.«
Gabriel ging und setzte sich zu Mom. Der Stunk war da, und er wollte nichts damit zu tun haben. Dad drohte mir mit dem Finger. Ihn beschäftigte noch mein Vorwurf, er hätte Gabriel fast umgebracht.
»Ich hab ihn schließlich nicht gezwungen, uns in stockfinsterer Nacht quer durch Afrika zu fahren.«
»Und warum hab ich das gemacht?«
»Weil du überreagiert hast. Und ich zu viel getrunken hatte.«
»Willst du damit entschuldigen, dass du Mom zerstörst?«
»Dafür kann ich nichts.«
»Warum hast du es mir erzählt?«
»Du hattest das Recht, es zu erfahren.«
»Garantiert nicht auf diese Weise.«
»Ich will nicht darüber reden. Nicht, wenn Gabriel dabei ist. Das ist eine Familienangelegenheit.«
Er wollte gehen. Ich trat ihm in den Weg, musste dadurch aber rückwärts gehen.
»Du hast gedacht, ich würde sie hassen, stimmt's? Das hast du doch gewollt. Du hast diese dreckige Leiche nicht aus dem Keller gezerrt, damit jeder von uns in seinem Leben so weitermacht. Du wolltest, dass alles an ihr hängen bleibt. Dann hättest du nämlich blitzsauber dagestanden. Und ich hätte mein elendes Leben ihr zum Vorwurf gemacht.«

Ich wich nicht weiter zurück. Entweder blieb er stehen, oder er rannte mich über den Haufen. Ich tippte mir an die Lippe. »Siehst du das? Das ist Haut. Und darunter ist Knochen. Ich habe dieses Scheißding gehasst, seit ich wusste, dass es da ist. Aber eins kann ich dir sagen, was sie getan hat, ist nichts, absolut nichts im Vergleich zu dem, was du getan hast.«
Ich schlug mir mit der Faust an die Brust.
»Willst du über Narben reden? Reden wir über die Narben hier drin.«
»Bist du mit deinem Melodram bald fertig?«
»Warum hast du das Bild zur Wand gedreht?«
»Welches Bild?«
»Das von mir, über dem Kamin, an dem Abend, als dein Boss zu Besuch kam.«
»Wovon redest du eigentlich?«
»Du kannst dich nicht daran erinnern?«
»Nein, kann ich nicht.«
»Erinnerst du dich, wie glücklich ich in der Grundschule war?«
»Nein.«
»Das war keine Frage.«
»Du hast gefragt, ob ich mich erinnere. Nein, tu ich nicht.«
»Das war eine rhetorische Frage. Darauf erwartet man keine Antwort.«
»Ich bin nicht blöd! Ich weiß, was eine rhetorische Frage ist. Und ich sage dir, ich kann mich nicht erinnern, dass du in der Grundschule glücklicher gewesen wärst als in der High School.«
»War ich aber.«
»Schön für dich.«
»Ich war glücklich. Ich fand mich okay. Trotz dieser blöden Hasenscharte hielt ich mich für normal. Ich hatte

Freunde, und keiner hat mich ausgelacht. Und wenn, wurde ich spielend damit fertig und machte keinen Aufstand darum. Ich hab die anderen ausgelacht, oder ich hab mich geprügelt, oder ich hab selbst über mich gewitzelt. Ich gehörte dazu. Ich fand mich okay. Kannst du dich erinnern, was am Ende der sechsten Klasse passiert ist? Kannst du dich an das Stück erinnern, das meine Klasse aufgeführt hat?«

Dad starrte mich bloß an.

»Kannst du dich an das Stück erinnern?«

»Ist das wieder eine rhetorische Frage?«, fragte er scharf.

»Nein. Ich will wissen, ob du dich an das Stück erinnerst, in dem ich mitgespielt habe.«

»Nein, tu ich nicht.«

»Das war im Juni. Maggie, Mom und du habt es euch angeschaut. Und ungefähr vierhundert andere Eltern.«

»Ich kann mich nicht erinnern.«

»Alle sechsten Klassen haben es zusammen aufgeführt. Ich hab ein Lebkuchenmännchen gespielt und bin in einem braunen Trikot rumgelaufen. Und du kannst dich an nichts erinnern?«

»Nein.«

»Ich bin in einen Backofen aus Pappe gestiegen. Aber der stand zu nah am Bühnenrand. Und ist mit mir drin runtergefallen. Ich bin rausgesprungen, und als alle gesehen haben, dass mir nichts passiert war, haben sie gelacht. Und ich hab mitgelacht, weil ich das echt komisch fand. Und das war's. Das Stück war aus. Alle klatschten. Oben auf der Bühne verbeugten sich zwanzig von uns und hielten sich für große Klasse. Hinterher hab ich Maggie, Mom und dich auf dem Parkplatz getroffen. Auf dem Nachhauseweg hast du kein Wort gesagt. Ich hab sofort gemerkt, dass du wegen irgendwas sauer warst. Mom und Maggie meinten immer wieder, das wäre ein lustiger Abend gewesen. Aber du nicht. Du hast kein Wort gesagt. Bevor du ins Bett gegangen bist, hab ich dich gefragt, ob's dir Spaß gemacht hat. Weißt du noch, was du da gesagt hast?«

Keine Antwort.

»Das ist keine rhetorische Frage«, sagte ich.

Er schäumte.

»Du hast gesagt, du hättest dich in deinem ganzen Leben noch nie so geschämt.«

Er leugnete nicht. Ich konnte seinem Gesicht ablesen, dass er sich erinnerte.

»Ich war zwölf, Dad.« Meine Stimme versagte. Ich musste mich anstrengen, nicht vor ihm zusammenzuklappen. »Deine Meinung war mir wichtig. Ich wusste nicht mal, ob du dich wegen des Trikots geschämt hast oder weil ich von der Bühne gefallen bin oder wegen der hier.«

Ich schlug mir so doll ins Gesicht, dass die Lippe wieder aufplatzte, nicht sehr, aber ich spürte, wie mir das Blut übers Kinn rann.

»Aber eins kann ich dir sagen. Am Abend hab ich im Badezimmer vor dem Spiegel gestanden und mich angesehen. Ich hab meine Lippe und meine Nase betrachtet. Ich hab geglaubt, die Eltern hätten mich ausgelacht, weil ich komisch aussah, nicht weil ich von der Bühne gefallen war. In der kurzen Zeit, die du für deinen Scheißsatz gebraucht hast, fünf Sekunden, wenn ich mich nicht verzählt habe, hast du mir das Gefühl gegeben, eine Missgeburt zu sein.«

Seine Augen funkelten. Er hob die Hand. Ich dachte, er wollte mich ohrfeigen. Das war mir egal. Aber er schlug mich nicht. Zumindest nicht mit der Faust. Er stach mir zwei Finger aufs Brustbein. Es tat tierisch weh.

»Jetzt hör mal gut zu, Freundchen. Ich habe Fehler gemacht. Das gebe ich zu. Ich war nicht immer ein guter Vater. Ich war engstirnig und manchmal beschränkt. Aber wenn du dich jetzt hinstellst und mir die Schuld an all deinem Scheiß und all deinen Misserfolgen gibst, dann wirst du auch ewig eine Missgeburt bleiben. Und wenn dir irgendwann der Arm lahm wird, weil du mich so viel gegeißelt hast, kannst du ja immer noch anfangen, deiner Mutter Vorwürfe zu machen.«

Er griff in die Tasche. Ich dachte, er suche einen Bonbon. Er zog ein zusammengefaltetes Kleenex heraus. Hisste er die weiße Fahne? Wedelte er mit einem Olivenzweig? Ich dachte, er wollte es mir geben, damit ich mir das Blut vom Kinn wischen konnte. Ich sehnte mich nach dem Angebot, um es ablehnen zu können. Aber er gab es mir gar nicht. Er putzte sich damit die Nase.

»Du bist kein Kind mehr«, sagte er leise und bedächtig und steckte das Kleenex wieder in die Tasche. »Du bist ein Mann. Wann du dich endlich wie einer benimmst, wissen die Götter.«

Er ging. Ich lief hin und her. Ich saß total in der Falle. Schließlich setzte ich mich näher ans Feuer. Gabriel stand auf und ging. Ich war immer noch ganz überdreht, das Blut tropfte mir von den Lippen und rauschte mir in den Ohren. Aber ich hörte Moms Stimme hinter mir.

»Er liebt dich trotzdem, Richard.«

Ich sah nach rechts. Dad lehnte an einem Baum und kehrte uns den Rücken zu. Er wirkte gebrochen, wie eine Vogelscheuche nach einem Sturm. Und Mom hinter mir, die in ihrem schönen Kleid auf den nächsten Elefantenangriff wartete. Und ich, der magere Junkie, der sich den blutigen Mund mit dem Handrücken abtupfte und sich und allen um sich herum Stuss spritzte. Drei einsame, gebrochene Menschen. Die sich nirgends verstecken konnten.

3:20 Uhr Ich schreibe im Mondlicht. Und davon gibt es jede Menge. Ich bin hundemüde.

Ich muss der Versuchung widerstehen, noch eine Zigarette

zu rauchen. Ich möchte nicht bei Mom betteln müssen. Ich habe nur noch zwei; eine muss ich für nachher aufsparen, und eine brauch ich am Morgen. Ich versuche ins Feuer zu starren, um mich zu beruhigen. Es klappt aber nicht.
Ich habe entschieden, dass mir unser Feuer nicht mehr gefällt. Es erinnert zu stark an Zorn und Brände. Es erinnert mich an meinen Finger. Die Brandwunde ist verdreckt, aber ich kann sie nicht säubern. Unser Wasser ist nur zum Trinken, und viel ist sowieso nicht mehr da. Das Feuer erinnert mich auch an meine juckenden Beine. Die Spinnenbisse sind verschorft, und ich habe viel zu heftig daran gekratzt. Bis sie blutig waren. Ich muss das Kratzen lassen. Und ich darf nicht mehr ins Feuer schauen.
Gabriel hat gerade das Wasser gebracht, wie ein Boxtrainer zwischen den Runden. Keiner von uns wollte etwas. Er hat ein paar kleine Schlucke getrunken und uns den Rest gelassen. Mann, ist der Arsch aufopferungsvoll. Unser Flugzeug hat doch keine Bruchlandung im australischen Outback hingelegt. Wenn die Sonne aufgeht, suchen wir die Straße, und drei Stunden später sind wir im Hotel, wo es reichlich Wasser gibt. Und Bier. Aber trotzdem, es war eine nette Geste.
Gabriel ist zu Dad rübergegangen und steht neben ihm am Baum. Ich kann kein Wort verstehen, aber er hat Dad gerade auf die Schulter geklopft. Er hat Dad angefasst, und der hat ihn nicht angeschrien. Ich bin beeindruckt. Mom hat die Augen geschlossen. Sie sitzt aber noch aufrecht, also kann sie nicht eingeschlafen sein.
Ich kann in allen Richtungen bis zum Horizont sehen. Felsen und Bäume zeichnen sich wie schwarze Juwelen vor dem Mondhimmel ab. Wäre das hier ein geplanter Zelturlaub, wäre es einfach grandios. Vielleicht sind uns die Götter gewogen. Uns in dieser Nacht in der Finsternis hocken zu lassen wäre grausam gewesen.

Ich habe mich vom Feuer weggesetzt und kehre den anderen den Rücken zu. Unter dem kalten blauen Mondlicht geht es mir besser als am heißen gelben Feuer.
Ich starre auf die Savanne hinaus. Ich kann mich an kein Wort erinnern, das ich mit Mom und Dad gewechselt habe. Ich möchte alles analysieren. Alles aufdröseln. Die Dinge auf die Reihe kriegen. War ich zu gemein? Habe ich zu viel gesagt? Ich zermartere mir das Hirn, aber alles ist weg. Natürlich könnte ich hier nachlesen, was ich geschrieben habe, aber das wäre gemogelt. Ich möchte mich ohne Hilfe erinnern.
Ich versuche an die nächsten Tage zu denken. Paris. Krankenhäuser. Kanada. Job. New Hampshire. Nicole. Aber es geht nicht. Ich sitze in der Gegenwart fest, mit dem Hintern im Dreck, und um mich herum erstreckt sich in alle Richtungen die Savanne.
Die meisten Menschen verbringen ihr Leben mit dem Versuch, *das Jetzt, die Gegenwart* zu erfahren. Sie meditieren und singen, und sie arbeiten, arbeiten, arbeiten daran. Ich erfahre die Gegenwart. Aber nicht freiwillig. Mir ist, als säße ich ohne Arme und Beine auf einer Schaukel. Ich versuche vor- und zurückzuschwingen, bewege mich aber nicht von der Stelle.
Ich möchte mich in der Vergangenheit suhlen wie ein Schwein und schmutzig werden. Ich möchte mir Bilder von morgen anschauen, um mich auf etwas freuen oder auch vor etwas Angst haben zu können. Aber ich sitze auf der Schaukel fest, werde vom Licht festgehalten, vom Gras, vom Himmel, vom Holz, das im Feuer knistert, vom Rauchgeruch. Alles nagelt mich fest und sagt: »Du gehst nirgends hin. Bleib. Bleib, wo du bist.«
Mein Geist geht heute Nacht auf Beute aus. Ich sehe über Gut und Böse hinaus auf den brodelnden Nektar, der schweigend wartet, den brodelnden Nektar, der alle Ge-

gensätze und die von ihnen gestiftete Verwirrung beendigt, auflöst und zerstört. Ich sehe Anfang und Ende. Und ich höre, was Jesus sagte, als er den Menschen erklärte, er sei das A und das O.
Ich sehe Formen, die über den Anfang zurück- und über das Ende hinausreichen. Die Form der Spiralen, die ich an den Wänden der Höhle von Krokodilmann in den Tier- und Menschenkörpern gesehen habe. Etwas, das sich immer weiter dreht und dreht und dreht. Ohne Anfang. Ohne Ende. Wenn ich eine Seele habe, wenn es wahr ist, dass wir alle eine Seele haben, dann hat es Sinn, dass diese Seelen ewig sind. Und dass wir alle zusammenhängen. Sie und ich.
Ich hatte solche Gedanken schon früher, aber da trafen sie mich nicht mit solcher Wucht. Da dachte ich, hey, großartig, aber ich bin geil und hab Bock zu masturbieren, oder: Das ist echt cool, aber ich hab grade einen Riesenjoint durchgezogen, und mir ist eher nach vier glasierten Doughnuts. Ich bin beeindruckt, dass mein Verstand sich mit so flüchtigen Dingen beschäftigen kann, ohne mit Chemikalien durchtränkt zu sein.
Ich bin zu einem bestürzenden Schluss gekommen. Wenn dieser Augenblick, also genau dieser eine Punkt in der Zeit, wirklich ist und »vor fünf Sekunden« nicht wirklich ist und »in fünf Sekunden« nicht wirklich ist und es in Wirklichkeit weder Gut noch Böse gibt und ich in Wirklichkeit nicht mein Körper bin, sondern meine Seele, die meinen Körper bewohnt, und es weder Anfang noch Ende gibt, nur Ewigkeit, was dann bedeutet, dass meine Seele ewig ist, was dann bedeutet, dass nur mein Körper stirbt, aber nicht ich, nicht dieses Etwas, das in diesem organischen Kostüm summt, im Dreck sitzt und auf die Savanne hinausschaut, wenn all das wahr ist, ich meine wirklich wirklich wirklich wahr und kein Scheiß bei einem Medita-

tionsseminar, wofür ich zweihundertfünfzig Dollar gelöhnt habe, und kein Scheiß, mit dem mich am Sonntag ein Mann mit weißem Kragen belatschert, der für seine Botschaft zu viel haben will, sondern einfach nur scheißwahr, absolut wahr, warum zum Teufel soll ich mir dann Sorgen machen, dass ich nur noch zwei Zigaretten habe? Warum zum Teufel soll ich mir dann Sorgen machen, wenn ich mir einen großen Kaffee holen will und das Café, fünf Minuten bevor ich komme, zumacht? Warum zum Teufel soll ich mir Sorgen machen, wenn ein um die Ecke schießendes Auto nicht bremst, wenn ich gerade die Kreuzung überquere? Warum zum Teufel soll ich mir Sorgen machen, wenn ich Nicole nie finde? Wenn Mom nie Vergebung findet? Oder Dad nie Mitgefühl findet? Oder ich nie Mut finde? Oder Dorothy nie ihre roten Schuhe findet? Diese bittere Pille wirklich zu schlucken heißt, dass es absolut nichts gibt, weswegen man sich Sorgen machen muss. Nichts und wieder nichts.
Ich bin so glücklich, dass ich mir gerade meine vorletzte Zigarette angezündet habe. Mir doch egal, wenn ich morgen früh keine mehr habe. Ich hab eine Zauberkröte gefangen. Ohne jede Hilfe von Jesus, Buddha, Wischnu, Mohammed, Timothy Leary, Reverend Moon, Billy Graham, Shirley MacLaine oder Jim Jones. Scheiß auf die alle. Die hier habe ich allein gefangen. Hässlich und klein. Aber mein.
Gabriel ist gerade vorbeigekommen. Ich hätte schwören können, er wollte mir sagen, ich solle Dad verzeihen und versuchen, ihm die Hand zur Versöhnung zu reichen. Aber darum ging es ihm gar nicht. Er sagte bloß, dass er hundemüde ist und sich eine Weile hinlegen will. Er weiß, dass wir auf Mom aufpassen müssen, und sagt, wenn ich schlafen will, kann ich ihn wecken. Ich hab gesagt, ich bin überhaupt nicht müde. Hat gelogen, hat betrogen, hat die Kuh

am Schwanz gezogen. Ich hab gesagt, er kann so lange schlafen, wie er will.
Er hat gefragt, wie's mir geht. Erst wollte ich ihm von meinem nächtlichen Beutezug erzählen, aber das hätte doof geklungen. Das lässt sich nicht in Worte fassen. Ich meine, klar, ich hab's grad aufgeschrieben und so, aber es auszusprechen wäre voll lahm gewesen. Da winkt doch jeder ab; ja, ja, den Scheiß kenn ich schon. Also hab ich nichts davon erwähnt. Hab einfach gesagt, es geht mir gut. Er sagt, meine Augen sehen klar aus und ich wirke friedlich. Das hört man gern.
Gabriel ging zum Feuer zurück, sagte etwas zu Mom, die nicht darauf einging, legte sich auf den Boden und nahm die Jacke als Kopfkissen. Mom hat sich nicht von der Stelle gerührt, seit ich meine Kröte über die brennende Savanne gejagt habe. Dad sieht müde aus, hat sich jetzt hingesetzt und an den Baum gelehnt. Ob ihm kalt ist? Er könnte sich ans Feuer setzen, aber anscheinend will er allein sein. Ich würde gern mit ihm reden, aber ich kann nicht. Eine schwere Stille brütet über uns allen. Es ist eine heilige Nacht. Ich möchte sie nicht mit einer Entschuldigung kaputtmachen. Wir sind alle genau da, wo wir sein müssen. Und wir haben alle genau das gesagt, was gesagt werden musste. Es braucht keine Unterhaltung. Nur Wind. Und knisterndes Holz.
Ich fürchte, mein Augenblick der Klarheit geht vorüber. Ich fürchte, es dauert nicht lange, bis mich ein juckendes Nasenloch, Stuhldrang, ein zerstörter Traum, eine Erektion oder ein Kaffeefleck auf dem Hemd aus meinen himmlischen Höhen herabzwingt.
Ich fürchte auch, dass ich in Wirklichkeit gar nicht bereit bin, ein Leben ewiger Glückseligkeit zu führen. Ich mag meinen Schmerz viel zu sehr. Ich mag den Dreck zu sehr. Ich mag die Verwirrung und die Angst und die Highs und

die Downs und die Tränen und das Lachen und die kranken, infantilen Sachen, über die ich grinsen muss.
In Wirklichkeit möchte ich spazieren gehen. Die Ebene sieht so einladend aus. Ich habe noch nie eine so strahlende Vollmondnacht gesehen. Ich weiß nicht, ob es nur an mir und meinem hellwachen und buschschwänzigen Geist liegt oder ob die Nacht für die anderen auch so strahlend ist. Vielleicht leuchtet mein Leben von jetzt an immer so. Vielleicht sehen die anderen bloß eine pechschwarze Nacht. Vielleicht meinte dieser Blake so etwas, als er davon sprach, man müsse die Pforten der Wahrnehmung reinigen und nach der Reinigung sehe alles so aus, wie es wirklich sei – unendlich, ewig oder so ähnlich. Vielleicht hat Dad Blake am College gelesen, und als er älter wurde, hat er Pforten und Fenster durcheinander bekommen. Vielleicht suchte er die Ewigkeit, wenn er samstags immer das Hoffenster putzte.
Ich geb mir ja wirklich Mühe, nicht alles zu analysieren und das zu zerstören, was mir geschehen ist. Aber ich kann nicht anders.
Meine Vorstellungen von der Seele hab ich aus dem einen Buch und meine Vision der Ewigkeit aus dem nächsten. Ich käue bloß Zeug wieder, dass ein anderer geschrieben hat. Selbst dieses Zeug von den Pforten der Wahrnehmung. Das ist nicht auf meinem Mist gewachsen.
Mannomann, kann ich das alles verhunzen. Ich werf die tote Kröte weg und will mein Geld zurück. Nichts ist echt. Nicht mal eine triviale spirituelle Erfahrung kann ich mir verkneifen. In Wirklichkeit bin ich doch gar nicht erleuchtet worden. Ich hatte bloß Hunger, wurde übermütig, brauchte eine Zigarette, zog eine alte Unterhose an, wurde vom Mondlicht verführt und redete mir ein, ich wäre über den Heiligen Gral gestolpert.
Dads Kopf ist an den Baum gesunken. Und ich höre das

Schnarchen, das ich als Junge immer vom Sofa gehört habe.
Ich bin gerade zu ihm rüber und hab ihn mit der Thermodecke zugedeckt. Er ist am weitesten vom Feuer weg und braucht Wärme.
Ich habe sein Gesicht gesehen. Es heißt immer, die Gesichtszüge entspannen sich, wenn man schläft. Aber seines ist ganz verkniffen und angespannt. Und sein Schnarchen wird von einem weiteren Geräusch begleitet. Seinem Zähneknirschen. Als ich die Decke über ihm ausbreitete, tat er mir wirklich Leid. Nicht mal im Schlaf entkommt er den Hunden, die ihm auf den Fersen sind. Andererseits, wie sehe ich denn aus, wenn ich schlafe? Mom weiß das. Ich will's gar nicht wissen.
Ich bin zum Holz gegangen, das Gabriel aufgehäuft hat, und hab ein paar Äste aufs Feuer geworfen. Ich bin jetzt dafür verantwortlich, dass es mollig warm und sicher bleibt. Ich fühle mich wie eine Gruppenleiterin im Pfadfinderinnenlager. Alle schlafen. Bis auf Mom. Die tut nur so. Und jeder hat sein Plätzchen. Dad hat die Bäume. Mom und Gabriel haben das Feuer. Wenn ich sicher sein könnte, dass Mom schläft, würde ich mich ja ans Feuer setzen, aber es behagt mir nicht, zu wissen, dass sie simuliert. Ich kann mich nirgends hinsetzen, also bleibe ich, wo ich bin. Hier draußen am Rand.

Montag, 22. August
15:08 Uhr
Norfolk Hotel
Nairobi, Kenia

Ich kann nur da weitermachen, wo ich aufgehört habe. Mein Rücken tat weh, und ich legte mich auf die Seite und stützte den Kopf in die Hand, als läge ich auf dem Sofa und sähe fern. Ich wollte niemanden wecken, nur um selbst ein bisschen schlafen zu können. Ich verharrte eine ganze Weile so.

Verfolgte eine Sternschnuppe. Sah ein Wölkchen über den Himmel ziehen. Fuhr mit der Hand durch den Sand und ließ ihn durch die Finger rieseln.

Erst dachte ich, meine Augen spielen mir einen Streich. In der Ferne bewegte sich etwas. Ich setzte mich auf. Wenn es ein Tier war, wollte ich bereit sein, die anderen zu wecken. Wir hatten immerhin die Bäume. Die konnten wir notfalls hochklettern. Dann sah ich aber, dass es kein Tier war. Es war ein Mensch. Aber anscheinend ein Mensch mit einem riesengroßen Kopf.

Ich stand auf und wollte Gabriel wecken. Einen Augenblick lang dachte ich, es wäre Krokodilmann. Der war es aber nicht. Aber es war ein Mann. Und meine Augen spielten mir keinen Streich. Er hatte wirklich einen großen Kopf. Nicht nur größer als normal. Er muss gut und gern einen Durchmesser von neunzig und eine Höhe von sechzig Zentimetern gehabt haben. Ich war sicher, dass das eine Maske war. Aber als er näher kam, sah ich, dass es keine war. Es war tatsächlich sein Kopf. Er war nackt. Aber er hatte keine Genitalien.

Er kam direkt auf mich zu. Ich stand da wie festgenagelt. Er öffnete den Mund und rülpste mir laut und lange ins Gesicht. Es roch nach Rauchwurst. Es stank abscheulich.

»Ich brauch was zu trinken«, sagte er und ging zum schlafenden Gabriel. Er schnappte sich die Wasserflasche und ließ sich unser letztes Wasser in den Mund gluckern. Ich konnte gar nicht glauben, dass seine Stimme Gabriel nicht geweckt hatte. Der Mann mit dem Riesenkopf warf die Wasserflasche auf die Erde. Auch jetzt rührte sich niemand.

Ich prüfte meine Sinne. Ich wusste, dass ich nicht high war. Und ich wusste, dass das, was ich vor mir sah, nicht übertrieben war. Er durchwühlte Gabriels Tasche, den großen Kopf vorgebeugt. Ich dachte, dessen Gewicht müsste ihn in einen unfreiwilligen Purzelbaum nach vorn ziehen.

»Habt ihr was zu essen?«

Er leerte die Tasche aus. Wir hatten alle Schokoriegel aufgegessen. Er hob den großen Kopf wieder.

»Das ist jämmerlich«, sagte er und kam zu mir zurück. »Das ist eine scheußliche Hasenscharte. Du solltest dir einen Schnurrbart wachsen lassen.«

Damit ging er. Ich sah ihm nach, bis sein riesiger Kopf am Horizont verschwunden war.

Im selben Moment kribbelte es in meiner Hand. Ich dachte, es wären wieder Spinnen. Oder Ameisen. Ich wollte meine Hand nicht anschauen. Ich hätte es nicht ausgehalten, wenn etwas darüber gekrabbelt wäre.

Da merkte ich erst, dass ich die Augen geschlossen hatte. Wann hatte ich sie geschlossen? Vielleicht nachdem der Riesenkopf am Horizont verschwunden war. Langsam schlug ich die Augen auf. Ich lag auf der Erde. Hatte der große Kopf mich niedergeschlagen? Es dauerte einen Augenblick, bis ich richtig bei Besinnung war und mir sagen konnte, dass ich vielleicht geträumt hatte. Weil der Traum am Lagerfeuer gespielt hatte, merkte ich wahrscheinlich nicht gleich, dass ich eingeschlafen war.

Endlich warf ich einen Blick auf meine Hand. Meine Faust

umklammerte etwas Zusammengerolltes. Es war ein kleines 8x8-Schwarzweißfoto. Ich war noch so verschlafen, dass ich nicht ganz scharf sehen konnte. Erst dachte ich, das Bild eines dressierten Schimpansen vor mir zu haben, der Fratzen schneidet und mit offenem Mund lacht. Aber dann sah ich, dass die Haut gar nicht schwarz, sondern weiß war. Das Ding wurde von jemandem festgehalten. Es schmiegte sich in eine Armbeuge. Und ein Gesicht sah darauf hinab. Das lächelnde Gesicht einer Frau. Ein liebevolles, herzliches Gesicht. Ein junges Gesicht. Ein Gesicht, das bei irgendwelchen Koseworten festgehalten worden war. Aber das Ding. Was zum Teufel hatte sie da bloß im Arm?

Der Schlaf hatte meine Urteilskraft herabgesetzt. Hätte ich das Foto an einem Regennachmittag bei einer Tasse starkem Kaffee betrachtet, hätte ich sofort gewusst, was ich da sah. Spätestens nach ein, zwei Sekunden. Aber jetzt dauerte es und dauerte, bis alle Puzzlestücke an Ort und Stelle waren. Und dann fühlte ich mich, wie sich Sharon Tate gefühlt haben muss, als sie merkte, dass Tex und die Mädchen bei ihr im Haus nicht bloß mal telefonieren wollten.

Es war Mom. Und sie hatte mich im Arm. Das Ding. Den Schimpansen. Die Missgeburt. Das Neugeborene. Die Hasenscharte. Oder, wie das bei Medizinern heißt, die Gaumenspalte. Oder, wie das auf der Notaufnahme heißt, das Gesicht, das aussah, als hätte ein Auto es zwei Blocks weit mitgeschleift. Oder, wie das beim Zirkus heißt, ein Gesicht, dem man ein Zelt bauen und es mit zweihundert aufmerksamen Zuschauern füllen kann. Oder, in anständiger Heftchenprosa, ein Gesicht, das nur eine Mutter lieben kann.

Ungläubig starrte ich es an. Das war frisch. Das war direkt nach der Entbindung. Das war vor den Operationen. Das war eine Furche, nein, eine Kluft, nein, ein Abgrund, ein schwarzer Abgrund zwischen Oberlippe und Nase, der so weit klaffte wie die Austrittswunde in John F. Kennedys Schädel. Mir war sofort klar, warum es auf Sofatischchen oder für Freunde und Verwandte nie Babyfotos von mir gegeben hatte. Oder warum die paar, die man doch gemacht hatte, versteckt, in Handtücher gewickelt, in Schuhkartons verstaut und in den hintersten Winkel vom Dachboden geschoben worden sein mussten.

Inzwischen weiß ich, dass Mom mir das Foto nicht in die Hand geschoben hatte, um mir wehzutun oder Angst zu machen, sondern um mir etwas zu zeigen. Nicht wie ich aussah. Sondern wie sie aussah. In ihren Augen lag keine Angst. Keine Scham. Kein Ekel. Sie glänzten vielmehr vor Liebe. Ein Glänzen, wie es nur ein Neugeborenes in die Augen einer Mutter zaubern kann. Ein Glänzen, das kein Mann, und sei er noch so brillant, erzeugen kann. Ein Glänzen, das kein Sonnenaufgang erzeugen kann, und sei er noch so glorios. Das Glänzen der Liebe einer Mutter zu ihrem Baby. Deswegen hatte sie mir das Foto gegeben. Damit ich sie sah. Damit ich sah, wie sie mich anblickte. Mit diesem Glänzen.

Inzwischen weiß ich auch, dass Mom das Foto vielleicht nach Afrika mitgebracht hat, um es mir zu zeigen. Um mir alles zu sagen. Zu beichten. Vielleicht hatte sie nur auf den richtigen Augenblick gewartet. Und Dad war schneller gewesen.

Schließlich sah ich zum Feuer hinüber. Ich dachte, ich würde Mom dort sitzen und auf meine Reaktion warten sehen. Ich wollte zu ihr gehen, sie umarmen und ihr dafür danken, mir gezeigt zu haben, dass ihre Liebe kein verunstaltetes Monster gesehen hatte. Ihre Liebe hatte ein Baby gesehen. *Was aus Liebe getan wird, geschieht immer jenseits von Gut und Böse, von Mitleid und Ekel.* Aber sie war nicht da. Gabriel war da und lag zusammengerollt neben dem erloschenen Feuer. Nur noch winzige Rauchwölkchen kräuselten sich in der Luft. Nicht nur brannte kein Feuer mehr, auch die Sonne ging langsam auf. Ich fuhr hoch. Ich dachte, ich hätte nur ein paar Minuten die Augen geschlossen. Es war eindeutig länger gewesen.

Ich lief zu Dad hinüber, der nach wie vor dalag und schnarchte. Mom war weg. Scheiße! Ich war eingeschlafen. Ich hatte freiwillig die Wache übernommen. Ich hatte es vermasselt. Dann sah ich ihre Kleidungsstücke. Sie lagen säuberlich zusammengefaltet neben seinen Beinen. Ihre Schuhe. Ihr Kleid. Ihr BH und der Slip. Ich sah mich kurz nach allen Seiten um. Sah sogar in den Baum hoch und erwartete halb und halb, sie nackt da oben sitzen zu sehen, wie sie sich auf meine Kosten amüsierte. Hätte nichts lieber gesehen als das.

Das hatte sie schon mal gemacht, als ich in der Mittelstufe war. Das mit dem Baum. Nicht das mit der Nacktheit. Nachdem Dad zur Arbeit gefahren war, kletterte sie auf den großen Baum vor unserem Haus und blieb ein paar Stunden oben.

Dad war fuchsteufelswild, als sie beim Abendbrot davon erzählte. Er schrie sie an. Beschimpfte sie als verrückt. Fragte sie, ob es ihr denn völlig egal sei, was die Nachbarn von ihr dächten. Fragte sie immerzu, *warum, warum, warum*. Sie lächelte tapfer, sah aber verletzt aus, weil er sie vor ihren Kindern für etwas zusammenstauchte, das sie einfach lustig gefunden hatte. Sie wusste nicht, warum sie es getan hatte. Sie hatte es einfach so getan. Ohne jeden Grund. Und Dad machte so ein Trara drum.

Ich schüttelte Dad an der Schulter. »Wach auf! Sie ist weg!«

Dad war sofort hellwach und sprang auf. Auch Gabriel regte sich. Dad sah Moms zusammengelegte Kleidung. Er

fluchte. Ich weiß nicht, was er schlimmer fand, dass sie verschwunden war oder dass sie nackt durch die Gegend lief.
Ich lief vom einen Rand des Lagers zum anderen und schrie ihren Namen. In Filmen hatte ich das immer idiotisch gefunden. Aber in diesem Moment schien es einfach das Richtige zu sein. Auch Dad rief ihren Namen. Das Kribbeln in meiner Hand hatte mich aufgeweckt. Sie konnte noch nicht weit gekommen sein.
Gabriel holte ein kleines Fernglas aus seiner Tasche. Ich schnappte es mir. Ich war eingeschlafen. Ich würde sie finden. Ich suchte die Savanne ab. Gabriel gesellte sich zu Dad und rief ebenfalls nach ihr. Als ich andere ihren Namen rufen hörte, merkte ich, wie sinnlos das war. Ich ahnte, was sie vorhatte, und wenn ich Recht behielt, würde sie sich nicht auf zauberhafte Weise umdrehen, sollte sie in der Ferne ihren Namen hören. Aber man tut eben, was man kann. Ich lief am Rand des Lagers entlang und spähte auf die Savanne hinaus. Vom Fernglas wurde mir schwindlig. Im hohen Gras musste ihre weiße Haut die perfekte Tarnung sein. Aber schließlich sah ich sie. Sie lief splitternackt durchs Gras. Sie sah aus, als machte sie einen Nachmittagsspaziergang um den Block. Spielerisch schlug sie nach einem langstieligen Kolben und warf den Kopf zurück. Ob sie lachte oder weinte, konnte ich nicht erkennen.
»Da ist sie«, rief ich.
Dad und Gabriel eilten herbei. Ich lief in ihre Richtung. Ich drehte mich um, weil ich wissen wollte, ob Gabriel mitkam. Aber er kam nicht. Er sah mir nach und schüttelte den Kopf. Ich weiß nicht, was das heißen sollte: »Geh nicht, es ist zu gefährlich« oder »Nein, ich gehe nicht«. In jedem Fall blieb er, wo er war.
Dad lief neben mir. Er zeigte in die Richtung, in die ich losgelaufen war. »Da lang?«, fragte er. Ich nickte, und er schoss davon. Er joggte nicht. Er rannte. So schnell er

konnte. Erst dachte ich, ich würde nicht volle Pulle laufen müssen, um mit ihm Schritt zu halten, schließlich war ich an der High School in der Footballmannschaft gewesen und so. Aber ich merkte schnell, dass ich ihm selbst dann nicht näher kam, wenn ich aus Leibeskräften rannte. Im Gegenteil, ich blieb immer weiter zurück. Ich hatte keine Ahnung, dass er so schnell laufen konnte.

Er rief wieder ihren Namen. Ich fluchte deswegen, aber er hörte mich nicht. Das Beste wäre, sie zu überraschen, sie notfalls niederzuringen, festzuhalten und ins Lager zurückzubringen. Wenn sie uns kommen hörte, würde sie natürlich auch loslaufen.

Der Himmel wurde blutrot. Der obere Rand der Sonnenscheibe schob sich über den Horizont. Ich hatte Seitenstechen. Mein Schädel dröhnte. Meine Lungen platzten fast. Ich bewegte die Beine, so schnell ich konnte.

Ich erreichte eine Hügelspitze und sah Dad aufholen. Und immer noch brüllte er ihren Namen. Endlich hörte sie seine Stimme, drehte sich um und tat, was ich befürchtet hatte. Sie lief los. Wäre Dad schon näher gewesen, hätte er es vielleicht geschafft. Aber er war noch zu weit weg. Trotzdem sagte ich mir, dass es bei seinem Tempo nicht lange dauern dürfte, bis er sie erreicht hatte. Aber wenn mich seine Geschwindigkeit überrascht hatte, war ich von Moms schockiert. Sie verfiel in einen rasenden Spurt, als wartete an der Ziellinie eine Goldmedaille auf sie.

Die Jagd zog sich eine Weile hin. Mom an der Spitze. Hinter ihr Dad, der sich langsam, aber sicher an sie heranarbeitete. Und ich, der Zwei-Päckchen-am-Tag-Typ, dessen letztes Footballtraining achtzehn Monate zurücklag und der für das Team du Maurier antrat, bildete die Nachhut und hustete Schleim und andere glibbrige rote Klümpchen hoch, die hoffentlich kein Lungengewebe waren.

Schließlich entdeckte Mom, wonach sie gesucht hatte. In

der Ferne tauchte eine kleine Baumgruppe auf. Erst dachte ich, wir wären im Kreis gelaufen und erreichten wieder unser Lager. Ganz außer Atem würde Mom stehen bleiben, auf Dad und mich warten und uns ansehen, als wären wir verrückt, weil wir uns aufregten, bloß weil sie in der afrikanischen Morgendämmerung laufen gegangen war, etwas, wovon sie immer geträumt und was sie jetzt endlich getan hatte. Es waren aber andere Bäume. Und unter ihnen ruhten sechs oder sieben Löwen.

Dad war immer noch weit vor mir. Als er die Löwen sah, lief er etwas langsamer. Das verlangte der gesunde Menschenverstand. Allerdings nur für einen Augenblick. Einen sehr kurzen Augenblick. In diesem Augenblick traf er seine Entscheidung. Und lief weiter.

Die Löwen hatten Mom gewittert und erhoben sich langsam. Ihre eben noch trägen und unbestimmten Bewegungen zeigten plötzlich Spannkraft und Präzision. Mom spurtete direkt auf sie zu. Das kannten sie nicht, dass ihr Futter auf sie zugelaufen kam. Man darf wohl behaupten, dass keiner von ihnen so etwas je gesehen hatte. Darauf hatten ihre Mütter sie nicht vorbereitet. Je näher Mom kam, desto nervöser wurden sie. Mit zuckenden Schwänzen schritten sie hin und her. Wussten nicht, was tun. Sicher, es war Morgen, Frühstückszeit und so, aber was zum Teufel machte das nackte Weibsstück denn da? Elefanten griffen manchmal Löwen an. Aber doch keine Zweibeiner mit sechzig Kilo. Auch der Geruch dürfte sie verwirrt haben. Den Geruch einer Gazelle kannten sie, den eines Elefanten auch. Aber den einer Selbstmörderin?

Dann war der Augenblick der Wahrheit da. Mom lief direkt in die Herde hinein. Und ob man's glaubt oder nicht: Sie zerstreuten sich. Klar, ein paar fauchten und sahen fies und gemein aus. Aber sie zerstreuten sich. Sie wollten nichts mit ihr zu tun haben. Das soll nicht heißen, dass sie mit eingezogenen Schwänzen flüchteten, aber sie gingen ihr einfach aus dem Weg. Ich weiß, dass es Tierforscher gibt, die das keine Sekunde lang glauben würden, aber die würde ich fragen: »Wann sind Sie denn das letzte Mal nackt auf ein Löwenrudel zugelaufen?«

Ich konnte mir die Frustration auf Moms Gesicht nur zu gut vorstellen. Das hatte das Ende sein sollen. Damit hatte sie die Tür hinter ihrem Wahnsinn zuschlagen wollen, das hatte die Stunde ihres größten Triumphs werden sollen. Sie lief etwas langsamer und sah zurück, wie eine einsame Frau im Minirock, die an einer Gruppe untätiger Bauarbeiter vorbeigegangen ist, ohne bemerkt zu werden.

Die Löwen hatten Dad noch nicht gesehen. Sie konzentrierten sich ganz auf Mom. Als sie sich zerstreuten, war Dad stehen geblieben. Er war anscheinend genauso verwirrt wie sie. Ich hatte ihn fast erreicht, als wir beide sahen, wie Mom sich umdrehte und zu den Löwen zurücklief. Sie ging wieder auf sie los. Nur kreischte sie diesmal. Was sie sagte, konnte ich nicht verstehen. Wieder rannte sie zwischen den Löwen hindurch. Diesmal waren sie weniger nervös. Sie stürzten sich nicht auf sie. Aber sie wichen ihr auch nicht aus.

Ich dachte schon, jetzt käme Moms schlimmste Bestrafung. Leben. Weiterleben. Mit Dad und mir oder Wahnsinn. Aber kein Tod. Nicht hier in der Savanne. Aber Mom war pfiffig. Nach dem zweiten fehlgeschlagenen Versuch lief sie weiter. Wahrscheinlich sagte auch sie sich, dass Löwen es nicht gewohnt sind, ihre Beute auf sich zulaufen zu sehen. Sie waren an die Jagd gewohnt. Also lief sie weiter. Und diesmal sah sie nicht zurück.

Ich hatte Dad fast erreicht, als er wieder loslief.

Einer der Löwen hatte seine Nervosität und Verwirrung überwunden. Und er setzte Mom nach. Ich rannte noch hinter Dad her.

Der Löwe brachte sie zur Strecke, wie ich es aus dem Fernsehen kannte. Ein Prankenhieb an ein Hinterbein, so dass das Tier darüber stolpert und ins Straucheln kommt. Kaum stürzte Mom, fiel der Löwe über sie her. Aber noch bevor etwas geschehen konnte, fiel Dad über den Löwen her. Er packte das Tier um den Bauch und zog es mit einer geradezu grotesken Kraftanstrengung von Mom weg. Dabei zeigte er keinerlei Zögern. Keinerlei Sorge um sich. Er hatte nur ein Ziel. Mom retten. Denn letzten Endes, wenn man alles in allem sah und die Standpauke wegen der Baumaktion mal beiseite ließ, ebenso Suff, Zorn und die höhnische Bemerkung, sie solle sich doch umbringen, trotz alldem und weit mehr, was er nun als Blasen, Pickel und Hühneraugen erkannte ... im Grunde seines Herzens liebte er sie. Und er würde sie beschützen.

Dads unerschrockener Kampf mit dem Löwen endete, als der Rest des Rudels eintraf. Die Löwen hatten keine Angst mehr. Es war schließlich Morgen – Zeit zur Futtersuche. Und sie waren hungrig. Das Rudel näherte sich zielstrebig und kraftvoll. Das muss man Löwen lassen. Wenn es Zeit zum Fressen ist, erledigen sie das ohne viel Federlesens. Sie sind keine Spur grausam. Kein Geplänkel. Kein Spiel. Es würde rasch vorbei sein.

Alles verschwamm. Kurze Bilder von Schwänzen, angespannten Hinterbeinen und hervortretenden Muskeln. Keine Schreie von Mom oder Dad, nur leises Stöhnen und gelegentlich das Fauchen einer der Raubkatzen. Ein Strudel aus Blut, Reißzähnen und Klauen. Ein Wirbel. Und ich verfiel seinem Sog. Ich lief weiter. Das war's, das wusste ich. Darum drehte sich das Ganze. Ich fühlte mich wie vor meiner ersten Ejakulation. Es war berauschend. Erregend. Verführerisch. Ich wollte in den Strudel eintauchen und spüren, wie die Wellen dieses Schauer hervorrufenden Geheimnisses über mir zusammenschlugen.

Ich hätte nicht sagen können, warum ich stehen blieb. Vielleicht verlor mein Geist die Romantik des Todes so schnell wie ihre Körper das Blut. Vielleicht war ich durch zu viele Zigaretten und zu wenig Training aus der Puste. Aber ich hätte doch wohl die Kraft aufbringen müssen, einen letzten verzweifelten Sprint zu dem Gewühl hinzulegen und mich obendrauf zu werfen. Irgendwie kam mir das falsch vor. Was Mom gemacht hatte, war richtig. Und was Dad gemacht hatte, auch. Vielleicht sagte ich mir, es hätte blöd ausgesehen, wenn ich hinterhergezockelt und auf sie draufgesprungen wäre. Wenn ich nun nicht gefressen worden wäre? Wenn sie mich nun beiseite geworfen, mit mir gespielt oder mich gar ignoriert hätten? Ist doch alles gequirlte Kacke. Ich weiß nicht, warum ich stehen blieb. Hoffnung? Bitte den Fanfarenstoß erhebender Musik einblenden. Vielleicht ein paar Hörner und Klavierläufe, um meinen Sinneswandel zu betonen? Vergiss es. Wahrscheinlich hatte ich einfach Schiss.

Ja, und wo steh ich nun? Warum war ich gelaufen? Warum stehen geblieben? Ohne jeden Grund, nehm ich an. Ich würd's ja gern genauer sagen. Würd's ja gern auf den Punkt bringen.

Ich stand zusammengekrümmt da und kämpfte gegen den Brechreiz, als ich die weißen Safaribusse sah. Gleich drei. Ganz in der Nähe der Stelle, wo Mom zur Strecke gebracht worden war. Die Leute in den Geländewagen sahen schweigend zu. Vorher hatten sie vielleicht gekreischt, aber jetzt waren sie stumm. Ein Mann filmte das ganze Geschehen.

Ich ging in die Knie. Ich hielt den Kopf eine ganze Weile gesenkt. Ich muss ausgesehen haben, als betete ich, aber das tat ich nicht. Ich hielt den Kopf gesenkt, bis vor mir das Gras raschelte. Und ich etwas atmen hörte. Da wusste ich, dass ich nicht allein war. Ich sah auf.

Und da war er. Drei Meter weg. Saß auf den Hinterbeinen. Das Löwenmännchen, das mir aufgefallen war, als wir zusahen, wie die Giraffe gefressen wurde. Das Löwenmännchen mit der Narbe. Das Löwenmännchen, das mich so angestarrt hatte. Es versperrte mir die Sicht auf das fressende Rudel. Auch wenn es das wohl kaum absichtlich machte. Es ergab sich einfach so. Ich kapierte nicht, warum es mich nicht angriff. Vielleicht war ich zu mager. Lohnte die Mühe nicht.
Der Wind blies seine Mähne zur Seite. Seine Augen waren rot und passten zum Himmel. Aber am meisten fiel mir wieder die klaffende Spalte auf, die von seiner Oberlippe bis unters Auge reichte. Weder blutete noch eiterte sie oder so. Sie war vernarbt. Aber er würde sie sein Leben lang haben. So eine Narbe war doch was. Ich habe keine solche Narbe. Aber in meinem Leben gibt es etwas, das in seinem fehlt. Spiegel.
Ich begreife jetzt, dass die Wurzel alles Bösen auf der Welt nicht das Geld ist. Es sind Spiegel. Die Stärkung der Illusion, was ich da im Spiegel sähe, sei ich. Was nicht stimmt. Nicht das wirkliche Ich, das tief in meinem Körper schlummert. Diese Bindung an meinen Körper wird schwer zu überwinden sein. Vielleicht am allerschwersten. Aber es muss sein, besonders in Krisenzeiten, besonders wenn die nächsten Angehörigen gerade bei lebendigem Leibe von Löwen gefressen worden sind.
Der Spiegel verstärkt den Egoismus, der alles vergiftet. Die Eitelkeit. *Wie sehe ich aus? Sehe ich gut aus?* Der falsche Stolz. *Ich bin so scheißcool, dass ich kotzen könnte.* Das *mein, mein, mein* und das *ich, ich, ich.* Der Spiegel lügt. Er sagt, ich bin hässlich. Er sagt, der andere ist schön. Er sagt, ich bin ich, und der andere ist der andere, und er verhindert, dass ich mein wirkliches Ich finde, den wirklichen anderen, dabei geht es in Wirklichkeit nicht um ein Ich

oder einen anderen, sondern um einen Ort, an dem der andere und ich zusammenfallen wie zwei müde Tänzer, sich im Kreis drehen, Sonnen und Sterne verschießen und in alle Richtungen Staub verbrennen. Jenen Ort, den Junkies suchen, Liebende zieren und Astronomen, Bischöfe und Senatoren nie zu Gesicht bekommen werden.

Der Löwe blieb nicht lange sitzen. Er stand auf, hob den Schweif und verspritzte Urin, der teilweise vom Wind weitergetragen wurde und mich im Gesicht traf. Ich erhob mich und wich langsam zurück. Das war gar nicht nötig. Er hatte kein Interesse mehr an mir. Er gesellte sich zu seinem Rudel und eroberte sich eine Stelle zum Fressen. Er war vielleicht ein Symbol der Inspiration, aber er war immer noch ein Löwe. Mir fiel ein, dass ich noch eine Zigarette hatte, die ich nun herauszog und anzündete. Ich drehte mich um, ging und sah nicht zurück.

Man könnte mich für verrückt halten, weil ich von Löwen auf Spiegel kam. Man könnte es für gefühllos gegenüber meinen Eltern halten. Während ich hier ehrgeizige und auf den ersten Blick nicht nachvollziehbare Gedankensprünge von einem Hügel zum nächsten unternehme, sind schließlich gerade erst meine Eltern aufgefressen worden Ich weiß, der Löwe war kein Zaubertier. Wie alles andere in meinem Leben, was auch nur einen Anflug von Hoffnung oder Glück hat, gab es ihn nur in meinem Kopf. Aber wahrscheinlich ist es immer noch besser, einen fantastischen Weg zum Heil zu ersinnen, als mich daran erinnern zu müssen, wie Dads innere Organe in ein hungriges Maul wandern wie weiche Spaghetti.

Ein Safariwagen blieb neben mir stehen. Seine Insassen starrten mich an. Ich fühlte mich wie im Zoo auf der anderen Seite des Gitters. Der Typ, der den Angriff gefilmt hatte, filmte jetzt mich. Die anderen Touristen hingen aus den Fenstern. Ich blieb stehen und wollte einsteigen.

»Sie hätte es fast geschafft«, sagte einer.
»Was?«, fragte ich.
»Zu den Geländewagen. Sie hätte es fast geschafft.«
Auf den Gedanken war ich noch gar nicht gekommen, dass sie es sich anders überlegt und nach dem zweiten Lauf durchs Rudel hindurch auf die Geländewagen zugehalten haben könnte. Nein, es war tragisch genug. Ich hielt die Vorstellung nicht aus, dass sie sich im letzten Moment für das Leben entschieden haben und beim Spurt in die Sicherheit zu Fall gebracht worden sein sollte. Ich hasste das Arschloch, weil er mich auf diese Idee gebracht hatte, und deswegen schlug ich ihn. Nicht sehr. Aber stark genug, dass er in den Geländewagen zurückprallte.
Ich war noch nicht fertig. Der Typ mit der Videokamera beugte sich aus dem Wagen und hielt alles auf Kassette fest. In einer raschen Bewegung entriss ich ihm die Kamera und ging weg. Er schrie mir nach und beschimpfte mich. Der Fahrer sagte, ich solle einsteigen. Er wollte nicht, dass ich zu Fuß ging. Ich nahm die Videokassette heraus und ließ die Kamera fallen. Ich brach das Plastik auf, zog das Magnetband heraus und ließ es wie ein schwarzes Band hinter mir herflattern.
Der Besitzer der Kamera sprang aus dem Geländewagen. Ich hoffte, er würde auf mich losgehen. Ich hätte ihn mit den bloßen Händen umgebracht. Und ich hätte eine ausgezeichnete Verteidigung gehabt. Schock und Trauma usw. Er schnappte sich aber nur schnell seine Kamera und floh zum Wagen zurück. Und es waren nicht die Löwen, wovor er Angst hatte. Er stieß eine letzte Beschimpfung aus. Was genau, weiß ich nicht mehr. Kurz darauf verklang das Motorengeräusch.
Ich wollte keinen Müll zurücklassen und wickelte mir das abgespulte Videoband ums Handgelenk. Wahrscheinlich wäre es besser gewesen, in den Wagen zu steigen. Es hätte

die Rückkehr sehr viel leichter gemacht. Aber meine Seele wäre zur Hölle gefahren, wenn ich mich in diesen Geländewagen gesetzt hätte und von diesen Kreaturen angestarrt worden wäre.
Ich ging lange. Lange genug, um mir 246 Meter Videoband ums Handgelenk zu wickeln. Ich fühlte mich immun gegen alle Gefahren. Mir konnte nichts mehr geschehen.
Vom Gipfel eines kleinen Hügels aus sah ich Gabriel bei ein paar Bäumen stehen. Er kam mir entgegen. Er sah den Bandknäuel an meinem Handgelenk und hielt ihn für einen primitiven Verband.
»Bist du verletzt?«, fragte er.
»Nein. – Du bist nicht mitgekommen«, sagte ich. »Aber für eine weiße Familie laufen wir auch ganz schön schnell.«
Ich ging weiter. Der gute alte Gabriel. Die Frage: »Und? Sind sie tot?« oder auch: »Was ist geschehen?« erübrigte sich. Er wusste Bescheid. Er kam neben mich und legte mir den Arm um die Schultern. Das war alles. Er ließ ihn kurz dort liegen, dann nahm er ihn weg. Keine große Umarmung. Keine große Szene. Die Dinge waren schon zu groß und zu viel gewesen. Er wusste, dass ich etwas Kleines brauchte. Etwas Kurzes. Eine nette, sanfte Umarmung.
Wir kamen ins Lager zurück. Ich warf das Videoband auf das verkohlte Holz und zündete es an. Es verbrannte schnell und mit grauen Rauchwolken. Moms Kleidung lag drüben bei den Bäumen. Ich ging zu dem brennenden Band zurück und warf die Kleidungsstücke obendrauf. Es dauerte einen Augenblick, bis sie Feuer fingen, aber dann verbrannten sie. Ich wollte keine Spuren hinterlassen. Ich wollte nicht, dass Fremde vorbeikamen und Moms Kleider fanden. Das wäre nicht in Ordnung gewesen. Und es hatte gerade noch gefehlt, sie unter den Arm zu klemmen und nach Nairobi mitzunehmen. Zuletzt warf ich das Bild

ins Feuer, das Mom mir in die Hand gesteckt hatte. Ich hatte es ein Mal gesehen. Das reichte.
Gabriel kam mit dem Wasser. Ich hätte fast gesagt, das könne er sich sparen, ein Mann mit einem riesigen Kopf hätte nachts alles ausgetrunken. Das erinnerte mich daran, dass ich eingeschlafen war. Wäre ich nicht eingeschlafen, müsste ich ihre Kleidung nicht verbrennen.
Ich bremste mich. Dafür war kein Platz. Wenn mir schon Moms Kleidung zu schwer war, würde ich es mit dem Gewicht meines Nickerchens auf den Schultern erst recht nicht nach Nairobi zurückschaffen. Nein, dafür war einfach kein Platz. Später. Wenn meine Schultern stärker waren. Ich konzentrierte mich lieber darauf, die Wasserflasche an den Mund zu heben. Ich trank einen Schluck und merkte, wie durstig ich war. Ich soff drauflos. Gabriel meinte, ich könne austrinken. Das ließ ich mir nicht zweimal sagen.
Ich nahm mein Tagebuch und hängte mir Moms Handtasche über die Schulter. Gabriel merkte, dass sie mir unangenehm war, und bot an, sie in seine Tasche zu stecken. Ich war einverstanden. Sie war mir nicht unangenehm, weil sie Mom gehörte. Sie war mir unangenehm, weil sie eine Handtasche war. Ein Mann mit Handtasche sieht immer voll daneben aus.
Wir fanden zur Straße zurück. Unser zerstampfter Geländewagen war von der Straße geschoben worden wie ein platt gedrückter Milchkarton, den man in den Rinnstein kickt. Ich wusste, dass irgendwo in meinem Koffer noch ein paar Zigarettenpäckchen sein mussten. Im Wrack kam ich aber nicht an sie heran, obwohl ich es versuchte. Es kam mir nicht recht vor, Moms Handtasche zu öffnen und ihre zu rauchen.
Ich fand es falsch, alles im Geländewagen zu lassen, aber im Grunde hatten wir keine andere Wahl. Und es war so-

wieso alles zerdrückt. Gabriel sagte, er würde nach unserer Rückkehr telefonieren und unsere Siebensachen ins Hotel bringen lassen.
Wir machten uns auf den Weg. Als das erste Auto kam, bewegte ich die flache Hand auf und ab, wie ich es bei den anderen Anhaltern gesehen hatte. Der Wagen sauste vorbei. Die hielten für keinen Touristen.
Als das nächste Fahrzeug kam, brachte Gabriel es zum Stehen. Es war ein Happy Taxi. Kein PKW. Eher ein Kleinbus. Ein alter, klappriger Bus. Drinnen war kein Platz mehr, und Gabriel und ich mussten aufs Dach klettern. Als der Bus anfuhr, wären wir beide fast hinten runtergefallen. Auf dem Dach war ein Lattenrost befestigt. Daran klammerten wir uns verzweifelt fest.
Das Happy Taxi hielt sein Versprechen: »Einer geht immer noch rein.« Im Laufe der Fahrt erhielten Gabriel und ich Gesellschaft von etlichen weiteren Männern, Frauen und Kindern. Alles Afrikaner. Sie waren Meister in der Kunst des Dachfahrens und mussten sich nicht an den Holzlatten festhalten. Ich glaube, sie amüsierten sich über den panischen Gesichtsausdruck, der sich bei jedem größeren Schlagloch einstellte. Es war mir sehr unangenehm, dass das alle dreißig Meter der Fall war.
Die Reisenden, die sich auf dem Busdach zu uns gesellten, wollten uns in ihre lautstarke Unterhaltung einbeziehen. Das half mir, das Naheliegende auszublenden. Auch die chaotische Fahrweise war eine gute Ablenkung. Am wichtigsten war, in Bewegung zu bleiben. Wenn der Bus stehen blieb, müsste ich gehen, immer weiter, bis mir schwarz vor Augen würde. Und wenn ich wieder zu mir kam, ginge ich weiter. Stehenbleiben konnte ich mir nicht vorstellen.
Eine der Frauen auf dem Dach holte einen Brotlaib heraus und bot allen davon an. Ich lehnte ab. Gabriel warf mir einen Blick zu, der besagte, dass ich sie mit einer Ableh-

nung beleidigte. Ich wollte mit einem Blick kontern, der besagte: »Meine Eltern sind gerade von Löwen gefressen worden, und wenn ich nichts vom Scheißbrot abhaben will, muss ich auch nicht, Freundchen.« Aber ich wusste nicht, wie der Blick geht, also nahm ich das Brot. Es schmeckte sogar richtig gut.
Ich hatte ein schlechtes Gewissen, weil Gabriel gar keine Ahnung hatte, was Mom und Dad zugestoßen war. Auch er hatte auf dieser Reise schließlich einiges durchgemacht und besaß ein Recht darauf, die Tatsachen zu erfahren. Aber ich konnte mich nicht dazu aufraffen. Außerdem war Gabriel klug genug, sich sein Teil zu denken. Wir waren schließlich in Afrika. Drei von uns liefen davon. Einer von uns kam zurück. Löwen, Leoparden oder Hyänen ... das nahm sich dann auch nicht mehr viel.
Gabriel gab sich alle Mühe, unsere Rückfahrt nach Nairobi so normal wie möglich zu gestalten. Er spielte weiterhin den Führer und wies mich auf Tiere und Sehenswürdigkeiten hin. Ich starrte ausdruckslos auf alles, was er mir zeigte. Ich wusste, warum er das tat, und fand es sehr nett von ihm. Aber ich hatte das Gefühl, die Erde wäre fünf Meter hoch mit Gelee bedeckt und wir würden hindurchfahren. Alles bewegte sich in Zeitlupe, und Gabriels Stimme war kaum zu verstehen.
Er beugte sich vor und sagte etwas. Der Wind. Das Geschnatter der Reisenden. Das Ächzen des Motors. Die erstickende Wirkung des Gelees.
»Was?!«
»Du müsstest jetzt loslassen können.«
Ich nahm die Hände von den Latten, hielt sie in die Luft und fiel nach hinten. Gabriels Hand hielt mich fest. »Nicht alles wörtlich nehmen«, sagte er.
Ich drehte mich zu ihm, und er hielt mir die Hand hin. Es sah aus, als wollte er mir die Hand schütteln, also versuchte

ich einen Soul Shake. Er wollte keinen Soul Shake, sondern einen stinknormalen Händedruck, so dass sich unsere Hände verknoteten. Als wir sie wieder frei hatten, schüttelten wir uns normal die Hand. Er ließ meine nicht los, bis ich ihm in die Augen sah. Sie schienen feucht zu sein, als hätte er geweint, aber das glaube ich nicht. Vielleicht glänzten sie vom Fahrtwind so. Vielleicht lag es am Gelee.
»Alles wird wieder gut«, sagte er. In seiner Stimme lag sagenhafte Zuversicht. Ich bekam eine Gänsehaut. Im positiven Sinn. Das waren die letzten Worte, die ich von Gabriel hören sollte.
Irgendwann fingen die Leute auf dem Dach zu singen an. Ehrlich gesagt, klang es scheußlich. Den Text verstand ich nicht, und die Melodien und Tonarten klangen für mich fremd und verrückt. Bestimmt gibt es Menschen, die sich geehrt gefühlt hätten, bei so etwas dabei sein zu dürfen. Die hätten vielleicht sogar ihren Freunden davon erzählt. Aber mir wurde von dem Gesang schwindlig. Ich streckte den Kopf übers Dach und kotzte.
Ich weiß nicht, wie lange ich so liegen blieb. Eine Minute. Eine halbe Stunde. Ich weiß es nicht. Durch den verdammten Gesang und mein Kotzen verlor ich jedes Gefühl für Zeit – und Raum. Als ich den Kopf wieder hob, lag Moms Handtasche neben mir, und Gabriel war weg. Verschwunden. Puff! Vielleicht war er abgestiegen, während ich den Kopf hängen ließ. Ich glaube, wir haben ein oder zwei Mal gehalten. Aber auszusteigen, ohne sich zu verabschieden? Was zum Teufel sollte das? Ich konnte auch nicht fragen, ob jemand gesehen hatte, wohin er verschwunden war, weil niemand Englisch sprach. Korrigiere: Der eine oder andere könnte Englisch gesprochen haben, aber als engstirniger kanadischer Hinterwäldler, der unter Schock durch Gelee reiste, ging ich davon aus, dass mich niemand verstand, und fragte nicht.

Das Happy Taxi setzte mich direkt vor dem Norfolk Hotel ab. Da waren schon so viele Fahrgäste ausgestiegen, dass es unten genug Platz gab. Aber ich war auf dem Dach geblieben, selbst in den belebten Straßen von Nairobi. Als ich am Hotel auf den Fußweg runterglitt, wurde ich von Touristen angestarrt. Ich hoffte, sie starrten, weil ich auf dem Dach mitgefahren war, nicht weil ich Moms Handtasche dabei hatte. Aber ich hatte sie nicht über der Schulter hängen, sondern unter den Arm geklemmt. Wie einen Football.

Ich suchte nach meinem Stehaufmännchen mit seinem »Die-Wahrheit-wird-euch-frei-machen«-Schild. Es hätte wie aufs Stichwort vorbeiwackeln und sein Schild hinter sich herziehen sollen. Das wäre ein besonderer Augenblick gewesen. Ein bezeichnender Augenblick. Ein Augenblick, in dem sich für mich alles zusammengefügt und ich dankbar genickt hätte. Aber es war nirgends zu sehen.

Meine stille Anonymität endete, als ich an die Rezeption trat, um ein Zimmer zu buchen. Als ich meinen Namen nannte, war die Wirkung groß. Fünf Sekunden später war ich Elvis Aaron Presley. Alle wollten was von mir abhaben. Man führte mich in ein kleines Sitzungszimmer. Die Verwaltung der Nationalparks war vertreten. Drei Vertreter von Wimpole Tours. Der Hoteldirektor. Die Stadtpolizei. Und eine Beamtin vom kanadischen Hochkommissariat.

Die kanadische Beamtin fragte mit kaum vernehmbarer Stimme, ob ich einen Wunsch hätte. Ich bat sie um du-Maurier-Zigaretten. Hatte sie nicht. Ich fragte, ob jemand rauche. Schweigen. Schließlich zog ein Polizeiinspektor ein Päckchen heraus. Der Hoteldirektor sagte, in diesem Raum sei Rauchen verboten. Das war dem Inspektor scheißegal. Er hielt mir das Päckchen hin und gab mir Feuer. Einer von den Wimpole-Fritzen flitzte hinaus und holte mir einen Ascher. Ich war immer noch Elvis.

Als meine Zigarette brannte, erklärte ich ihnen kurz und knapp, was geschehen war. Mom hatte Depressionen gehabt. War suizidgefährdet. Wir wollten Hals über Kopf nach Nairobi zurück. Hatten einen Unfall mit dem Geländewagen. Verbrachten die Nacht in der Savanne. Am Morgen war sie weggerannt. Dad und ich waren ihr nachgelaufen. Sie starb. Dad starb. Ich nicht.
Es gab ein paar Nachfragen, die ich wortkarg beantwortete. Dazu zählte auch das Eingeständnis, dass ich den Unfall verschuldet hatte und nicht Gabriel. Das wollte man bei Wimpole Tours zweimal hören. Der Inspektor fragte, wo Gabriel sei. Keine Ahnung, sagte ich.
Wegen einer Einzelheit war ich zerknirscht. Ich drehte die Sache so, als wäre nur Mom auf die Löwen zugerannt, dabei wusste ich insgeheim, dass alle drei von uns das getan hatten. Ich wusste jedoch auch, dass man mich zumindest eine Zeit lang eingewiesen hätte, wenn ich etwas in dieser Richtung hätte verlauten lassen, und ich hatte nur ein Ziel: so schnell wie möglich raus aus Nairobi.
Die Vertreter der Nationalparks, die Frau vom kanadischen Hochkommissariat und einer der Polizisten gingen. Der Inspektor blieb und erkundigte sich, was mit den Leichen geschehen solle. Genau, den Leichen. Den sterblichen Überresten. Ich sagte, die sollten nach Kanada zurückgeschickt werden. Alles Weitere würde ich mit meiner Schwester regeln. Plötzlich ging mir auf, dass Maggie ja von nichts wusste. Und sie hatte vielleicht gerade ihr Baby bekommen. Scheiße.
Ich würde sie anrufen müssen. Herrgott, was zum Teufel sagte man denn da? *Maggie? Ich bin's, Richard. Wie geht's dir denn so? (Pause) Junge oder Mädchen? (Pause) Ist ja toll. (Pause) Ach, mir (Pause) gut, danke. Hör mal, ich hab schlechte Nachrichten. Mom und Dad sind tot. (Pause) Genau. (Pause) Nein. Löwen. (Pause) Nein, das*

ist kein Scherz. Ich komm morgen nach Hause. Dann erklär ich dir alles. Tschüss.
Ich veranlasste bei Wimpole Tours, dass die beiden Särge nach Kanada geflogen werden. Erst wollte ich eigentlich nach Paris und dort alles regeln. Den Hausrat und die Konten auflösen, den ganzen Mist. Aber das hatte keinen Sinn. Was wär dann mit Maggie? Sie müsste sich um die Toten kümmern. Das wär falsch. Ich zitterte. Ich musste bei ihnen bleiben. Das war richtig. Kanada. Buch einen Flug nach Kanada. Ich würde mit den sterblichen Überresten nach Kanada fliegen. Mich um die ganze Beerdigung kümmern, und danach konnte ich nach Paris zurückfliegen und das mit der Wohnung klar machen.
Als das erledigt war, verschwanden die Wimpole-Fritzen, um entsprechende Vorkehrungen zu treffen. Wahrscheinlich hätte ich sie bitten können, meine Unterwäsche von Hand zu waschen, und sie hätten selbst das getan.
Der Inspektor hat erzählt, was aus dem Geländewagen geworden ist. Den haben sie auf einen Abschleppwagen geladen und bringen ihn nach Nairobi. Er ging.
Zehn Sekunden später kam ein aus dem Ei gepellter Mann mit einer roten Krawatte rein. Er stellte sich als Justitiar von Wimpole Tours vor. Seine Hände waren schweißig. Ich sollte eine Erklärung unterzeichnen. Die Erklärung entband Wimpole Tours von jeglicher Haftung für die Todesfälle. Er reichte mir einen Stift.
Die Tür ging auf, und der Inspektor kam zurück. Er riet mir, nichts zu unterschreiben, und dem Justitiar, zu verschwinden. Der ging, sah aber nicht sehr glücklich aus.
Der Inspektor hat mich noch mal gefragt, ob ich weiß, wo Gabriel ist. Nein, hab ich gesagt. Bei Wimpole Tours macht man sich nämlich Sorgen, dass sein Verhalten zu den Todesfällen beigetragen hat. Ich bin über den Typ hergefallen, obwohl er mich nur über alles Erforderliche in

Kenntnis gesetzt hat. Ich hab gesagt, es wär einzig und allein Gabriel zu verdanken, dass wir überhaupt so weit gekommen sind, ohne dass was passiert ist. Ich hab gesagt, Gabriel ist ein Engel. Ich hab gesagt, eine Ermittlung gegen Gabriel ist ein Haufen Scheiße. Er hat jedes Wort mitgeschrieben.

Der Inspektor hat gefragt, was ich von Gabriel weiß. Ich hab gesagt, ich weiß, dass er aus Nairobi ist. Dass er in London Medizin studiert hat. Dass er ein tierisch guter Safariführer ist.

Der Inspektor sagt, dass Gabriel tatsächlich aus Nairobi kommt und tatsächlich in London Medizin studiert hat. Aber er ist auch in der Nähe von Covent Garden wegen Erregung öffentlichen Ärgernisses von der Polizei aufgegriffen worden, und weil er desorientiert und nicht ansprechbar gewirkt hat, wurde er danach für einen Monat in die Psychiatrie von St. Mary Abbott's Hospital gebracht. Der Inspektor sagt, er glaubt mir, dass Gabriel ein guter Safariführer ist.

Ich hab ihn gefragt, ob er weiß, was in Covent Garden passiert ist. Er hat in allerlei Papieren geblättert, die er dabeihatte, und versucht, das Kleingedruckte auf einem Blatt zu entziffern, das wie das Formular für eine Stellenbewerbung aussah. (Ein Arbeitszeugnis aus London muss Gabriel verpfiffen haben. Den Job bei Wimpole bekam er trotzdem, aber wahrscheinlich hatten sie deswegen Angst. Mir war das scheißegal.) Der Inspektor hat gesagt, dass der Vorfall in Covent Garden mit einem toten Vogel und dem Streit mit einem Taxifahrer zu tun hatte.

Ich kann nicht behaupten, dass ich sonderlich schockiert war, als ich gehört hab, dass Gabriel mal in der Klapsmühle war. Ich habe ihn schon für einen Engel gehalten, wegen seiner leitenden Hand, seines Namens, des überlegenen Auftretens und geheimnisvollen Verschwindens. Ich

bin fast erleichtert, dass er bloß ein bisschen durchgeknallt ist und nicht göttlich.
Der Inspektor meint, seiner Meinung nach soll ich erst mehr über Gabriel herausfinden, bevor ich den Haftungsausschluss unterzeichne. Ich hab das Scheißding trotzdem unterschrieben, unten aber eine Klausel angehängt, dass sie ihn nicht feuern dürfen.
Der Inspektor war erste Sahne. Bevor er gegangen ist, hat er mir sein Zigarettenpäckchen zugeworfen. Embassy Kings. Keine du Mauriers, aber man kann nicht alles haben.
Seit ich hier allein bin, hab ich geschrieben. Eigentlich war alles ziemlich schnell geregelt. Aber jetzt hab ich neue Probleme. Was zum Teufel soll ich mit dem Rest vom Nachmittag anfangen? Schlafen? Ein Buch lesen? Ins Kino gehen? Spazieren gehen? Entscheidungen. So verdammt viele Entscheidungen. Ich sitz jetzt schon ziemlich lange hier.
Der Hoteldirektor hat grade den Kopf zur Tür reingesteckt und mir eine Schlüsselkarte zu meinem Zimmer gebracht. Er sagt, es ist ein Nichtraucherzimmer, aber in Anbetracht der Umstände hat er nichts dagegen, wenn ich ein paar Zigaretten rauche. Wie gütig von ihm. Mir ging zu viel auf einmal durch den Kopf, als dass mir auf die Schnelle ein böser Spruch eingefallen wäre. Ich hab gesagt, er soll verschwinden. Ist er auch.
Zurück zu meinem Dilemma. Was zum Teufel soll ich heute Nachmittag machen? Wimpole Tours hat gerade ausrichten lassen, dass sie einen Flug nach Kanada für mich reserviert haben. Der geht um Mitternacht. Über Hamburg und Toronto. Zweimal umsteigen? Da gehen denen doch die Särge flöten. Bei Wimpole Tours heißt es, dass es morgen früh einen direkteren Flug gibt. Nein, heute Nacht ist besser. Ich fliege heute Nacht. Klappe zu, Affe tot. Wieder allein im Zimmer.

18:27 Uhr
Zimmer 6B

Meine Brandwunde am Finger war dann der Grund, den Hintern hochzukriegen. Ich bin in den Laden vom Hotel gegangen, um Salbe und Verbandszeug zu kaufen. Sie hatten nur Sonnencreme. Stattdessen hab ich mir zwei Päckchen Zigaretten gekauft. Es hieß, in einem Geschäft um die Ecke weiß man wegen der Salbe vielleicht Rat. Das Mädchen an der Kasse empfahl Vitamin-E-Öl.
Ich wollte nicht aus dem Hotel raus. Ich war eine große, offene Wunde. Ich traute mir nicht zu, in die strahlende Nachmittagssonne hinauszutreten und mich der Unberechenbarkeit wildfremder Menschen auszusetzen. Am Ende hält mich noch einer an und fragt mich, wie spät es ist oder wo irgendeine Straße ist, oder er bettelt um Kleingeld.
Ich gab mir einen Ruck, ging hinaus um die Ecke und war darauf gefasst, ungezählte Konflikte meistern zu müssen. Nichts passierte. Ich nahm mir 29 Milliliter Vitamin-E-Öl und ein Verbandspäckchen. Beides wurde in eine kleine braune Tüte gesteckt. Ich ging wieder ins Hotel und fühlte mich wie ein siegreicher Held.
Ich kehrte in mein Zimmer zurück und schloss die Tür hinter mir. Ich lehnte mich mit dem Rücken an die Tür. Ich fühlte mich in Sicherheit. Ich ließ die kleine braune Tüte, mein Tagebuch und Moms Handtasche fallen. Und fing an zu weinen. Nicht wegen Mom und Dad. Dafür war es noch zu früh, und ich dachte auch gar nicht an sie. Ich weinte einfach so. Ich glaube, ich hätte drei Tage lang so dastehen und weinen können, wenn es nicht geklopft hätte.
Ich machte die Tür auf. Ein Hotelangestellter stand lächelnd da, die Ellenbogen seltsam abgespreizt. Erst erkannte ich nicht, was er sich da unter die Arme geklemmt

hatte. Aus einem Museum für Luftfahrtgeschichte geklaute Behelfsflügel? Dann begriff ich. Unser Gepäck. Sie mussten es geschafft haben, unsere lädierten Koffer und Taschen aus dem Wrack zu bergen.
Fast hätte ich ihn gebeten, alles in den Müll zu schmeißen. Aber er sah so stolz aus. Als hätte er eine richtig gute Tat getan und wäre enttäuscht, wenn ich das ablehnte. Ich hätte von Erinnerungen überwältigt sein müssen. Überwältigt, dass man solche Anstrengungen unternommen hatte, mir unser Gepäck zurückzubringen. Aber das blöde Zeug sah einfach so dämlich aus, platt gedrückt, wie es war. Ein Glucksen stieg mir in die Kehle, das erst ein Lachen wurde, dann ein lauteres Lachen und schließlich ein Lachkrampf. Ich musste so sehr lachen, dass ich zu keuchen anfing und meine Augen tränten. Ich war schlicht und einfach hysterisch. Der Angestellte kam ins Zimmer und legte die Gepäckstücke sorgfältig aufs Bett, schichtete sie übereinander wie riesige Pizzen. Ich gab ihm den Rest meines afrikanischen Geldes, was umgerechnet siebzig Dollar gewesen sein müssen. Er wollte mir einen Teil zurückgeben, aber ich weigerte mich. Er ging, konnte aber kaum aufhören, sich zu bedanken.
Ich hatte keine Lust, das Gepäck aufzumachen. Das konnte warten. Ich wusste, dass etwas herausspringen konnte. Moms Zahnbürste etwa. Etwas, das den Sprengstoff unten an der Staudammmauer zünden konnte.
Das Gepäck erinnerte mich daran, dass sie nichts von Dad zurückgebracht hatten. Seine Brieftasche zum Beispiel. Die beschäftigte mich. Vielleicht hatten die Löwen sie gefressen. Unwillkürlich sah ich vor mir, wie die Löwen Dads Po fraßen. Ich wollte nicht daran denken, wie die Löwen Dads Po fraßen. Aber ich machte mir Sorgen wegen seiner Brieftasche. Was war, wenn die Löwen sie nicht gefressen hatten? Was war, wenn einer von den Scheißern in den Sa-

fariwagen sie mitgenommen hatte? Oder jemand im Leichenschauhaus? Man konnte mit seinen Kreditkarten bezahlen. Wenn jemand die Karten bis an ihre Kreditgrenze belastete, würde ich einfach die Zahlung verweigern. Die Umstände erklären und die Zahlung verweigern. Das müsste klappen. Trotzdem hoffte ich, dass die Löwen die Brieftasche gefressen hatten, weil ich mich um all das dann nicht zu kümmern brauchte. Die haben sie bestimmt gefressen. Warum auch nicht? Haie fressen doch auch alles Mögliche. Bis hin zu Nummernschildern. Aber Löwen sind keine Haie. Keine Allesfresser. Vielleicht liegt die Brieftasche noch draußen in der Savanne. Vielleicht wird sie von einem afrikanischen Kind gefunden, das aus den Kreditkarten Ohrringe macht. Das soll mir recht sein.
Ich zog mich aus und ließ ein Bad einlaufen. Ich freute mich richtig darauf, meinen Körper von warmem Wasser umspülen zu lassen. Ich leerte meine Taschen aus. Alte Gewohnheit. Unnötig. In der Brusttasche vom Hemd fand ich Nicoles Rose. Verwelkt und vertrocknet. Ich hatte vergessen, dass ich sie dorthin gesteckt hatte. Ich hatte sie nicht in den Koffer legen wollen. Ich hatte Angst gehabt, da würde sie zerquetscht.
Mann, die Rose brachte mich zum Lächeln. Ich steckte sie mit dem Stiel in den Rahmen vom Badezimmerspiegel. Ich durchsuchte meine Hosentaschen nach dem Zweig, den ich vom anderen Flussufer mitgebracht hatte. Er war nicht da. Ich weiß nicht mehr, ob ich ihn in eine meiner Taschen gesteckt habe. Ich werde ihn schon wieder finden. Er ist auch nicht mehr so wichtig. Wäre schön, wenn ich ihn finde, aber er ist nicht mehr so wichtig wie in der Nacht, als ich ihn mitgenommen habe. Und schon gar nicht so wichtig wie die Rose. Die ist etwas Besonderes.
Ich habe das Licht im Badezimmer ausgemacht und bin in die Wanne gestiegen. An den Beinen bildete das Wasser

Strudel. Langsam ließ ich die Schultern unter Wasser gleiten. Mann, tat das gut. Der Hahn tropfte leise. Das Wasser gluckste. Nur ein einziger Lichtstrahl, der aus dem Nebenzimmer über die Wanne fiel, drang ins Bad.
Ich war fürchterlich egoistisch. Ich hatte Maggie noch immer nicht angerufen. Ich sagte mir, das würde ich noch. Nach dem Bad. Ich dachte nicht an Mom oder Dad. Das würde ich noch. Irgendwann. Ich dachte nicht an Gabriel. Das würde ich noch. Eines Tages.
Ich legte den Kopf auf den Wannenrand und sah zur Rose hoch. Ich dachte an Nicole. Ich dachte an die Universität. Ich dachte an meinen Job. Ich dachte an Blech, Jack Daniels und Haschöl. Ich dachte an meine Pläne. Wo ich hingehen will. Wer ich sein will.
Wenn ich Nicole finden will, kann ich das machen. Wenn ich studieren will, kann ich das machen. Das kann ich alles machen. Wenn ich aufs Ölfeld zurückwill, kann ich auch das machen. Wenn ich mir einen Schnurrbart stehen lassen will, kann ich das machen. Nee. Schnurrbärte sind blöd. Das mach ich nicht. Wenn ich mich einer fünften und letzten Operation unterziehen will, kann ich das machen. Wenn ich die Finger vom Alk und den Drogen lassen will, kann ich auch das machen. Ich kann ganz schön viel machen.
Ich rieb mir die roten Striemen an den Beinen. Ich musterte die Brandwunde am Finger. Ich freute mich auf das Vitamin-E-Öl und die Verbände. Ich fuhr mir über die geschwollene Lippe. Sie erinnerte mich an Dad, und ich zog die Hand zurück. Der Schnitt am Ellenbogen war verschorft. An Wunden herrschte bei mir kein Mangel. Gute Wunden. Ich fühlte mich wie ein Krieger. Nein, ich fühlte mich wie ein Sterblicher, der ins Land der Götter gereist ist, den Hintern versohlt bekommen hat und sich jetzt in einer Wanne mit Ambrosia aalt.

Ich trieb dahin, schwebte, drehte mich langsam und sah die alte Brücke. Die Brücke, die ich entdeckt hatte, nachdem Dad mein Blech gefunden hatte. Eine alte gotische Brücke. Eine Brücke aus grauer Vorzeit. Ich glaubte in der Ferne keltische Hörner zu hören. Über mir klapperten Pferdehufe und knarrten Fuhrwerke. Ich hing unter der Brücke. Hielt mich mit den Händen fest. Unter mir waren Wolken, Dunst oder Nebel, was genau, weiß ich nicht, vielleicht auch alles drei. Ich hatte keine Angst mehr. Ich hob den Kopf und sah zu, wie ich die Hände von der Brücke löste. Ich fiel. Ich bekam Angst. Aber nur ganz kurz. Als ich nach unten sah, rasten keine Felsen auf mich zu, um meine Knochen zu zerschmettern, sondern wallende Nebelschwaden. Sie hüllten mich ein. Und das Gefühl zu fallen wich der linden Berührung kühlen Dunsts. Er hüllte mich von Kopf bis Fuß ein. Er netzte meine Haut und bildete Tröpfchen auf den Augenbrauen. Er füllte meine Lunge. Als ich die Arme ausstreckte, verschwanden meine Hände. Aber ich fühlte mich geborgen. Die Felsen, die letztes Mal auf mich zugerast waren, hatten mir Angst gemacht. Aber das hier ... das tat gut. Und dann dämmerte es mir. Das tat nicht nur gut. Das war wirklich gut. Das war nicht nur ein Ort, in den man von Zeit zu Zeit eintauchen konnte, sondern das war etwas, dem ich mich ergeben konnte. Geheimnis. Nebel. Dunst. Ein Zwischenort. Ein Ort, der weder Antworten aus zweiter Hand vorgaukelte noch Fragen stellte. Ein Ort, der nicht unbedingt Wahrheit zu bieten hatte, der aber auch nicht log. Ein Ort, an dem Elfen und ab und zu auch ein Tierchen durch Dunst und Nebel krochen. Nein, mein Ort hatte weder Buntglasfenster noch Orgelmusik. Hier gab es weder brennenden Weihrauch noch Sandgärten. Aber es gab Nebel. Und Dunst. Und es war kühl und erfrischend. Und er war mein.

Das Öl tat gut. Den Verband vermurkste ich ziemlich. Kein Lehrbuchverband. Aber die Brandwunde ist eingeölt und abgedeckt. Ich bestellte beim Zimmerservice eine Tasse schwachen Kaffee und rief Maggie an. Niemand ging ran. Ich versuch's noch mal vom Flughafen. Eben hat es an der Tür geklopft. Ich muss los. *Kwaheri / Asante.* (Auf Wiedersehen und danke.) Das hat mir Gabriel beigebracht. Aber so viel ist mal klar: Der Knallkopf hat mich sitzen lassen, und ich beschließe den heutigen Eintrag bestimmt nicht mit irgendwas, was der gesagt hat.
Der Chauffeur steht vor der Tür und wartet ungeduldig. Mir doch egal. Soll er doch warten. Eins will ich noch loswerden: Die Wahrheit ist wie die Sonne, sie lässt alles klar und deutlich erscheinen, sie lässt einen Sonnenbrillen aufsetzen, und angeblich macht sie einen frei. Damit hab ich nichts am Hut. Mom und Dad haben mir gezeigt, dass die Wahrheit nicht im Lotossitz zu finden ist und schon gar nicht in der Offenbarung dunkler, verschütteter Geheimnisse, sondern im Rachen eines Löwen. Und selbst diese Freiheit führt nicht weit. Nur zu ein paar Kothaufen in der Savanne.
Ich weiß, während ich das hier schreibe, ist es gut möglich, dass ihre Geister, ihre Seelen liebliche Lieder summen und sich daran erfreuen, wieder frei zu sein. Aber ich kann es nicht mit Sicherheit wissen. Es ist ein hübscher Gedanke. Aber ich habe keine Lust mehr, meine Zeit mit dem Nachdenken über eine mir unbekannte Existenz zu verschwenden.
Lasst mir den halb hinter Wolken verborgenen Mond. Lasst mir den Dunst. Lasst mir den Nebel. Lasst mir das Geheimnis. Es macht mich vielleicht nicht frei. Aber ich glaube, Freiheit und Wahrheit werden überschätzt.

Danksagung

Ich danke:
Dad, der ’84 da war;
Mom, die mir die Spinnengeschichte von Robert the Bruce erzählte;
Libby, die dem Heimkehrer ein Zuhause in Kanada warm hält;
Caitlin, die die erste Anregung gab;
Wendel, Kim, Adam und Rowan, die frühe Entwürfe lasen und Hilfe und Unterstützung boten;
Bill Hicks, der bewies, dass Mut und Integrität nicht kompromittiert werden müssen;
Joe Kertes, Timothy Findley und Jim MacDonald und Margaret Hart fürs Erstürmen der Burg;
John und Kendall fürs Glätten, Gestalten und Geleiten.